続・能勢物語

近江局

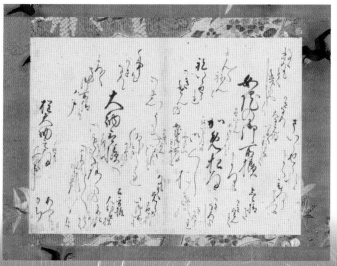

近江局が東福門院和子へ宛てた手紙（あらまし）
「女院御所様　亀松様の三歳の祝いの品をお贈り頂き有り難うございました。その品々は江戸城の中で、みなさまに、ご披露させていただきました。家光様を始め、家綱様、亀松様がご機嫌よく喜ばれましたよ。　あふみ」
（「書状 近江局筆」九州国立博物館所蔵　撮影者：落合 晴彦）

徳川家綱公の鎧兜

家綱公五歳の時の鶏図
（共に多田神社蔵）

近江局

続・能勢物語

目次

2章　大坂編

3章　江戸編　上

4章　江戸編　下

はじめに

「続・能勢物語」将軍徳川家綱を育てた近江局の生涯

江戸時代初期、徳川存続のための大奥を守り抜いた女性がいた。
清和源氏の末裔、摂津地黄《じおう》城主、旗本能勢頼次《のせよりつぐ》の三女福《ふく》である。
家光から家綱《いえつな》への代替わりに起きた戦乱や天災を乗り越え、
暗躍する表の者たちや大奥の女たちの陰謀を切り崩し、
勇気をもって、幼少から病弱だった家綱の命を守り、
知恵をもって、やさしくて賢い将軍に育て上げ、
家康から三代続いた将軍の存在意義を、
文治へと大きな転換を果たさせた。
その原動力となったのは、
ふるさと能勢で学んだ先祖の歴史と、
連綿と繋がってきた清和源氏の誇りと、
父母の生きざまと夫への一途な愛の日々であった。
父をはじめ多くの人々の信頼と信仰による魂を受けつぎ、
自らの運命を切り開き、徳川家と能勢家の繁栄を支えた女性、
「能勢 福」（近江局《おうみのつぼね》）の激動の生涯を描く。

・切竹十字紋
・切竹矢筈紋
能勢氏家紋

◉プロローグ

はっ、はっ、はっ、

夜の丸山に、女が息を切らして登って来た。

「だれじゃ」

城の入り口を守っていた数人の兵が槍をかまえて取り囲んだ。

「おねがいです、お助け下さりませ」

「名は」

「波多野、波多野秀親《はたのひでちか》のお子さまを連れております」

「赤子を抱いておるのか」

「どうか、お殿さまにお取次ぎを」

女と赤子は、地黄丸山城二十二代当主能勢頼道《のせよりみち》に対面した。

「本梅《ほんめ》の数掛山《かずけやま》城が明智に攻められ炎上、闇に紛れて三里の道を逃げてきました。秀親さまは、この子一人だけでも生き延びさせよと乳母の私に宗春《むねはる》さまを託されました」

頼道は、母の実家である本梅の波多野またその本家である八上《やがみ》の波多野を明智の攻めから救うことはできなかったが、一人残った母の弟で秀親の四男宗春を確かにこの丸山で育てたのである。

それから七年、天正十年夏の初めのことである。

「敵は、四条本能寺！」明智光秀が桂川で行き先の変更を告げた。

光経《みつつね》率いる能勢勢は、明智のしんがりを務めていたが、隊の反転により先鋒に躍り出た。馬に乗った侍十六人と雑兵《ぞうひょう》合わせて五百人（五十人か）は、北斗七星の先端星破軍星《はぐんせい》を背にして、織田信長の宿舎に一番乗りを果たした。

頼道が、天正八年、信長の命を受けた塩川長満《しおかわながみつ》に謀殺され、跡を継いだ十九歳の弟頼次《よりつぐ》は、〝恨みは百年後に〟と耐えてきたが、二年足らずで、にわかに明智によって信長を討つ天の恵みを得た。

弓の名人光経は備中の毛利か堺の家康に向かうと思っていたら、なんと相手が信長だった。寺の客殿に向かって塀を登り、重藤《しげとう》の弓で鷹の羽を付けた長い矢を力いっぱいに引き絞ると、

「能勢兵太夫光経、君父《くんぷ》の仇《あだ》を報《ほう》じ奉《たてまつ》るー」

と大声あげて切り放った。その矢は目標誤らず信長の肩先を射通した。

若殿頼次は光経の報告を受け、「足利将軍家への忠義が立ち、兄の仇《かたき》は亡んだ」と喜んだ。

しかしそれもつかの間、能勢地黄丸山城は、秀吉から差し向けられた河原長右衛門宣勝《かわらちょうえもんのぶかつ》の乱入により城下とともに焼き払われた。城の機能はその寸前に領地内の為楽山《いらくざん》（妙見山）に移してはいたが、頼次は能勢を追われる身となり三宅助十郎と名を変えた。三宅は祖母の実家である。

〝頼次の諸国巡覧・備前落ち〟という九年あまりだが、その間のくわしいことは記録にない。

丹州桑田郡の親戚に匿《かくま》われた後、備前岡山で信仰を得て、その後羽柴に仕えた。

九年後の天正十九年春、頼次は、仕えていた豊臣秀長が病没したので大和から能勢に帰った。

この間、能勢は島津らの支配を経たとはいえ、能勢氏が五百年余りにわたりふる里の民と培《つちか》ってきた

縁というものは切れてはいなかった。頼次は再び地黄丸山城に入り、待っていた家臣とともに領民を守り妻子を守りながら秀吉の大坂城に仕え、天下の成り行きを窺っていた。

頼次は城下繁栄の象徴布留大明神《ふるだいみょうじん》の社再建に着手する。頼次の帰郷を祝い、僧の真乗坊《しんじょうぼう》たちが勧請し、島津義久の代官戸成掃部兵衛尉《となりかもんひょうえのじょう》と福崎新兵衛尉の寄進を得て完成した。

さらに九年後の慶長四年正月のことである。徳川家康が上洛のおり、鳥羽実相寺《じっそうじ》で休憩をした。その時、弟で寺の住僧金剛院《こんごういん》の仲介により、頼次は徳川家康の小姓に取り立てられた。

慶長五年六月、頼次は家康軍に付き従って野州小山《やしゅうおやま》から関ヶ原に行軍し、天下分け目の戦いで徳川の馬まわり旗本勢として炎のように働き、東軍を有利に導いた。

軍功をあげ、家康の直参《じきさん》で従五位下伊予守となり能勢の旧地三千石を領主となって取り戻し、旧臣・領民たちから格別の歓待を受けてふる里に凱旋した。このとき頼次は三十九歳だった。

今では能勢、河辺《かわべ》、豊島《てしま》三郡に預け地を合わせた一万石あまりを領し、徳川の大身旗本寄合席《よりあいせき》として、家康の知恵袋となって活躍中の五十三歳である。

ふる里には新しく地黄城を築き、お福ら子どもたち八人が育っていた。

Ⅰ章　能勢編

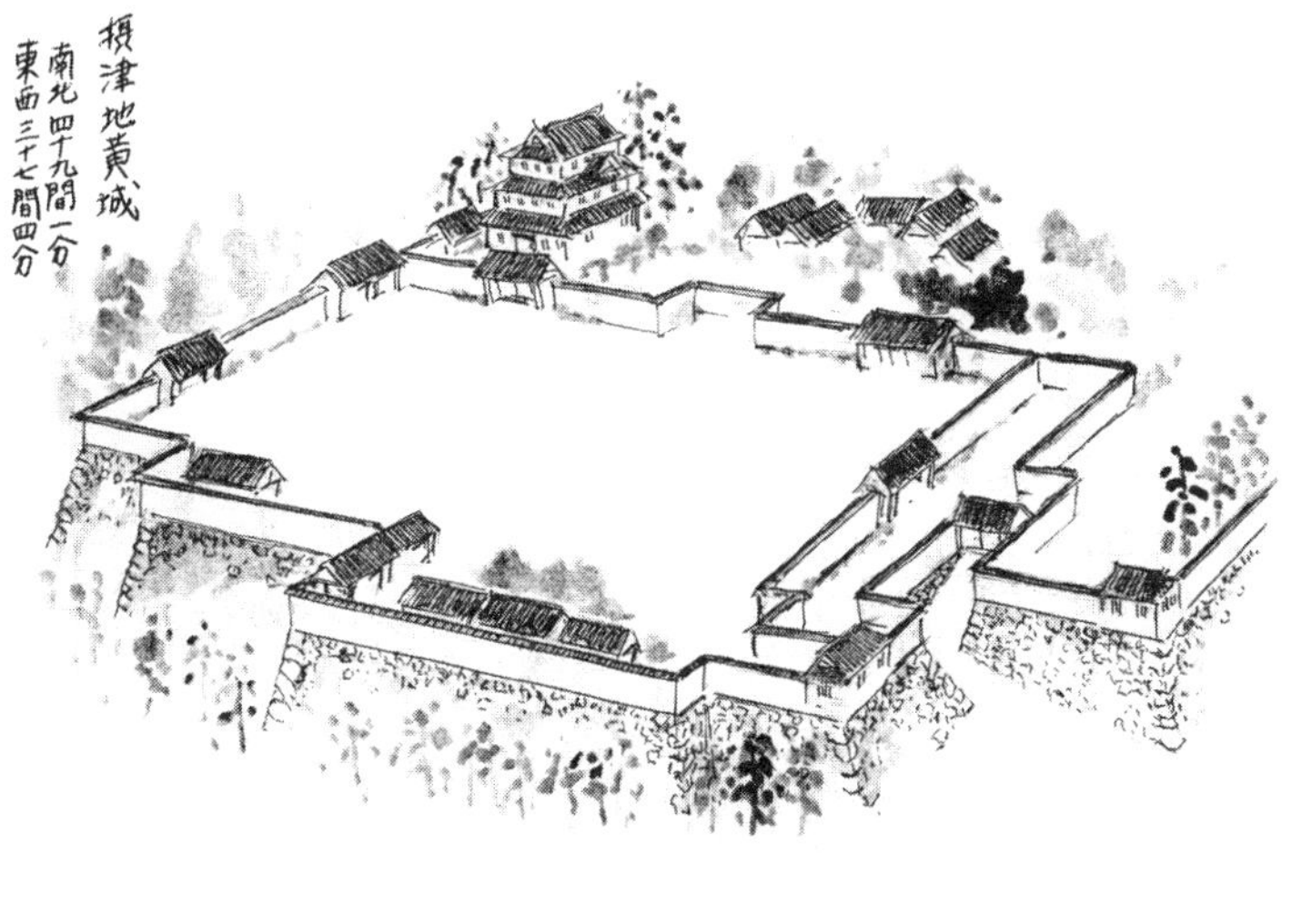

◉一　地黄城《じおうじょう》の姫さま

「お福〜」

「お城に帰りますよ〜」

「お福さま〜　どこにおいでです〜」

二人の姉と乳母が丸山の頂から呼んでいる。

福は、曲輪《くるわ》から拾ったばかりの瓜ほどの石を持って落ち葉の斜面をかけ登った。

曲輪とは、城の下にあって城を囲むように造られた帯状の平らな山道である。

摂津国能勢地黄。城主能勢頼次の第七子で三女の福は、お椀を伏せたようなこの小さな丸山で慶長九年（一六〇四）に生まれた。慶長十九年の今十一歳。一キロほど離れた地に新城が築かれて引っ越しをしたのでここ丸山は城跡になっている。福は七歳年上の姉富《とみ》、四歳年上の姉幸《さち》、養育係の乳母イセと共に天気がいいので午後丸山に遊びに来た。

能勢氏は平安末期から五百年の永きにわたって丸山に砦を築いてきたが、二十三代となる福の父頼次がそれを廃し、城下に摂津地黄城を築いた。いわゆる平城《ひらじろ》である。

福が生まれた頃からとりかかり、増築を重ねた。石垣を積み終えれば完成である。

姫たちは、丸山から南に広がる百町歩の田畑やその真中を流れる川、それを囲む東西の山々、城下の家々を見守るようにそびえる三層の白壁御殿を眺めるのが大好きで、小柄で活発な福は山道を上下しながら、もの静かな姉たちは福を待ちながら小山を楽しんでいた。

丸山の上には朱を溶いたような夕日の空が広がり、冷たい風が吹いている。

「どこにおりましたか福。一人になってはいけません、危ないのです」

十八歳の姉の富はまるで母が言うように厳しく諭した。十五歳になる姉の幸は優しく続く。

「豊臣方の者が、どこから狙っているか知れないのですよ」

福は、分かっていますという顔で返す。

「たとえば、伯父さまをだまし討ちにした憎っくき塩川でしょ」

「そうです。能勢の隣国で多田荘《ただのしょう》を預かる御家人の筆頭塩川氏」

「父上の頼道お兄さまは、塩川の山下城に招かれ、能を見ている最中に襲われたのよね」

「そうです、能勢家にとって塩川は恨みある仇です」

「私、耳にタコができるほど教えられていますから」

乳母のイセが、今、敵は塩川だけではないと付け加えた。

「大坂では徳川と豊臣の大勝負の真最中。兵の数ではお父上の徳川が圧倒しているらしおすが、豊臣は強ぉて、まだ何が起こるか知れませんのです」

これが後に〝大坂冬の陣〟といわれる戦である。

父が率いる能勢勢は大坂城の北、川を挟んで天満口に陣を敷いた。能勢の軍師早崎頼種は、大御所の茶臼山《ちゃうすやま》本陣に伝令の途中、敵城近くで兜のまん中を射ぬかれて家来とともに落命した。

二人の亡き骸が地黄に連れ帰られ葬儀を終えたばかりであった。

福は、何度も言われている注意をいつものように聞き流すと、

「ほら、石がありました」

と、泥にまみれた石を両手で高く持ち上げた。三人は驚いて、

「まあ、そんな大きな石どこで見つけたの」

「変よね、丸山に石が落ちていたというの」

「石という石は一つ残らず新城に運ばれたのでございますよ」

「お福、捨てなさい、それは毒石だわ」

福は、〝毒石〟と言われてとっさにこう反応した。

「えっ、玉藻《たまも》が化けて飛んできたキツネ石だとでもいうの」

周囲一キロばかりのこの丸山は、不思議なことに石がない山で、旧城に使われたわずかな礎石も全て新城に移されたというから、山にはもう石は豆粒ほどのものも残ってはいないのである。

福は、

「落ち葉の下に埋《う》まっていました。丸山の最後の石です。記念にします」

と誇らしげだ。

「お迎えです」

登り口に警護のために控えていた家臣がやってきて下山を促した。

「ほらお福、そんな怪しい石、捨てて帰りましょ」

「いやだ、持って帰ります」

「とても重そうで、持っては歩けないでしょ」

「みなさんに遅れないようにしっかりと歩きますから」

そうは言ったものの、福は急な下り坂ですぐに遅れ始めた。石は丸くて汚れていて大きさに比べてもずいぶん重いものだった。幸が、福の困っているようすを見かねて、

「かしてごらん、私が持ってあげましょう」

と袂《たもと》に包んで持ってくれた。幸姉さんはいつも優しい。

しかし山を下りたころには、幸は卵のような白い肌の額や首筋に大つぶの汗をかいていた。

五人はふもとの清普寺《せいふうじ》（祖父頼幸《よりよし》を祀るために父が丸山の墓所を移して建てた寺）を過ぎ、その西側の歌丸山《うたまるやま》と呼ばれる木々に囲まれた村の共同墓地にやってきた。

風に乗ってふわりと線香の香りが漂っている。戦死をした早崎頼種と家来の吉右衛門の亡き骸がきのう葬られた。〝埋《い》け墓〟である。

五人は円く盛られた二つの新しい土の山に向かって並んで手を合わせた。気の強い富が、

「豊臣をぐるりと取り囲む十万余騎の徳川が優勢と言われていましたのに…」

悔しそうにこう言うと妹たちの方に向きなおり、この早崎家は大南家と河崎家とともに昔から苦楽を共にしてきた能勢家の一族であると教えた。妹たちもそれをよく知っていて、

「曾《ひい》おじいさまの弟御三家。私たちが今あるのはこの御三家があったればこそなのでしょ」

福がこう言えば、幸も、早崎頼種の死により側近がまた減ったと残念がった。

イセも、「お父上もさぞやお力落としでございましょう」と悲しんだ。

「曾おじいさまに仕えた三家の〝勇猛の士伝説〟私、お話できますよ～」

福が〝次は私の出番〟とばかりに口を尖らせた。二人の姉は声をそろえ、「それはまた今度ね」とさえぎった。福は能勢家に伝わる伝説をまるで見てきたように語るという特技をもっている。しかし語り始めると時間がかかるので、めったにその機会がもらえない。だから話をしたい時にはいつも無意識に口を尖らせる。今日もその口を見てすばやく富が三家の悲運をまとめた。

「河崎家の当主は本能寺で討ち死に。大南家の当主は関ヶ原で討ち死に。とうとう早崎家の当主も大坂でお亡くなりになってしまいました」

「これ以上犠牲者が出ませんように。大坂の戦が早く終わりますように」

幸もしんみりとしてもういちど墓に向かって手を合わせた。富は妹たちを励ますように、

「父上は関ヶ原で〝私は家族を顧みず〟と言って家臣としての手本を示し、大御所さまに忠誠を誓われました。今大坂でもきっとそんなお気持ちで戦っておいでですよ。さあ帰りましょ」

と急がせた。

「〝かえりみず〟ってどういう意味ですか」

福は、姉の前に出て両手を真横に広げて通せんぼをして訊いた。

「〝家族の安否に心奪われず一心不乱に働きます〟ということでしょう」

富が軽く答えて福の腕をするりと交わし前に出た。福はもういちど姉の前にまわり、

「〝家族のことなどそっちのけ〟を、姉上までがお手本だと思っているのはいやです」

とむきになって言いかえした。それを聞いて幸が素早く話題を変えた。

「関ケ原の時、ちょうど私が生まれ、母上は子ども五人を連れて山々を逃げ廻られたのです」

「あれ、五人ですか、幸姉さまは六番目でしょ」

福はまた次の疑問にひっかかる。幸がすかさず返す。

「一番上の兄上は、すでに大坂城の人質にとられていました」

本能寺の変で能勢を追われた頼次は、ほとぼりが冷めると大和郡山の羽柴秀長、次に大坂城の秀吉に仕えた。そのとき長男頼重《よりしげ》は十一歳で大坂城内〝預かり〟の身となった。

翌年秀吉が亡くなると、五大老と五奉行が入り乱れての勢力争いが始まり、それぞれの筆頭である徳川家康と石田三成の対立が表面化する。

能勢の大坂屋敷が石田屋敷の隣にあったことにより、頼次は家康から三成の監視役を任され、家康の家臣として、このとき他の誰もまねできない大役を果たした。

前田利家が亡くなった次の年の慶長五年六月、家康は、会津上杉景勝が上洛命令に従わないことを謀《む》反《ほん》とし、上杉攻めに出陣する。その隙の八月、石田三成は家康の拠点であった大坂城西の丸から留守居を追い出し、伏見城を襲って落城させ、家康が残していた兵を討ち取った。

会津に向かっていた家康と頼次たちの部隊は下野国小山《しもつけのくにおやま》の陣から急きょ西に反転、その軍が九月、石田三成率いる西軍と関ヶ原で衝突した。

豊臣秀頼の補佐争いが、とうとう東軍対西軍の天下の決戦に及んでしまったのである。

「もし関ヶ原で東軍が負けていたら、大坂城のお兄さまの命はどうなっていたでしょう」

あれこれと想像を広げて心配するのが幸で、しっかり者の富はそれにきちんと答える。

「天下分け目の関ヶ原は能勢家にとっても関ヶ原。負けていたら父も兄も命は危なかったでしょう」

イセも補足をする。

「兄上さまは助からはりましたけど、ガラシャさんは細川家の大坂屋敷で亡くならはりました」

「同じ大御所さまお味方だったのに?」

姉たちの話を聞いて次々と疑問が湧いてくるのが福である。

家康の旗の本《もと》に就いた父はこの時三十八歳、長男頼重《よりしげ》は十四歳であった。東軍の勝利で父も兄も命がつながり、能勢家に再び旧領能勢が預けられたのは幸運であった。

五十三歳になった頼次は、非職の大身旗本《たいしんはたもと》で、知行地能勢に住み、お呼びがあれば参勤をする御伽衆《おとぎしゅう》である。徳川の〝大名証人制〟による交代人質が義務づけられる前である。

父は公儀から拝領した江戸屋敷に側室を置き、長男と次男もそれぞれ江戸の拝領屋敷に住んですでに所帯を持ち跡継ぎが生まれている。福は、父がこんどは徳川に兄たちをさし出しているようなものだと思っている。イセが福の心配を察したかのように説明した。

「お兄さまたちは〝初御目見得〟で将軍さまに拝謁し、旗本としてお認めいただかれておりますよ。今回の戦には兄弟お三人が大御所さまに属し、茶臼山の陣に詰めておいでです」

将軍とは秀忠のことで、大御所とは家康のことである。

福は兄たちの近況を聞いて少し安心した。幸が、

「父上とご一緒のお兄さまも、どうか初陣をご無事で果たされますように」と声に出して祈った。

父と一緒の兄とは三男頼之《よりゆき》二十三歳のことで、能勢勢として能勢から出陣している。

姉妹たちは、父と四人の兄たちの無事を願って、もう一度墓に向って手を合わせた。

「あら、あの黄色い花はなんでしょう。あそこだけ灯《とも》が点っているようね」

福は墓所の奥に固まって咲いている花をみつけた。その福の袖をイセが引っぱって止めた。

「墓の花に姫さまがさわってはなりません。あれは石蕗《つわぶき》、姉妹の怨念がこもっておりますのやで」

「なにそれ、姉妹の怨念ってなに」

（しまった、お福さまの知りたがりに火ぃつけた）イセが困った顔をした。

「昔、城下の姉妹が悲劇の末に亡くなり、葬られたこの墓地を〝妹《いも》が岡《おか》〟っていうの」

富が短く説明して立ち去ろうとした。福はどんな話か知りたくて、黒瞳《くろめ》がちの大きな眼《まなこ》で姉たちの顔をのぞくがだれも目を合わせてはくれず、付きそいの若者に視線を向けた。

若者は余野《よの》広安《ひろやす》といい、少々あわてたようすで、

「はい、余野常宗《つねむね》は、四十年ほど前、殿さまの兄上の頼道さまに仕えておりましたが…」

とそこまで言うと口ごもってしまったので、もう一度福に見つめられたイセが後を続けた。

「常宗と娘たちは、源氏に伝わる秘曲の笛の伝授をめぐって悲劇の最期を遂げはりました。姉は十八、妹は十六であったそうな」

「何があったの」

みなはこれ以上話したくないようである。昔話が大好きな福に、なぜ誰も今まで教えてはくれなかったのだろう。富が意地悪げに告げた。

「板垣家の姉と妹が嫉妬によって川に身を投げ、ここに葬られたのです。夜になると、娘たちの霊がさまよってすすり泣くそうですよ〜　ほら出たっ」

「きゃ〜」

姉に驚かされて福が悲鳴を上げた。石を抱えていた幸は青い顔をしてつぶやいた。

「早く帰りましょう、私なんだか気分が悪くなってきました」


その夜城下に雪が降り、幸は深夜に高い熱を出した。

そして、次の日からは起き上がれなくなった。

「しっかりしなさい、幸」

母も姉も乳母たちも付きっきりで看病をしたが、高熱が三日続いて幸は弱ってしまった。

「薬師《くすし》もお侍医《さじ》も原因がわからないと言います。いったい幸はどうしたというのでしょう」

城内は大騒ぎとなった。

福は丸山の石を部屋にどしりと横たわらせて眺めていたが、これが幸の体調を崩させたのではないかと心配になって、姉の枕元に行ってか細い声であやまった。

「幸姉さま、ごめんなさい。わたしの石を持ってもらったばかりに……」

「石とは関係ないでしょう、大丈夫すぐよくなりますよ」

幸は熱に浮かされながらも、妹をかばっていた。

福は、母と姉に〝毒石〟の昔ばなしを聞いてもらった。

＊

「玉藻《たまも》の草子《ぞうし》」

昔、中国《もろこし》に美女に化けて皇帝を虜《とりこ》にし、国を滅ぼそうとしている狐がいました。全身金毛で尾は九本あり、「九尾《きゅうび》のキツネ」と呼ばれていました。しかし正体がばれて、狐は日本に逃げてきました。日本は平安のころ。狐は絶世の美女に化けて鳥羽上皇に近づきました。上皇は美女を狐と知らずに「玉藻前《たまものまえ》」と名付けて寵愛していましたが、やがて心の病を引き起こし、日々、身体《からだ》まで悩まされるようになりました。上皇は、能勢の信田の森にすむ陰陽師の安倍泰成《あべのやすなり》に病の原因を占わせました。

「美女の玉藻前は、キツネです」

泰成が正体を見破ると、狐は、白面金毛九尾の正体を現し、遠く下野国《しもつけのくに》那須野に逃げていきました。

源氏の大将下野守《しもつけのかみ》は、泰成を軍師に、三浦介義純《みうらのすけよしずみ》と上総介広常《かずさのすけひろつね》らに命じて那須野で狐狩りをしました。

お告げに従い犬の馬場を設け訓練をして臨んだので、見事狐を追い詰めることができました。狐は大きな毒石（殺生石《せっしょうせき》）に変身し、悪霊となって邪気を放っていましたが、その後、玄翁《げんのう》というお坊さんの杖で破壊され、各地へ飛び散ったということです。

＊

「あの石は、あの石は、玉藻の毒石に違いありません。姉上は狐に化かされました～」

福は母の膝に突っ伏すと、幸が呪われたといって泣きじゃくった。

「大丈夫、下野から能勢は遠すぎますよ」と母がなぐさめても、

「お話では日本《ひのもと》の各地に飛び散ったといいます」と嘆くばかり。

「そう思うのなら山に返しに行きなさい」母がこう告げると、

「こんどは福が呪われないでしょうか」と姉の富が石の祟《たた》りを本気で心配する。

福は、母の膝から顔を上げると、

「日秀《にっしゅう》さまに、ご祈祷をお願いしてみます」

と、涙いっぱいの顔をひきしめた。

◉二　冬の陣のみやげ

「徳川と豊臣が和睦。能勢勢は天満より帰路に着きました」

慶長十九年（一六一四）十二月二十五日、寒風をついて大坂天満から早馬が到着した。

城では一時喜びの声があがったが、だれの表情も厳しかった。幸の病状がいっそう深刻になったせいである。

「幸、幸、父上さまがお帰りじゃ、しっかりなされ」

母が幸に顔を近づけてよびかけた。

「幸さま、戦はおさまりましたえ。幸さまのお祈りが届きましたんえ」

イセが額の手ぬぐいを替えて励ました。

「……」

幸は何か言いたげだが、荒い息にかき消され、何を言っているのかわからなかった。

福は不思議な石を持って、すぐ近くの恵照寺《えしょうじ》にお願いに行った。

守り役の家臣余野広安と弟がお供である。弟とは五男の市十郎（頼永）七歳である。

「日秀さま、姉上はこの石の毒気に中《あ》てられたのではないかと思うのです」

恵照寺の日秀とは尼さんで、福たち兄弟姉妹が古典を学んでいる師匠である。

「これが殺生石だとおおせですか。なるほど狐のように温かじゃ、どこにありましたかのう」

「丸山です。下野から飛んできたのではないでしょうか。拾った時はもっと重かったのです……」

日秀は表を見たり裏に返したりしていたが、預かってみるという。

「幸さまのご快復を願ってこの石をご祈祷いたしましょう」

福はホッとして城下へ出た。

「姉上、丸山に登るのではないのですか」

好奇心いっぱいの弟は、姫たちの行くところにはいつもいっしょに行きたがる。

「市十郎、今日は布留宮《ふるのみや》にお参りをしましょう。そこで父上たちのお帰りを待ちましょう」

城下は、北の丸山から南に広がって野間に至る。野間への途中にあって「野間神社《のまじんじゃ》」と呼ばれる神社が「布留宮」である。

大坂の天満からふるさと能勢に至る街道が、後に「能勢街道」と呼ばれる京に通じる道である。大坂から帰る父たち能勢勢はこの街道を帰ってくる。布留宮で待っていれば、いくらか早く父に会えて、姉のことを告げることができるだろう。

「ふるの宮は、古くて、なんだか苦手です」

市十郎が福の手を握ってたよりない声を出した。

ここは、杉・ひのき・欅《けやき》がうっそうと茂り、森の中のように昼でも暗い。ことに冬の境内は日が差さずじっとしておれないほど寒かった。市十郎が落ち着かないので、福はお参りをすますとさらに南に一キロばかり歩いて陽当たりのいい丘に連れて行った。そこは里岡山《さとおかやま》といい、治承の昔、三草山に向かう源義経《みなもとのよしつね》が一泊をしたと伝わる由緒ある小山である。

福は丘の上から、父たちの一行が姿を現わすであろう大槌峠《おおづちとうげ》を眺めた。

「市十郎、布留宮のふるとは古いという意味ではないのですよ」

福は峠の道に目をやりながら、弟に野間神社のいわれを語り始めた。

「むかし、野間の神社には土器や相撲の神さまが祀られていました」

「あっ、野見宿禰《のみのすくね》っていう神さまでしょ、聞いたことがあります」

市十郎の反応はとてもよい。

＊

「布留宮」


ここ野間に、推古十三年、大和の国から剣《つるぎ》の神さまがお引越しをしてこられました。

剣の神様とは……

昔むかし、大和の川に一本の刀が勢いよく流れてきたときです。その刀はとても鋭くて、周りの岩を切り裂きながら流れてきました。

洗濯をしていた娘は、危ないと思って逃げようとしましたが間にあいません。ところが、刀は、娘の洗濯物の布にからまって留《と》まったのです。

驚いた娘はこれを神の御業《みわざ》と思い、刀を近くの石上神宮《いそのかみじんぐう》

に納めました。

布に留まった刀をお祀りしたので「石上布留大神宮《いそのかみふるだいじんぐう》」と呼ばれるようになりました。

やがてその宮から剣の神さまが能勢に引越しをされることになりました。

神さまとは、石上布留大神宮の石窟にある饒速日命《にぎはやひのみこと》が身に付けていた勾玉二百四十一個です。

勾玉は剣の神さまで、武士の神さまでもあり、鉱山を守る神さまでもありました。

神さまの引っ越しにお供をしてきた人々は、野間大原あたりの布留道を、

〽ふるへ～　ふるへ～　ゆらゆらとふるへ～　と唱えながらやって来ました。

お供をしてきた大和の人たちは、そのとき薬草を携えてやって来ました。

薬草の名を地黄草《じおうそう》といいこの地でよく育ったので、仁明帝《にんみょうさん》の時代になると、
ここに「典薬寮《てんやくりょう》」という朝廷の薬の施設が造られました。

布留宮には相撲の神・剣の神・鉱山の神、そして薬草の神さまが祀られているのです。

＊

「あれ、仁明さんって」

弟の市十郎が訊いた。

「清和帝《せいわさん》のおじいさまにあたる人です」と福が答える。

市十郎は利発な子どもである。

「清和さんは、私たちのご先祖ですね」と、すぐに応じた。

「はい、そのとおり。能勢家は清和源氏です」

「私は、お正月、布留宮で父上たちと相撲大会を見ましたよ」

「そうです相撲をお供えします。布留宮は能勢家の守り神なのです」

「薬草を、お江戸に届けておられます」

「よく知っているではありませんか、市十郎。きょうはもう一つ、桃太郎の話もおまけです」

「桃太郎さんの話なら小さい時から知っていますから…」

「きょうは能勢の桃太郎の話ですよ、大坂から帰って来るのです」

「え、どういうこと、犬も猿も雉も連れて？」

「そう、お供を連れて」

「桃太郎さんは、戦に勝って鬼の村から宝物を取り戻して帰るはずだけど」

「そうです、おみやげは何でしょう。あ、帰って来ました。桃太郎は、桃太郎は……父上です」

能勢伊予守頼次、従五位下大身旗本の晴れ姿であった。

「姉上、本当に宝物の荷車を引いていますよ」

「まあ、まるでおとぎ話ね。戌《いぬ》年生まれの頼重《よりしげ》お兄さまが先頭です」

「大御所さまからお暇が出たようでございますね」と、広安が説明した。

「市十郎、桃太郎のお供、次はだれですか」

「猿です」

「はい、猿は次の兄上頼隆《よりたか》です。弓矢の達人亥《い》年生まれの元気者です」

「次は」

「雉です」

「います。眼光鋭い辰《たつ》年生まれの三男頼之《よりゆき》お兄さま。あっ、こちらに手を振っています」

「次のお供は」

「え、まだだれかいたかな、だれかなあ」

「ほら、確かにいますよ」

「きつね、うさぎ、かえるだったかな」

「未《ひつじ》のように優しい四男頼久《よりひさ》お兄さまです。駿府《すんぷ》から帰ってきました」

「姉上、荷車に大きなお宝を積んでいます」

「市十郎、急ぎましょう」

二人は転ぶように里岡山を駈けおりた。

「父上、兄上、お帰りなさいませ。姉上が、姉上が…」

能勢五十人の軍勢の真ん中は荷車で、荷は梵鐘《つりがね》であった。菰《こも》で巻き綱で縛られていた。兄たちは市十郎と福を抱きかかえると、鐘の上に市十郎を前、福を後ろにまたがらせた。荷車は家臣たちに曳かれてまたガタガタと前進した。

「円くて大きい釣鐘、どうしたのですか。お尻がちょっと冷たいです」

福が腰を浮かし、市十郎はひざを折って鐘の上に座り右手を振りかざした。

「すすめ、すすめ、お城まで、早く、早く」

頼重二十九歳、頼隆二十八歳、頼之二十三歳、頼久二十歳の大きな手が弟妹を支えた。

父は頼もしい子どもたちに囲まれて目を細めた。一家五人が身に付けている鎧《よろい》は、勝戦の縁起を担いだ勝色縅《かちいろおどし》(濃紺の糸)で綴り合せたものである。みな、キリリと引き締まって見えた。

先祖の祖廟《そびょう》多田は、昔から〝勝負の神〟とあがめられている。頼次は勝軍ご利益を身に受け、りりしくて逞しくて、併せてどことなくおしゃれな武将であった。


「すすめ、すすめ、えんやらや」

「早く、早く、幸姉さんの待つお城へ、早く」

市十郎と福を乗せた荷車が布留宮の前に着くと、父の手がまっすぐ上がった。

〝止まれ〟の合図である。

「釣鐘を布留宮にお供えする」

家来衆が荷車を直角に誘導して布留宮の境内に入れた。二人を降ろし釣鐘の菰を外すと、父は神社の前に立ち、大声で戦勝報告を始めた。能勢家の繁栄と幸の病気回復を祈ると、みなで勝鬨《かちどき》の声を上げ、早々に解散を告げた。そして父は家来たちに荷を託し、側近の者たちと子どもたちを伴って城に急いだ。城まではもう一キロもない。

小走りの父の大きな背中からは、強運と才気があふれていた。

父は五十人を連れて豊臣との対決に参戦し、四十日余りの戦で二人の家臣を失ったが、和議を得て、家康に仕えていた三人の息子を連れ帰ってきた。

能勢家が明智の本能寺攻めに加担し、秀吉の配下に攻められて、頼次が流浪を始めたのは二十二歳の時であった。妙見山を挟む隣村の丹州桑田郡に妹が嫁いだ井上氏友《うじとも》宅と親戚筋の長沢与三《ながさわよぞう》宅があり、頼次はここに匿われて難を逃れた。その後備前岡山や大和郡山に名前を変えて潜み、ついには秀長・秀吉の下にも就いてきたが、幸運にも家康に乞われて東軍となったのである。

関ヶ原の戦い直前に頼次の長男を大坂城から救い出してくれたのが、この長沢与三であった。与三は後藤又兵衛の配下で、秀頼の鉄砲指南役であったが、西軍として関ヶ原に参陣し戦死した。

与三の妻は先日討ち死にをした早崎頼種の弟能勢頼元《よりもと》の娘である。頼元は豊臣家臣として健在である。つい先日も、矢が大坂城方面から能勢の陣に飛んできて頼次の足元に突き刺さるという危ういことがあって、抜いてみたらそれは頼元の矢であった。

敵《かたき》同士の与三や頼元、また、キリシタンの井上氏友であるが、みな幾多の攻防をくぐりぬけ、戦乱の世を今日まで駈け抜けてきた昔からの能勢氏の一族である。

「幸、幸、いま帰ったぞ」

父は足を洗うのもそこそこに、大またで幸の寝所へ急いだ。兄弟もみな父の後を追った。

幸は、朝方はまだ声が出ていたが、父たちが着いた午後には息も絶え絶えになった。顔も手も透き通るほど白くなって、静かに横たわっていた。

「幸、聞こえるか、みやげ話だ。三つあるぞ」

「……」

幸のまぶたは力尽きたように閉じて、父がその顔をのぞき込んで励ました。

「和平と、釣鐘と、輿入《こしい》れの話だ。幸、聞こえるか、頼重と頼隆と頼久を連れ帰ってきたぞ」

幸の手が動いた。あわてて握り返す父のようすを見て、兄たちも次々に幸の手をとった。

白く細い指は、もう力が尽きて氷のように冷たかった。

父は、娘の枕元でさっそく釣鐘の話を始めた。

＊

「波よけの太刀とかもめさん」


能勢勢は、城の北の川べりに追い詰められた。攻撃から逃れるには川を渡るほかない。

絶体絶命の危機だ。その時、腰に差した家宝の刀がこう言うた。

〝川の水を切れ、源氏の刀が水を引く〟

そうだ、昔、家宝の刀で鎌倉の海の水を引かせたご先祖がいた。新田義貞だ。

南無妙見大菩薩、どうか私にも仏のご加護を現わせたまえ。

私は手にした刀で川面を切った。すると不思議なことに川の水が割れた。

割れた川の中を渡ることができたのだ。

水が割れた時、たくさんの白い鴎《かもめ》が翼を広げて飛び立った。

われらが着いた所は大川べりの源八堤《げんぱちつつみ》。

その土手に釣鐘が転がっていた。

誰がどこから持ち出したのだろう。

鐘とは不思議なもので、静かな時にゆったり打てば
心休まるが早鐘には心が騒ぐ。

ジャンジャンと早打ちすれば、何百の敵が来たかと
思うほどの焦りの音を上げるのだ。

見ると梵字《ぼんじ》で真言陀羅尼《だらに》の経《きょう》が彫り刻まれている。

古くて貴重なものだと一目で分かった。

もっとよく見ると、「元應《げんおう》元年山城国乙訓郡勝龍寺《しょうりゅうじ》
洪鐘畢《こうしょうおわんぬ》（大きな釣鐘です）」とある。

勝龍寺とは、明智の娘たま殿が細川忠興に輿入れをした寺城だ。

明智は山崎の戦で敗走。勝龍寺へ逃げ込むが秀吉軍に囲まれ夜陰に乗じて城を脱出し、
そこから坂本城に帰ろうとし、その途中に命を落とした。釣鐘は勝龍寺のものだった。

鐘が川をどんぶらと、どう流れてきたのかわからぬが、なぜかそこに打ち捨てられていた。

私は明智に援軍を送って以来苦労を重ねてきたが、これは何という巡り合わせであろう。

鐘が〝連れて帰ってくれ〟と叫んでいる気がした。荷車に乗せて持ち帰ることにした。

天満から能勢へは北へ向かって一本道。大きな渡しを二つ越える。

初めの川が十三《じゅうそう》の渡し。次の川が三国《みくに》の渡し。
渡しの船頭などみな逃げていない。浅瀬をさがして右往左往したが、
やはり家宝の刀に懸命に祈り、水をズバズバと切った。
川の水が引き、人も馬もなにごともなかったように川を渡って帰ってきた。
刀根山《とねやま》難所も妙見道《みょうけんどう》も越えてきた。

*

父は身振り手振りで一気に話し終えた。

「幸、幸、目を開けておくれ、聞こえますか」

母が呼びかけ続けたが、幸はもう動かない。

「鴎さんが助けてくれたのですね。父上さま、お見事でした」幸はこうでも言うかのように、優しい笑顔をたたえたまま、まるで白い鴎が飛び立っていくように息を引き取った。

「さちー、さちー」

幸の弔いがすみ、年が明けた。父は二人の娘を前に結婚話を始めた。みやげ話の三つ目だ。

十二歳になったばかりの福は嫁ぐことなどまだ興味がもてないが、父母の前に正座をして神妙にしていた。父はやっとその時が来たというように話し始めた。

「こたびの和議は京極若狭守忠高の今福《いまふく》の陣で行なわれた。淀の方の妹で忠高の母上常高院のお初さまが豊臣方の代表、徳川方は大御所側室の阿茶局さまである。お二人が誓詞取り交わしをまとめた。戦国の女といえば双方にとっての人質でしかない時に二人は両家の先頭に立ち、和睦の交渉を果たした。なんと頼もしい女たちであろうか。私は、おまえたちにもお家を守るという意義ある生き方をしてもらいたいと思っている。そのためにはどこの家に嫁ぐかも重要だ」

父の前置きは長かった。福は物心ついてから父の戦話を聞くのは稀である。

父は福が生まれる前から江戸に通い、生まれてからは駿府に詰めた。家康がいるところが父の仕事場だった。能勢にいる時は城と寺の建設に携わり、領内安定のために駆けまわっていた。

話が続く。

「和議の誓詞交換の使者が、徳川方は板倉内膳正重昌《ないぜんのかみしげまさ》であった。大坂城の秀頼から受け取り、将軍秀忠公の岡山の陣ではなく大御所家康公の茶臼山の陣に持ち帰ってきた。将軍と大御所の間には少々考えの違いがあって、誓詞を茶臼山に持ち帰ったことは、重昌の機転で大手柄であった。大御所は上機嫌となられた。側近が集って祝勝会をしたがそのおめでたい席でわが能勢家の三人の娘たちの輿入れ先の話がまとまった」

父は勝利を得た大御所の幸運を一気に話すと、やっと本題に入った。

「富に再婚が決まった。相手は松平五郎兵衛昌重《まさしげ》である。三河国能見《のみ》松平家で、徳川家の祖にあたる譜代大名だ。おまえが旗本の田村助大夫顕当《あきまさ》と別れて帰ってきたのは正解であった」

富が十五歳で嫁いだのは、平安京造営の主《ぬし》坂上田村麻呂を祖とする仙台一関《いちのせき》の田村家の江戸屋敷だった。伊達《だて》正宗の正室愛姫《めごひめ》の実家である。愛姫は子どもの一人に田村家を継がせることを条件に伊達家に嫁入ったので、田村のお家再興は目前といわれていた。ところが田村家と伊達家の間に争いが起こり田村家に養子の話がなくなり、その上、田村に嫁入った富に子どもができず、後継ぎのめどがたたなくなったと言われ、能勢に帰ってきたのである。

富は直感力が鋭く頭もよいのだがあきらめが早いところがある。だれに似たのか、自分の理屈でさっさと物事を進めていく。この再婚をどう思っているのだろう。

富は、「はい」とも「いや」ともいわずに、だまって父を見つめていた。

次は私だと福が身構えていると、父は幸の嫁ぎ先を話だした。

「幸は、幸は……板倉家の三男にという話だった。板倉家は清和源氏足利氏の流れの旗本。板倉勝重《かつしげ》と長男重宗《しげむね》は京都所司代。次男の重昌は二十六歳の若さで冬の陣の誓詞交換の使者に抜擢されて大御所有利に導いた。〝私は二君の使いではなく、大御所さまの家臣です〟と言い、そのとおりに働いた忠誠心はみごとであった。幸はその弟にと乞われていた……幸が生きておれば……生きておれば……」

父がことばに詰まり、母は声を殺して泣き崩れた。

長い沈黙の後に、父はゆっくりと福に向き直った。

「福は京極忠高《きょうごくただたか》に。京極はもと大津近江宇多源氏。室町足利のころ、京極氏の先祖佐々木道誉《どうよ》(京極高氏)は摂津守護となり、孫満秀とともに多田に館を構え、京極多田家として多田荘、多田院、その御家人を支配した一族である。忠高の父の京極高次は、関ヶ原の戦いで西軍を大津に引き止め功績をあげ、大御所より若狭一国、次いで近江高島をいただき、今では十万石を超える大大名。忠高の母上常高院お初さまは秀吉の側室淀の方の妹で、将軍徳川秀忠公の正室江与《えよ》の方の姉上。浅井《あざい》三姉妹の中の姫さまである。忠高に将軍秀忠の四女でお初さまと同じ名の初姫が嫁がれたが、なぜかお仲がよろしくなくて子がない。忠高は二十一歳。それで福、側室にどうかということだ」

福の目が母と合った。

「側室ですか」

母がすかさず問い返した。あわてた父は、

「あ、いや、すぐにというわけではない。またお相手は、他に高政など二、三人あり、正室として嫁ぐ相手もおられる。京極は外様だが、今は豊臣にも徳川にも一番近い親戚だ。ちまたでは競い合って将軍家の養女に願い出て婚礼を交わす大名家が増えているというのに、能勢家は堂々と徳川の身内と釣り合う家柄なのだ。これは、福が一番の出世かもしれぬぞ」

と言い、こう付け加えた。

「松平家は本所《ほんじょ》で少し遠いがこれから開ける所。板倉家は不忍池《しのばずのいけ》あたり。お福、京極家は能勢の江戸屋敷と同じ桜田溜《た》め池の下にあり、ご近所どうしだ」

福は、江戸にはまだ行ったことがない。

◉三　地黄御園《じおうみその》

次男の頼隆と四男の頼久が旅支度を始めた。

「やっと帰ってきたというのに、もう行くのですか」

母が、茶箱に薬草入りの紙包みを詰めている頼久に訊ねた。

「大御所さまが能勢の地黄草をお待ちかねですので」

頼久は二十歳、家康の側近薬師《くすし》の一人である。

徳川を支えた旗本は八万騎《き》と言われるがそれは江戸中期家臣も入れた数で、初期はまだ数千人。三千石を越える旗本は全体の五％にも満たなかった。そのうち能勢のように出世の資格がある将軍護衛の書院番や小姓組に入れるのはごく僅か。経験を積み、登竜門である目付になれば、将軍側近の役職を担うことができる。しかし有力旗本でも次男三男の仕官は順調にはいかず、まして薬師のような専門職は、よほどの親藩でないと採用されることはない。

能勢は親戚ではないが、長男が書院番、次男が御小姓、三男の頼之も書院番、四男頼久が家康お側付きの薬師というのは異例中の異例であった。

「頼久が大御所さまにかわいがっていただくのは名誉なことですが」

母は、夫と共に息子たちが家康の側近として大切にされていることをよく承知している。しかし、今回は夫が行かないので心配でもあった。

頼久は薬の施設で家康に届ける薬草の吟味にとりかかった。健康志向が強い家康は身辺に何人もの薬師を侍らせていたが、頼次の息子を十六歳からその一員に加えたのは、能勢が源氏の棟梁源満仲の子孫であり地黄草の産地であったからだろう。

「お江戸はどんなところでしょう。私も一緒に行きたいです」

福が舞踊の手習いを終えたと言って兄の旅支度をのぞきにやって来た。頼久が答える。

「駿府のお城までしか行きませんよ。遠州駿府が大御所さまの今のお住まいですので」

家康は、慶長十年秀忠に将軍職を譲り、駿府城から体制を動かしていた。

「お城からは富士山が間近に見えるのでしょ。そこまでもご一緒したいです」

「駿府城は富士山より高くそびえて見えますよ。次には福を連れて行きましょう」

「まあうれしい。お兄さま、きっとですよ」

母は、いつも山の彼方に思いをはせているこの福が能勢を飛び出すのはそう遠くはないと思う。しかしまだ十二歳、東海道は宿場も整っておらず女連れは危険極まりない。頼久がうまく止めてくれた。女がふるさとを旅立つのは嫁ぐ時なのである。

みんなでにぎやかにお見送りしましょうねと、母が覚悟をしたように言った。

「父上に、大御所さまお気に入りの生薬《しょうやく》をお作りしてから出立いたします」

頼久は、酒と生姜《しょうが》の汁に二日間浸しておいた地黄草の根を台所で煎《い》りはじめた。焙烙《ほうろく》という大きな鉄なべの中で地黄草の根が甘く香り始めた。

「匂いだけでもお体によさそうね」

姉が身なりを整え、たすきをかけながらやって来た。

「お福も着替えていらっしゃい。この子、おけいこの途中にぬけだしたのですよ」

「だって、お兄さまたちとお別れなんですもの」

姉に言われて福が着替えてくると、鉄なべは三つに増やされていた。イセのしつらいだ。

「ああいい匂い。私、お兄さまと一緒にこんなお仕事をやってみたいと思っていました」

兄と姉に挟まれて長い菜箸で右に左にゆったりと草の根を動かすと、福は体の芯から癒されていくような気がした。いつもは厳しい姉も匂いのせいか優しい笑顔をたたえて由来を語りだした。

「地黄草は、滋養強壮《じようきようそう》のことばを生んだほどの生薬《きぐすり》ですよね」

「昔、大和石上《いそのかみ》あたりから能勢にもたらされた唐土《もろこし》原産の不老長寿の薬草です」

それが六百年ごろというので、千年ものあいだこの地で受け継がれてきたのだ。

「地黄草がよく根付いたので、ここが地黄という地名になったのでしょ」

福も由来を述べた。

古代律令制下で医薬のことを司《つかさど》ったのが「典薬寮《てんやくりよう》」である。『続日本後紀《しよくにほんこうぎ》』に登場の〝秘薬をのむ帝〟(仁明《にんみよう》天皇)のころからで、その製造法は『延喜式』に詳しいと頼久がつけ加えた。

「父上は、まるで地黄草の入村を辿るようにして大和から能勢に帰って来られたのですよ」

母が涼しげな目を細くしてほほ笑んだ。

母は、豊臣配下のこの地で、昔からの家臣にかくまわれながら三人の男の子を授かった。

諸国巡覧と言いながら大和と能勢を拠点に秀長の下で力と人脈を得た父は、秀長没後は能勢に帰り、お家再興の好機を狙っていたのである。島津の知行下とはいえ島津代官から援助を受けて、文禄四年

（一五九五）布留宮を再建した。

「布留宮は相撲の神・草の神とともに剣《つるぎ》の神の物部氏の先祖や鉱山の神饒速日命《にぎはやひのみこと》を祀っているのですよ。鎌倉の頼朝さまの御代にはここが能勢採銅所の鎮守でした。能勢は銅が採れるので、朝廷からも貴族からも武士からも注目を浴びてきたのです」

能勢家の由来に詳しく、息子たち娘たちにその歴史を語ってきたのは実はこの母であった。子どもたちは幼少から母によって身の上を学んできたのである。母は四男の背中を抱いて、

「父上が大和郡山からお帰りになって布留宮を再建されると、頼久が誕生しました〜」

と涙ぐんだ。頼久は笑顔で母の肩を抱き返した。頼久は文禄四年の生まれである。

「兄上は、まるで布留宮の申し子だったというわけですね」

「私は幼いころ体が弱くみなを心配させましたが、地黄草の研究に没頭し薬師になりました」

「頼久お兄さま、お兄さまはまさしく仁明帝《にんみょうさん》の生まれ変わりですよ」

富と福がかわるがわる兄の誕生と健康を祝福すると、頼久もちょっと照れながら、

「布留宮のおかげで、兄、私、富、幸が生まれ、まもなくわが家に旧知拝領というご利益《りやく》が現われました。私が五歳になると父上は家康さまの小姓、八歳のころには徳川旗本になられ、そして領地が拡大されてこのお城を造られました」

福が話を受けて、

「そして私が生まれ、弟市十郎が生まれました。我が家の繁栄は布留宮のおかげです」

と言えば、母はいつものゆったりとした面差しになり、

「いっときは断滅《だんめつ》しかかっていた能勢家ですが、なんという幸運でしょう」

と喜ぶ。子どもたちは、父とともに苦労を越えてきたこの母が誇りである。

「大御所さまは父上に会い、地黄草に目覚められて、頼久を大事にしてくださるのです」

母は、苦労を忘れたかのように笑顔で輝いていた。

能勢頼次の正室で澄《すみ》の方と呼ばれるこの逞しい母は、丹波船井郡の吉富・新庄を治める信濃源氏末裔の井上氏幸《うじゆき》の娘で、戦国の荒波を乗り越えて五男三女を儲けたのである。


もとは伊勢の支配下にあったということ、斎院庄《さいいんのしょう》と野間庄《のまのしょう》に、仁明期（八三三～八四九）朝廷の「典薬寮」が置かれ、伊勢や都に地黄草やその加工品を届けてきたという。

貞観二年（八六〇）の『内薬省大神朝臣虎主卒伝《おおみわあそんとらぬしそつでん》』や仁安二年（一一六七）の「八十島雑事《やそじまぞうじ》」（難波津の即位儀礼）、また承久の乱（一二二一）後の大内裏《だいだいり》造営時にも、地黄園の供御《くご》たちが〝厳重無二の供御役〟に専念したいと役の免除を申し出ている。長暦元年（一〇三七）の『百練抄』と『帝王編年記』には、銅の採出の最古は摂津能勢だと記録され、ここに、摂津国採銅所が置かれていた。

そこに清和天皇の孫経基、その子源満仲・満政兄弟、満仲の孫頼国が目をつけた。辺りに銅や銀がどれほど埋まっているかわからないまま為政者が次々と期待をかけた。

都に近い銅山という利点で、頼朝を始め足利、信長が虎視眈々と狙うようになり、信長没後は秀吉が支配した。秀吉は能勢の地を高山右近、加藤清正、佐々成政、脇坂安治に次々と与え、天正十六年には、九州平定で薩摩以外をさし出させ上京させた島津義久の在京賄《まかな》い料の地としたのである。

島津が治めて約九年、島津は薩摩に帰りたがっていたので、いずれまた、だれか豊臣の配下に与えられる運命にあった能勢である。よくぞ取りもどせたものである。

「仁明帝《にんみょうさん》の典薬寮の由来、私お話できますよ～」と、福が口をとがらせた。

「福、きょうは聞きたい気分です。語ってくださいな」

姉の富がいつになくゆったりした表情で、福の話を聞くという。

「まあうれしい」福は、張り切って話し始めた。

＊

「秘薬を呑む仁明さん」

とんと昔、桓武帝《かんむさん》が建てた京の都をそのまま都とするか奈良に戻すかで対立がありました。

朝廷に仕えていた薬子《くすこ》という女の人が、帝の秘密を握って奈良へ戻す乱を起こしました。

しかし乱は失敗。嵯峨帝《さがさん》が京の都を継ぐことになりました。

嵯峨帝は、それまでの側近を女の人から男の人に替えることにしました。

女の薬子が尚侍《ないしのかみ》としておそばで権力を握るに至ったからです。

替わってできたのが男の蔵人頭《くろうどのとう》です。

部下には、蔵人《くらんど》や別当《べっとう》や判官代《ほうがんだい》などの役人がつくられました。

役人には、清和帝や桓武帝や嵯峨帝のお子さまたちが就きました。

この者たちは、苗字をもらって源氏や平氏になるのです。

後白河帝の准母《じゅんぼ》に就《つ》かれた帝の姉の統子《むねこ》さんは、上西門院《じょうさいもんいん》と呼ばれました。

源氏一門の能勢家は、この統子さんのお住まいの仁和寺を守る蔵人《くろうど》でした。

ここに源頼朝さんもいました。頼朝さんはまだ十二歳で、皇后宮権少進《こうごうぐうごんのしょうじん》でした。


前置きはこのくらいで本題に入りますと福が息を継いだ。

「ほら、ほら、福の話はやっぱり長い」といいながら、それでも姉は聡明な女性である。

「能勢家はこの仁和寺で、上西門院蔵人や上西門院判官代、皇大后宮大進を勤めてきたのです」

と、能勢家の人々の役職名を付け加えた。

「いいですよ。ゆっくり、ゆっくり、根っこを炒《い》りながら聞きましょう」

兄も応援してくれた。福が続きを始める。


とんと昔、嵯峨帝のご長男を正良《まさら》といいました。

小さいころから病弱で、七歳のころには病歴が記録にずらっーと書き並べられるほどの病気持ちでした。

しかしこの子、なんと七歳にして薬草に目覚め、薬の研究を始めたのです。

丹薬《たんやく》という不老不死の練薬《ねりやく》や石薬《せきやく》という鉱石まで練り込んだ薬を、側近に呑ませご自分でも呑まれました。二十三歳で仁明帝となられましたが、帝でありながらまるでお医者さまのようでした。

その仁明さんが特に重宝されたのが地黄草です。

仁明さんは、摂津能勢の地黄に朝廷の薬の施設〝地黄典薬寮〟を造らせました。布留宮の地黄御園《じおうみその》です。

仁明さんは薬が効いて、命さえ心配されたころとは打って変わってお元気になられ、女御さまは十五人、お子さまも二十三人を数えるほどの子孫を残して四十歳まで生きられました。

そのお孫さんが、私たちの先祖の清和帝というわけです。

＊

「福、そんなことどうして知っているのですか」

頼久がびっくりして、福の顔をのぞきこんだ。

「ほとんど、母上や日秀さまの受け売りですよ」

と富が笑うが、受け売りといってもそれだけ覚えて話せるのはすごい。

福は、御伽《おとぎ》として将軍に源氏の手柄話をする父の遺伝子を受け継いだようである。

父の武辺話は、「元亀・天正のみぎり」と始めるというが、福はこのごろ、「とんと昔」と言って話始めている。

イセが炭を足しに来た。炭は切り口が菊の花の模様をしているので菊炭《きくすみ》といわれ、黒い縁の中に花びらが燃えるようにいこる。火力が安定して火持ちがよく、香りもよく、千利休が茶の湯に愛用して都に広がった能勢の特産である。銅の精錬用としても製造が盛んになった。

今では江戸城はもちろん高家大名たちに重宝されている。

イセが白い灰の上に黒い炭を重ねると、炭はパチパチと音をたて強くて新鮮な香りを放った。

「うちの頼久もとても病弱な子でしたが、仁明さんと同じように七歳で薬に目覚めました」

母がイセと目を合わせながらうれしそうに頼久をほめた。子育てを助けてきた乳母のイセは、その苦労を思い出してか、目を潤ませて何度もうなずいた。

そして部屋に走り込んできた市十郎を見て、

「あ、当家の七歳さま。これ、走ってはなりません、鍋は焼けて熱おます」

市十郎が勢いよく炮烙《ほうらく》の間をすり抜けた。

「あ、危ないっ」

「熱っ」

足をすべらせた市十郎をとっさに支えたのが福で、福の腕が鍋に触れた。

「え〜ん、え〜ん、痛いよう」

「え〜ん、え〜ん、熱いよう」

わんぱくな市十郎が額を打ち、我慢づよい福が火傷《やけど》をして泣き声をあげた。

福は袂《たもと》をまくりあげていたので腕に直接鍋が当たったのだ。

「まあたいへん、これは熱かったでしょう、でも市十郎を守ってくれてありがとうね」

母とイセが慌てて濡らした手ぬぐいで福の腕を冷やした。

頼久は、その手ぬぐいの中に黄色い液を塗って福の腕に巻きなおした。

「これはなに、冷たくていい気持ち、そしておいしい匂いです」

「はちみつです。蜂たちの集めてきた花蜜が熟成したもので蜂たちの保存食です。これを塗るとよく冷えます。福はしばらく休んでいなさい」

「お兄さまありがとう。あ、甘い」

福がこぼれた液を指の先に付けてなめた。どれどれと、市十郎も、姉も、母までが頼久に匙をもらって味見をした。順久は二つのビンを前にして説明をした。

「〝にごり蜜〟と〝たれ蜜〟とがあり、これはたれ蜜。お江戸では養蜂《ようほう》をしていますよ」

頼久のとっておきのおいしい蜜をもらって、みな上機嫌になった。

「私は大御所さまの所で、この蜂蜜に薬草を混ぜて丸めているのです」

〝あっそうか〜〟きょうだいたちは、そろって驚きの声を上げた。

「明日は薬草を混ぜて仕上げます。それも手伝ってくださいね」

頼久が今日の作業の終わりを告げた。

福は、戦の中でこんな秘薬を持ち歩いている頼久とは、やはり根っからの薬師なのだと思った。

翌日、朝早くから薬研《やげん》の前に兄弟姉妹七人と母が並んだ。父に贈る「八味地黄丸《はちみじおうがん》」は地黄草と他の生薬《しょうやく》を混ぜて丸めるのである。その前にまず薬研車で粉末にする。

「元気の源の地黄草の根は他の薬草より混ぜる量が多いので私がやってみます。みなさんも、両手でごりごりと車を往復させてください。山茱萸《さんしゅゆ》は果物の実、山薬《さんやく》はナガイモ、どちらも地黄草の働きを高めます。牡丹皮《ぼたんぴ》は牡丹の根の皮、沢瀉《たくしゃ》は水草の根茎、茯苓《ぶくりょう》はきのこの輪切り。これらは主に血行を良くします。桂皮《けいひ》はいい匂いがします。市十郎、おでこの痛みもこの匂いを嗅げばきっと忘れてしまいますよ」

兄に励まされて市十郎もきょうは行儀よく座っている。福も火傷はまだ痛むが、市十郎の手前姉らしくがまんをしている。

「母上は附子《ぶし》、カラトリカブトの根をお願いします。青い花は清々しく、私はこの花を見ていつも母上を思い出しています。でも薬と毒は紙一重、直接舐めないでくださいね。桂皮と附子はともに体を温め痛みを取ります。ではみなさん根気よく磨《す》り潰してください」

八人が縁側で日向ぼっこをしながら、薬研でゴリゴリガリガリと粉末にした。

午後からは父も仲間に入り、市十郎をあぐらの中に入れて作業を手伝った。

福は頼久にたずねた。

「お兄さまは大御所さまの所でこのようなお仕事をしているのですか」

「はい、薬草を育てたり、乾燥をしたり、粉にしたり」

「駿府にも薬草が生えるのですか」

「城外のお堀付近と久能山という山の下に薬草園が造られました」

父が補足をした。

「駿府薬草園造りには能勢にも夫役《ぶやく》が割り当てられた。何人か手伝い普請に行ったであろう」

「はい、能勢からは六人が来ていただいて完成いたしました。指揮の小掘政一さまは、お庭造りでも手柄をあげられ、大御所さまから〝遠州《えんしゅう》〟という名をもらわれました」

母も付け足しをする。

「その方は、大和郡山城のご家老小堀政次さまのご子息ですよ。父上は郡山城で、小掘さま親子、藤堂高虎さま、黒田官兵衛さまのご舎弟《しゃてい》利則さま、直之さまとともにお仕えされていたのです。その後、みんなそろって仲よく徳川さまにお仕えになったのです」

出自を隠し諸国巡覧といって耐え忍んでいたころとは打って変わり、経歴こそ誇りの世を、一番喜んでいるのはこの母である。若いうちから薬師に抜擢された頼久が誇りである。

「駿府の薬草園でも地黄草を育てていますが、大御所さまは能勢産の地黄草を喜ばれます」

「能勢ってすごいのね。大御所さまってどんなお方でしょう」

福は兄の話を聞き、薬草のことにも家康のことにも興味がわいてきた。父が答える。

「〝能勢親子のおかげで健康に磨きがかかり、近ごろは薬喰《く》いと呼ばれておる〟とおおせ」

「薬草って、本当に体に効くのでしょうか」

兄も答える。

「体の弱い人には、はっきりとその効き目が現われますよ」

「それで、仁明帝《にんみょうさん》にも頼久兄さまにも効果があらわれたのですね」

「大御所さまも信じておられます。能勢産の八味地黄丸を〝八の字〟と呼んで、引き出しの八段目に保管なさるほどのお気に入りです」

「わたし、一度大御所さまにお会いしてみたいです」

家康は三河の国人松平氏。

永禄九年（一五六七）戦国の転戦を経て、勅許《ちょっきょ》により徳川家康となる。時に二十四歳。

天正十八年（一五九〇）秀吉の命を受け関東へ移封《いほう》、（一五九二）以来源氏を称している。

慶長八年（一六〇三）征夷大将軍となり、慶長十年（一六〇五）三男秀忠に将軍職を譲り、駿府の城に移るも「大御所」として政治・軍事に大きな影響力を保持している。長寿故に手にした天下であった。これほどの強運を支えたのは、まれな体力と健康志向にあった。趣味は薬作り。ずば抜けた薬好きである。多くの薬師をはべらせて薬草の収集をした。

父が補足をする。

「草を楽しみ鷹《たか》と戯れ茶を好み蜜柑《みかん》を愛し、読書家で趣味は幸若《こうわか》。武術・馬術に秀でる。なかでも鷹狩は〝身体を鍛え内臓の働きを促して快食快眠のための養生である〟と仰せ」

「なるほど。野原を駈けまわれば一挙両得です」

「鷹狩のための狩場が各地にある。去年の正月には、七十三歳で上総国東金《かずさのくにとうがね》にての狩りに十里の道を行かれた。そのため、土井利勝に命じて〝御成り街道〟が造られたほどだ」

家康は、清和源氏末裔の能勢頼次に特に大きな期待をかけた。

江戸を開いたころは、懐刀《ふところがたな》の本多正信、源氏の嫡流知恵袋《ちえぶくろ》の能勢頼次といって、二人を、旗本の両輪として大事にした。父が声を落としてこう打ちあけた。

「……大御所は本多に葵の家紋を、能勢に家柄を譲れといわれた……」

えっ、とみな〝家柄〟に反応した。が、頼久は家紋のことから訊き始めた。

「徳川さまのご家紋は葵ですね。そうか、本多さまは葵の紋をさし出されたか」

「正信は〝茎までは譲れません〟と断ったので、徳川には茎がない」

「ほんとだ、三つ葉葵には茎がありません。そして〝源氏〟を称されています」

姉の富も「なるほど」と驚いて、形のいい眉を上げた。

「大御所が〝源氏〟にこだわっておいでとは、お側にいながら知りませんでした」

頼久がこう言うと、父はみなを眺めて、

「知らないのを恐れることはない。まちがった話を信じることこそ恐れよ」

父のようすを見て長男の頼重が、

「父上の教示が始まったぞ、嘘や鍍金《めっき》はいつか剝《は》がれる」

それを受けて次男の頼隆が続く。

「名こそ惜しけれ、まことは残る」

父の持論の〝源氏武士としての矜持《きょうじ》と心構え〟である。みんな揃って復唱した。

「嘘や鍍金はいつか剝がれる。名こそ惜しけれ、まことは残る」

頼久が、それではとばかりに父にひざを寄せて訊ね始めた。

「では、徳川は源氏なのでしょうか。新田《にった》の子孫ならばれっきとした源氏ですが」

「わからん。しかし神代の昔から系図の書き換えはどの家でもやっておるものだ」

「父上、徳川に上洛を断わった上杉家臣直江《なおえ》兼続《かねつぐ》の手紙、あれは本当でしょうか」

「手紙はあったが、上杉にも徳川にも都合のいいようにだれかが書き換えて流布したのだろう」

「源氏の棟梁源満仲の放った鏑矢は、大坂住吉から摂津多田まで飛んだのでしょうか」

「矢を放ったのは神さま。満仲はそのお告げを夢に見て、多田に矢をさがしに行ったのだ」

「あ〜そういうことですか〜」

　頼久がこれまでためていた疑問をあれこれ訊いて、福の訊きたいことからずれていくので、

「それより、家柄が欲しいといわれた父上は、大御所さまに何とお答えになったのですか」

　福は、それが一番訊きたいですと言った。父は、

「いまさら○×▽☆Д＊……」

「え、なんといいましたか」

「え、なんといいましたか」

　よく聞き取れず姉も訊き返したが、父はもう何も言わなかった。


　頼久は、粉末になった八種類の薬草をはちみつと混ぜ、あらかた固まったところでそれを薄く大きく伸ばし、包丁で細かく切り分け、二枚の板の間に挟んでやさしく回した。平行を保って、ていねいに回し続け程よいところで上の板を外した。中にはたくさんの黒い球粒《たまつぶ》が並んでおり、福と市十郎が、わあーと驚きの声をあげた。八味地黄丸の完成である。

　父への置き土産を残して、頼久が兄の頼隆とともに関東に旅立つ。

福は国境いの峠まで兄たちを見送りたいと言った。城から国境の吉野の関までは一里ほどで、兄弟は、領内の北端の峠である吉野の関を越え、京に出て東海道を馬で行く。

「お福のおてんばには困ったものです」

母が、それでも願いを叶えてやりたいようすで父に伝えた。父も内心嬉しくて、

「福がひとりで馬に乗るのはまだ無理だ。だれかいっしょに乗ってやれ」

と言ったので、長男の頼重が手を挙げた。ところが福は兄の馬より余野の馬がいいと言う。

父が驚いた。

「余野か、余野はそろそろ子どもたちの世話から外れてもらうぞ」

余野広安は福たち兄弟の守役である。最近は福にも乗馬の指南をしていた。

足利の時代、高槻芥川新城（山城）を築いた能勢氏とともに活躍したのが余野氏で、あの勇猛の士御三家に繋がっている。しかし信長配下の三好長慶《ながよし》の進出により両家は芥川から撤退、余野氏は高山氏にも敗れ、余野の地は高山右近が領するようになった。その混乱で能勢方に付き従ったのが余野氏一族の広安であった。

広安はこれから別の任務に就けられるという。

福は、父の一言で広安を伴うことができなくなって兄の馬にまたがった。まあ、見送りを断念させられるよりはいいかと、しぶしぶ父の命に従った。

一行は、城から北にむけて倉垣《くらがき》村・吉野村への街道を行く。ここも昔から能勢家の領地である。

信長や秀吉の進出に遭い一時能勢家の手を離れていたが、関ヶ原後、能勢を安堵された頼次が他の地

とともに取り戻し、今は長男頼重に宛がっている所領である。

かねてより家康は、武家の棟梁としてだけでなく、帝の外祖父となって昔の藤原氏のような力を得たいと考えていた。そのために朝廷と血縁関係を結んで、公家や寺社や朝廷の所領までも郷帳《ごうちょう》・国絵図として提出させ、面積・地形・石高を把握して「領地判物《はんもつ》」や「領地朱印状《しゅいんじょう》」を発給し領地宛行《りょうちあてがい》を行なう計画を目論んでいた。

頼次は家康の命を受けこの研究と準備に就いていた。

能勢家は鎌倉時代以来武功を顕し、時の将軍から直接多くの感状文書を賜ってきた。その勲功の証を戦禍にも逢わさず蟲《むし》にも喰わさず、三十六通・四十三点を大事に受け継いできた稀な一家である。頼次は、それら〝中世武家文書の教科書〟ともいうべき「能勢家文書」の写しを作成しては江戸に通い、目録作成の準備に携わってきた。将軍の許可のもとに個々の領主の権限を侵すことなく認めようという点が、秀吉のころとは違う、徳川の領地政策である。（完成は家綱政権時となる）

頼次は、自国の所領でこれを試行した。関ヶ原の勝利以降預かり地を含め一万石に達していた能勢家の領地の面積や物成高（石高）を記した国絵図を作って、息子たちに把握させた。

そして、領地宛行の例を示すように次々と息子たちに領地を安堵したのである。

頼次は、小さくても能勢家としての領地を分けておくことが大事だと考えていた。

長男に吉野、次男に丹州桑田郡、三男に切畑村を宛がった。

四方を山に囲まれたすり鉢状の小盆地吉野は、底辺に水田が広がりその周辺に人家が点在し、縁《ふち》を廻る東西二本の道が峠に至る。桜は京の嵐山の千本が美しいといわれたが、峠には大和吉野の桜の苗木を移して育てたという桜並木がありこの村を〝吉野〟という。

桜が咲く今は、村中が淡く桃色に染まり、ため息が出るほど美しい。

能勢街道の終点にあたる峠は摂津と丹波の境で関所が設けられている。

関所には大きな柊の木があり〝ひいらぎ峠〟と呼ばれている。

その峠に波多野宗春が息子を抱いて待っていた。宗春は頼次の母（故人）の弟である。

一行が着くと、宗春は、「お見送りにやってまいりました」とあいさつをした。

亀山数掛山城《かずけやまじょう》の波多野家は、天正三年（一五七五）明智により滅ぼされ、城主秀親と息子三人を含む一家が討ち滅ぼされた。頼次の母は、それより前に松永久秀に攻められて篠山の八上《やがみ》波多野の城下に身を寄せていたとき、八上から能勢に輿入れをした秀親の娘であった。

明智の攻撃を受けた時に末の弟で四男の宗春は、落城まぎわ、襁褓《むつき》に包まれ乳母に抱かれて山を下り、能勢城主に嫁いでいた丸山城の姉にかくまわれ、命拾いをしたのである。

その後、能勢も落城の憂き目に遭い、宗春は行方不明となっていたが、慶長九年（一六〇四）城主に帰り咲いた頼次に捜し出されてこの吉野に屋敷が与えられ、頼次に雇われて能勢家の家臣として働いている。

宗春は息子を側にひざまずかせ、今の領主である頼重に頭を下げた。

「大殿のおかげで暮らしが成り立つようになりました。良信《よしのぶ》は四歳になりました」

「おお、大きくなられたの。父上は地黄に在城じゃ、良信さんを連れて会いに来られよ」

宗春は、片方の手で良信の頭を押さえながら、頼重に、再びていねいなお辞儀をした。

頼隆は、

「ここ吉野は摂津と丹波を分ける要の峠、能勢家のためにしっかりと守ってくだされ」

こう言って宗春に別れのことばをかけると、ゆっくりと馬を並べて峠を下って行った。

「ほら、お見送りだよ。手をふって」

幼い良信は、父に促されて領主の弟たちに手をふった。

福も馬にまたがったまま、峠の頂上から遠ざかっていく兄たちに手をふった。

「私、きっとお江戸に行きますから～」

福の口まねをして、良信が、

「いきますから～」と、かわいい声で見送った。

大きく手を振り返す兄二人の姿が小さくなり、山々からうぐいすのさえずりが聞こえてきた。

◉四　銀山合戦

〝権《ごん》ある者は禄《ろく》少なく、権無き者は禄多く〟家康の懐刀《ふところがたな》本多正信の名言である。権力と禄を併せ持つことの危険性を見てきた家康参謀の正信と頼次は、徳川政権成立時、旗本の禄高を定める見本となって、そろって一万石のみを拝領した。

二百二十二万石という豊臣家は、金山・銀山、堺・伏見・長崎など各地に直轄領を持ち、城は巨大絢爛豪華黄金づくめである。二度にわたる朝鮮出兵、秀吉死後も寺社八十五か所の造営や補修・追善供養に莫大な出費をし、その後も豊国《ほうこく》繁栄の証しを残すために躍起《やっき》となってとりくみ続けた。関ヶ原以降六十五万石に減らされても、けた外れの財政はびくともしなかった。それどころか豊臣大坂存続のため、秀吉の遺産である黄金をばらまいて浪人衆を雇い入れ、徳川との決戦に備えていた。

方広寺の再建費用には四十五万両をかけた。そこに豊臣家の繁栄を願う釣鐘を新調した。上部に〝君《くん》臣豊楽《しんほうらく》〟その下に家康を呪うかのように〝国家安康《こっかあんこう》〟と碑銘《ひめい》を入れた。作者は南禅寺の僧清韓文英《せいかんぶんえい》。これに徳川方の禅僧金地院崇全《こんちいんすうぜん》と儒者林羅山《はやしらざん》が難癖《なんくせ》をつけた。

豊臣方から家老の片桐且元が碑銘についての釈明役に選ばれて家康の駿府に遣わされた。しかし且元は家康に面会かなわず、やむなく大坂に帰ってきてこう報告した。

「秀頼君を江戸に参勤させるか、淀君を人質として江戸に差しだすか、国替えを受け入れて大坂城を明け渡すか…」

豊臣存続のための己の考えだったか、本多正純の表情からそう悟ったか。動転の末の言だった。

「且元、家康に寝返ったかっ」

淀が怒り、以後、且元は豊臣から命を狙われはじめる。

片桐且元は従五位下東市正《ひがしいちのかみ》といい、豊臣姓を許されるほどの直参家臣であった。賤ヶ岳の七本槍の一人で、摂津川辺《かわべ》あたりの道作《みちさく》奉行から秀頼の守役を務め、大坂城内に大きな屋敷を得、秀吉亡き後は淀から「片桐、秀頼の父親代わりになっておくれ」と言われたほどの、豊臣の軍事・財政・外交まで屋台骨を支える重臣であった。

しかしこの鐘銘《しょうめい》事件で、慶長十九年(一六一四)九月二十八日、〝不忠者・獅子身中《しししんちゅう》の虫〟と揶揄《やゆ》されて改易となった。

十月一日、且元は、三〇〇の兵とともに大坂城を追われ、屋敷は打ち壊された。

且元は茨木城に入り、二か月後の冬の陣で家康に従った。家康がオランダ商人から購入した外国製の砲弾を備前島から大坂城本丸の天守へ撃ち込み、淀を震え上がらせた。

この砲弾攻撃が冬の陣で大坂方を講和の席に着かせるきっかけとなったという。

且元の知行一万二千石は倍増され、大和竜田に二万八千石をいただいたのである。

冬の陣の講和後、徳川軍は、外堀はもちろん、二の丸・三の丸の堀までも埋め、翌慶長二十年(元和元年一六一五)の正月末に引きあげた。

しかしそのひと月余り後の三月十五日には、京都所司代板倉勝重が二条城から家康に、「大坂は再び反逆のくわだてあり」と報告を送る。

四月一日、家康は駿府から諸大名に「大坂の行動監視」を命じた。

且元は、家康から駿府に屋敷を賜ったので江戸の秀忠に御礼拝謁をしようと東に発った。

四日、家康は、諸大名に「鳥羽・伏見に集結せよ」と命じ駿府から西に発った。名目は尾張名古屋城主の九男徳川義直の結婚式参列である。

十二日、結婚式。

十八日、家康は名古屋を発ち、二条城に着いて大坂評定の軍議を始める。

次々と届く板倉からの京都騒動と大坂城に集まる浪人増加の知らせ。東西再決戦の噂が広がり、徳川方はもはや大野治長の使者や常高院の申し入れを聞き入れる姿勢はなかった。

江戸に向かった片桐且元は、武蔵国多摩川で秀忠に出会い屋敷をいただいた礼を述べた。

秀忠は二条城にいる家康に、「片桐とともに京に駆けつけるので到着するまで軍議を待ってほしい」と早馬を出した。家康は以前関ヶ原で秀忠からの連絡の遅れを激怒したが、冬の陣に続いて今回も遅参の知らせを怠らなかった息子の姿勢を受け入れ、秀忠を待っていた。

二十一日、秀忠は片桐且元を伴い二条城に到着した。

到着と同時に軍議が始まった。家康、秀忠、本多正信・正純親子、能勢頼次、土井利勝、藤堂高虎、そして片桐且元。冬の陣の和談は風前のともし火であった。

家康はみなを前にしてこう切りだした。

「この間、征夷大将軍として徳川家を頂点とした政権づくりに邁進してきた。しかし別格の存在である豊臣家が従わない。今後豊臣をどうするかである。豊臣は一大名となり、将軍徳川の下位である。しかし官位序列は内大臣秀忠より右大臣秀頼が上である。淀殿は秀頼にさらに上の関白を継がせるであろう。そうなればもう決して秀忠には恭順しないであろう。故に徳川は、関白を超える官位が必要になった」

続けて、

「そこでどうすればよいかである」

みなは互いに顔を見合わせた。

「いよいよだ、能勢伊予守《いよのかみ》」

家康が頼次を指名した。頼次は待っていましたとばかりにこう答えた。

「徳川は〝源氏長者〟を名乗られませ。これは清和源氏の正統な血筋を受け継ぐ者のみ名乗ることができる称号です。足利将軍が朝廷の官位である関白に対抗できるよう武家を公卿に位置づけ残しおかれたものです。公家と武家の両方を掌握できるのが源氏長者です。この権力と影響力は関白の上位に立つことができ、朝廷の影をも払いのけることができるのです」

「徳川は清和源氏。先祖は多田満仲である」

家康が当然だというように言い、頼次も即座にはっきりと肯定した。

「はっ、徳川さまの出自《しゆつじ》については、みなよく承知いたしております」

一瞬しんとした。

〝出自や名乗りで済む話か〟そんな空気が流れ、頼次が一同を見渡した。

その空気を読んだ本多正信が、ずばりと言いのけた。

「それでも豊臣は従わないでしょう。さすれば武力で。滅んでいただくより他ありませんな」

一同はほっとしたようすで頷いた。決戦である。

頼次は、講和とは条約ではなく戦略であったのだと思い知った。

すでに大坂城は丸裸。京に結集していた東軍は四月二十五日から前哨戦に突入していた。

夏の陣は野外合戦となる。家康は次々と各大名の配置を命じた。

「江戸留守役は東北の大名、淀・瀬田へは東海道の大名、大津・坂本・堅田《かたた》へは北国の諸大名、西国大名の陸軍は西宮に、水軍は和泉の沿岸に集結せよ。大和諸大名は各自の城を守れ」

続いて、声をいちだんと張り上げた。

「能勢伊予守は、猪名《いな》の銀山を奪えー」


五月四日である。徳川勢が短期決戦をもくろんで豊臣に総攻撃をかける前日である。

家康は、頼次に〝大坂に来るな、広根にある豊臣の金庫を落とせ〟という。これは徳川にとっては新しい財源の確保であり、能勢にとっては宿敵塩川との決戦を意味する。

頼次は、常々〝塩川に負けてはならぬがないがしろにはできぬ〟と言った。塩川の存続を認め、ともに多田を守ることが能勢家の勤めだと信じていたからである。しかし、家康の飽くなき野望と次へのしかけを本人からじかに命じられ、身震いした。これは信長や秀吉の狙いと同じである。天下人によって、能勢と塩川はまたもやその先兵どうしとなって戦わなければならないのである。

だがそんなことを考えている暇はない。ここで負ければ元も子もない。徳川方になった銀山村の代官片桐且元とはすでに話が付いている。頼次は長男頼重にこう命じた。

「おまえは一足先に京を発ち、能勢の諸侍をさそい集めて銀山に向かえ。且元が待っている」

頼重は二条城の門前で馬にまたがると、大声で父にたずねた。

「父上、銀山攻めの口実や如何に」

頼次は意を決して言い放った。

「塩川の一揆、能勢が制圧！」

「承知！」


頼次は長男を先に発たせると、三男が待つ天満の陣に向かった。

天満には、家康から能勢への加勢援軍の報がもたらされた。援軍とは丹波篠山《ささやま》城主松平康親《やすちか》の長男康《やす》重《しげ》の軍と丹波亀山城主岡部長盛《ながもり》の長男宣勝《のぶかつ》の軍、合わせて五百騎である。両軍は冬の陣で能勢とともに天満口に陣立てをし、ともに武功をあげた仲間であった。

弓や鉄砲をあつかう武士の頭が続々とやって来た。

「徳川一大事のときに能勢への援軍とは、何というありがたさ」

頼次親子は勢いづき、能勢勢とあわせて千騎が天満で決起すると、真夜中、多田に向かって出発した。

頼次は、頼之《よりゆき》と馬を並べて能勢街道を北に進みながら、塩川家との因縁を振り返っていた。

両家はいつから〝宿敵〟といわれてきたのか。はたしてどちらが言い始めたものか。頼次は、子どもたちには勿論すべての家来衆に今こそその因縁のもとをきちんと伝えておかねばと思う。

北摂能勢から多田一帯は、銀・銅の鉱山地帯といわれ、古くから政治勢力が注目してきた。

奈良盧舎那仏建立のために聖武天皇が目をつけたのが始まりというのは伝承かも知れないが、平安の中ごろには清和帝が銀山の調査報告を記し、孫の源経基《みなもとのつねもと》が能勢に足がかりをつけ、その子満仲が多田、満仲の弟満政が能勢に入って鉱山の開発に拠点を定めた。

多田には、満仲の廟所《びょうしょ》を受け継いだ曾孫の頼綱が多田武士団として鎌倉幕府から安堵され、能勢には、満仲の弟満政と満仲の孫頼国の所領に、これも鎌倉幕府四代将軍藤原頼経から領地安堵《あんど》された田尻庄の地頭に起源をもつ能勢氏が勢力を広げた。

多田も能勢も共に満仲の長男頼光の流れを汲む〝頼光流〟である。

満仲は、多田盆地の開発からとりかかった。

多田本郷の次には、北は今の川西市の北方、能勢町の一部と猪名川町のほぼ全域。西は宝塚市の玉瀬以北から三田市の波豆川《はずかわ》・羽束川《はつかがわ》一帯におよび、南は出作りの細川郷・小戸荘《おおべ》・山本荘・米谷荘《まいたに》まで。山地も含めすべて満仲の武威《ぶい》で一気に支配する所となり、長男頼光から孫の頼国のころまで、巨大な富を得て都随一の大金持ちとなり、当時都の最高権力者の藤原道長を経済的に支えてきたのである。

しかし頼国の子で初めて多田を名乗った頼綱は、この畿内最大規模の支配地を維持する力量が足りなかった。そこで都の摂関家に荘園として寄進をした。これが〝多田荘《ただのしょう》〟である。

普通各地の大荘園は分解しながら編成されていったが、この〝多田荘〟にかぎっては成立当時のまま中世を通じ特別な所として維持された。それは、頼朝以来の武家先祖の所領であり、満仲の権威の多田院と一体の所だったからである。歴代の幕府は、清和源氏発祥の地の秘宝の中心多田院と多田荘園をそのまま守り伝えたのである。

源平の戦いで頼綱の曾孫多田行綱《ゆきつな》は義経に味方した。頼朝は行綱を勘当し、行綱から没収した摂津多田荘と多田武士団を、多田院御家人として、源氏で摂津守護の大内惟義《おおうちこれよし》に支配させた。

ところがあろうことか承久の乱で大内氏は後鳥羽上皇方に味方したのである。満仲以来半独立的世界を誇ってきた多田武士団は、乱後、後鳥羽上皇とともに失脚。多田は、執権北条氏による直轄支配下に組み入れられ、〝多田院御家人〟として再編成されたのである。

この後、多田源氏の手に〝多田荘〟が戻されることはなかった。

しかし、多田は源氏にとっての誇りある遠祖の廟所《びょうしょ》である。特別な所として維持するために、荘園管理を任された者の中から塩川氏を立て、「多田源氏末裔《まつえい》」「多田院御家人筆頭」として繋《つな》いでいく工夫がなされたのである。

能勢氏の東郷は「多田の荘」には属さないが、多田源氏と同じ頼光流で、同じ氏系同士の多田一門として〝出自の由緒〟を誇り、多田をともに盛り立てていく子孫である。幸運にも、能勢は一貫して幕府方を貫いて生きてきた。それゆえ多田の混迷と逡巡に歯がゆさが積もり、塩川に対してこう言うのである。

「能勢の始祖頼国は満仲の孫といえども多田からの入村ではない。都から直接能勢に入った鎌倉の御家人で、代々都を拠点として育ち、源氏将軍・足利将軍・北条得宗《とくそう》を被官・奉公衆として支えてきた武者である。朝廷方になびき再編された塩川の武士団とは根本的に違うのだ。能勢は京武者。清和源氏本流の末裔で都人《みやこびと》である。塩川の田舎者めが―」

すると塩川はこう切り返す。

「武家の棟梁《とうりょう》、多田源氏の末裔、その御家人筆頭であるぞ― 能勢氏何ぼのものぞ―」

その後、互いにずっとこう言って張り合い続けているのである。

刀根山に着いた。半分は来ただろうか。一気に駈けてきてここで人も馬もひと休みである。

頼次はのどを潤しながら、頼之に、

「能勢と塩川は多田を先祖とするが、入村の仕方と奉公の仕方が根本的に違うのだ」

と短く告げた。頼之は頭がよく勘も鋭い。

「頼光流といえども塩川とは起源も軸足も違う、それが能勢の誇りです」

「そうだ。能勢は一貫して公儀直属の御家人を貫いたという自負と伝統がある」

「だから、徳川の将軍さまの下で、能勢は特別な旗本なのですね」

ものわかりの良い頼之は、能勢と塩川両者の確執を即、理解した。

「次は池田まで、一気にこの坂を下れー」

頼次は、両足で馬の背を挟んで駈けだした。頭の中は伝えたいことであふれている。

室町・戦国期になって、能勢も塩川も京都政権を巡る混沌とした戦の中に巻き込まれた。足利氏についで細川氏の家督争いが始まり、塩川は隣り合う能勢とは反対勢力についたので、麻糸がもつれるような世の中で、互いに張りあう原因や目標がくっきりとしてきた。

塩川氏は、多田源氏嫡流も藤原流塩川も大内流塩川もすでに散り散りになっていて、細川高国派で多田院御家人から国人領主となった多田流の塩川国満が、満仲の曽孫源頼仲の子孫と称し、笹部の山の上に獅子山《ししやま》城を築いた。塩川の山下城である。

天文十八年（一五四九）、塩川国満は細川晴元に属すると、細川氏綱《うじつな》に属した能勢勢に対抗し、国満の弟修理《しゅり》・主膳《しゅぜん》を将として数百騎で、九月十七日、能勢西郷《さいごう》に攻め寄せた。

四年前に晴元派の丹波波多野氏が能勢の剣尾山の槻が峯寺《つきみねてら》（月峯寺《げっぽうじ》）を焼き落としたのに追い討ちをかけてきたのである。塩川勢は能勢の稲地《いなじ》村の天神山に布陣して、夕闇迫るころ枳根《きね》神社に火を放ち、その明かりで枳根《きね》城と今西城に攻め登ってきた。これが枳根之宮《きねのみや》合戦である。

能勢方は、この塩川乱入に続く織田軍侵入の三十年間に、能勢小十郎の枳根城（森上《もりがみ》城）ほか今西城、山田城、栗栖《くるす》城、長谷《ながたに》城、宿野《しゅくの》城、山辺《やまべ》城を軒並み襲われ、能勢の領地のうち西郷《さいごう》の大半を焼き落とされてしまった。

しかし、東郷の能勢本拠地丸山城だけは、織田軍の攻勢が及ばなかったのである。

能勢勢は池田に着いた。頼次は北山（五月山《さつきやま》）の中腹に軍を止めて二度目の休憩を命じた。山すそには月明かりに猪名川が蛇行して流れ、その先に伊丹の村々が遠くかすんで見えた。

頼次は塩川氏とのいきさつの話を続けた。

これは何度も話してきたことのおさらいで、頼之は父の質問に即、的確に答えた。

「枳根之宮合戦から二十年、戦国真っただ中の永禄十一年（一五六八）、ここに陣を敷いて池田の城を落としたのは誰か」

「織田信長です」

「池田城攻めを目の当たりに見せつけられ、そのすさまじさに震えあがったのは誰か」

「摂津の国人たち。なかでも塩川国満と荒木村重です」

「そこで塩川と荒木はいかがしたか」

「塩川はすぐに信長に恭順。荒木はしばらく迷い悩みます」

「信長が尾張から狙っていたものは何か」

「銀山を含む多田一帯の所領」

「信長にその好機が来たのはいつか」

「八年後、国満が病気で死んだとき。天正四年（一五七六）」

「誰を送り込んできたか」

「信長の幼なじみの尾張の塩川」

「その名は」

「秀光。信長の〝長〟を与えられ〝塩川長満〟となりました」

「そうだ、国満の嗣子《つぐこ》になった長満。ここで織田家が塩川家を乗っ取ったのだ」

「長満は源三位《げんさんみ》頼政の末裔だと称し、自分の血筋を多田につなげました」

「平安の昔から清和源氏として共に武士団発祥の地を守ってきた能勢と同属の塩川は、六百年後、信長の策略により、長満が自《みずか》ら言うように〝氏系が違う〟真の敵に成り代わったのだ」

そして塩川と荒木の戦いが始まった。

天正六年（一五七八）、摂津守護だった荒木村重が信長に反旗をひるがえした。高山右近、中川清秀などおおかたの摂津衆が荒木方に付いた。勿論能勢も荒木方だ。しかし唯一塩川だけは織田方である。村重は信長が塩川救援に来る前に先制攻撃をしかけた。塩川の由緒ある所領の多田院、栄根寺《えいこんじ》、満願寺《まんがんじ》、中《なか》山寺《やまでら》、清荒神《きよしこうじん》を片っ端から攻めた。

負けじと信長軍を率いる織田信澄のすさまじい荒木攻めが始まった。多田院は信澄の標的にもなり、またもや戦火を浴び徹底的に焼き尽くされたのである。

天正七年、村重はたまらずに逃亡。侍屋敷は焼かれ、妻子も殺され、有岡城を開城した。

その間、塩川は信長の手先を貫いたのである。信長傀儡《かいらい》だから当然といえば当然だが、塩川は、信長の荒木攻めを助けた一番の功労者となった。この間に、高山右近も中川清秀も摂津の主だった国人はみな織田の配下に組み込まれてしまった。

その中で能勢はただ一人、反織田を耐え抜いたのである。

頼次は、なおも問いを続けた。

「次に信長はどんな一手におよんだか」

「はい、塩川長満の娘寿々《すず》姫を長男信忠の正室に迎えました」

「許婚《いいなずけ》だった武田信玄の娘を破談にしてまでだ…。それはいつと考えられるか」

「信長勢が能勢西郷に攻めて農作物を薙《な》ぎ払ったという天正七年（一五七九）四月二十八日」

「そうだ、まさしくその日だ。そして翌年、信長の孫が岐阜城で生まれた」

「三法師です、後の秀信」

「天正七年、信長勢は能勢西郷をことごとく破壊したのに、なぜ丸山城を襲わなかったか」

「……」

「織田軍は、能勢丸山城を落とさなかったのだ」

「……」

頼之はここで初めて答えに詰まった。

「信長勢は、有馬から能勢に入り西郷諸城を落とし麦畑をなぎ倒したと言って去ったのだ」

「戦国武士としてそれではまるで不消化の極み。父上、それは一体なぜでしょうか」

「山城・播磨・摂津と軒並み城を落として廻ったのに、丸山城だけ落とさなかったのだ」

「……小国の領主能勢を軽く見ていたのでしょうか」

「芥川山城も今里城も、能勢の城はみな潰された。能勢を侮《あなど》ってはいないだろう」

「……塩川に代わる源氏棟梁の子孫として、能勢を世に残そうとしたのでしょうか」

「平氏を名乗る信長だ、そんなことをするはずはない」

「……はてさて、なぜだかわかりません」

父は答えを明かさずに、出発の合図をかけた。

「次は多田院まで、一気に山を下るぞ、それー」

大小の岩間を右へ左へと流れ下る猪名川は、闇の中にザアザアと涼しげな音を立てていた。

坂道を登ると、木々に囲まれた多田院境内である。平安の末期、満仲鎮守に始まった将軍家の祈祷所は、北条氏や足利氏の庇護を受けて六百年の歴史を積み重ねてきた。

多田院御家人たちの兵は無く、みな広根に攻め寄せているらしい。頼次の軍勢は今、その兵を追いかけているのである。

小高い丘の上の南大門の跡地から敷地内に進んで行くと本堂（金堂）、法華堂、東側の三重塔、北寄りの経堂も鐘楼もすべてが焼け落ち、無残な姿の〝君の先祖の御領〟はがらんとして、上空には天の川が白くぼやけて横たわっていた。

南方にやや離れて建つ拝殿付きの六所宮《ろくしょのみや》が、かろうじて焼け残っていた。

この六所権現は多田荘の鎮守で惣社《そうじゃ》といわれている。多田院が満仲による仏教の寺院であるのに対して、六所権現は旧多田院の鎮守で、多田荘七十二か村の土地と人々を守る産土《うぶすな》の神（氏神）として祀られてきた。人々は、権現の祭神が誰であるかなどあまり気にすることなく永々と慕ってきたようだが、頼次はその氏神こそ、満仲の父経基・六孫王だと信じている。この神社こそ、満仲の祖を祀る多田院の原点であろう。

六所権現が焼けなかったのは、多田院にとってまさしく神のご利益《りやく》であった。

織田の命により明智が丹波八上城の波多野を攻め落とした天正七年、長満は能勢に対して織田方へ味方するよう勧誘を繰り返していた。それが無理と思ったか、力ずくで従わせようと思ったか、天正八年秋、能勢頼道を山下の長満の城に誘い入れ調略にかけ死に至らしめた。それでも、能勢は室町幕府直臣を誇りに信長への恭順を拒み続け、弟の頼次が家督を継ぎ本能寺に参戦して生き延びてきたのである。

頼之は父からの問いかけを馬上で考えながらここまでやってきた。多田院に着くと、

「父上、信長は、塩川に能勢を落とさせるよう仕向けたのではないでしょうか」

とすぐさまこう訊いた。父はいいところを突いたというように、にっこりと笑顔になると、

「信長は、娘婿の塩川がかわいくて、かわいくて、しかたがなかったからのう」

と返した。

「きっと、塩川に、能勢よりも強くなってほしかったのでしょう」

　頼之が確信を得たように言うと、父も、

「そして、塩川も、信長に甘えた」

と付け加えた。父も同じように考えていたのだ。

「塩川は、能勢を落としてご覧にいれますから、どうか潰《つぶ》さずに私に残し置いてくださいと」

「本当に世話の焼ける嫁の実家だ」

「信長がそこまでして塩川を大事にしたのは、やはり……」

「そのとおり、銀山だ」

「父上、この銀山合戦は負けるわけにはいきません」

「もとより。能勢の苦労と意地とが詰まっておる。しかし能勢は多田を超えてはならぬのだ」

「わかりました。いつかきっと能勢の力でご先祖多田を再興させましょう」

「願わくば、多田には勧進聖《かんじんひじり》の叡尊《えいそん》や忍性《にんしょう》に引けを取らない復興を成し遂げていただきたい」

　多田は、鎌倉政権の執権《しっけん》北条時頼のとき、鎌倉極楽寺真言律宗《りっしゅう》の僧叡尊と忍性により復興された。頼次親子がいう再興とは、それをしのぐ復興計画なのである。

「はいっ、父上、わたしには大きな目標ができました」
二人はとてつもない大きな夢を確かめ合うと、早々に休憩を終えた。
「塩川との最後の戦となろう。ぬかるな。めざすは広根銀山ー出発ー」

能勢は、塩川に討たれた兄の跡を弟の頼次が継いでお家再興を図ったが、明智、続いて秀吉に命を受けた河原長右衛門宣勝《かわらちょうえもんのぶかつ》に二度にわたり攻められて落城した。以後秀吉がそのすべてを横取りしたのである。

塩川も、秀吉に銀山や多田院などの領地をことごとく取り上げられ、寿々姫の妹が嫁いだ一番の頼りとする伊丹城の池田元助とともに、美濃や岐阜に追い出されてしまった。

後継擁立の見せかけに使われた三法師の母でさえ、身柄を奪われ他家の人にされたのである。

塩川長満は天正十四年(一五八六)、失意の中で病死した。

長満の家督は愛蔵と辰千代が継ぎ、細々と大坂城に馬草を納める日々を送っていた。

そしていよいよ家康も銀山を狙い始めた。平氏の流れの信長は塩川に賭けたが、源氏の流れの家康は能勢に賭けた。家康は夏の陣の今こそが銀山を奪う好機とみた。

塩川は、徳川御家人への復禄の機会が到来したと意気込んだ。

平安の頃より無禄となっていた多田院御家人たちは復禄《ふくろく》が何よりの悲願だったので、豊臣が独占してきた銀山を奪って、徳川方に差しだし手柄にしようと考えているのである。

去年の大坂冬の陣でも多田院御家人たちは知行地回復の好機と見て、三〇〇人が総力をあげて徳川方に付いた。大坂中之島で大坂方と戦いに及んだが、御家人の軍といっても民家に下り農耕を第一義に暮していた者たちで実戦の経験がない家人たちである。手柄を立てるどころか小手先定まらず、命からがら逃げ帰ってきたのだ。

今度はようやく武器を整え、広根を守る豊臣大坂方に戦を仕掛けた。

広根の鉱山は「銀山」と呼ばれ、採掘量が爆発的に伸びた豊臣の金庫である。銀や銅がどれほど眠っているかもしれない為政者垂涎《すいぜん》の地である。豊臣方は将来の秀頼を支える重要な財源なので、今は「銀山払い」をして閉山を装っているが、徳川方に盗られないように五〇〇余人の軍事に長《た》けた兵を投入して守っていた。

多田院御家人たちは、今こそと声を合わせて進軍した。

「いざっ、徳川に取り立てを願い出るときが来たー」

上津杢右衛門《もくえもん》、谷橘右衛門《きつえもん》、山田三之丞、長谷、川辺、岸本、石道、多田、塩川新左衛門たち焦る御家人は、冬の陣でも徳川に加勢して中之島の戦いに参戦した者たちである。

「今度こそ銀山を奪って手がらをあげるぞー」

御家人たち三〇〇余人は、再軍備に手間取ったが銀山めざして広根に押し寄せた。

銀山を守る豊臣大坂方と銀山を奪おうとする多田院御家人が、混乱の上衝突した。

豊臣方は兵を増強して銀山を守る体制で狼煙《のろし》をあげ、死に物狂いで御家人たちを阻止した。

旗差山《はたさしやま》、鷲尾山、銀山、猪渕、広根、上野にあがる狼煙の炎と兵士たちの雄叫《おたけ》びは、いつもは静かな初夏の山を一夜で戦場に変えた。広根、猪渕の民家はことごとく消失し死人が続出して、亡骸は山のように積もり、百姓子どもたちは泣き叫び広根の寺に逃げ込んだ。燃え上がる民家、逃げ惑う村人のありさまは、目を当てられないほどの大地獄となった。

三〇〇人余の御家人たちは豊臣方の反撃に気おくれして大崩れ、広根・上野を指して逃げだした。徳川方になった片桐且元を銀山村代官に配した家康の作戦勝ちであった。

好機！

能勢頼次は、それを〝塩川の広根一揆〟と称した。

「この一揆、徳川の命で、能勢が鎮《しず》める！」

頼次と頼之の軍が広根に着くと、頼重が集めてきた千人の能勢勢が待ちかまえていて、広根大水口で頼次の軍と合流した。

頼次は頼重の兵と合わせて二千余騎で、多田庄の広根城の四方を取り囲んだ。

能勢家にとって一世一代の晴れの戦いである。勢力はことさら多く、みな意気盛んであった。豊臣方銀山の兵と塩川軍の御家人の兵の混乱の真っただ中の広根に、能勢勢は一昼夜攻め戦ってついに双方を落とし、広根城の大将河原長右衛門宣勝を生け捕り、みなで勝どきの声を三回あげた。

頼次は、次に塩川の山下城へ押し寄せた。兄頼道が謀殺されたまさにその城である。あれから三十五年、天下は徳川へと変わり、能勢は徳川の旗本の中の旗本となった。

頼次は、

「塩川は兄にとって数年来の仇《かたき》、けっして打ちもらすべからず」

と命じると、そこにも、家康よりの加勢篠山城主松平康重と亀山城主岡部宣勝の両将より派遣された兵たちが弓や鉄砲などを持って押し寄せた。

城の正面追手口には、松平・岡部の両勢力と城主の塩川勢力とが互いに入り乱れ、火花を散らして押したり引いたりしていた。戦いは互角と見えたまっ最中に、広根の城を落としてきた能勢の軍勢が思いもよらない搦手《からめて》(裏口)から岸辺に登り、塀を越え、射られても突かれてもものともせず、すき間もないほどに攻め入った。

城主塩川愛蔵と弟辰千代は、城兵が多く討たれたのでかなわないと思ったのか、本丸へ走り入り、城に火をかけ、腹を十文字に掻《か》き切って討ち死に。残りの郎党もみな、思い思いに討ち死んだ。

源家の嫡流で多田《ただ》蔵人行綱《くらんどゆきつな》より連綿と続いてきたと称する塩川も、ついにここに滅亡した。

頼次は、兄の頼道のうっぷんを一時に晴らすことができ、心の憂いが晴れてほっとして、松平・岡部両勢に厚く礼を述べた。二人も頼次へ勝利の祝いを述べ、大坂へ帰っていった。

頼次は、大坂の家康に塩川退治の報告を早馬にて送った。

家康からは、

「こたびの山下城での働き比類なし。安心せよ。大阪城も落城した。能勢は、次男の頼隆が果敢に働いた」

とお褒めの言葉をいただき、さらに、

「頼次は山下にいて、大坂方の落人たちを見張るように」

と命じられた。戦場の大坂へ取って返そうとしていた頼次だったが、多田一帯を守り抜き、後、めでたく能勢への帰城を果たした。

頼次にも山下で手柄を立てた者たちにも、それぞれ家康から恩賞があった。

塩川の所領の二三〇〇石が能勢に預けられたが、多田銀銅山は徳川の狙いどおり公儀直轄地となった。頼次は家康に、しかと受け渡したのであった。

◉五　一国一城令

「お福さま、豊臣が滅んだそうにございます」

「えっ」

「大坂城は、燃えてるらしおす」

イセが福に朝の身支度を手伝いながら告げた。福は驚いて矢継ぎ早に聞いた。

「こんどは早かったのね」

「戦闘開始からわずか三日どした」

「千姫さまはどうなさったの」

「うかがっておりません」

「秀頼さまの奥方は徳川の姫さまでしょう」

「お歳はまだ十九やそうにございます」

「男たちのすることは、わからないわ」

「十五万対五万、けど五万の大坂方の反撃はすさまじかった由」

「戦のたびに町を壊し、人を壊し・・・」

「豊臣は自ら大きな城に火を放ち、淀の方も秀頼さまもご自害と」

「それで、天下はどうなるの」

「これまでどおり、徳川の世が続きます」

「父上と兄上は大坂に出陣されたの」

「いえ、能勢は広根と山下を攻めました」

「ご無事ですか」

「はい、みごと塩川を討ち取られました」

「それにしては、ひっそりと静かね」

「お戻りは真夜中で、再び大坂方の落人の見張りで山下にお出かけ」

「ご無事ならなによりだけど」

「じつは広根からの人質が一人あるのどす」

「えっ、だれ」

「さあ、姫さまは決して獄屋にお近づきになってはなりませんえ」

近づいてはならぬと聞けば、反対に近づきたくなるもの。好奇心の強い福ならなおさらである。

数日後、福は迷路のような城内をひそかに牢に近づいた。

城は、三層の御殿の他に土蔵、御納戸、馬部屋、弓場などの棟があり、そして福がまだ行ったことのない獄屋があった。

薄暗い獄屋から牢番であろう二人の抑えた声がした。福は耳をそばだてた。

「河原長右衛門、案外おとなしいな」

「能勢にとって怒り積もる敵、この先いつまで入れておくのでしょうか」

「明智軍として丸山城を落とし、秀吉軍としてこの村を焼いた悪漢。長くはないぞ」

「徳川から〝死刑〟のお達しをいただいていると聞きました」

「打ち首にするはずだ。しかし毎日何かしらの取り調べが続いている」

姿は見えないのだが、牢番が二人で話すのが聞こえた。一人は余野広安だ。

「打ち首ってほんとに首を落とすのでしょうか」

「もちろん」

「立ち会う人は嫌でしょうね」

「城内ではやるもんか、仕置き場があるのさ」

「野間峠の地獄谷とか生首《なまくび》谷という所でしょう」

「最近は改宗に反対した者がそこでやられたらしい」

「まさか、その話は本当なんでしょうか」

「大雨があったら人骨がごろごろと地上に出るらしいぞ」

「戦《いくさ》ではなく人が人を罰するなんてこと、能勢さまがなさるのでしょうか」

「当然だ。でも河原長右衛門には命乞いにやって来る者が次々といるらしい」

「能勢にとっての敵でも、よそでは恩ある勇者ということでしょう」

「印内《いんない》からやって来た者に死刑だといって帰らせたそうだ」

「それでもまたお願いに来ているのでしょう。死刑が覆《くつがえ》ることはあるのでしょうか」

「ないだろう、誰が来てもそれは無理というもの」

「それでも話を聞いてやるというのは、大殿の偉いところです」

「こんどは能勢に出入りの陰陽師が仲立ちになっているらしい」

「能勢は昔から陰陽《おんよう》の力が及ぶ所です。ところで〝汝の敵を愛せよ〟って知っていますか」

「なんだそれ」

「敵を思いやるということです」

「敵が悪人では思いやれないではないか」

「神は、悪人をも慈《いつく》しまれるのです」

「神って、まさか」

「イエス・キリストです」

「あの禁教のか」

「はい。デウスと呼んでいます。デウスさまは、あらゆる罪人をお許しなさるのです」

「そんなことをすれば悪人がはびこるではないか」

「いいえ、その逆です」

「悪を許せば世の中は乱れるぞ」

「悪を許して平和を説かれるのがゼウスさまです」

「悪を許したら平和になるというのか」

「それがキリシタンの教えです」

「おぬし、それは口にしてはならねえ」

あわてて辺りをうかがう二人に、福は見つからないように急いで牢から離れた。

デウスの話をしていたのは余野広安だった。守り役をはずされてここにいた。

福はデウスの話をもっと聞いてみたいと思った。

次の日、福はまた牢にそっと忍んで行った。牢番がいなかった。

福は格子がはめ込まれた部屋に後ろ向きで正座をしている男に近づいた。

「あなたが長右衛門さん」

「……」

「この村を焼いた人でしょ」

「……」

「能勢の人はみんな怒っています」

「……」

するとしばらくして低い声がした。

「どなたでござる」

「城主の娘です。福といいます」

「……」

「もうすぐ、父に打ち首にされますよ」

「……」

「もうすぐ……」

「……運命《さだめ》でござる」

「えっ、」

「命を賭してやったこと」

「死ぬ覚悟なのね」

「……」

「死んで、罪からのがれようと思っているのですか」

「主君に従った結果でござれば」

「その主君の明智も豊臣も滅びました」

「覚悟で戦ったのでござる」

「でも滅びるのはいやでしょう」

「強い者が勝ち残る時代です」

「能勢の人はあなたを恨んでいます」

「そんな時代だったと」

「思えませんよ」

牢の周りが騒がしくなり、数人の者がどやどやとやって来た。

福は物陰にすばやく身を隠した。

河原長右衛門は、荒縄で後ろ手にぐるぐる巻きにされて牢から連れ出されていった。

丹州船井郡印内村の者たちが、陰陽師の取り次ぎにより地黄村の法華宗日観上人に付き添われてやって来て、頼次に直訴《じきそ》をしたのである。

「なにとぞ長右衛門の罪を許し、命を助けていただきますように」

長右衛門は嵯峨源氏源融《みなもとのとおる》の子孫で、豊臣秀吉に見いだされ代官を勤めていた。そのとき、印内村の検地に「昔の規則通りに諸役《しょえき》を許す」と判断を下し村を助けたという。

父頼次は印内村の者たちの訴えを受け入れ、憎んでいた長右衛門を釈放した。

父に慈悲の心が湧いたのだろうか。父は仏教徒、日蓮宗の信者である。

福は、長右衛門が助けられて印内に帰ったと聞いて、ホッとした。

父はなぜ気持ちを変えたのだろう。

福は、長右衛門が助けられたと聞いて、息苦しさから解放された。

父の姿に罪を許す仏の心を見た。

広安の言う、罪を許すデウスの神を思い浮かべた。

元和元年（一六一五）五月、夏の陣に勝利した徳川は、すぐさま諸大名の軍事力統制に乗り出した。六月十三日には秀忠が京都二条城に各大名を呼び出し、土井利勝・安藤重信・酒井忠世の連判で、家康立案の「一国一城令」を発した。京から帰ってきた頼次は、急いで地黄城の石垣の仕上げにかかった。これからは大規模な築城は許されなくなったのである。

「急ぐな、一番の下の根石《ねいし》がずれ出すようでは元も子もない」

普請奉行の井上良助が石工《いしく》たちに檄《げき》を飛ばす。

「急げ、もたもたしていると築城ご法度に引っかかる」

家老の早崎宇右衛門も大声をはりあげている。

「ていねいに手際よく積め。石垣は美しく見栄えのよいのが値打ちだ」

斜面が削られて二年も経っていた。福が生まれた頃からとりかかった地黄城は、二度にわたる大坂の陣への出兵で石垣を積み残したままであった。

普請のようすを見に、背丈六尺二寸の大男が、能勢家の家老大南仁右衛門に案内されてやってきた。藤堂高虎である。父より六歳年上の六十歳。

藤堂は頼次と共に大和郡山で秀長に仕え、その後家康に仕えた。今は家康の駿府入りに呼応するように伊予今治から伊勢・伊賀の二十二万石に国替えとなり、ここから家康の不在になった京周辺の監視を行っている。

藤堂は徳川の一門でも譜代でもない外様大名である。家康は将軍・大御所時代を通じて、五万石を越える大名でも外様には領知宛行《あてがい》をしなかったが、藤堂には極めて例外的に領地を支給した。

家康は大坂を取り巻く勢力を強固にするため、西国の豊臣恩顧の大名に刺激を与えないように徳川大名を西国の要所要所に配置したが、藤堂をその一人に入れた。京の板倉勝重、丹波亀山の岡部長盛、丹波篠山の松平康重、摂津尼崎の戸田氏鉄、そして別格の信頼を寄せた伊勢の藤堂で、丸く繋がる大坂包囲網であった。

藤堂は丹波亀山城の大改築にとりくみ五層の天守を完成させていたが、その後のようす伺いに訪れ、伊勢への帰途に遠回りをして能勢の城を見にやってきた。

亀山城の岡部宣勝《のぶかつ》は能勢の銀山合戦の援軍に来た者である。宣勝の祖父は家康が今川家の人質であったころの家康の遊び相手で、母は家康の異父弟松平康元の娘、大叔母が岡部局である。

「能勢殿、岡部殿がよろしくと仰せであった」

「明智の城が藤堂さまによって生まれ変わったとは、時の経つのが不思議でございます」

「能勢殿の城も、大手の石垣が美しく仕上がりましたなあ」

「藤堂さまにお褒めいただけるとは、恐悦至極」

「南側の石垣は、亀山城に勝るとも劣らぬほどの出来栄えではないか」

「ありがたきお言葉。水抜きを施《ほどこ》せばもう一息で完成でございます」

藤堂は、糸を張っていた若者に声をかけた。

「おぬしが勾配の指揮を執《と》っておるのか」

頼次がすばやく説明を始めた。

「余野広安にございます。広安は石積みの指図ができます」

というと、藤堂は、

「勾配はどうなっておるのか」

ともういちど聞いたので、こんどは広安が、

「はい、低い石垣は三分、高い石垣は四分五厘と緩くしております」

と答えた。藤堂は、

「はらみ出しを防ぐ指揮ができるとはなかなかの者じゃ」

藤堂が褒《ほ》めるので、頼次が警戒した。

「この者は我が能勢家の一族でござりますれば」

「はっ、はっ、はっ、気に入って連れて帰るとでも思ったか」

「いや、能勢家にとってまだ少し役に立つ者と思っておりますもので」

先回りをしてくぎを刺された藤堂は、

「自然石の野面《のずら》積みを基本に角《かど》は切石を使って算木《さんぎ》に積み重ね、なかなかの出来栄えじゃ」

とまたほめて、

「広安とやら、殿が頼りにしておいでじゃ、はげめ」

といって北側に回った。

北側の石垣を積んでいるのは河原長右衛門の村からやってきた印内の者たちだった。

「長右衛門さまを助けていただいたお礼」と言い、ていねいに積んだ。頼次はひときわ威勢よく働いている者たちを見て、長右衛門を助けたことが引いてはこのような恩を受けることになり、嬉しかった。彼らが積み上げた石垣は、印内積《いんないづ》みとか印南積《いんなみづ》みと言われ後世まで残っている。

藤堂は、

「能勢殿には、いい石といい石工がそろっておいでじゃ」

と、もう一度心から羨ましがった。

休憩になり、福が藤堂に茶を出した。

福は茶椀を受けた藤堂の両手の指を見て、思わず自分の手をすくめた。

「驚かせましたな、普請の際に石で指を詰め、このとおり」

藤堂は両手を広げて見せた。右手が薬指と小指、左手も中指が短くて、爪がなかった。

「安全が第一です。それでもまだこの手は使えますが、どうも腹の具合のほうが」

「水に浸かってのお仕事が多いからのう」

父がその業績をねぎらった。藤堂は両手で品よく茶を飲みほした。

「長年水に浸かって基礎石を調整してきたので、腹が冷えにやられてしもうて、わははゝゝ」

福は、藤堂から視線をはずし、城地を眺め、残念なのか幸いなのか分からなくなって、

「能勢の城には堀がないのです」

と告げた。

「戦のない世が来ます。福さんとやら、もう堀はいりません。城は姿で見せればいいのです」

福は、藤堂が礼儀正しく優しい人だと感じた。

「藤堂さま、くれぐれもお腹《なか》を冷やされませぬよう」

福が湯呑を持って立ち去ると、藤堂は頼次の側ににじり寄り、

「広根の銀山に、秀吉が隠した遺産はござったのか」

と声を潜《ひそ》めて訊いてきた。藤堂の目的はこれだったのか。豊臣の金《かね》など一切《いっさい》手に入れておりませぬ」

「めっそうもない、能勢は塩川の乱を抑えたまでで、豊臣の金など一切手に入れておりませぬ」

「塩川の城よりも先に広根に向かわれたと聞き及んでおるが…」

「広根の豊臣方は五〇〇騎もいたゆえ先に落としました、塩川勢は三〇〇騎弱でございました」

「河原長右衛門とやらに、埋蔵金のありかを聞いているのであろう」

「残念ながら絵図面は、持ってはおりませなんだ」

「生け捕りにして、調べを続けておいでとか」

「解放いたしました。長右衛門はすでに出家いたしております」

「そうか。やはり、銀山の金《かね》は真田《さなだ》がすでに掘り出してしまっていたか」

「藤堂さまこそ、大坂城の宝蔵の焼け跡から金銀を運び出されたそうではございませんか」

「井伊と細川と三者で取り合いをして、金と銀の千枚分銅金を一つずつ貰《もろ》うただけだ」

「大金でございます。能勢は、塩川を討ったのみでございます」

　千枚分銅金とは金の大判千枚で造ったもので、重さは百六十五キロ。銀の千枚分銅金も手に入れたというから合計三百キロ以上の重さになり、恐らく運び出しには男が十人かかっても重くて持てないほどの大金であったろう。豊臣の富はほとんどが城内に蓄えられていたのだ。

　福が、おかわりの生姜湯《しょうがゆ》を運んできた。

「おおこれはありがたい。それがしはいつも桔梗湯《ききょうゆ》を飲んでおりますが…」

母と姉が、生姜を乾燥させた粉末をみやげにさし出した。

「ありがとうございます。これをいただいて伊勢に帰ります」

「峠までお送り申そう、福も行くか」

父が誘った。

福は近頃乗馬に慣れ、父に付いてあちこちに出かけている。

城下は屋敷や道普請《みちぶしん》の真っ最中で、大勢が精力的に働いていた。

城下町造営は山田彦右衛門が指揮を執り、北町・中町・南町が完成間近であった。

荷車に乗せられた大きな石が北からも南からも城に運ばれてくる。藤堂はそれを見て、

「能勢はいい石が採れるようですな。どこから運んでおられるか」

と訊いた。頼次は、

「地元、倉垣《くらがき》の加倉山です、硬い石が出ます」

「能勢の旧城丸山からも少しは運びました」

福も、自慢げに説明に加わった。

藤堂は、

「能勢はいいところです。民を守る能勢殿の心意気を感じます。昔、源満仲が検非違使《けびいし》をも入れないで守りぬいたあの別天地多田を見るようです。どうか悪政を持ち込まれませぬよう」

頼次は、平和の村造りの一端が藤堂に伝わったようで嬉しかった。

頼次は若い頃に羽柴秀長の城造りを学んだ。今思えば、秀長の城は常に城下町と一体だった。政治の

ための城下というよりは、経済発展の意図を持った、城下町を入れ込んだ城図であった。

「秀長さまの下《もと》で、あなた様や小堀さまとともに学んだことが、いま生きているのでございます」

頼次は、藤堂のそばで大和郡山のころを懐かしくふり返っていた。

戦国の頃、和泉国に寺田又右衛門・安太夫という兄弟がいた。二人は信長の意を受け、主君の岸和田城主を謀殺《ぼうさつ》して岸和田城主になった者である。兄弟は寺田・松浦《まつら》水軍を名乗り、織田水軍の一翼を担い、木津川口の合戦に参戦したが毛利水軍に大敗したのである。

信長が滅ぶと寺田又右衛門は秀長に仕え、安太夫は松浦宗清と名乗って秀吉の馬廻り衆となった。頼次の姉の夫は秀吉の馬廻り衆の安威源秀《あいげんしゅう》で、頼次の妹の夫が井上氏友である。寺田又右衛門、安威源秀、井上氏友らは、丹州桑田郡あたりから採れる火薬を駆使して鉄砲の技を磨き、秀吉に徴用されて秀頼に鉄砲指南をするようになった。

能勢氏の縁者である長沢与三の父は明智の家来であった。山崎の戦で負けて桑田郡の牧《まき》に蟄居《ちっきょ》させられたが、この寺田又右衛門のとりなしのおかげで秀吉に許された。頼次は、安威源秀や井上氏友や長沢与三との縁《えん》で、本能寺の変の後、桑田郡の家々にかくまわれて、後、大和郡山城の羽柴秀長に仕えるという運を得たのである。

秀長は、大和・和泉・紀伊三カ国の領主として、百万石居城にふさわしい大規模な城と城下町の整備に取り組んだ。ここに三十歳の藤堂高虎がいた。家老の小堀政次は四十六歳、息子の政一（後の遠州）は七歳であった。二十四歳の頼次の初めての出仕であった。

頼次は、秀長のもとで藤堂に会い、小堀に会い、黒田に会い、影響を受けて力をつけた。

頼次二十四歳（一五八六）から二十九歳（一五九一）までの約六年間であった。その体験と人脈が大きな財産となり、頼次の城造り町造りが進んでいた。

藤堂たち一行は、石を積んだ荷車と行きあいながら、布留宮を過ぎ、欅《けやき》の大木を右手に見て、野間川の手前の野間庄上田に着いた。野間城の麓である。

石を満載にした荷車は、なんと野間城の裾から連なって来るではないか。福は、

「あらま、野間の城からも石を運んでいたのですか」

と驚いて父の顔を見た。父は黙ったままだったので、きっとそれは父の指図だったのだ。

野間城は、能勢氏の祖丸山城の頼国の弟、頼家が始まりといわれている。

仁安三年（一一六八）には多田行綱の弟高頼（手嶋冠者・野瀬三郎）が入って開発し、能勢採銅所の預職《あずかりしょく》の大江氏となって勢力を広げた。城は山頂にあり北側の登り口には居館があった。南北朝の頃の城主は内藤満幸、天正年間には野間豊後守資持《すけもち》が在城して、能勢氏とともに行動してきた。野間氏は、能勢氏・余野氏とともに能勢の「三惣領《そうりょう》」である。

一行が黙って荷車の行き来を見ていると、一人の身なりのいい女性が頼次の前に立った。

「頼次、徳川の一国一城の令とはなんと非情なものよのう」

「これは野間さま、久しぶりでございます」

父を〝頼次〟と呼び捨てにできるのは野間家のこの人ぐらいである。

「わずかながらの城の石を取り崩し、愛好した泉水《せんすい》の庭石まで持って行くおつもりか」

「なにとぞお許しを、これは徳川の御下知《おげち》なれば……」

「老身の憩いの庭でさえお認め下さらぬというか」

「申し訳ありません」

「父、野間豊後守資持のことをよもやお忘れではあるまい」

「はい、塩川の山下城に招かれた兄に同行いただきました……」

「その頼道を助けようとして、共に討ち死にいたしたわ」

「申し訳もございません」

「庭もその資持が丹精込めて造ったもの、桜舞い紅葉《もみじ》散るを春秋に眺めてきた」

「一国に一城のみ。以外は廃城にという公儀の御達しでありますれば……」

女性は、涙がこぼれないようにキリリと天を仰いで、

「むかし、楠木正成《くすのきまさしげ》の嫡男正行《まさつら》に嫁入った野間の姫は、子を孕《はら》んだままここに帰されました」

「野間さまが能勢と同様に楠木とは仇の足利方高師直《こうのもろなお》に御味方くだされたゆえ……」

「高頼から数えても十七代、野間家はここ東郷に能勢家とともにあったのだ」

「しかし、関ヶ原・大坂決戦で野間盛次さまは、能勢とは反対勢力の豊臣方になられ……」

資持の娘で盛次の姉の、頼次と幼なじみのこの女性は、少々声を上ずらせ、

「豊臣が勝ち残るか徳川が勝ち残るか、分からぬ故であろう」

「この東郷を愛すればこそと」

「そうだ、天下がどちらに転んでもこの地の者が東郷を継ぐのがこの村のため」

「弟の頼盛さまには、どうか野間にお帰りあそばされますよう」

「城がないところへ帰って来いと言われるかっ」

「申し訳ござらぬ」

一行は父を先頭に逃げるようにその場を離れた。福は話の内容が半分ほどしか分からなかったが、戦でもないのに理不尽ともいえる廃城のありさまを目の当たりにし、そしてそれが父の手によるものだったので、とても驚いた。

藤堂高虎はそのありさまを見て、大槌峠の入り口でこう言って去っていった。

「私は、長年城縄張りの仕事に携わり、勢いのある人々の築城ばかりを見てきました。今日、野間城という由緒ある城が廃されるのを見て無念の思いでいっぱいです。どうかこれからは築かれた城が末永く多くの民に愛され続けられますことを願ってやみません。摂津能勢地黄城は、この村の人々とともに永らくこの地で受け継がれていきますよう祈ります」


公儀による「一国一城」の令とは、城修復の際の届け出許可制を強いたものであると同時に、領内に只一つの居城しか認めないもので他の城の破却を強制したものだった。

この法制は特に外様の多い西国大名に対して厳重に施行された法度《はっと》で、各地に画一的に実施されたわけではなくかなり弾力的なものであった。旗本の中の旗本で準大名格の頼次の能勢は、城の大きさや規模などをおおらかに任せられていたといえる。

しかしその傘外《さんがい》にされた野間家などには酷く冷たい法であった。同じ東郷にあってともに郷土を支えてきた野間城は、城主を塩川に忙殺され、その直後の河原長右衛門の乱入によって焼かれ、関ケ原・冬の陣で豊臣西軍に味方し、徳川の一国一城令により能勢氏の手によって消滅した。

当然新規の城の築城は許されず、家老の屋敷さえも修補がならないという決まりであった。

しかし殲滅に追い込まなかったので、野間家は京で復活を遂げた。野間の荘園は古くからの摂関家領で二条家や九条家とつながっており、三百年後には、九条節子《さだ》(貞明皇后)の母野間幾子が生まれている。

とはいえ「元和偃武《げんなえんぶ》」という太平は、このような犠牲の上に始まったともいえるのだった。

能勢家の領地は、関ヶ原直前約二十年間にわたり秀吉の支配にさらされてきた。

幸運にも、頼次が関ヶ原で手柄を立てたことにより、先祖から受け継いだ地黄・野間・田尻の三か村三千石に、吉野・倉垣・山内三か村千五百石、丹波・杉原の千石、及び切畑八四六石を追加され計六三四六石となり、江戸幕府設立に尽力した功ということで、さらに豊島《てしま》郡・能勢西郷・夏の陣後の塩川の地など周辺の六千八百石を預けられ、約一万三千石を有する旗本となって生きてきた。

そして、このたび分地をしたのである。

長男頼重に吉野村・倉垣村一五〇〇石。次男頼隆に丹波桑田郡(由井・灰田・北の庄)・能勢杉原一〇〇〇石。三男頼之《よりゆき》に切畑村八〇〇石を分けた。

よって城完成のころの頼次の知行は約一万石で、大身旗本の交代寄合席という退職者の身であった。

これは官吏の地位(摂津守・従五位下)はそのままで、職務はその知行所に居住し、何か事あるときに臨時の召し出しで幕政に参加するというものである。

(旗本法度が制定される一六三三年までである)

家康と秀忠は戦話を聞くのが大好きであった。

頼次は、御伽衆《おとぎしゅう》としてお召しを受け、話し相手を勤めるというお側衆のはしりであった。「元亀天正《げんきてんしょう》のみぎり…」と戦話を語り、その中に清和源氏の心の尊さ、血筋の尊さを盛り込んで、徳川に源氏武士の誇りを説いたのである。

一国一城令が夏の陣後に出されると、頼次は城の仕上げにとりかかった。

三万石以下の大名や旗本は城は造れない。だから能勢の城は〝陣屋《じんや》〟と呼ぶ。

石垣は低く押さえ、天守に見たてた建物は二階までとしなければならない決まりであった。

ところが頼次が建てた天守は三階で、城の敷地も規定よりもうんと大きかった。実質面積は、三〇〇〇坪あったが、報告は一八〇〇坪とした。だれも検知に入らせなかった。

(実測東西八〇メートル、南北一二〇メートル。報告は、六七メートル、八七メートルである)

頼次は、城は大名規模、身分は旗本という特権を得た。準大名の成せる技であった。

◉六　デウスという神

「南無妙法蓮華経……」

日蓮上人は、このお題目《だいもく》を仏さまに感謝して口に出して唱えることを勧めたという。

〝釈迦が住む永遠のこの世で私は法華経に帰依します〟という意味らしい。

福は、毎朝、家族とともに仏壇の前に坐して読経《どきょう》をするのが日課だが、最後のこのお題目を繰り返す時になるときまって退屈になる。

《ドンツク　ドンドン　ツクツク》と太鼓を打つのなら楽しいが、手を合わせ（いつ終わるか、もう終わるか）と終わりを知らせる父のリンを待ちながら唱えていると、足の痛さも加わって、その場から逃げていきたくなる。

ある日、福は、

「父上、お題目はいったい何回唱えるといいのでしょう」

と訊ねた。父は迷うことなく、

「百万べん」

と答えた。福はどれほどのことか見当もつかなくて、

「えっ〜、それって何回ですか」

と、また同じことを訊いてしまった。父はさらに詳しく、

「毎日半時（一時間）唱えて、一年間で百万回になる」

と説明した。

「はぁ〜父上は飽きませぬか」

「飽きたことはない」

「何を考えているのですか」

「南無妙法蓮華経の七文字には空《くう》という宇宙が宿る。空、すなわち無心になって唱えることだ」

「無心になろうと思えば思うほど、いろいろ考えてしまいます」

「だれでも、いつも無になれるとはかぎらぬものだ」

「無心になれない時は、父上は何を考えておられますか」

「これまでに支えてくれた人のこと、これから力を合わせていく人のことを一人ずつ思い浮かべてその活躍を祈っている。何時間あっても足りない。唱える時間がもっとほしいくらいだ」

（はぁ〜父はそんなことを考えながら唱えていたのか）

（そうか、空か、心は空を飛ぶのか）と、福はなんだか心が自由になれそうな気がして、

（では、私は自分の空を楽しんでみよう）と思った。

最近、父や兄のお供で、城下の知行地を廻っている福である。山があり、川があり、家があり、田畑が広がって人がいる。城下を上空から見て廻れば色彩も音も声もいっぱいであろう。

よし、カモメになろう。カモメになって幸姉さんといっしょに空を飛ぼう。

福が飛び立つのは丸山の頂上からである。

西山に添って野間の大けやきまで南下、大けやきを回り、東の山に添って丸山に帰ってくる。

「ああいい気もち、カモメさんになれた」

福が飛んだ空の道は、丸山から今にもこぼれ落ちそうな大きな雫《しずく》の形になった。

次はトンボの形に飛んでみた。片側の羽は西山と野間出野、しっぽにあたる大槌峠を廻り、もう片側の羽は東の野間稲地と野間大原、東郷を一周して丸山の頂に着地。

お題目を唱えながら福の心は翼を広げて大空を駈けた。雨の日でも、風の日でも。

山を見て川を見て、家を見て人を見て。お題目を唱えるのが待ち遠しくなった。

「次は、頼国さんの四兄弟を空から訪ねよう」

頼国とは源満仲の孫で頼光の長男である。六百年ほど昔、大江山の賊徒征伐に父のお供をしたが、帰って来るや否や病を得て地黄丸山に静養した。これが能勢家の始まりである。頼国さんを筆頭に、頼家さん、頼基《よりもと》さん、永寿阿闍梨《えいじゅあじゃり》さんの兄弟が東郷を開いたという。

三男頼基《よりもと》さんは、丸山のふもと倉垣庄《くらがきのしょう》西村の加倉山に前の住人西田氏の名跡《みょうせき》を受け継いで岩尾丸砦を築いた。後三条帝の即位（一〇六八）の年には城下に広がる倉垣の田が新嘗祭《にいなめさい》の主基田《すきでん》に選ばれて、頼基さんは新しい帝に新穂を献上したという。

福は、後三条帝に仕えた大江匡房《おおえのまさふさ》がその時に詠んだという歌を諳《そら》じながら、黄金の稲穂の上を風を切って飛ぶのである。

「くらがきの～ 里に波よる秋の田は～ としながひこの～ 稲にぞありける～」

山手に頼基さんの子義基が西田家の菩提寺薬師寺を建てた。六〇〇年後の慶長五年（一六〇〇）、ここに京都本満寺の僧日乾《にちけん》がやってきた。父は日乾から法義を学び、日蓮宗に帰依したのである。真言寺院だったのを日蓮宗に改め「乾師堂《けんしどう》」とした。

すぐ上には元寺の妙法寺がある。ここに四男で四天王寺別当の永寿阿闍梨がやってきて、藤原仲光から預かった美女丸の刀を埋めた。仲光は、打ち首になる寸前の満仲の息子の美女丸を助けた者である。福のカモメは、刀を埋めたところに建てられた〝美女神さん〟の祠を三回廻ると、一気に田尻の谷を下り、信田《しのだ》の森を越えて、野間の庄に帰る。

野間城を建てたのが、頼国の次男の頼家さんというわけだ。

「しずくまわりの道」、「トンボまわりの道」、そして、「頼国の兄弟をまわる道」ができた。


頼次は、信仰を得て法華信者となり、城下の寺々に対して日蓮宗への改宗を求めた。

「城下みな共に心を同じくして南無妙法蓮華経と唱え、仏の御心に帰依いたそうぞ」

その勧誘は、時に性急で時に強引で嫌がられた。

能勢は、昔から京文化圏の中にあって圧倒的に真言宗が盛んな地域であった。だから、いくら城主の命とはいえ、そう簡単に先祖からの教えや教義を捨て改宗をする者ばかりではない。

福は、僧侶にまで熱心に布教をする父と、改宗に抵抗をする人たちを見てきた。

福が次に飛んでみようと思うのは、そんな能勢の寺々である。

「幸姉さん、お寺廻り、いっしょに飛びましょう」

白いカモメは上昇してまず裏山の奥の院へ。ここには頼光《らいこう》さんの鬼退治成功の前ぶれを現わしたという妙見大士が祀られ、冬の陣で天満から持ち帰った釣鐘が布留宮から遷《うつ》されている。

福は、カモメとともに強運の釣鐘をゴ〜ンと打ち鳴らして、奥の院を飛び立った。

まず能勢家の基《もと》寺の上空に。新品の屋根瓦が「いってらっしゃい〜」とキラッと光った。

下って家臣の大南・川崎・早崎家の菩提寺へ。家臣を大事にする家はきっと栄えますから〜

さらに下って丸山のふもと能勢本家の菩提寺へ。お祖父《じい》様は能勢頼幸《よりよし》といったのですね〜

源氏の祖源満仲は父経基の菩提を弔うため、源信房恵心を招いて霊場を開いたそうですね〜

山を越えて大里へ。父上は、幼い頃、喜円という聖《ひじり》に学ぶためここまで通って来てたのか〜

倉垣の法真寺は妙法寺に、今西の光明寺は蓮華寺に改宗。お題目が寺名になったと評判です〜

父上による法華改宗に「いやだ、いやだ」と抵抗した人々が集まっていたお寺もあって〜

改宗を命じられても、寺にも人にも夫々《それぞれ》過去があり、受け入れるのは難しかったことでしょう。

カモメは名月峠を越え、坂井峠を越え、改宗で改修中の寺に、「ごくろうさまです」と声をかけ、

塩谷峠を越え、源氏ヶ尾の東尾先を回り、荘厳な大日如来と優美な千手観音にお目にかかり、

山里をうっとりと眺めながら大原の村へ。ここは早々に法華改宗されたと聞きました〜

茅葺《かやぶき》の庫裏の上に龍が飛び七色の虹がかかると評判の野間中の寺、今日は見えなかったなぁ〜

そして日秀さんの地黄の寺に帰る。能勢をぐるりと周った。かなりの大回りだった〜

「なぁむ みょう ほう れん げぇ きょう〜」と、福の飛行が終わる。

　大御所家康が亡くなった。大坂夏の陣で豊臣を打ち破ってからわずか一年も経《た》たない元和二年(一六一六)の春、四月十七日だった。

一月の寒中の鷹狩で倒れ養生中だったが、駿府城で七十五歳の生涯を遂げた。

頼次が駿府に呼ばれたあと江戸に移動した。

江戸から頼次の文が能勢に届いたのは、もう夏になっていた。文の内容は、
一、能勢家は、将軍秀忠に仕えるため江戸に住む。
一、一家そろって江戸に発てるよう即刻準備をいたせ。迎えに帰る。
一、江戸到着後、頼之《よりゆき》、富、福、そして側室の娘（四女）、それぞれの結婚式を挙げる。
一、頼重一家は愛宕下《あたごした》広小路の屋敷、頼隆一家は赤坂の屋敷に今までどおりに暮らす。
一、三男頼之が板倉勝重の孫を娶《めと》り、桜田の能勢屋敷に頼次夫婦とともに暮らす。
というものであった。

能勢家は亡くなった次女の幸が嫁ぐ予定だったあの京都所司代板倉家とつながる。板倉家とは縁があったのだ。頼之の妻となる板倉勝重の孫は、父方の曽祖父が川村重忠であった。重忠は、かつて今川家で人質だった家康の世話役だった。その妻は、今川家家臣岡部貞綱の娘で、大奥で秀忠の乳母を勤め、大奥の制度を確立した大人物大姥局《おおばのつぼね》である。法華宗門徒で秀忠の武運長久を祈願して池上本門寺に五重の塔を寄進した岡部局《おかべのつぼね》である。

富《とみ》は、幕府大番《おおばん》（警護役）松平五郎兵衛昌重の室に嫁ぐ。再婚である。

側室の娘賀《よし》は、江戸生まれの十三歳で福と同い年である。お相手は織田信長の七男の長男織田美作守《みまさかのかみ》長十郎高重である。この家も桜田溜池の下にあり、能勢の江戸屋敷のすぐ近所である。

福は京極家に嫁ぐ予定になっていた。

「私、武州江戸に行きます。この摂津能勢地黄が大好きなのに」

福は夏椿の大きな木の陰に余野広安を呼んでこう告げた。仏教の象徴という沙羅《しゃら》の木に今年も真っ白で真ん丸の蕾《つぼみ》がたくさんついた。蕾や幹に触れるとひんやりとしてとても気持ちがいい。福はその冷たい幹に背中をもたれてこう告げると、広安は優しく答えてくれた。

「江戸もきっと好きになられますよ」

「カッコウがいるかしら、ホトトギスは鳴くかしら」

「お江戸にはまたお江戸の鳥たちが飛んでいますよ」

「もう、戦はないかしら」

「徳川は戦の無い世を江戸に建設中です」

「戦が無い江戸は魅力だけれど、ここも平和になってほしい」

「もう、大坂も能勢も大丈夫ですよ」

福は、広安が江戸行きを止めてはくれないかと淡い期待で思いを打ち明けているのに…。

「改宗も一段落、お父上もすっかり落ち着かれて江戸行きを決められたのですね」

そういえば、熾烈《しれつ》な戦で生死の境をくぐり抜けてきた父は、信仰を得て優しい顔になっていた。

「父上は、〝赦《ゆる》しあう気持ちが悟りで、法華経には悟りへの究極の教えが書いてある〟とおっしゃるけれど…広安…」

「はい」

「デウスの神もそう言ったのよね。わたしにもう一度デウスの話をしてくれませんか」

「父上や母上はあまり喜ばれないのではありませんか」
「デウスの話からは不思議な力が響いてくるの」
「それはきっと福さまにデウスのお導きがあるのでしょう」
「広安はどこでデウスに出会ったの」
「私のふるさと余野村です」
「生まれた時から」
「はい、生まれた時から」
「だれから」
「私が物心ついたころは周りの者はみなキリシタンでした」
「余野村の人はキリシタン大名に負けたのにキリシタンになったの」
「負けたからキリシタンになれたのでしょう」
「よくわからない」
「高山親子は、余野の人々に一生懸命にデウスの力を説いたのです」
「余野の人々に何を伝えようとしたのかしら」
「信仰をいきわたらせて平和な村にしようと考えたと思います」
「村人たちはそれを喜んだのでしょうか」
「村では、高山飛騨守の勧めで五十三人が洗礼を受けました」
「洗礼って」

「信者になった証しで、名前をもらいます」

「たとえば」

「高山村の右近さまの母上はマリア、余野村の右近さまの妻はユスタといいます」

「デウスを信じる村はそれで平和になったのですか」

「高山も余野も心豊かな人々の村です。右近さまが治めておられた高槻も、領民の大半が信者で、千人を超える方たちが平和で華やかなミサ行列をしたそうです」

「右近さまは高槻のキリシタンたちを守るために、不本意ながら信長に従われたのよね」

「殺し合いを避けるため荒木方から信長方に。本能寺の変後には秀吉の部下になられました」

「父上が能勢を追われた後、能勢にやってきて能勢の領主になったのよ」

「はい、能勢にもキリスト教を広めようと考えておられたようです」

「ところが次の年、右近さまは淡路や明石に国替えをさせられたのよね」

「明石は大坂城を守る海の関所です。秀吉は右近さまに守ってほしかったのでしょう」

「キリシタン禁止令を出し、右近さまに大名を捨てるか信仰を捨てるかを迫った」

「秀吉も、力を持ちすぎた右近さまや信者たちが怖くなったのでしょう」

「そして、とうとう大御所家康さまに国外に追放されてしまわれました」

「右近さまは、いつのときも信仰を選ばれました」

「お力がおありだったのに、悔しかったでしょうね」

「武器を捨てその腕に十字架を架けられたのです」

「抵抗されなかったのね」

「信者に報復はありません。右近さまは冬の陣のさ中、家康の命で大坂から船で長崎に移され、そしてマニラに追放されました」

「なんということ」

「病には勝てず、翌年マニラで亡くなられました。六十三歳でした」

「悲しすぎる…」

「武器の代わりが十字架であり、ロザリオでした」


余野家は、戦国時代、高槻芥川山城の初代城主能勢頼則から三代にわたり高槻を支配してきた能勢氏の一族であった。しかし細川晴元、次いで三好長慶に攻め込まれ、芥川山城を明け渡し余野に逃げ帰ってきたのである。ふるさと余野は、右近の父高山飛騨守の領国となっていた。

その子右近が高槻城主となり、そのころ余野にいた近親者五十三人が洗礼を受けた。

広安が身の上を語った。

「私は余野氏の一族に生まれました。いま十八歳です。余野は高山右近と戦って敗れ、城も落ちました。父を始め一家はその時に亡くなり、私は世話を受けた者から教えられるままにデウスという神を信じて大きくなりました。しかし、戦で死を目の当たりにして、信仰は、弱い人間の逃げ道ではないかと疑うようになりました。人間も他の動物たちと同じでただ死ぬだけのもの、死ねば終わりなのだから今死んでも同じではないかと投げやりな気持ちになりました。信仰心が足りなかったのか、心の奥のむなしさは埋められませんでした。能勢さまの家来にしていただくようになり運命が変わりました。わたしは冬の陣は能勢城留め置きです。キリシタンは戦力にならないと思われたのでしょう。しかし、私は、戦から帰って来られた方々が生き生きと城づくりをされる様子を見てこのように元気になりました」

「能勢は仏を信じて領地復興をがんばりました」

「神や仏を信じて励まれる人の熱は偉大です」

「とても力強いわね」

「そして優しいです」

「そのような優しいお慈悲のキリスト教が、どうして禁教となったのでしょう」

「キリスト教がはじめてわが国に伝えられたのは、戦国の頃でした」

「信長も秀吉も、はじめは歓迎をしたのでしょう」

「外国との貿易が始まり、利潤をもたらしたからです」

「しかし、〝人は神の前に平等である〟という教えが広がるのが怖くなっていました。きっかけは岡本大八の事件です。公儀目付役の岡本大八は、肥前国の有馬晴信に、〝貿易ができるよう協力しましょう。あなたが以前に失った領地も取り戻してあげましょう。私の主人本多正純が仲介しますので確かな話ですよ〟と、うその話で資金を要求して六千両の運動資金をだまし取りました」

「えっ」

「岡本大八は家康さまの朱印状の偽造までして悪事を働いていたことが明るみに出ました。結果駿府の街を引き回しの上火あぶりに処せられました。晴信もその大八と組んで旧領回復の策を計画したと咎められ、甲斐の国に流罪のあと死罪を命じられました。晴信はキリシタンだったので家臣の手により斬首という厳しい沙汰になりました」

「まあ」

「これがもとで徳川はキリシタン禁止令を発布します。これまでも布教は禁じていましたが、いよいよ直接信仰の弾圧を始めます。晴信の息子直純の妻は家康さまの養女国姫でした。直純は晴信の家督を継ぐとすぐさま棄教してキリシタン弾圧にまわり、父と後妻の間に生まれた異母弟たちを次々と殺害しました。しかし良心に耐えられなくなり願い出て日向延岡に転封します。家臣たちの多くは信仰を捨てず島原に残りました。島原は有馬親子がいなくなってもゆるぎない信仰の村でした。そこへ大和五条から松倉重政が日野江城（のちの島原城）に入ってきて、島民たちに多大な年貢と労働を課しキリシタン弾圧を始めたのです」

「きっかけをつくった岡本大八とは、本多さまの息子さんの家臣でしょ」

「そうです。江戸建国初期、権力と禄を併《あわ》せ持つと危険だといって、お父上様とともに公儀参謀《さんぼう》を一万石で担《にな》われた本多正信さん、その息子さんの家臣ですよ」

「本多さまは欲を出されましたね。父は、欲を出さない心を貫いています」

「代々子孫が同じ気持ちでお家を継いでいくことは、よほど難しいものです」

「能勢は、信仰の力とともに、源氏武士の心の誇りを守りぬく覚悟で生きています」

「私はそのようなお父上様を尊敬しています。あすをも知れない戦国の乱世を生き抜くためには強い活力とともに強固な信仰心が必要です。戦の勝敗は軍事力だけではなく、人間の心とそれを支える神の作用によるのかもしれません」

「能勢もずっと信長の試練にさらされてきましたが、軸足はぶれませんでした」

「尊敬申しております」

「跡を継ぐ者もしっかりと生きていかなくてはね」

広安は懐の中から赤い球の付いた鎖を取り出した。

「お福さまこれをお持ちください。ロザリオです。ロザリオは欲と戦うためのやさしい武器です」

「武器にやさしいものがあるのですか」

「考えを異にする人をも受け入れる祈りの友でもあります」

福は、広安から紅い珊瑚が付いた鎖を両手で受け取ると、そっと着物の袖《そで》に入れた。

◉七　籠城《ろうじょう》

「浜名湖の〝今切《いまぎ》れの渡し〟は嫁ぐ者には縁起が悪い。御油《ごゆ》の宿から本坂《ほんざか》越えだ」

頼次は駿府に仕えていたが、家康が没し二代将軍秀忠に呼ばれて江戸詰めとなった。

頼次は江戸で暮らすために一家を迎えに能勢に帰ってきた。

長男と次男はすでに結婚して江戸に住み、書院番として将軍の警護役を勤めている。

今回は、正室も娘もうち連れ一家をあげて江戸に参府する。在地には側近の家老を残す。江戸に着けば、早々に三男頼之、長女富、三女福と江戸の側室の娘も含め四人の結婚式を挙げる予定である。

〝今切れ〟は東海道舞坂《まいさか》へ渡る最短の道だが、めでたい江戸行きなので〝縁切れ〟を暗示する地を通らせたくないという親心で、父は出発前からこの手配で忙しい。

一家は今日、母を始め三男、五男、姉と福と家来衆がそろって江戸に旅立つ日を迎えた。元和二年（一六一六）の夏、七月三日のことである。

空は青く晴れ、セミの声が早朝からにぎやかだ。父頼次はすこぶる上機嫌で、

「海側の危険な道に比べて本坂《ほんさか》は古く〝ひね街道〟とか〝姫街道〟と言われておる。公家や姫が行くお勧めの街道だ。富は再婚でもう姫とは言えないが、福、おまえのために通る道だ」

父は何日か後に通る街道をあれこれと説明してくれるが、福はまるで頭に入らない。

十三歳の福は、嫁げといわれ、嫁ぎ先は京極家と聞かされてはいるが、自分は相手も知らず、実感がもてず、承服できず、気が重い。江戸には行きたいが嫁には行きたくないのである。

しかし出発の朝になってもまだ「行きたくない」とはいい出せなかった。

（広安に嫁ぐのなら嬉しいのに…）

（結婚するなら、私、広安がいい…）

福は、江戸行きが決まってからだんだんとそんな気持ちを膨らませてきた。広安は能勢家の遠縁にあたる家臣で、幼いころから福たち兄弟姉妹に仕え山や野原に遊ばせてくれた元気な守役《もりやく》だ。おとなしく

て口数は少ないが、福にとっては優しく乗馬を教えてくれた頼もしい家臣で、最近はこっそりデウスさまのことを話してくれるあこがれの若者である。

　旅立ちの用意を渋りぐずぐずしているのが変だと思ったのか、父が福のそばにやって来て、腰に提《さ》げている飾り物を見つけた。

「福、それはロザリオじゃないか、どうしたのだ」

「あっ、これ、珊瑚《さんご》のお数珠《じゅず》です」

　福があわてて両手で抑えたのは、五個のキリストの顔のメダルの間に十一個ずつ小さな紅い珠がつながって輪になり、一か所から伸びた鎖の先端に十字架にかけられたキリストの全身像が付いている祈りの用具である。

「だれにもらった」

「広安に……」

「何のためのものか知っているのかね」

「これは、悪を追い払う西洋の数珠、優しい武器だそうです」

「広安は西洋の神を信じているのか」

「ゼウスの神は私たちをお守りくださっていると言いました」

「余野《よの》の者だ、高山右近に影響を受けているだろう」

「広安は、何も悪くはありません」

「広安をここに」

弘安が連れられてきて、父の前に坐した。

父は広安に向かって次々と問い詰める。

「これはどんな意味で福に与えたのかね」

「お福さまがゼウスの神のことをお尋ねくださったからです」

「純真な心の者に、なんと言って教えたのだ」

「キリシタンは、ロザリオの珠を繰《く》って聖母マリアさまに平和の祈りをささげます。仏教でいう数珠と同じようなものですと」

「おまえは、徳川さまの禁教令を知らないのか」

「いえ、キリスト教を信じるなと命じられました」

「どんないきさつか分かっているのかね」

「それは…」

「世の中の動きもわからぬ者に、キリシタンの話は許さぬ」

広安は、以前宣教師から聞いた話を始めた。

「信長さまはキリシタンに興味を示され、秀吉さまもキリスト教の布教を認めておられました。南蛮貿易で利益があがるからです。しかし博愛や平等の教えに秀吉さまは伴天連《ばてれん》を追放。同様に徳川さまもキリスト教を禁教にされました。オランダが〝ポルトガルはキリスト教を広めて日本を滅ぼそうとしていますよ〟と忠告したのを採用されたからでもあります」

頼次は、広安がとうとうと述べたのに少し驚いたが、話を身内のことに戻した。

「能勢家は領地内のすべての寺を法華《ほっけ》に改宗するように命じているのだ。そんな領主の娘をキリシタンにできるはずがないであろう」

「信仰を勧めてはおりません。姫がキリシタンに興味を持たれるだけでもいけないのでしょうか」

夫と広安のやり取りをハラハラしながらそばで聞いていた母が、たまりかねて答えた。

「イエスを信じることは恥とも罪とも思っていません。しかし能勢は今は徳川に仕える身です。六〇〇年も昔の武門の始まりの頃からこの地を預かり、能勢家を継いでいく領主として、禁教に染まる者をこの家からは出せないのですよ。信者になったと知られればお家は断絶です。それはなんとしても避けなければなりません」

広安はそのことは承知しており、即座に福に向かって、

「お福さま、イエスのことなど忘れて江戸に行ってください。江戸にもきっと、幸せな暮らしが待っていますよ」

ときっぱりと言った。それを聞いて父もホッとして、

「福、そのロザリオを足で踏め。足の裏でキリストを踏みつけて広安に返すのだ」

そういうと父は、参勤のために集められた家来衆に向かって出発を促した。

「みんな待たせたな。さあ、江戸に向かって旅立ちだ」

すると、

「不思議だわ、私、新しい力が湧いてきました。一人でこの能勢の城に残ります。江戸にはお供いたしません――」

福はそう叫ぶと、弾かれたように城の階段を駈け上り、天守の一室に飛び込み、中から鍵をかけてしまった。

籠城《ろうじょう》である。

「福、出てきなさい。ゆっくり話をしましょう」

「お福さま、何もお食べにならなかったらお体に障ります」

城の一室に立てこもった三女の福に、今朝から、母と長女と乳母のイセがひっきりなしに声をかけているが、中からは返事どころかコトリという音さえしない。

今回の江戸参勤は、家臣・奉公人たち数十人規模の大移動で、日程や行程の変更は経費の増大につながり一日たりとも無駄にはできないのだが、福が同行しないと言い出して出発を延ばさざるを得なくなり、父の頼次は困り果ててしまった。

福は言い出すと後には引かないところがあり、その上相当に思いつめており、なんともしがたい。もう子ども相手のその場しのぎでは済まないであろう。無理強いして嫁がせるつもりはないが、キリシタンにするわけにはいかないのである。譜代大名である近江宇多源氏の京極家との縁談話は、旗本能勢家にとっては願ってもないほどの良縁と思われるが、はてさてどうしたものか……

翌朝、城下恵照寺の尼僧日秀が城に呼ばれた。福は日秀が語る幸若《こうわか》に魅せられて、最近は他の兄弟たちよりも頻繁に寺に通っていた。尼は、部屋の前で中に向かって、

「お福さま、日秀です。お預かりしていた石が、これこのように生まれ変わりましてございます」

と語りかけた。反応はない。日秀はかまわず話を続けた。

「毎日毎日ご祈祷を続けてきたところ、きのう、なんと、石から石が生まれました。石の中から桃太郎さんのようなお方がお出ましになられたのでございます」

日秀の手の中には、ニワトリの卵を少し大きくしたほどの白いかたまりが一つ入っている。

母と姉と乳母はそれを見て、福に聞こえるように、驚きの声を上げた。

「まあ、これは、仏さまではありませんか」

「あら、小さくてかわいいですね」

「阿弥陀さまでしょうか」

「ほほえんでおいでのようね」

それは、去年、福が旧城の丸山の土の中から見つけ、姉の病を引き起こしたのではないかと疑っている石である。

「福さま、石をお返しに来ました。この阿弥陀如来はお城のお守りとして埋められたものです。こんなに小さく生まれ変わられました。これこそお福さまのお守りになるものでございましょう」

日秀も母たちも、ひと言ひと言、福に聞こえるようにゆっくりていねいに話した。

「お姿を現わされたのは、福が見つけたおかげですよ」

「亡くなった幸《さち》が、何か語りかけているのではないですか」

次女の幸は、この石を福に代わって城まで持ち帰った夜から病に襲われ、たちまち亡くなってしまったのである。

「福さま、ほら、早うごらんなられませ」

「これは玉藻《たまも》の毒石ではなかったのですね。よかった。日秀さま、幸は、呪われてはないのですね」

姉は、ことさら福に聞こえるように、明るい声で日秀に念を押した。

「丸山城から穢《けが》れや邪霊《じゃれい》を祓《はら》い清めるための鎮《しず》め物です。能勢家にとって縁起のいいものですよ」

日秀も自信を持って説明をした。そして石を裏返し、

「ここに、月、日、星の紋がうっすらと見えます」

と指さして見せた。母も安心したようすで訊いた。

「月日星といえば、城南宮《じょうなんぐう》さんのお守りでしょうか」

「そうです。都を守る厄除《やくよけ》の神社として信仰の篤い所。昔、どなたかが頂いてこられたのでしょう」

平安遷都にあたり、京の都を鎮めるために造営されたと伝わるのが伏見の城南宮である。

日秀が、

「福さまに何かお伝えしたいと土の中からお出ましになったのではないでしょうか」

といえば、姉も、

「〝ツキ、ヒ、ホシ〟とさえずるのは福の大すきな野鳥でしょ。偶然とはいえ不思議よねぇ」

と本気で驚いている。

福が大好きだという三光鳥《さんこうちょう》はめったに姿を見せないが、嘴《くちばし》と目が青く、体の三倍ほどの長い尾羽をもつ黒い鳥で、夏に日本にやってきて能勢の山で〝ツキヒーホシ、フィフィフィ〟と啼くのである。姉が、福の好きな鳥の話で誘ったが反応はなかった。

母もあきらめずに声をかけた。

「福、出てきなさい。ゆっくり話をしましょう」

それでも、福は扉を開けなかった。


二日目の夜を迎え、なんとか飲み水だけでも入れられないものかと、みな焦りはじめた。

余野広安はしょげかえっていたが、とうとう思い詰めたようすで頼次の前にひざまずくと、

「私のせいで大変なことになってしまいました。お詫びのしようもありません、この上は…」

と切りだした。頼次と母が、

「あと少しのがまん比べだ」

「お腹がすいて出てきますよ」

ととりなしたが、広安は責任を感じてオロオロするばかりである。そしてついに覚悟を決めて、

「しかし出ておいでになったところで、私がいる限り福さまは江戸には行かないとおっしゃるでしょう。どうか、私をご成敗くださいませ」

と言いだした。

「広安、なんということを」

広安はキリシタンの掟《おきて》により自ら命を絶つことが許されない。

「私が命を絶てば、お福さまもきっと諦められるにちがいありません」

広安は、キリシタンの細川ガラシャが夫の出陣中にやってきた石田三成の捕手《とりて》に対し、ふすま越しに

側近にその身を槍で突かせて人質になることを拒否したのを知っていて、

「お願いです。私をご成敗くださいませ。でなければ私みずから…」

と、キリシタンの掟さえ破りかねないほどの思い詰めようである。

「広安、早まってはなりませんよ」

母は、娘とともに遠縁の広安の行く末も案じていた。

みなの我慢が限界に達した二日目の深夜であった。駿府から能勢に早馬が到着した。

「申し上げます、頼久《よりひさ》さまが、駿府でお亡くなりになりました」

頼次は、それを聞くと、血相を変えて、

「これはいかん!」

とあわててみなを呼び集めた。

頼久は、頼次の四男で二十一歳。十六の時から家康に仕え、大坂冬・夏の両陣に供奉《ぐぶ》したあとも家康側近の薬師として駿府に勤めていた。

いつもは落ち着いている母も、訃報を聞いて取り乱した。睡眠不足だったこともあり、泣いて頼次に責めよった。

「春、薬草を持って嬉しそうに能勢を発ちましたのに…いつも大御所さまのそばに詰め、大御所さまが亡くなられてからはみなとともに増上寺にお参りをしていたのではなかったのですか」

「頼久は十日前までは元気だった。何かあったに違いない、すぐに駿府に向かおう」

頼次は、出発を決意した。真相はわからなかったが、能勢家に危機が迫っているのを感じていた。

夜明けとともに、イセが扉の外から福に声をかけた。

「お福さま、頼久さまがお亡くなりになられたそうにございます。御一行は、駿府に発たれます」

「お兄さま、頼久お兄さまが…」

「もうここからお出ましくださいませ」

「イセ、わたしはどうしたらいい」

「いっしょにお発ち下さいませ」

「できません、それとこれは話が違うのですから」

福の決意は固かった。

頼次は、朝一番に余野広安を呼んでこう命じた。

「広安、死んではならぬ。その命私が預かろう」

広安はよくわからなかったが、きりりと口を結んで頼次の次の命を待った。

「福との婚姻を許す。だから死んではならぬ。そちの命はこの頼次が預かる」

広安は「あっ」といったか「はっ」といったか、自分にもよくわからない声を上げた。

「すぐに駿府へ発つので、福のことをよろしく頼む。福には、乳母のイセを付ける」

頼次は、この「余野」に福を託そうと決めた。

能勢郡は鎌倉の時代から地頭の〝三惣領《さんそうりょう》〟がこの地を治めてきた。能勢家、野間《のま》家、そして余野《よの》家である。野間家が豊臣方に付いて没した今、高山氏に牛耳《ぎゅうじ》られてきた余野家を再興できるのはこの広安であろう。しかし広安は耶蘇教《やそきょう》の信者で、それは今、少々無理である。

頼次は、広安が一旦能勢家に帰属するのが余野家再興の糸口になるかもしれない、そして福がその一役を担ってくれるのではないか、能勢家と余野家の婚姻はひょっとしたら良策であるかもしれない。この男に賭けてみようと考えた。

「福、広安との結婚を許す。だからここから出てくるのだ」

父から直接声をかけられて、やつれた福が扉を開けた。

髪も着物も乱れ、汗みずくの福がしっかりと手にしていたもの。

それは、『能勢物語』という一冊の本であった。

「なんだ、おまえ、それをこの中で見つけたか」

福は疲れきった声で、開口一番気丈にもこう言った。

「父上、これは以前に日秀と名のった僧が著し、別の日秀が書き写した能勢家の物語です。城を追われた父上が丹州桑田郡の井上や長沢という者の家に逃れたところで終わっています。能勢家にとって残念な話で終わっています。父上が能勢に帰城し、徳川に召されて手柄をあげ、お家を再興されたのを書き加えておくべきではありませんか。能勢家の後々のために、完成させてください。今の日秀さまに続きをお願いされるといかがでしょう」

「おまえは、親を心配させて、部屋の中でこれを読みふけっていたというか」

「はい、能勢家の五百年間が手に取るようにわかりました」

「なんという娘か。もうこの物語が読めて、補足を指摘できるほどに成長していたか」

一家をハラハラさせておきながら、福は空腹のまま、能勢家の過去を貪《むさぼ》っていたのだ。頼次は、福の成長がなんだか逆に頼もしかった。そして、にっこり笑ってこう言った。

「福のいう通りだよ。これは今の日秀が三十年前に写したものだが、お前が言うように、物語を整理し残記を加えたものを、今まさに安智《あんち》と言う僧が書いている。間もなく出来上がるぞ」

(安智の著したものは、次の年、元和三年丁巳《ひのとみ》三月五日に完成した)


一家の旅立ちである。

早朝からの蝉しぐれの中、大御所より下賜された黒いヤクの毛が付いた毛槍が二本、悲しみを振り払うように行列の先頭で踊った。出発である。

じつは母はまだ誰にも言わなかったが、江戸で婚礼を見届けると能勢に帰り能勢で暮らそうと考えていた。昨夜一人でそう決めて、籠の中から黙って手を振った。

城には、福と広安とイセ、そして若干の家来衆が残された。

兄の頼之は、別れの時に福にこう告げた。

「福、能勢家に受け継がれてきた能勢物語、新しいのができたらもう一度読むのだよ。そして、父上がなぜ〝門外不出〟とされてきたかを考えてみるのだよ」


福は籠城中に「能勢物語」を読んで、城下の姉妹の悲しい話を知ることになった。幼い頃、姉とイセは、「妹が岡」という話だといったが、物語の中では「黒札のこと」となっていた。

黒札とは、能勢家に昔から伝わる不思議なお守りのことで、今では〝能勢の黒札カモメさん〟という火伏の神である。神に守られて善く生き、能勢家の存続を願う物語りであった。

しかし、父がなぜこの物語を門外不出としたかは、この時は福には分からなかった。

◉八　名こそ惜しけれ

頼次が家康死去の知らせで駿府に駆けつけたのは、元和二年の春も遅い頃だった。

その夏になって、我が子の急死により、同じ街道を急ぐことになった。頼次にとって家康は、居並ぶ羽柴勢の中から運命の出会いを得て側近に取り立ててくれた命の恩人である。家康の最期に会えなかったのは心残りであったが、その恩人に見出された四男が急死したのは、それ以上の心残りである。

家康は、夏の陣の疲れの上、真冬に鷹狩りに出かけた先で体調を崩し、ついに四月十七日、駿府城にて七十五歳で死去した。死因は鯛の天ぷらの食べ過ぎだったという者もいた。人生五十年の時代に七十五歳まで生きたのは長寿だと羨《うらや》む者がほとんどだったが、家康はすでに死んでいて、今死んだのは影武者だという噂まで出た。

それに比べて、頼久は弱冠二十一歳である。

頼次は、頼久との最後の日々を思い出していた。

増上寺では七日毎に法要が執《と》り行なわれ、頼次は江戸屋敷から長男、次男、四男とともにお参りを重ね、六月五日には中陰《ちゅういん》という大法要を迎えた。

頼次はこのとき、

「大御所は、われらの住む衆生界《しゅじょうかい》から彼岸の人となられた。能勢にも眠っていただこう」

と、建立したての地黄真如寺《しんにょじ》を家康菩提寺と決めたのである。

秀忠はこれまでの江戸と駿府の二元政治を江戸に集約した。駿府城に勤めていた頼次と頼久は、選ばれて江戸城勤務となり、一家は江戸に住居を移すことになった。

頼次は一家を迎えに能勢に帰るため、法要が済んだ日の午後、親子四人が増上寺門前に立った。

頼久が、

「私は大御所さまのお身回りの片付けを駿府に残しています。父上と城までご一緒します」

といい、二人ずつが西東に分かれることになった。江戸の屋敷に帰る頼重と頼隆が、

「これからは親子五人そろって江戸城お勤めとなります、誇らしい限りです」

「江戸屋敷はきっとにぎやかになるでしょう。準備をしてお待ちしております」

というと、頼久もうれしそうにその時期を確かめた。

「わたしも楽しみです。父上、江戸に戻るのはいつになりますか」

「予定は七月半ば。頼久、駿府で待っておれ。一緒に江戸に向かおう。母上も喜ぶぞ」

三人は、「七月半ばですね」とくりかえすと、三十歳の長男と二十九歳の次男が東へ、頼次と二十一歳の四男頼久は西に向かった。このとき能勢家の息子たちは前途洋々であった。

頼久は元気だったし、機嫌も良かったたし、食欲もあった。

頼次は六月十日、駿府城下で頼久と別れたのである。

能勢への早馬では、頼久の死亡は六月二十七日といい、死因は伝えられなかった。

「半月の間に何があった！　どうしたというのか！」

頼次は、東海道を東に急ぎながら、「なぜ」「なぜ」、そして、「まさか！」を繰り返した。

いまは、広安の信仰も福の言い訳も、遠いむかしの話だったような気がする。


駿府に着くと一家を旅籠《はたご》に残し、頼次は三男頼之を伴って城に入った。

江戸から先に到着していた長男の頼重が、すでに遺体は埋葬されたと告げた。

駿府城は、秀吉が部下に築かせたという豪華絢爛な天守を、家康が建て替えた城だった。しかし慶長十二年惜しくも焼失したので、次の年、家康は大工の棟梁中井正清を呼んで、中井が建てた江戸城と肩を並べるほどの大規模の城をめでたく再建したのである。

慶長十四年、史上最大の規模を誇る新城が完成すると、家康は特別かわいがっていた自身の第十子徳川頼宣《よりのぶ》を五十万石にして水戸から転封《てんぽう》させた。加藤清正の娘八十姫《やそひめ》と娶《めあ》わせ、そして自分もともにここに住んだのである。

〝その姿は、まるで富士のお山を見るようですよ〟と頼久がほめていた七階建ての白い天守が富士を背に夕日に輝いていた。

城を訪ねたのは暮れ六つで、家康を失った城内はやけにがらんとしていた。

旗本が死ぬと目付による検視が行われる。頼次は頼久を検視した目付に面会を申し出た。しかし城内は取り込み中とのことで、ずいぶん待たされたあげく明日出直すように言われた。

その夜、旅籠に若い娘が頼次を訪ねてきた。

「黒井戸みどりと申します。父は駿府城の典医で、頼久さまとは親しく致しておりました」

「黒井戸さま。私どもの息子がお世話になりました。息子はどうして亡くなったのでしょうか」

「何も聞いてはおりませんのでございます」

「今夜おいでいただいた用向きといいますと」

「頼久さまがお亡くなりになったとき、生前に書かれたというお父上への手紙がありました」

「ああ、それをお届けくださいましたか」

「内容によっては能勢家に疑念がかかるので、私の父が内々に預かっていると申しておりました」

「それで、手紙というのは」

「じつは、父が、本日、何者かによって、城を出たところで、いのちを奪われました」

「えっ、そのような時においでいただいたのですか」

「先ほどまで検視が行われていたのですが、父は、いましがた家に帰されてきました」

「なんと言ってお慰め申せばいいか……して、預かっていただいたという手紙は」

「預かっていたはずの手紙は無くなっていました。家にも置いていませんでした」

「何が書いてあったのでしょうか。お父上はそれがもとで？　手紙は目付に預けられましたか」

「わかりません」

「お父上は、読んでいただいたのでしょうか」

「それも、今となってはわかりません」

「あす、私どもは城にて目付から頼久についての検視の報告を受けます」

「その折に、頼久さまは手紙を残しておられ、行方が分からなくなっている旨をお含みおきくださいませ」

「息子は何を書いていたと考えられるでしょうか」

「…」

「あなたさまとの縁談を考えていたのでしょうか」

「そのような内容でしたなら、嬉しくていっそう悲しいです」

「お父上が狙われたのは、わが子の手紙が関係していたのでしょうか」

「それも今となっては分かりません。どうかお気をつけくださいませ」


武士は上士、平士、下士の三つに分かれ、公儀はこの身分を基本にして組織を作った。能勢氏は上士で、平士や下士を束ねる身分である。これを組織に当てはめれば、譜代大名と三千石以上の旗本が上士、三千石以下の旗本が平士、御家人が下士に相当する。

上士の旗本は官位の六位相当で布衣《ほい》（江戸城での儀式用礼服）の着用が許され、江戸城の行事に参加し、さまざまな役職を担った。五十四歳の頼次は家康の江戸初期からの側近で、叙従五位下、非職の交代寄合（参勤交代をする上士旗本）である。

交代寄合は一代限り（江戸初期のころはまだ世襲されないとなっていた）なので、頼次の長男、次男、三男は、「書院番」を勤める旗本である。

「書院番」とは公儀直属の親衛隊で城の警備が主な仕事である。中奥《なかおく》の手前の白書院・黒書院に詰めたのでこの名がついた。指揮官である番頭《ばんがしら》の下に、五十名の番士、二十名の与力、十名の同心がいて一組。初期のころは四組あった。駿府城にも毎年交代で在番した。

「目付」は、それまでの戦目付《いくさめつけ》の役を、日常の家臣の監視監督役とするべく秀忠が新設した。旗本の観察をし、事があれば裁きはしないが一族一門へ事の追求をするのが仕事である。この頃は試行中で、旗本五千人中十人を人選中という時期であった。

頼次が、書院番の長男と三男を従えて、駿府城の目付の前に座った。

どちらも旗本身分であるが、秀忠新体制の期待を担った目付候補が上座である。

目付は将軍直属であるとばかりに背筋を伸ばし、ふんぞり返ってうやうやしく告げた。

「検視の結果、能勢新兵衛頼久、病没と認める」

頼次は、頼久の体に傷はなさそうだということが分かり、半分ほっとした。ここで食い下がらなければ、〝承りました〟で終わりとなる。

「恐れながら、どんな病を患っていたのでございましょう」

と訊ねた。

「典医にも不明、とのこと」

と、答えはそっけなかった。

「二十一歳、薬師の端くれとして大御所さまのお側に仕えさせていただいておりました」

頼次はもうひと言述べた。大御所の健康増進に寄与した誇らしい息子であったからだ。

「それよ、能勢殿。薬師とは、大御所さまが口にされるお命《いのち》に直結するものを扱うお役目」

「うぐ！」

なんとおっしゃいますかっと、声を挙げそうになったのをかろうじて思いとどまった。

「お役目の薬種調合についての吟味となれば、お疑いがかかることにもなるのではござらぬか。毒を盛ったとあらば、九族皆殺しでござるぞ」

目付は、少々前かがみになり、声を潜《ひそ》めて問うてきた。

「これ以外に、なにをお知りになりたいと申されるか」

公儀から疑いがかかれば、能勢家は即、移封《いほう》・転封《てんぽう》・お家取りつぶしの危機にみまわれるのである。

目付はどうやら頼久の手紙の件は知らないようだ。

頼重が、父に代わってもうひとこと食い下がった。

「若くて、健康であった者ですから……死因をいま一度」

目付は構えなおして、

「病没である。自害とあれば失態または追い腹。殺されたとあらば争いまたは口封じ。もしも諍《いさか》いや失態がおありでしたらご一家にも疑いがかかりますぞ。また大御所が、追い腹をせぬようにと命じておられたのは御存じのはず、薬による内々の追い腹であっても、即刻お家とりつぶしでござる」

目付は一気に煽《あお》ってきた。

「いえ、いえ、」

　殉死とは存命中の主君から許しを得てともに死ぬことで、追い腹とは許しを得ずに主君の後を追って腹を切ることをいう。

　家康の四男忠康は松平忠吉《ただよし》といい、関ヶ原の戦いで初陣を飾り巧を挙げるが手傷を負った。それが元で、尾張清州城五十二万石当主の時二十八歳で死去した。家臣の小笠原吉光、石川吉信、稲垣将監、中川清九郎ら四人が殉死した。みな若く、前途有望な武将であったという。家康は、涙を流して彼らの死を悼み、殉死の益のないことを説き、自分が死んでも決して追い腹をする者がないようにと常々まわりの者に言い聞かせていた。

　だから、家康には殉死者も追い腹をするものも無かったと言い伝えられている。

　目付は、

「ご政道に反する旗本を吟味し、疑わしきを罰することが、みどものお役目でござる。しかし、旗本といえども能勢氏は源氏の祖、多田満仲の直続のご子孫と伺っております。能勢氏のご子息の死因が病没であったのは、貴家にとっても、源氏末裔である徳川家にとっても不幸中の幸いであったと思われませぬか」

　三人とも、もう何も訊く元気はなくなり、手紙のことを確かめる勇気もなく、ただただ悲しいばかりであった。

　新米目付は、再びふんぞり返ると、

「能勢殿、なんとおめでたいことか。京極高次《たかつぐ》、松平五郎兵衛、織田高重《たかしげ》、板倉重大との婚姻許可の大御所の文書が残されていましたぞ」

といっそう威厳のある口調で伝えた。頼次はわれに返り、

「は、ありがたき幸せにございます。ただ、京極家に嫁ぐ予定の三女は少々健康を害しており、改めて御願を出すことにいたします故」

と、福の話を無かったものとするのに精いっぱいで、板倉家との話を止める余裕はなかった。

「あい分かった。ここに公儀による申し送りを伝える。能勢家と松平家、織田家、板倉家、以上三家との婚姻を許可する。大御所による最後の思し召しである」

「ははぁ〜」

と承って、城を辞した。


頼次は、その足で黒井戸家を訪れた。聞いていた宛所にその家はあった。

悲しみに包まれた玄関を入ると、通夜が営まれた後の座敷に通された。故人は棺に納められていた。頼次は焼香をしながら、死人に口なしとはこういうことをいうのかと悲しかった。

喪服姿のみどりが深々と礼をした。

頼次は、懐から白い和紙に包んだものを取り出すと、みどりの膝元にていねいにさし出した。

「順久が残した荷物の中にありました。どうぞあなたさまに」

「これは」

「開けてください」

みどりは包みを開いて、「まあー」と驚きの声を上げた。

女物の赤い櫛《くし》が入っていた。

「おそらくあなた様に渡そうとしていたに違いありません。どうか貰ってやってください」

みどりはだまって、櫛を胸に抱いて、なみだを流した。

奥方であろう年配の女人が茶を運んできたが、茶器がカタカタと鳴り、うまく座れないほどの憔悴しきったようすで、みどりが慌てて肩を抱いて奥に入っていった。

頼次は、早々にいとまをしようと腰を上げた。

みどりにはまだ話したいことがあるようで、盆を持って再び現れた。

盆の上に薬包みがあり、みどりは頼次に茶を勧めた後、それを大切そうに膝の前に並べて話し始めた。

「父が、頼久さまからいただいた〝八味丸〟です」

「ああこれは、頼久の自慢の滋養薬です」

「大御所さまも、愛飲なさっておられたそうですね」

「はい、国元の地黄草が原料となっております」

「大御所さまの健康志向にあやかって、わたくしの父も体を厭《いと》っておりました」

頼次は、そのようなお方が不慮で命を奪われて、何といって慰めたらいいかことばに詰まり、

「頼久の手紙があったと伺っておりましたが、目付はそれを把握していませんでした」

としか伝えられなかった。そしてもう一度腰を上げた。

みどりは、

「本多正信さまが、六月七日、江戸にて亡くなられました」

とつぶやいた。

江戸にいてその報を受けていた頼次は、昔の大御所の側近の仲でなつかしい思いがして座り直した。正信と自分は徳川体制が敷かれたころの家康に仕え、旗本の手本となり、家康から「友」と呼ばれるほどの同士であった。しかし正信は老中になり、正純の代になってすっかり欲を出してしまったようである。

「大御所さまから、万病円と八味丸をいただかれていたそうにございます」

「年のせいでか正信は最近元気がなく、大御所も心配しておいででした」

「能勢さまは旗本のままですが、本多さまは大大名にのし上がられ…」

「息子の正純は、今では十五万五千石。太田大八の事件も起こしてしまいましたなあ」

「正信さまは正純さまに万病円と八味丸を渡し、〝この苦味を決して忘れるな〟と言って亡くなられたそうです」

正信はもう七十九歳の高齢だったので、だれも追い腹とは思っていなかったようだが、頼次は少々胸騒ぎを覚えて、正信が息子正純に言い遺したという話を思い出した。

「私は徳川に敵対するも帰参を果たし鷹匠を務めて相模で所領をいただき重臣となって働いてきた。私が死んでもおまえはきっと増地を賜るだろう。本多家として三万石までは受けてもそれ以上はきっぱりとお断りせよ。よい政治は勝ち悪い政治は負ける。家臣の岡本大八が事件を犯したとき、私は悪い生き方の淵を覗いたような気がした。これ以上の欲を出すな。ここに大御所より頂いた万病円と八味丸をおまえに遺す。この苦味を忘れるな、と言ったそうですな」

「頼久さまは、万病円はトリカブトが主成分、八味丸は地黄草が主成分と言われました」

「じんわりと効いてくる地黄草に比べ、トリカブトは即効です」

「頼久さまは、父には八味丸を選んでくださいました」

「即効の怖さも知っておりましたのでしょう」

「大御所さまのご臨終から数えて、正信さまは五十二日目、頼久さまは七十二日目でした」

みどりは、なにを考えているのだろう。頼次は、もうひとこと聞いてみた。

「大御所が亡くなったのは四月十七日、正信が六月七日、頼久は六月二十七日です。これは何か関係があるのでしょうか」

「わかりません、わかりません」

みどりは櫛を胸に抱いて泣いていた。


本多正信は家康を慕っていた。息子頼久も家康を慕っていた。それは事実である。

頼次は、子どもたちに生きる手本を示してきたはずであった。

それは、生きていることが前提であった。

〝家は大きくなくてよい。立身出世もほどほどに〟というのが頼次の持論である。頼次は、「ご先祖の多田を敬い、源氏嫡流としての名こそ惜しめ」と、常々子どもたちに語った。

頼次にとっての初めての主君が羽柴秀長であった。

秀長は、熾烈《しれつ》な戦を制し天下人となった兄秀吉の下で、日々丹念な調整役に徹した。大和国に百万石の所領を有し、郡山城の二室に満杯の金銀を蓄えていたとはいえ、秀吉の生き方とはまるで逆で、自らの功績を伝える記録も後継ぎも残さず、秀吉の築いたきらびやかな政権に埋まって死んでいった。

頼次は、このよき補佐役の果たした働きと、その死が後の豊臣家にどんな転換を起こしたかを、つぶさに目撃してきた。

秀長の師は村田珠光《むらたじゅこう》といった。「わび茶」の創始者である。

秀長は、「珠光」の名は恵心僧都（源信）の浄土経「観無量寿経《かんむりょうじゅきょう》」の「一々の珠、一々の光」からもらったのだと、まだ二十代の頼次に茶を点てながら珠光の茶の精神を説いてくれた。

珠光は一休に学び、「この道、好くないのは自慢と執着の心である。わが心の師となれ、心を師とするな」と驕《おご》りや高ぶりを諫めた。そして一休ゆかりの京大徳寺真珠庵の枯山水「七五三の庭」や一休が晩年に森女《しんじょ》と住んだ京田辺薪《たきぎ》の酬恩庵《しゅうおんあん》の「虎丘庵《こきゅうあん》の庭」を手掛けた。

頼次は、珠光との偶然ではない出会いに心が震えたのを覚えている。

能勢の城下、倉垣から野間に続く広い荘園は、「長町庄《ながまちのしょう》」といい、古くから都の貴族たちを支えてきた。しかし承久の乱以降は激しく転売や譲渡が繰り返された。そこに細川頼之が室町政権の管領に就いて一段落を迎えた。能勢氏は細川家の被官（家臣）であった。足利義満を補佐した管領の細川頼之は、室町に花の御所を造営し、京都衣笠山《きぬがさやま》に地蔵院を建立し、能勢城下の広大な「長町庄」をこの地蔵院の荘園に充てたのである。

この地蔵院こそ御所を追われた後小松帝の第一皇子（一休さん）が育てられた寺であった。

頼次は、「一休禅師は能勢の米を食べてとんちを発し、悟りを開いたのだ」と思うと、一休に学んだ珠光の教えが身近に感じられて、ストンと心に沁みるのであった。

能勢家の先祖で摂津高槻芥川新城主の能勢頼則（頼豊）は、戦国時代、牡丹花肖伯らとともに連歌興行の主催者であった。この頼則が一休禅師に深く帰依していたことにより、頼則の未亡人慈香禅尼《じこうぜんに》は、京田辺の一休の酬恩庵のほとりに「心伝庵」を結んでいる。

頼次は、秀長という人生の師と仏教への信仰を得たことにより、広い世界観を持ち、領民の安定と天下の平和を追い求めながら、天下人の下で表には出ず、無私・無欲で働くことができた。裏切りなど日常茶飯の時代に、決して人を裏切ることなく、正直に無欲に生きてきた。くり返しくり返し何度も敵に回った主家「多田」を恨まず、困窮する多田源氏を応援し続けた。栄誉を求めず誠実に、無私・無欲で美しく。これから生まれてくるであろう子孫の平安と繁栄を願って、「能勢の名が末代まで続くことが何より大事だ」と、生きる手本を示してきた頼次であった。

Ⅱ章　大坂編

◉九　大坂天満

福は、朝、空が明るくなると身重な体で縁側のへりに立ち、雨戸に両手を添えてガタガタと繰《く》った。板戸を溝《みぞ》に沿わせて引いて行き、最後にクルリと回して戸袋の中に仕舞う。何枚もの戸がピタリと重なるのが気持ちよくて、福はこの雨戸開けが大好きである。

広い庭の奥には滝石があり、水がサラサラと流れ出ている。

桜の蕾が膨らんで、今日明日にも咲き出しそうである。

ここは能勢からおよそ十里の大坂天満川崎。敷地およそ三千坪の黒田蔵屋敷である。

「お福さま、またそんなことしゃはって」

乳母のイセが小走りでやってきて、福に代わって最後の一枚を繰った。

「イセ、おはよう、新芽の香りはいいわね」

「ほんに春のにおい。ニワトリが卵を産みだしたそうどすえ」

「フフフ、イセは花より団子ね」

台所をあずかるイセに春の訪れをもたらすのは食材のようだ。

縁側に朝の光が射しこんで、六十歳を過ぎた品のよいイセの額を明るく照らした。

「ご気分はどうどす。ようお休みにならはりました？」

「お松はもう一歳《ひとつ》、朝まで眠ってくれるようになって助かるわ」

お松とは福と広安の長女で、去年能勢郡余野《よの》で生まれた。

「朝餉の用意ができてますえ」

「近頃、わたし、食事が待ちどおしいて……」

「しっかりお食べになって、お二人目も丈夫なお子を授かっておくれやす」

「ありがとう。天気はよさそうね」

「いよいよ今日からお城の石垣積みが始まるんどすな」

「そう、元和六年（一六二〇）三月朔日《ついたち》、藤堂さまによる鍬始《くわはじ》めの儀が執り行われるの」

「まるで広安さまが大和郡山から帰っておいでになるのを待ってくれてはったみたいに」

「ほんと。そして能勢一家がその儀に花を添えるとは、なんとめでたいことでしょう」

「この辺りは冬の陣でお父上が陣を敷かれた所でっしゃろ」

「そして川の向こうには能勢の大坂屋敷もあった。でも夏の陣で焼けてしまったって」

「それでもおかげさんでこんな立派な御蔵屋敷に住まわせてもらうようにならはって」

「父上と黒田さまとの縁があったればこそよね」

「あの梅の木の辺りにはお茶室が建ってたそうどすえ」

「あっ、京のお寺に移されたという〝蜜庵《みったん》〟」

「小堀遠州さんはお見えにならはるたびにその話、どれほどの名席どしたんやろ」

二人は茶室跡のがらんとした春の庭をみつめていた。

頼次《よりつぐ》の娘婿となった広安は名を能勢長右衛門頼資《よりもと》と改め、黒田長政の馬廻り衆で五百石の知行持ちとなった。

去年元和五年（一六一九）七月、大坂城は城主制度が廃止され徳川直轄の城となり、城代《じょうだい》が置かれた。福の夫広安は、大坂城主を五年間務めた松平忠明《まつだいらただあきら》を大和郡山にお送りして天満に帰って来たばかりである。そしてこの黒田蔵屋敷に一家で住むことになった。

豊臣秀長の百万石の豪華な大和郡山城は、大坂の陣の後、徳川により解体されて伏見に移されたが、忠明はその伏見城をもういちど郡山城に築き直す予定という。

それにしても能勢は〝大和〟に縁がある。また大和から運が開いた。

推古朝のころ野間に大和石上布留社《いそのかみふるしゃ》の祭神を迎え、戦国期頼次が大和郡山から帰還し、この度も、郡山城から帰って来た広安が黒田長政に仕えて大坂城の石垣積みをするのである。

長政は、秀吉養女の蜂須賀家の糸姫を離縁し、家康養女の保科《ほしな》家の栄姫《えいひめ》を正室に迎えると、関ヶ原で豊臣恩顧の大名たちを徳川方に引き込み東軍の主力となって戦功を上げ、家康から関ケ原の戦い一番の功労者として「子々孫々まで罪を免除する」というお墨付きを得、豊前《ぶぜん》（福岡東部）十二万石から筑前《ちくぜん》（同西部）に五十二万石を与えられるに至った。

長政の父官兵衛如水《じょすい》は「富貴望《ふうきのぞ》まず」と隠居をし、福岡城御鷹《おたか》屋敷や太宰府《だざいふ》天満宮内の草庵で療養生活を送っていたが、慶長九年（一六〇四）、京都伏見屋敷で死去した。

五十九歳だった。

官兵衛の弟の直之や宣教師らがキリシタン式の葬儀をし、キリシタン墓地の隣に埋葬したが、キリスト教を棄てた長政は仏式で葬儀をやり直し、二年後には京の臨済宗大徳寺に塔頭《たっちゅう》（脇寺）の龍光院《りょうこういん》を建てた。そこに天満屋敷から四畳半台目茶室〝蜜庵席《みったんせき》〟を移したのである。黒田官兵衛・如水・シメオンは、「龍光院如水円清大居士」となった。

ふりかえって、五年前の元和元年（一六一五）のことである。

豊臣が滅んだ真夏の大坂は、城も町も焼けただれたままの無残な姿であった。

まだその煙があちこちでくすぶる中、大坂にいた松平忠明は、京の二条城にいた家康と秀忠に呼び出された。

忠明は家康の長女亀姫と美濃加納《かのう》城主奥平信昌《おくだいらのぶまさ》との間に生まれた家康の外孫で、六歳で家康の養子となり松平を名乗る五万石の伊勢亀山城主であった。大坂の両陣で手柄を立て、十万石に加増されたばかり。色白で柔和な三十三歳の若者である。

能勢頼次は、藤堂高虎と小堀遠州とともに大坂から忠明の付き添い役となった。

頼次は、一行をまず二条城の隣にある板倉の住まいに案内した。

ここは忠明の亡き父奥平信昌が京都守護職を勤めていたかつての京都町奉行所で、関ヶ原の戦い後、その役を引き継いだ板倉勝重《かつしげ》が京都所司代となって住んでいる役宅である。

忠明一行は一旦ここで休憩をとり、肩衣《かたぎぬ》に着替え身だしなみを整え、勝重の長男重宗《しげむね》の案内で二条城に上がった。

二条城は、奉行板倉勝重、大工棟梁の中井正清によって慶長十一年（一六〇三）に完成した家康自慢の城で、本丸御殿のそばには五層の天守がそびえていた。

忠明が黒書院に通されると、待ち構えていた大御所家康は、

「松平忠明、大坂城主を命ずる。大坂を再興せよ」

と突然の大任を下知した。忠明は驚いて何も言えず両手をついて這《は》いつくばった。

「京都守護職を果たした父に負けず、励め」

普段あまり笑わない将軍秀忠が、家康の側で笑みを浮かべてうなずいた。

板倉勝重が、

「大坂は豊臣以来の伝統的な土地《ところ》。徳川が、京・大坂の両地を抑えるということでござる」

と説明した。小堀遠州も、

「大坂で将軍が直々に目ぇ光らさはるとは誠にめでたい」と喜んだ。

頼次は、江戸と駿府で行われた二元政治が今度は江戸と大坂になるのか。秀忠が江戸、大御所が大坂を固めたら最強であろう、力を尽くそうと思った。

まもなく松平忠明は伊勢を引き揚げて天満川崎邸に入った。ここは、信長の弟織田有楽《うらく》の住まいだったのを、家康が大坂の陣後に有楽を京に移し忠明に与えた屋敷である。

伊勢の地は、忠明に替わって藤堂高虎が拝領した。

そしてこの日、この川崎邸で大坂再興の評議が開かれているのである。

家康に見込まれた忠明を囲み、城の建て直しと町の建て直しについての方策を練《ね》るのである。

家康と秀忠がやってきて、御前に居並んだのは、松平忠明、本多正信・正純親子、酒井忠世、土井利勝、藤堂高虎、能勢頼次、そして小堀遠州である。家康は、庭の一角にある〝如庵《にょあん》〟という茶室がたいそう気

に入っており、会議が終わればそこで皆と茶を楽しむのである。

「そもそも大坂はおよそ日本《ひのもと》一の境地《きょうち》。徳川の天下としてどう立て直すかである」

家康は、豊臣を滅ぼしにかかった時のように側近に尋ねる形でこう切り出した。〝話によっては将軍が直々に大坂に乗り込むぞ〟という勢いである。

以前冬の陣を控えた評議では淀君から追われて豊臣と徳川の間で苦悩していた片桐且元がいたが、夏の陣のすぐ後の五月末、六十歳で病没してしまった。今回は秀忠付き家老の酒井雅樂頭《うたのかみ》忠世が加わった。酒井は本多と義理の兄弟の間柄である。

大坂城主の命を受けた忠明は、その若さで西国諸国を采配する権限も与えられ、全国の大名から注目を浴びた。身内の越後高田城主松平忠輝はもとより、駿府の徳川頼宣《よりのぶ》、豊臣恩顧の者たち、薩摩の島津などから〝忠明ごときに負けてはおれぬわ〟と妬みを浴びせられたが、忠明は、今日まで沈黙を守ってきた。この評議で将軍のお墨付きの仕事が決まれば、身は忙しくなるだろうが気持ちは楽になるはずである。

家康がみなを見渡した。

忠明は口を一文字に結んで姿勢を正した。

側近の足もとで誰よりも大坂を狙っていた本多正純が一番に述べた。

「まずは城を再建し、徳川の威厳を示すことが肝要と思われます」

みな異論はないという顔をした。秀忠側近の土井利勝が、

「徳川転覆を狙う者はまだまだ五万とおりましょう。常駐のための堅い守りの城がいります」

と肯定すると、酒井忠世も同意した。

「西から攻め来られて、大政参与《たいせいさんよ》の殿（忠明）が狙われては元も子もありませぬから」

本多正純は意を得たりと胸を張り、

「もうだれも近寄れぬような堅固で大きい江戸城のような城を建て、驚かせてやりましょう」

と力を込めた。

家康は、慶長の初めからこの間ずっと諸大名に普請を課し、江戸と名古屋に軍事上最強の城を造ってきた。その建設にいつも側で携《たずさ》わってきたのが藤堂高虎であった。大坂築城となれば、また藤堂が担うであろう。藤堂は大坂包囲網の一翼として抜群の軍事力で夏の陣の先鋒を務め、今では〝近世城郭普請の嚆矢《こうし》（さきがけ）〟といわれる徳川のお気に入りである。

その高虎が腕組みをしながら言った。

「今までとは違う新しい元和《げんな》の城とはどういうものか。西国の衆は手ごわいですぞ」

頷きながら聞いていた小堀も付け足した。

「大坂人は根っからの太閤びいき。そんな民をどう抑えどう納得させるかですな」

少し驚いた正純が、

「民百姓や商人《あきんど》たちに納得などいるものか」

と返したので、父の正信が即座に、

「いや、そういう太閤びいきの民に徳川の威光が通用するかだ」

と抑えると、息子はまた強い口調で言い返した。

「だから、大きくて堅固な城がいるのだ」

しばらくの沈黙があって、酒井忠世が二人をとりなした。

「公儀のための城造りも民のための町造りも、同時にやっていけばいいのではござらぬか」

するとと藤堂が、

「それはちと時間がかかる。せっかちな大坂人には通用しませぬぞ」

小堀も、

「〝さすがは太閤はん〟と思てた者たちの目をここでひっくり返さなあきまへん」

と地元ならではの考えを付け加えた。

「大坂人を納得させ唸《うな》らせるのは城か町か、はたまたほかに手があるのか」

秀忠が訊いた。

家康が、「本多正信ー」と名指した。

七十八歳の正信は、すっかり薄くなった白髪頭をそらし遠くを見つめて、

「三十五年ほど前、江戸開府の時もこんな会議がありましたなあ」と応じた。

「あの折も何から始めましょうかとなり、みなが先に城を建てましょうと申しました」

苦労人の正信は、息子の正純を見るような見ないような振りで、なつかしそうに語り始めた。

「我らが関東に追いやられた時、江戸の辺りは一面葦の茂るばかりの寂しい所でござった。みな何から手をつければいいのかと途方にくれましたが、四十九歳働き盛りの大御所は広い土地に大きな夢を描かれておりました。勝算がおあたりだった。入江を埋め立て水路を開き、家を建て人を呼びました。その人がまた人を呼び江戸は大きくなり申した」

家康が、

「あそこなら金が稼げると思わせたら人は集まり町造りはうまくいく」

と言えば、正信は、

「そうでござった。そのこと忘れかけておりました。やはり、江戸と同じで、城よりも町が先でござる」

と息子を説得するように言い切った。

忠明がパッと明るい顔になり、

「大坂は、同じ藁《わら》ぶき・かやぶきでも数えるほどではありません。昔の江戸とは数が違います。そしても
う川を掘っている者《もん》がおります。商人《あきんど》もいっぱい住んでいます」

頼次が初めて口を開いた。

「大坂の者そこが大坂の者を唸《うな》らせるんです。民を敵に回してはなりまへん」

小堀が付け足した。

「地元の民の力はあなどれまへん。その民は味方につけると百倍千倍の力になり申す」

「いかにも。民のために働く者に大坂の民はついていきます」

藤堂も賛成した。忠明が元気な声でまとめた。

「とはいえ家はみな焼け、建っていても小屋のようなもの、水の道も石垣もなく街は迷路同然、金銀流通
せず商いは滞っています。まずは川を掘って舟を通しましょう」

小堀が続いた。

「お手本は角倉了以《すみのくらりょうい》と息子の素庵《そあん》。丹波から京に流れる保津川に船を行き来させました。そして高瀬川を

掘って京二条から伏見、淀を経て大坂に都の水を送り込んでいるやおまへんか。そのうえ、琵琶湖からも水を引いてくると言うてたらしい。そんなん思たら、大坂の川掘りなんてお茶の子さいさいだす、苦労のうちに入りまへん。すでに川掘りに命かけてる大坂商人は、ゴロゴロいてますがな」

藤堂が念を押すように説明した。

「大坂八百八橋といいますが、十二の公儀橋以外はすべて民の力で架けたもんです」

方向が定まると話はトントン拍子である。

藤堂が忠明に向かって、

「まずは城の外堀を元に戻しまひょ。殿、冬の陣であんたが埋めた堀ですがな」

というと、頼次が、

「その堀、あんたが指揮執《と》って掘りなおしのお手本見せなはれ」

「あははは、それがええ」

小堀が声をあげて笑った。三人はいつのまにか大阪弁である。

藤堂が、

「石積んできた船を城内に横付けするため大和川と大川を城の北の外堀に繋《つな》ぎまひょ。肝心の新川は成安道頓と安井治兵衛が拓《ひら》き始めておりました、が、夏の陣で死んでしまいよりました」

小堀が受けて、

「その夢、安井九兵衛《くへえ》と平野藤次郎が引き継ぎました。南堀となってもうじき完成しまっせ」

頼次が、

「南堀が東横堀とつながって水が通ったら、大坂城主、パ～ッとお祝いをしなされや」

　忠明は笑顔いっぱいでみなに誓った。

「はい、ここに船が走れば来年の正月は、祝い船をしたてて船行列をいたしましょう」

　藤堂が、

「ほんなら、成安か安井か平野の名を残してやらんとあきまへんなあ」

　忠明は、川の名をう～んとしばらく考えていたが、

「道頓を残しましょう。道頓堀、弾むような勢いあります、大坂町人に好かれそうな名です」

　一同、「どうとん」、「どうとん」と何度もくりかえし、「道頓」という名に惚れ直した。

　評議が始まったころと比べると、忠明は別人のように雄弁になっていた。

　大坂の参謀たちの勢いに圧倒されて、江戸家老たちは聞いているばかりであった。

「そしたら次には…」

　藤堂が水を向けると、待ってましたとばかりに頼次が、

「じつは、今日ここに淀屋常安《よどやじょうあん》を呼んでおります」

と、席を立って控えの間から初老の常安を招き入れた。家康が、

「おうー」

と親しみのある声を上げた。

　常安は信長や秀吉のころから土木工事などを手広く商ってきた「淀屋」という豪商で、大坂を「天下の台所」にした生みの親である。冬・夏の陣後は死者の武具を処理し、その利潤の大半を淀川と大川堤防

の修理に費やしたという。家康の茶臼山と秀忠の岡山の陣地を献上した功績で、家康から苗字帯刀（岡本三郎右衛門）を許され、近頃は土佐堀川の河原で干魚や米の取引をして儲けている。頼次は能勢の材木商を紹介して取引の仲立ちをしていた。

「淀屋はん、東横堀から南堀に水が通ったら次にはどないしますねん」

頼次が川堀りの進み具合を訊いた。常安は、

「永瀬七郎右衛門が掘っておいてくれた西横堀を南に伸ばして南堀につなぎます」

常安は頭の中に大坂中の水の流れが描けていて、頼次が、

「そしたら、もう一本縦掘りがいりますなあ」

と重ねて訊けば、

「岡田心斎《しんさい》に頼んだってください。心斎は東横堀と西横堀に交わって真っすぐ海へ行く長〜い川を掘る気です。五六年はかかると言うてますが、それでもやる気満々ですよってに」

と自信たっぷりで、

「江戸堀と京町堀は、この常安にお任せくだされ」

と、自分が取り組む仕事まで明らかにした。

それから後は小堀の出番である。

「水の流れができたら船で物が運べます。物が動いたら人が元気になりまた人が増える。大坂は川だらけ。京の角倉了以の高瀬舟どころではないでっせ。徳川様が手え貸してと頼んだら、みな、私財なげうってでも働いてくれまっせ〜」

そして小堀はとっておきの街づくりを提案した。

「城の北側の外曲輪《そとくるわ》、三の丸を開いて人が住めるようにしまひょ。よい町には人が集まる。人が集まればよい町割りができる。人あっての町でっせ」

さすがは小堀である。

城地を開くと聞いて、本多も土井も酒井もあっけにとられていた。

家康はそれも了解したように頷くと、頼次の方を向いて次の一手を問うた。

「財源は大丈夫か、能勢惣右衛門」

(こんな場面、前にもあったな)

頼次は待っていましたというように、落ち着いて答えた。

「多田銀山の代官片桐且元の後釜《あとがま》に、長谷川忠兵衛藤継を据《す》えていただきたく」

やはりこの時大坂の金庫は多田銀銅山である。秀吉の天下を支えていた銀は、徳川の時代になってもまだまだ重要な財源である。頼次はもちろん家康も決して忘れてはいない。というより、何よりあてにしていた財源であった。

長谷川忠兵衛とは、長兄の長谷川重吉に同行して佐渡鉱山で金を掘り、長崎代官の次兄藤広に同行して外国貿易の管理やキリシタンの動向調査をし、大坂の陣では軍需物資の調達にあたった家康の側近である。忠兵衛の姉のお夏は、十八年前の慶長二年、二条城にて当時五十六歳の家康に十七歳で仕えた美人の側室であった。

頼次は、大坂の材木商人の淀屋常安や長谷川忠兵衛とつながって、その縁を大事にしてきたのであった。

「相分かった。長谷川と力を合わせ、せいぜい町造りに銀を投入せよ」

家康は、大坂再興の評議（一六一五）で頼次の提案を即刻了解したのであった。

◉十　徳川の大坂城

家康は、夏の陣後伏見城に諸大名を集め、「一国一城令」と「武家諸法度」を発し、「築城は争いを引き起こすもとにもなるので禁止」と徳川天下の基礎を示し、翌年（一六一六）に没した。

秀忠は父の遺志を継ぎ、西の抑えを伏見から大坂に移し、日本一《ひのもといち》の大坂城建設に挑むのである。

家康が大坂への〝府城移転〟を考えていたが、秀忠はそれを一旦棚上げして取り組む。

松平忠明は家康を失い一時は失意の底にあったが、約束通り、川を背骨に、五年で大坂の地に大坂の者を主役に立てた町造りをして活気を取りもどし、商都大坂の礎《いしずえ》を築き上げた。

東横堀は直角に曲がって南堀とつながり、水は大川から満々と流れるようになった。

その南堀は、忠明が「道頓堀」と名をつけ西横堀ともつながった。

町のど真ん中に長堀をまっすぐに縦に延ばして海につなげた。京町堀川と江戸堀川も完成し、武士の地は上町に移住させ、あちこちにあった墓を墓場に集めた。

城地の三の丸を町人地に開放し、そこに伏見から町衆を移して住まわせた。

秀吉の遺物豊国神社や豊国明神など豊臣とあがめられてきた建物を取り壊し、町衆に提供した。

忠明が住んでいた屋敷を、家康を祀る川崎東照宮に建て替えた。

吹田の村に避難していた天神さんも天満にもどってきた。

「松平忠明公は、たった五年でようやってくれましたなぁ」

「まったく、立派な町にしていってくれました」

大坂の町人や商人にとって、忠明の町造りの評判は上々であった。


元和六年（一六二〇）春、三月朔日《ついたち》。おごそかに城造りの儀式が始まった。

藤堂と頼次の一行は、京で徳川和子の入内《じゅだい》を辛くも決定させるとその足で大坂に滑り込んだ。

ギリギリの日程であった。しかし慌てたそぶりも見せず、すまして予定通り、地鎮祭を大坂城西の丸の一角で執り行うのである。

地鎮祭とは、土地にすむ神を敬い工事の安全と徳川家の繁栄を祈願する行事である。

まず祓《はら》いの儀式として、能勢家が「蟇目鳴弦之儀《ひきめめいげんのぎ》」を披露する。

能勢家は先祖の頼国《よりくに》以来代々弓術を受け継ぐ一家である。このたびの徳川の城の着工につき、一家うち揃って古式の「鳴弦蟇目」を披露し敷地を祓い清める役を仰せつかった。

頼次と三人の息子たちがそろって江戸から帰ってきて、娘婿とともに西の丸に入った。

頼次、頼重、頼隆、頼永、福の夫長右衛門頼資《よりもと》の五人は、白の束帯《そくたい》姿で冠《かん》を被《かぶ》り、弓を持ってま新しいござの上に並ぶと、中央の三宝《さんぼう》に盛られた塩を弓の先で抄《すく》って四方八方の地面に撒《ま》いて地を清めた。

次にそろって片膝《かたひざ》をつくと、矢を用いずに弓を射る所作をし、息を合わせて弦《つる》を弾《はじ》いた。

〝イヤー〟と、五人の掛け声が五重の唱となって西の丸に響いた。

四男頼永はまだ十三歳の少年で、その仕草はキビキビとして注目を集めたが、ここでひときわ高くて澄んだ掛け声を発したので見物人からどよめきが起きた。

当主の頼次は五十九歳。今なお精悍《せいかん》で、ござの真ん中に立ち、左の片肌を脱いで能勢家伝来の重藤《しげとう》の弓をつがえると、蟇目《ひきめ》という蛙の目を模した穴空きの赤い鏑矢《かぶらや》を下向きに構え、力を込めたままでだんだんと矢先を上げていき、ついに天に向かって矢を放った。

矢は、ヒューンーと乾いた矢音を残し、春まだ浅い浪花の空に消えていった。

「鳴弦蟇目」の儀式は無事終了である。

次は、刈初《かりぞめ》の儀・穿初《うがちぞめ》の儀である。神職より忌鍬《いみくわ》を受けた惣奉行の戸田氏鉄《とだうじかね》が、神に工事の開始を奉告した。

つづいて供物・鎮物埋納《しずめものまいのう》の儀である。普請奉行の花房正成、長谷川守知、渡辺勝、日下部宗好、村田守次たちが工事の無事を祈願した。

最後に玉串奉奠《たまぐしほうてん》である。

初代の大坂城代、伏見城代からやってきた内藤信正。

城の縄張り（城の規模・形態を決める）、藤堂高虎。

普請総奉行（普請全体の責任者）、小堀遠州。

作事奉行（本丸大工頭）、中井正清らが次々と榊を奉納した。

中井正清は、父正吉から豊臣大坂城普請で大工頭を務めた時の本丸図を受け継いでおり、徳川の城といえどもそれを最大限参考にして新城設計図を描いたのである。

また、本丸全体の外観は、長政が描かせた黒田家所蔵の「夏の陣屏風」を参考にして描き上げられたものであった。

将軍秀忠は、

「秀吉には官兵衛だった。徳川には高虎、遠州、そして長政がいる」と期待を示し、

「豊臣の遺構を一切消し去れ」と言いながらも、担い手の技術は豊臣の力を利用した。

若い頃大和郡山でともに学んだ秀長人脈の藤堂、小堀、能勢頼次は、知恵と行政手腕を徳川のもとで生かすことに成功した。皮肉にも徳川の御代に花開いたのである。

秀忠が、

「西国・北陸諸大名三十一カ国四十七家に助役を命じる」と公儀普請を申し付けると、
藤堂は、

「規模は前の二倍、豊臣の城を残すな、無かったことにしろ」

「石垣も旧城の二倍に、堀の深さも二倍にせよ」

「石垣は崩れぬように、出隅入隅をできるだけ多く屏風のように」

「風雪に耐えるよう、築き直しが出ぬように。崩れず、遅れず、美しくだ」

「どんなことがあっても必ずやり遂げよ」と命じた。

明日から第一期工事開始である。

長右衛門は父と兄たちを天満の屋敷に招待した。

福岡黒田の蔵屋敷は豊臣の時代からここにある。国元からの荷揚げが増えた今では、横付けができる舟入がないのが弱点ではあった。屋敷内は藩主が来坂時に滞在する御屋形御殿を中心に、周囲を米蔵と家臣住居の長屋が取り囲んでいた。また役所や会所、神社まであった。

長右衛門の住まいは独立した家臣の建物で、賃貸である。

「みなさま、ごくろうさまでございました」

福は祝いの膳を用意して待っていた。長右衛門が父に並々と酒《ささ》を注ぎ、改めて礼を述べた。

「一連の儀式にお役目をいただき、誠にありがとうございました」

父は、

「江戸留守番の頼之以外、能勢家の息子たちを他家へお披露目をするいい機会であった」

と喜んだ。

みなで地鎮祭の一部始終を福にかわるがわる話すと、長兄の頼重は、

「長右衛門は、幼少より能勢家に仕え射芸に励んでいたので所作も見事であった」

「頼永も落ち着いてキビキビと取り組めた」

「頼久が一緒だったら、さぞ華やかであったろうに」

と少々残念がった。少ししんみりしたので頼永が、

「長右衛門さまが加わっていただけて、兄上はきっと草葉の陰から喜んでおられますよ」

と言えば、頼隆が、

「頼久の戒名は〝立源院宗林〟だ。草葉というよりは林の陰じゃないか」

と明るく付け足した。

　頼次は、改めて子どもたちに天満は能勢家とってどれほど大事な所かと話始めた。

「いつの頃からかこの辺りにあった能勢屋敷は、運よく石田三成邸の隣だった。昼夜周辺の監視に勤めて、それが大御所に重宝がられた」とわが身の幸運を語り、

「冬の陣ではここを拠点に戦い、和平を得て能勢に引き上げる時、源八堤で勝竜寺《しょうりゅうじ》の鐘を得て、波切丸のおかげで無事に川を渡ることができた。今は、黒田家臣となった一家が住まう所となった。長右衛門、しっかりお役目を励めよ」と期待の言葉をかけた。

　父は、お酒もまわったようでやさしい顔になり、

「昔のことを思い出した…」

と、さらに雄弁になった。

「お前たちが幼いころは昔話をしてやる暇もなかったが…」

と語り始めた。

＊

「槻峯寺《つきみねでら》縁起」

昔むかし、日羅《にちら》という坊さまが仏を祀《まつ》るのにふさわしい所を探していた。

しかし霊地《れいち》が見つけられず、あきらめて百済《くだら》に渡ろうと尼崎の浜にやって来た。すると、

「能勢の山が光ってまぶしい、魚が獲《と》られへん」と漁師たちがなげいていた。

「それは不思議」。坊さまは光をたどって能勢の山に入った。

この山には、むかし天津鰐《あまつわに》という恐ろしい神が宿り、登る人たちがみな行方不明になる魔の山と恐れられてきたが、ある時、久波乎《くわお》という男が盛大な神祀りをして、それ以来、山は光り始めた。

坊さまが険しい山道に入ると、橋は金銀《きんぎん》瑠璃《るり》色《いろ》で、よい香りがし、美しい花びらが降りそそぎ、

大きな岩を越えると、赤い光の輪の中にいたカラスが道案内をした。

頂上に着くと、槻木《つきのき》の大木の根本《ねもと》から、まばゆい光が射《さ》していた。

坊さまが急いで聖徳太子に報告をすると、太子は、七日間拝んだ斧《おの》を授け、

「その木を根元から切り倒しましょう」と、漁師たちとともにこの山にやって来た。

木を切ると、大地が振動し、天から音楽が聞こえまばゆいばかりの光があふれ、

切り株の上に千手観音《せんじゅかんのん》が現れた。坊さまは槻峯寺《つきみねでら》を建ててお祀りした。

切り倒した大木で多くの仏像が彫られ、その仏像

を祀るための寺も建てられて、
ついには四十九もの寺が建ち並ぶ山となった。

*

話が終わると、息子たちは次々と聞き返した。

「父上、この槻峯寺《つきみねでら》というのは」

「父上がまだ竹童丸という名の幼い頃に」

「修行をされたという、西郷の月峰寺《げっぽうじ》ではありませんか」

父は、「そのとおり」と言った。

「槻峯寺は、私が生まれる少し前に兵火に遭い麓に降りた。そこが西郷の月峰寺だ。寺は片桐且元が再建し、私はこの寺の喜円《きえん》という坊さまに読み書きや兵法を学んだ。寺には、『槻峯寺建立修行縁起絵巻』があった。大和絵絵師の土佐光信が明応の頃に描いたものだ。幅は一尺ばかりだが、畳十二枚分にもなる長い巻物で、そこに日羅さまのお姿が描かれていたのだよ。私は、その日羅さまを日々拝みながら修行をした。その日羅さまは和人で、なんでも百済に不利なことを口にしたとかで、ここ天満で謀殺され、大川の岸に捨て置かれたのだ」

福とイセが、「まあっ」と、同時に両手を口に当てて驚きの声を上げた。

頼次は話を続けた。

「この辺りの川岸は濱の墓といって、捨て置かれた亡骸《なきがら》や人骨がゴロゴロと転がり、霊がさまよっているような風葬《ふうそう》の場だった。それから百年あまり後になって、行基《ぎょうぎ》という坊さまがここを通られて〝こんなむごたらしい墓場はいけません〟と、初めて我が国に火葬の方法を伝えられた。行基さまは荼毘《だび》に付された死者の霊をなぐさめるため、大川の岸に咲く萩の花を手折り供えた。その花が、今ではここら辺りに広がって花盛りになるのだよ」

二人で散歩の折りに見ていたという福とイセは、

「やっぱり〜」と、目を合わしてうなずき合った。

「川岸に群がっている緑の小さな丸い葉、萩でっしゃろかと話してたところでした」

「能勢の日羅さんにまた天満で会えるとは、なんという巡り合わせでしょう」

「秋になって、河岸を歩くのが楽しみになりました」

「紅い萩の花の道を歩くのが待ち遠しくなりました」

頼次の話に感激したのは福とイセだった。

松平忠明は家康に感謝し、住んでいた屋敷を含めて一万坪になる川崎東照宮を建てた。日光東照宮に肩を並べるほどの神社である。そして、家康命日の四月十七日を「権現祭り」、萩の花が咲く九月十七日を「萩まつり」と定め、大和に移っていった。

川崎東照宮は、黒田蔵屋敷の二町南で、この春元和三年、にぎにぎしく権現祭りが開かれた。家康の命日間近になると高い塀で囲まれた境内が解放され、まず大坂城代と町奉行が参詣をした。それからは大坂三郷の男や女の参拝者たちが、押すな押すなの行列で押し寄せた。

ちょうど桜も満開で、家々の軒先には十五日から五日間提灯《ちょうちん》を献じたので、昼も夜も辺り一面ぱぁ〜っと明るくはなやかになった。

福は、天満に来てはじめて町の賑わいというものを見て目を丸くしたのであった。

秋の「萩祭り」も今から待ち遠しい。

福は、父から聞いた天満の昔話とともに、ここでの暮らしを心から楽しんだ。


福は鏡の前でイセに髪型を整えてもらう。

「お二人目も姫さまではありませんか」

「どうしてわかるの」

「お福さまのお顔がおやさしします」

「男の子なら顔つきが変わるの」

「お母上の時はそうどした」

「イセは、八人きょうだいが男か女かを、生まれる前にみな当てたと聞いたわ」

「五男三女さま、お母上さまはわかりやすおした」

「私、余野家を継がせるために男の子が欲しいわ」

「まだ十七やおへんか、これからいくらでも」

「それもそうね」

イセは、福の黒髪を頭頂で一束にすると、次に垂らして根結《ねゆ》い垂髪《すいはつ》に手際よく仕上げてくれた。

福は、母からもらった鏡に映る自分の顔をしげしげと見つめた。

自分は能勢家の一大事に江戸行きを拒否して親不孝をしたが、福の気持ちを大事にして許してくれた両親に今ではとても感謝している。能勢家の名に恥じないよう夫長右衛門を立て、黒田の武士として立派に仕事ができるよう尽くしていきたいと思っている。

じつは、母はあの後、江戸から帰ってきて今も能勢に住んでいる。

頼久が亡くなって、みなで江戸に行き、姉の富、兄の頼之、側室の子賀《よし》の結婚式をすますと、母は能勢に帰って来たのである。福が大坂に住むというからでもあった。

江戸に住むと言っていた父も結局拠点は能勢に置いた。

父も母とともに能勢にいて、これまでと同様、参勤の形で秀忠に仕えることができたのである。

徳川も初期のころは、そして非職の寄合という身分は、案外自由なのであった。

父は御伽衆《おとぎしゅう》とか御咄衆《はなし》と呼ばれる側近で、時々江戸に行き、秀忠に話をするために登城した。源氏を名乗る徳川に源氏が活躍した武辺咄《ぶへんばなし》をするのだが、家康のころから二十年近く続けてきたので何度も聞いた秀忠はもう飽いていた。家光は「生まれながらの将軍」と称し、徳川の誇りを受け継いで育っているから今さら源氏の権威を話すまでもなかった。

頼次は、今はもっぱら藤堂や小堀や板倉に同行して大坂復興や朝廷との交渉に知恵を出す旗本、「老巧《ろうこう》組《ぐみ》」の一員として勤めていた。

母は、福の余野での子育てと天満での子育てを能勢にいて見守ってくれた。

イセはもう六十。京に娘がいるというが、能勢家に仕えて四十年。兄が生まれる時から仕えてきたが、今は福のために天満に来てくれてなんと心強いことか。

そのイセが、

「余野から一緒にやってきた井上良助の女房もちょうどお産どす。乳母のことはこれで心配おへんが、子守の娘を見つけましたんで」と、きりだした。

「小堀さんの屋敷にいる下働きの娘ですが、お産のまじないができるらしおす」

「生まれてくるのが殿か姫かわかるっていうのかしら」

「呼んでみまひょか」

「ぜひ」

という運びになって、福の部屋にやってきたのはまだ十四歳という少女であった。

身売りをしないように、小堀が西天満の屋敷で世話をしてきたのだという。

髪をひとつにまとめ、袖《そで》も裾《すそ》も短い着物に素足という見るからに質素ななりであった。

福とイセがかわるがわる質問をした。

少女は、

「お腹の子が男の子か女の子かって？　そんなんわかるはずあらへん」

ぶっきらぼうな物言いだが、即座に答え、正直者でもあるようだ。

「お母さんは巫女《みこ》さんやったそうやな」

「巫女とちごて、遊女」

「遊女ー」

「江口で遠州さんに助けられました」

淀川や神崎川の河口には古くから栄えた港があって、旅人の疲れをいやす華やかな歓楽街の中心地である。昔、大江匡房《おおえのまさふさ》は、「京から淀川を下る際は江口の遊女を愛し、西国から京に上る際は神崎の遊女を愛したものだ」と言った。

イセは少し気の毒そうに、

「でも、そのお母さん、病気で亡くなってしまいはったらしおすわ」

と告げた。福が明るく訊いた。

「若いのに、まじないができると聞きましたが」

「お母はんから霊力みたいなんは受け継いだ」

「物事を見抜く不思議な力をお持ちやて、遠州さんがいうといやした」

「不思議でもないで。むかし、遊女は呪術《じゅじゅつ》もしたんです」

「まじないやなくて、呪術ができますの？」

「お腹の赤ちゃんに物の怪が付かないようには、祈ったげられる」

「あんたはん、お名前は？」

「お母はんの名が陸《ろく》、まじめでまっすぐの人。わたしはその子、七々《なな》」

「ロクとナナ、数遊びしてはるみたいな親子やな」

「遊女やし。遊び心あふれてます。でも遊び暮らしていたんではないでぇ」

「熱心に信仰されていた母上だと聞いてますえ」

「一遍という聖《ひじり》に、すべてを捨ててみな踊れと教えられたってゆうてました」

「お母さんは、あんたに、いろいろな力を授けておかれましたんやなあ」

「授けられたいうより、ご先祖から受けついだもんです」

「ご先祖さまとは？」

「ショモジとか声聞師《しょうもんじ》いうて占いが本業、曲舞《くせまい》を演じる雑芸人やったって」

「お祓いとか、祈祷をなさる人たちよね」

福は、ふるさとの地黄典薬寮《じおうてんやくりょう》を思い出した。もとは陰陽寮《おんみょうりょう》だった所で、野瀬《のせ》の陰陽師や声聞師《しょうもじ》という語りや芸能の源流となるものを伝えてきた人たちの活動拠点であった。福はナナという少女に興味がわき、懐かしさを覚えた。

「しっかり者のようね。子守りは好きですか」

「まあ、やってみなわかりませんが」

子守りというよりは話相手になりそうだと思った。

イセも気に入ったらしく、

「小堀さんにいうたあります。明日からここに住みこんで働いておくれやす」

と採用を決めた。

「はい、よろしゅうお願いします。大坂天満、楽しい所《とこ》いっぱいやで。連れて行ったげるさかい、早《は》よその子、産んでしまい」

ナナは、さっそく福の期待していることを見抜いたらしい。

「まあ、それはありがとう」

ナナは子守として働くようになった。

福は鏡に蓋《ふた》をした。鏡の背面の模様は南天《なんてん》である。

「難《なん》を転《てん》じて福となす」

母は別れるときこう言って、長く大事にしてきた南天模様の鏡を持たせてくれた。

能勢の母に会いたい…

元和六年（一六二〇）四月の末に、福は次女を産んだ。つつじのころに生まれたが、名前は、「うめ」（梅）と命名した。まつ（松）の妹で、二人は年子となった。

◉十一　黒田の石は小豆島

「船が着くぞう〜」

船頭が船太鼓を打って、石船が京橋口に入ってきたと知らせている。

長右衛門は石工たちを城の北西の水堀の岸に並ばせ、舟から石をおろす態勢に入った。

船は、廃城になった伏見城の石を再利用するために淀川を船で運んできたのである。

当時の淀川は蛇行しており、京橋に着くまでに船から落ちてしまったりたとえ無事に着いても船から上げるのに失敗したりで石垣になれない石も多々あった。ここまで運んできたからには、川に落とさぬよう無事に揚げ、大坂城に運んでやらねばならない。

長右衛門の右腕である総監督の井上良助と助兵衛が、檄《げき》を飛ばす。

「失敗は許されんぞ。怪我をせんように気ぃ付けて持ち上げぇ」

運んできた石に綱をかけ、丸太三本を櫓《やぐら》に組み、滑車を利用して吊り上げて陸《おか》に上げる。

不安定な船からの移動は何度やっても難しい。とはいえ伏見城からの再利用の石は、形が整っていて扱い易く石にも人夫にとっても幸運である。西宮、芦屋、御影、生駒、石切などから運んでくる石は、大きくて、石は大きいままの方が値打ちがあるのだが、陸への引き上げは大変困難であった。

陸に上げると、次は普請場まで大勢ではやしたてながら勢いをつけて引いて行き、最終調整をして、隅石とか隅わき石などと決めて積んでいくのである。

築城名人藤堂高虎が声を張り上げる。

「豊臣の遺構はすべて埋めよ。一部残せの情け不要ー」

「使うは加工しやすい御影石《みかげいし》のみ、羊羹《ようかん》みたいに四角に切れー」

「屏風《びょうぶ》を立てたように屈曲をくり返せ、雁《かり》が空を飛んでいる如くだー」

「元和の城は、もはや慶長の城ではないー」

秀忠と藤堂は、秀吉の大坂城はもちろん家康の江戸城も究極の防備に備えていた城とはいえ、それはもう古いと考えている。「さすが太閤はん」と誇っていた大坂人に、「これ見たかー」と徳川の威信をかけた新しい城を見せつけるのである。豊臣大坂城をはるかに凌駕《りょうが》する、もうだれも戦意を起こそうとも思えないほどの威容に満ちた姿に仕上げることであった。

そこで、伊勢・越中から西の諸大名四十七家に公儀普請《こうぎふしん》(天下普請)を命じた。

公儀普請とは、将軍の命令で諸大名に工事の個所を分担させて行う土木工事で、これは秀吉や家康の築城の仕方に倣《なら》ったものである。西国の大名は何度もこき使われて慣れており、「またか」と従うしかなかった。外様大名の経済力をそぐという意図も見え見えだが、決して逆らうことができない使役であった。

大名たちは石高に応じて人夫を出し、その総数は二、三万人に達していた。

半数が石採りに向かい、半数は城の工事場(丁場《ちょうば》)に出勤するのである。

能勢長右衛門は、鍬入れの翌日から黒田の石垣丁場で十五人の石工を連れて働いた。

豊臣の頃に用いられた自然石では丈夫に高く積むのが難しく、大きさのそろった切り石にして、それを一辺が一直線にそびえ立つように積み上げる。いわゆる高石垣に積むのである。

積む前に堀を掘り下げ、旧城の遺構に盛り土をして取り組む。その役は大坂周辺の農民が駆り出された。日用《ひよう》(日傭)と呼ばれる日雇い労働者である。

冬の陣で堀を埋めたのもこの日用だった。あの時は、急ごしらえの埋め立てで、武士も日用も殺伐とした中での作業だったので、生ごみ、木、陶磁器、生活用品、首を斬られた牛馬から人骨まで何でもかんでも埋め立て、思い出しても身震いするほどだったというが、今回は堀や川を掘り下げた土や石、土砂などで、時おり悲しい遺物が出てくるとはいえ、あのときのような殺し合いではない。とはいえ黒漆《くろうるし》の華やかだったあの太閤の城を埋めるのはたとえ焼け跡であっても辛く、そして勝者は敗者の遺構をどこかに一部残し、「誇りと情けを見せるもの」というしきたりさえ無視して埋め尽くす徳川の強引さには、やりきれなかった。

なかでも黒田の家臣たちにとっては、官兵衛が工夫を凝らした傑作の天下の名城を、跡形もなく覆い隠すことには堪え難かった。長右衛門の側近の助兵衛は黒田官兵衛にあこがれていたので、表情にも言葉にも出さなかったが、盛り土の下に丸い石や金箔瓦が埋もれていくのをため息交じりで眺めていたのを、長右衛門は気づいていた。

石垣積みの割り当ては、譜代は外様の半分の扱いで半役といった。黒田は外様だが譜代並みの半役という特別扱いを受けた。しかし五十二歳の長政は、石垣積みの第一人者の誇りをもって半役返上で引き受けた。黒田の技術を手本とし、屈強で優美な石垣を広範囲に築いて諸大名に示すのである。それで長政の仕事はことのほか遅れていたが、その上に高石垣七十間分が割り残されていると聞いて、「それも黒田が引き受けましょう」と申し出たのである。

「石積みの最高技術を見せてやれ、予算を惜しむな」

黒田が励むと、他の大名たちも黒田に負けじと人と石と金を費やしたので、工事全体は急速に進んだ。

それでも藤堂の厳しい檄が飛ぶ。

「石垣積みは十一月をめどに完成せよ。寒くなると足が冷えて腹が痛むから」

黒田の持ち場は遅れていた。

一期工事（一六二〇～）は外堀と、西、北、東の三面の堀の石垣と、二の丸の作事である。藤堂は、五年で石垣積みを整え、二期工事（一六二四～）で天守を築造をすると宣言した。

黒田の石船が、帆を立てて、大坂湾から真夏の大川に入って来た。船はこれまでよりも大型で、京橋から城中には入れず八軒屋泊まりである。陸で待ち構えていた長右衛門たちは、到着した巨石に意気揚々と取っ組み、掛け声勇ましく、大汗を流しながら、揚げ、引き、押し、割って、積み重ねる。

長政の父黒田官兵衛は、加藤清正・藤堂高虎と並ぶ築城の名手であった。秀吉に姫路城を譲ってからも、自らの居城として中津城や福岡城を築き、秀吉の命を受けて、大坂城、高松城、広島城、名護屋城、梁山倭城《ヤンサンわじょう》の縄張りを担当した。

その手腕をつぶさに見てきた長政だから、築城には人一倍力を注いだ。慶長十九年の冬の陣には息子の忠之をつかわし、自分は江戸城留守居役に就いて江戸城を改修していたほどである。官兵衛を継ぐ築城の名手といわれるだけあって、国元には多くの石材加工の職人集団を育てていた。長右衛門は、そんな石工職人の仲間に加えられた。

能勢郡は、中世のころから石工集団が活躍した摂津でもまれな石造物の密集地域である。大昔に形成された花こう岩の一種の石英閃緑岩《せきえいせんりょくがん》が広く分布する。石は正長石《せいちょうせき》が少なく鉄に富む黒雲母《くろうんも》が多く、重くて、つやがあって、しなやかで、割れにくく、磨き甲斐があるので、灯篭、鳥居、石仏、塔、道標など多彩な石造物にして残された。〝西《にっ》(田)さんの石橋〟は有名である。

長右衛門は、この重い石を切り出し運び出す屈強な石工たちと、その石を巧みに加工する石工たちの両方を連れていた。能勢の長谷や倉垣、山東郷の余野や寺田の者たち、また多田院ゆかりの大和西大寺からやって来た芸術的技術を有する石工たちも連れていた。彼らは、

「羊羹《ようかん》みたいに切れだと、おいらたちには豆腐を切るようなもんだ」

と豪語するほど頼もしかった。

その総元締めは、寺田の井上良助と側近の助兵衛である。石積みには石工と同様に材木商が重要な働きをなすのだが、それが先祖を石材商にもつ歌垣の西田数衛門であった。長右衛門は真面目でよく働く石工と材木商を連れており、長政と忠之に気に入られた。


今日は、城主の長政が天満蔵屋敷にやってくる。

重臣や石工たちを集めて、仕事の成果をねぎらうという。

夕刻、いつもより作業を早く終えた石工たちが天満屋敷に集まった。

石垣積みに動員された人夫たちは多くが現場調達の大坂の者だが、定評ある黒田自慢の石工はおもに国元からやってきた技術者である。

蔵屋敷には国元から送られた米を広げて干すための広い庭があり、そこに日焼けした男たちが集まった。屋敷内の神社が解放される正月ぐらいしか普段は入れない所である。

みなが一息ついていると長政が現れた。

「ご苦労、暑い中ご苦労」

波乱の生涯を生き、眼光鋭く精悍な長政もう五十四歳、どことなく表情は和らぎ髷《まげ》の中には白いものが見える。

「ご一同ー、これまで石は生駒や六甲から採ってきたが、これからは小豆島から運んでくるぞ。石は良質で豊富である。船は大型になり城の際《きわ》には入れず陸路の運搬が増えるであろうが、もう、石不足で作業を滞らせることはない。ご一同、いっそう励んでくれ」

「おうー」

男たちの元気な返事が上がった。

「これからは、四角く切り取って運んでくる、とてもいい石だ」

「おーっー」

太くて力のこもった声が返される。

そして長政はこう付け加えた。

「石切り丁場が小豆島に確保できたのは、能勢さまが、小堀さまに働きかけてくださったおかげである」

「おっー、よか、よか」

どよめきが沸いて長右衛門に視線が集まった。義父頼次の人脈はここでも生きていた。

この頃の小堀遠州は神出鬼没で、茶人の顔をしながら公儀奉行として当時の重要地点を治め歩いていた。先日まで福知山代官を務めていたかと思えば今は小豆島の代官である。次には伏見の奉行所を移転新築してそこに将軍家光を招く予定だという。

長政は、声の調子を変えて恭《うやうや》しく次の話に入った。

「二年前のこと、神君家康公を祀る日光東照宮の〜 石鳥居のことでござる〜」

とわざとゆっくりと話し始めた。みなしんとなった。

「東照宮の石鳥居、この石こそ〜 国元の糸島の〜 可也山《かやのやま》の石である〜」

長政は反応を確かめるように一同を見回した。

石工たちの中から、「糸島富士の石だ」「筑紫富士の石だ」と国元の山の名を呼ぶ声が飛んだ。

「筑前の石は一級品、これこそ神君に奉げ祀る値打ちが、ござる〜」

長政の声は一段と高くなる。

みなからの声も、

「おっー、そうたい、そうたい」

と、熱気を帯びて盛り上がった。

「石は十五の部分に分けて大船に乗せ、玄海灘から関門海峡、瀬戸内をぬけ、紀伊から南海をめぐらし、お江戸に到着。そこからは川船に乗せて江戸川、利根川、渡良瀬川、思川をさかのぼり、乙女河岸《おとめかし》で陸《おか》に上げた」

「おうー」

「陸路は小山《おやま》から、丸太を並べた上を引き、ついに日光に到着」

「おうー」

「耐震式の大鳥居に組み立て、大権現の命日に寄進を完了」

長政は「どうだ」といわんばかりであった。

「すごか〜」

「黒田は徳川に選ばれた石工である。誇りを持って作業に当たれ」

「承知ー」

「だれか異見のある者は」と、長政はみんなを見回った。

〃どんな耳の痛い話も大事にせよ、聞いて腹を立てるな〃は、父からの申し伝えである。

何人かの石工が手をあげた。

「じつは、兵庫の西宮《にしのみや》で、甑岩《こしきいわ》ちいう、ばり大きな岩ば見つけたとです」

「いま、松山城主の池田備中守《びっちゅうのかみ》の者と、奪い合いになっとります」

「あの岩ば切り出せば城中の噂ちなり、黒田が脚光を浴びること間違いなかです」

「ところがです、その岩にノミば当てたら裂け目から白い煙が噴き出して・・・」

「村人は、この岩には白い竜が棲みついとるからだち言うとです」

「噂を恐れず勇気をもって切り出せば、きっと大坂城一のよか石になるでしょう」

「黒田の威信にかけて切り出しましょうや、ばってん応援に来てもらいたかですが」

長政が、

「みなの衆、どういたすか」と訊ねた。

屈強な男たちは採掘に行く気満々で、「よか、よか」とざわめいた。

すると、能勢の石工がおもむろに手を挙げた。長谷《ながたに》の者たちである。

「能勢にも、よう似た石の話がありましてなあ」

「コケコ岩いうて、割ったらニワトリの鳴き声がして岩から血、流れましたんや」

「それでその年、村は作物が不作になる祟《たた》りにみまわれて、えらいめにあいました」

「その岩は、その場で祀っとかなあかんもんやと思いますで」

腕っぷしの強そうな男が、反対意見を言った。

「何を弱気なことをいうとか。そげん大岩こそ城に据えて、黒田の名を高めるとばい」

「援軍を送ってくれんね、みなで西宮にきてんない」

「おうー」

長政は、しばらくみなの様子を見ながら考えていたが、

「ちっと待て、謂《いわ》れは大事に受け止めよう。みなの者ー、ここまで大きな事故もなく幸運に恵まれてきた黒田である。その石は惜しいがあきらめて、それほどの石をこんどは小豆島から探《さが》してくれんかね」

と下知した。長政は戦場で勇名を轟かせた辣腕武将であったが、信仰心篤く慎重でもあった。

「そうたい、そうたい、そげんばい」

「やっぱり、それがよかと」

家来たちは、大胆だがまた慎重な長政のことが誇りで、この下知に素直に従った。

黒田の石垣積みは遅れが出て焦っていたが、新たに小豆島の東海岸の岩谷《いわがたに》に丁場が開かれて、大きくて耐久性に富む良質の花こう岩が運ばれてくるようになり、石不足の心配はなくなった。

小豆島という新たな石場の開発により、黒田は作業が飛躍的に進むのである。

◉十二　和子入内《まさこじゅだい》

トトン　ストトン　ストトト　トン
ドドン　スドドン　ズドドド　ドン

天満に三十石船が近づくと船頭が船太鼓を叩き、船宿から大太鼓がそれに答える。黒田屋敷に響いてくるこの音は、城に石を運ぶ石船の太鼓とはちがって音も調子も軽やかで、大勢の人の行き来が感じられて、福は今日も天満に平和の朝が来たなと思う。

伏見から三刻（六時間）をかけて淀川を下ってくる乗客は、旅人や商人たちである。

〽ねぶたかろけど ねぶた目さませ ここは大坂の八軒屋　ヤレサァア ヨイィ ヨイォ～

と、名調子で下船を促される。

京からのみやげ話は、このところ和子入内の噂でもちきりである。

「うわさ話にゃ尾ひれがついてどんどん広がるほら話。けどこれ誠《まこと》の話どっせ」

元和六年（一六二〇）の五月八日、江戸城を出発した徳川和子の行列は東海道を上り、二十日間を費やし、五月二十八日二条城に到着するとのこと。沿道には洛中はもとより、近隣から、二十五歳の後水尾《ごみずのお》帝に入内する十四歳の秀忠の五女をひと目見ようと、大勢がつめかけているという。

「お行列の乗物は百丁。お供さんは八、九千人というといやすぇ」

「お仕度品の呉服反物、金の蒔絵の調度品、京職人によるええもの揃い」

「後水尾《ごみのお》さんに着物百枚・銀千枚、母君の中和門院《ちゅうかもんいん》さんにも着物五十枚と銀五百枚、弟の近衛信尋《このえのぶひろ》さんと一条昭良さんにも反物二十反と銀百枚ずつ贈らはるのやてぇ」

「生き物好きの姫さんで、オウムにクジャクに南京ネズミに狆《ちん》、緋鯉《ひごい》まで連れてはるそうぇ」

「とはいうても坂東の田舎娘さんどっしゃろ、京女にはかないまへんてぇ」

「いや、そのお方、千姫さんの妹さんでおまっせ」

「たしかに、千姫さんはおかわいかった」

「千姫さんの時より力、入ったはりますがな」

「千姫さんは武家から武家やったが、こんどの姫さんは天子様に上がらはるんやさけ」

秀忠の長女で当時七歳の千姫は、慶長八年(一六〇三)、十一歳の豊臣秀頼と婚礼をあげた。その時、伏見から船団を組んでやってきた姫や母の江与《えよ》たちの輿《こし》は、この八軒屋に上がったのである。

「もう十七年も昔のことや。江戸に帰らはった千姫さん、今は姫路に嫁いだはるそうやおへんか」

「徳川はんは益々のご繁栄。都に行って和子姫さんのお行列、ひと目見たいもんやわ」

「京においでやす。けど上りの船の時間は下りの倍どっせ、運賃は倍ではきかしまへんえ」

「へぇ〜、流れに逆らうのは、なかなかでおますなぁ」

とまあ、話は途切れることがない。

福の長兄頼重は、父に代わって江戸からこの和子入内の一行に供奉《ぐぶ》している。兄の文《ふみ》によると天下に示す大行列は、土井利勝、酒井忠世ら重臣・家臣、阿茶局《あちゃのつぼね》を筆頭に、あまたの侍女たちが付き添っているという。

徳川和子の後水尾帝への輿入れは、筆舌に尽くし難い十年に亘る紆余曲折《うよきょくせつ》の連続だった。

鎌倉政権誕生以来、朝廷は、武家と共存してきたが建武中興《けんむのちゅうこう》の失敗で政治権力を失った。後土御門《ごつちみかど》帝の即位後には「応仁の乱」が勃発し、京都市中は焼亡。御所は荒れ果てた。財政も枯渇《こかつ》し、朝廷は自らの御料所（荘園）の年貢の徴収を行ったり、帝の直筆を売ったり、僧に紫衣《しえ》や上人号《しょうにんごう》という位を授けて収入を得るなど糊口をしのいでいた。

正親町《おおぎまち》帝になって、織田・豊臣からの支援を受けるようになり、朝廷の権威が再び高められ、徳川の時代になって公儀による丸抱え状態となる。

慶長十三年（一六〇八）、家康が朝廷に一歳の和子の入内の希望を伝えた。

慶長十七年（一六一二）、関白鷹司《たかつかさ》を間に入内《じゅだい》合意。板倉勝重に準備を始めさせた。

慶長十九年（一六一四）、公卿《くぎょう》の広橋らが駿府に赴き入内の内示を伝えた。和子八歳。

ところが冬・夏の戦があり、家康が亡くなり、後陽成上皇の崩御《ほうぎょ》。そのたびに延期延期。

ようやく元和四年（一六一八）夏、板倉勝重が朝廷に武家伝送の広橋兼勝を訪ねて、

「入内は明年、元和五年（一六一九）」と定めた。

徳川は政権を豊臣から奪ったが決定的に足りないものがあった。それは朝廷との良好な関係である。徳川は徹底的に関白家を葬ったので、朝廷との関係修復は困難を極めた。

秀忠は、家康を見習い、公武融和の実現を図るための禁裏拡張工事を進めた。元和四年には、新しい内裏《だいり》を完成させ、小堀遠州による女御御殿の造営とともに和子の出たちとなる二条城の改修を藤堂によっ

て進めてきたのである。

ところが、入内の日を決めた元和四年の秋、江戸に緊急の知らせが届いた。

「後水尾帝には寵愛するお与津《よつ》という女性がいて、その女姓がすでに皇子賀茂宮《かものみや》を出産していて、さらに二人目の子どもを懐妊中であります」というのだ。

「お与津とは何者かっー」

和子の母お江与は、襖《ふすま》が震えるほどの金切り声を上げた。

家臣が調べ、あわてて秀忠に報告をした。

「典侍局《ないしのつぼね》とか御寮人《ごりょうにん》とよばれる帝に仕える女官でございます」

「権大納言四辻公遠《よつつじきんとお》の息女で綾小路《あやのこうじ》とか四辻与津子《よつつじよつこ》と呼ばれております」

「後水尾帝が即位されたときにお身回りの世話に付いた四歳年上の女官で」

「後水尾さまの御子を成し、今は二人目の御子出産のためにお宿下がり中とのこと」

秀忠は、

「所司代を呼べー　藤堂を呼べー」と命じ、急いでやって来た藤堂高虎に、

「宮中は猪熊《いのくま》事件から十年たっても風紀乱れたままではないか」と責めよった。

後水尾帝の父後陽成帝に仕えていた猪熊教利《いのくまのりとし》という公家がいて、「光源氏か業平《なりひら》か」と例えられるほどの美男子で、かねてから宮中の女官たちや公家たちを誘っては不義密通を重ねていた。ともに乱行を重ねていた女官の一人が、後陽成帝の寵愛を受けている女姓であった。

これを知った後陽成帝は激怒、「全員を死罪にせよ」と命じたのである。

捜査をゆだねられた所司代の板倉勝重は、「公家の法に死罪はなく、おおせの通りにいたすと朝廷は大混乱に陥《おちい》ります」と苦慮の末、死罪二人、島流し十人、恩免《おんめん》二人と裁いた。

後陽成帝は、全員を死罪にしなかったこの処分に不満を示し、「譲位する」と言い出した。

帝が皇位を譲りたいのは弟の八条宮か第一皇子の良仁《かたひと》親王であった。しかし、どちらも豊臣に縁があったことにより徳川がこれに難色を示し、反対に、和子の相手である第三皇子の政仁《ことひと》親王（後水尾）の即位には後陽成帝が難色を示した。

結果、譲位は延び延びになり、この間に徳川は公家を取り締まるための法度を連発した。「公家衆法度《くげしゅうはっと》」「勅許紫衣制度《ちょっきょしえせいど》」。さらに「禁中並公家諸法度《きんちゅうならびにくげしょはっと》」で、風紀の取り締まりはもとより帝の職務を定め、帝が僧に紫衣という位を定めることを禁じ、官位の叙任権や元号の改元も公儀が握ると定めたのである。

お江与は怒りが収まらなかった。

「朝廷がわれらをたばかるとはあまりではないか。このままでは和子が哀れじゃ。かわいそうじゃ。秀忠殿、この入内の約定は無かったことになされませっ」

「お相手が君であろうとなかろうと、少しでもわき見遊ばすお方には嫁がせる気にはなれぬ」

「よろしいか、秀忠殿、しっかりなされませー」と一歩も後に引かぬ強気であった。

秀忠は藤堂を呼び、「後水尾帝をめぐるお与津御寮人事件は許すべからざることなので、和子の入内は延期する」と告げよと命じた。

「取り消し」ではない。公儀には「これは徳川の威信にかかわる事」という懸念と同時に、「かりそめにも朝廷と公儀で取り交わした縁談、今さら水に流すという軽々しきことができぬ」という論があった。

朝廷と血縁をつなぐことは家康のころからの政策なのである。


藤堂が、京都所司代板倉邸に広橋兼勝《ひろはしかねかつ》を呼びだした。

広橋兼勝は、〝武家伝奏《ぶけてんそう》〟という武家の奏請《そうせい》を帝や上皇に取り次ぐ役目の公家である。

六十五歳の藤堂は、やってきた六十二歳の広橋に、

「内裏の風紀どうなっておるのか。後水尾帝は禁中並公家諸法度十一条を読んでいないのか」

と問いただした。

従一位で内大臣の広橋は、家康に征夷大将軍内示の伝え役をしたほどの権威を有し、朝廷と徳川の融和に努め、皇武両方から「出頭無双《しゅっとうむそう》」といわれるほどの手腕を誇ってきた者だが、実は自分の娘の広橋局《ひろはしのつぼね》が先般の猪熊事件に関係して伊豆に島流しになったままなのである。

広橋はやおら頭を上げ、歌うようにゆっくりと答えた。

「御水尾《ごみのお》さまはすでに御歳《おんとし》二十三、お目かけの方があらしゃいましてもな〜んら不思議はなく」

広橋は、藤堂が何か言おうとするのを両方の手の平を向けて遮《さえぎ》り、

「名家名流にはご子孫ご繁栄を願い側室召されること異なる例《ためし》にあらず。主上には御婚儀前でいささかお早うあらしゃいましたが、古《いにしえ》より万世一系はこのようにして繫《つな》ぎ来られしもの。徳川家《とくせんけ》におかれまし

てもこのようにして代々お血筋を繋いでおいでではあらしゃいませんのか」

藤堂が黙ると、

「行く末は、ご正室さまの皇子《みこ》が登極《とうきょく》(即位)と相成りますようお約束申し上げますよって……」

広橋が厚かましくもシャアシャアとこう言い通したので、藤堂は長身でスクッと立ちあがると、用意してきた秀忠の、「和子入内の準備を止《と》める。入内は延期とする」という文を読み上げ、話を打ち切った。

徳川としては、これをもってとりあえず〝一段落〟させて間をおきたかったのである。

そして年が明け、元和五年(一六一九)五月二十七日、秀忠は和子入内を期して上洛した。

二条城も和子が入る予定の女御御殿もほぼ完成して、あとは後水尾と打ち解けて一歩でも入内の話を前に進めたい気持ちであった。

ところが秀忠上洛中の折も折、六月二十四日のことである。後水尾の第二子誕生の知らせが飛び込んできた。懐妊は前から分ってはいたことだが、秀忠は、またしても行きも戻りもできない難題の迷路にはまり込んだ。秀忠は脇息にもたれて深いため息をつき、自分の心と我慢比べをするように、もう何も言わず何もせず、都での暑い夏に耐えた。

コンコンチキチン コンチキチンと祇園さんのお囃子が聞こえていた。

困惑の極みに陥っていたのは当の後水尾も同じであった。第二子皇女に梅宮《うめのみや》と名を付けたが、その我が子に対面もならず悩みは増すばかり。

ついに後水尾は、覚悟を決めて一番たよっている弟の近衛信尋《このえのぶひろ》に文を送った。

九月五日のことである。

「こたびの和子姫入内延期は朕の不行状《ふぎょうじょう》の結果である。入内の話は無かったことにしてほしい。朕には弟宮も多い故、その誰かに譲位し隠居逼塞《いんきょひっそく》することにした。広橋や板倉などあなたの親しくしている者たちに相談し、後々のことよくよく取り計らうように」というものであった。

九月十八日、秀忠は、この後水尾の意思を聞いて、

「藤堂、後はおまえが何とかしろ。公家諸法度に〝屹度《きっと》島流し〟の一条があるのを忘れるな」

と言い放ち、江戸に帰ってしまった。〝きっと〟とは「間違いなく」という意味である。

この時、福の兄頼重は秀忠に付き添って江戸に帰ったが、父頼次は藤堂に従って京にいた。能勢家は将軍の身近に仕える旗本として、朝廷と徳川との関係改善に親子ともども微力を注いでいたのである。

藤堂高虎は、秀忠と協議してお与津御寮人事件当事者の処分を発表した。

「お与津御寮人はお出入り差し止めの上追放。加茂宮とは生き別れのこと。お与津の二人の兄を含めた帝の近臣六人の処分は次の通り。万里小路允房《までのこうじあつふさ》は内裏の監督不行き届きにより丹波篠山へ流罪。お与津の兄四辻季継《すえつぐ》と高倉嗣良《つぐよし》は豊後へ流罪。側近の中御門宣衡《のぶひら》・堀川康胤《やすたね》・土御門久脩《ひさなが》は内裏への出仕停止」

これを聞いて後水尾は、十月十八日、改めてていねいな文を近衛信尋に送った。

「重ねて朕の譲位の意向を徳川に伝えてほしい。譲位をしても朕は不器用で、徳川に見限られぬかと心配だが、古代からの血筋が廃《すた》れぬように、また、武家のためにも存続していきたいので、朕の弟の一人に即位を認めて頂けるよう申し入れ頼みます。これまで家康公にあれこれと世話になり、もはや八年が過ぎましたが、朕は帝としての姿が正しくあり続けられるように譲位いたすものです。板倉勝重さま、藤堂

高虎さま、秀忠公への申し入れ、くれぐれもよろしゅうお願いいたします。なお、将軍さまに対しては決して逆らうつもりはありませんので、示された通り公家たちの処罰も受け入れます」というものであった。

この手紙を持って藤堂はまた江戸に下り秀忠に差し出した。そして江戸で協議し、その結果をこんどは板倉重宗が京の近衛に手紙で伝えた。手紙の内容は、

「後水尾帝の譲位は認めない、和子の入内は決めた通りに」

すなわち、徳川は従来からの態度を崩さなかった。

ここで七十六歳の板倉勝重は京都所司代を罷免《ひめん》され、息子で書院番頭であった三十五歳の重宗が後任となった。この人事は父勝重の老齢を考慮したことでもあったが、勝重は猪熊事件で禁裏の公家たちを情状酌量とした過去があり、お与津御寮人事件は、息子がしっかりと処分を行えという意味合いが込められていた。

後水尾は、江戸からの返事が自分の予期したものではなかったので、怒りを再燃させた。

「徳川にそこまで勝手にやられる筋合いはない。ならば六人の公家衆を赦免《しゃめん》せよ」と逆切れ。

「そもそも禁中並公家諸法度とは何ぞや。朕は徳川家よりずっと古くからの家柄であるぞ。今すぐ譲位する、退位じゃ!」

藤堂と板倉重宗は今度は後水尾の面目も立てながら譲位を思い留まらせ、なんとしても和子との婚姻を受け入れさせなければならなくなった。

二人は、翌元和六年二月二十四日に上洛し、後水尾に接見したいと、弟の近衛信尋と後水尾の生母

中和門院前子《ちゅうかもんいんさきこ》に申し出た。ところが、一週間前の二月十八日に後陽成の生母が亡くなっていて禁裏は服喪中で、喪が明けるのを待たなければならなかった。

一日待って、藤堂と重宗は、二十五と二十六の両日をかけて中和門院を通じて後水尾に譲位を留まるよう説得に努めた。しかし帝は同意しなかった。

板倉重宗は父に代わって大役を任されたが、やはり少々荷が重く、新京都所司代としての焦りが出た。重宗は気負って、勇《いさみ》だって、

「天子は頑《かたく》なです。この暗礁に乗り上げたさまを、継ぎ飛脚にて江戸に報告いたしましょう」

と言いだした。江戸の秀忠をこれ以上混乱に巻き込めば、更に話が込み入ってしまう。

藤堂・重宗に同行していた老巧組《ろうこうぐみ》の五十九歳の能勢頼次は、若い重宗に、

「ちょっと待て、じっくりと事の成り行きを見て、成功の見込みを報告するのがお役目であろう」

と、秀忠への報告を止めた。頼次に制されて、やっと父譲りの慎重な姿にもどった重宗は、

「能勢さま、誠にそうでした。直々《じきじき》の説得はなりませんでしたが、この上は他の公家衆にも加わっていただき、もう一度別の方法で説得に臨みたいと思います」と次の案を示した。

頼次が、

「それがいいと思う。お声かけを願うのに最適な方が居られますぞ」と伝えた。

藤堂と重宗は声をそろえて、「藤氏長者《とうしのちょうじゃ》、関白九条忠栄《ただひで》さまー」と名を挙げた。

忠栄は藤原氏の代表で摂関家九条家の当主である。妻は江与の娘完子《さだこ》であった。完子は江与と前夫豊臣秀勝との娘で、淀君の猶子となってこの九条忠栄に嫁いでいたのである。

藤堂と重宗は、秀頼の援助で建てられたという御所の南の大邸宅に九条忠栄を訪ね、忠栄に、〃帝が譲位を留まり六卿《きょう》の処分と和子入内を受け入れることを公家衆にも理解を求めたいので今夜中に主だった方々を宮中に集めてほしい〃と願い出た。

関白は、完子の口添えもあり、徳川と公家衆の仲介に立った。

結果、その夕刻には五摂家の公家衆や処分の対象に上げられていた六卿の公家を宮中に集めることができた。薄暗くなったころには喪が明けた中和門院と近衛信尋も加わった。

しかし、五摂家以下の公家衆の中にも和子入内に反対の者がいて、談合は夜中になっても埒《らち》があかなかった。ついに、ここで藤堂高虎の強談判《こわだんぱん》で局面の転換を迎えた
「みなの衆、その昔、武家の命令に背いた天子を左遷した例《たと》えがあるのをご存知か！　それがし、坂東より命を受けて参上いたしたが、この話が成立しなければむなしく江戸に戻るしかない。ご一同が和子入内に同意いただけないとなれば後水尾帝は左遷、すなわち島流しになっていただかねばならず、そしてこの身は不調法の責任をとって切腹するまででござる！」

藤堂は、刀にかけた恫喝《どうかつ》ともいえる大言を吐いて、畳を蹴って部屋を出ていった。

身の丈六尺二寸の大男が仁王立ちになって発した荒々しい脅迫にも似た捨て台詞《ぜりふ》に、一同は震えあがった。

公卿たちは、昔、淳仁帝が淡路廃帝となって死去したこと、崇徳上皇が讃岐に流され憤死したこと、順徳帝が佐渡に流され絶望の上断食をして死去した悲劇を思い出して悲鳴を上げた。泣き出す者もいた。

重宗は、ざわめきを鎮めようと、頼朝の娘が後鳥羽帝に嫁ぐ話があったことや、平清盛の娘が高倉帝の

后となって安徳帝を儲けた例をあげて公家衆をなだめたが、効果がなく、とうとう頼次に向かって、「なんとかしていただけませんか」とすがりついた。

頼次は従五位下、昇殿を許された旗本である。

頼次は、やおら立ち上がると、「みなさん、」とゆっくりと慎重に話始めた。

「遠く御祖《みおや》の昔より皇統正しき大王家が新興の武家と婚姻をもって共存の道を歩まれるは、大いに難しいことでございましょう。しかし、その伝統や文化を千年後の未来にお受け継ぎいただくために、此度の縁組みが必ずや大王家存続の安定と繁栄につながると信じております」

誰だ？と皆の視線が集まった。頼次は威厳に満ちた声でていねいに続きを述べた。

「清和帝の諱《いみな》に重ねて御名を称《とな》えられる後水尾さまに、清和源氏発祥の地より能勢摂津守《つのかみ》が申し上げます。いま政《まつりごと》をあずかる徳川将軍家も基《もと》は清和から生まれた源氏であります。みなさまよくご存じのとおり、武家は公家から発し同族だったのでございます。いつか徳川家に大王家から江戸へお輿入れいただかねばならぬ世が来ないとも限りません。その時にはこの英断が、必ずや光り輝くことでしょう」

頼次の話を聞いて、永きにわたるこの国の来し方行く末を一気に思い浮かべた者たちはいつしか緊張の糸が緩み、不思議と空気が和んで、会議は終わりだなという雰囲気になっていた。障子の外には朝日が射していた。

翌日、藤堂は中和門院からの最終回答を得た。

「入内受け入れます。もう文句は言いません。御水尾帝はご機嫌が直り、みな喜んでおります」

と書かれていたので、藤堂も、

「われらも最上の喜びである。老後の面目が立った。これからはゆるゆると眠れるであろう」

と喜んだ。

このとき、非難を受けた六卿の赦免が和子入内後に行われるという取引も成立していた。

ようやく満足し、気分が良くなった秀忠は、元和六年春上洛、その足で大坂にやって来た。案内は小堀であった。

大坂の道は広がり、川に満々と水が流れ、人々は生き生きと商いに精を出していた。大坂城の石垣は旧城の二倍に積み上がっていた。

秀忠は、京と大坂に徳川の力が浸透したのを見てとると、小堀に、

「後は和子が私の外孫にあたる帝を設けるのを待つばかりだ」と呟《つぶや》いた。

公武合体政権を成立させれば、家康以来の悲願達成である。

小堀は、秀忠が、家康が亡くなってからでも大坂を徳川の居城とする意向を抱きつづけていることに少なからず驚いた。江戸と駿府の二元政治の無理と無駄が辛かったのであろうか。

小堀は、「大坂はゆくゆくは御居城にもなられるべき所」の感を秀忠の言動から確かに受け取り、その可能性が和子の身にかかっていることをひしひしと感じていた。

東海道は五十三次。休まず歩いて十日路のところ、姫にとってはお戻り叶わぬ片旅であると、行列はたびたび休憩して景色を愛でながら十九泊二十日をかけて、元和六年（一六二〇）、五月二十八日京の町

に入った。三条蹴上《さんじょうけあげ》に板倉重宗と女官たちが出迎え、ここで姫は牛車《ぎっしゃ》に乗り換え、黒山の見物人の中をしずしずと進み、京の実家の二条城へ無事到着した。

六月二日、勅使が来城、「源和子《みなもとのまさこ》、従三位に叙す」との沙汰を受ける。十四歳の和子《かずこ》姫は、和子《まさこ》と改名し、いよいよ女御となるのである。

入内の日は、禁中陰陽寮の暦博士が六月十八日が吉日と占って決定した。

六月十八日、明け方に降った雨がまだ残る中、和子の行列は二条城を出発した。太鼓の音とともにまず調度品が先頭を行く。一荷出るたびに一音ドン！　と太鼓が叩かれる。音は休みなく、一定の間隔をあけて二百回鳴ったという。

御所から広橋・三条西の両伝奏役と関白九条殿のお迎えとなり、姫の出発となった。

行列の先頭は雅楽を演奏する四十五人、馬に乗った殿上人《てんじょうびと》三十六騎が二列に続き、その後ろに板倉重宗が馬上姿も凛々しく闊歩し、それに添うように旗本衆九名が、赤地金襴の礼服をまとい重藤の弓を携えて行進した。その中の一人は父に代わった能勢頼重であった。

次は十六名の大名、随身十七名の武士、公家五名、北面の武士十二名と続き、総勢五千名を超える供奉の行列は、先頭が御所に到着しても後尾はまだ二条城を出ていなかった。

行列の中ほどが和子の乗る二頭曳きの牛車で、蘭奢待という香を漂わせながらゆるゆると御所に向かった。和子は、小堀遠州が二年の歳月をかけて造営した女御御殿に入ると婚礼の装束に着替え、夜も更けた亥の刻（十一時）になって初めて後水尾帝と対面をした。

その後三日間禁裏内のお盃事が続き、次は公家、次は武家重臣と七日後まで賀宴が続いた。

この縁組みにより、徳川が費やした費用はおよそ七十万石といわれ、それは、禁裏の生活費の七十年分に当たる額だったという。

昔、武家政権誕生の萌芽を帯びて登場した平将門は、自ら王朝の支配に下り滅亡した。以来、武家の新王朝への革命は成らず、あの破天荒の織田信長でさえ成し得ず、皇室の永続を運命づけたのである。清盛の娘徳子が高倉帝に嫁し安徳帝を設けたのは治承（一一七八）の頃で、それから約四百四十年ぶりに武門の徳川和子が王家の後水尾に嫁いだのである。

二人めの娘が生まれたばかりの福にとって朝廷と徳川のつながりなど別世界の話であったが、これが二十年の後、わが身に降りかかるほどの難題になるとは、夢にも思っていなかった。

◉十三　名馬拝領

「頼次危篤」の知らせが天満の福に届いた。元和七年（一六二一）の春である。早馬の使者によると、父は、「能勢の三草山で鷹狩りをしていて倒れた」という。

「えっ、一年前のお城鍬始《くわはじ》めに、元気で蟇目《ひきめ》のお役目果たされましたのに」

福は、半信半疑で能勢に駆けつける支度を始めた。

長右衛門が急いでお城からもどってきて、旅の荷造りをしながら言った。

「去年の夏の和子《まさこ》姫入内《じゅだい》の京都引率は、兄上さまが代わっておられました」

そうだった。藤堂とともに何年もかかって和子入内を成功に導いた父は、晴れの入内の日、長男に交代して自分は京に行かなかった。体調が悪かったのかもしれない。

父は、大御所が亡くなってから江戸への往復がいっそう頻繁になり無理をしていたのかもしれない。夫もそれを気にかけていたようだ。そして今日は一緒に能勢に行ってくれるという。

「あれ、馬は一頭のみですか。あなた様は馬廻《うままわり》というお役目ですやろ」

福は、馬で駆けつけるものばかりだと思っていたら自分以外は徒歩《かち》だというので驚いた。

「馬廻りという役は殿の護衛です。馬を所有したり育てたりしているわけではありませんので」

「あら～、黒田に仕えて日も浅いので貴重な馬を借りるのを遠慮されたのですか」

「まあそんなところです。今日中には着けますよ」

二人は馬一頭と共の者二人を従えて行くことにした。

「お松とお梅をよろしくね」

梅が生まれてちょうど一年が経ち、姉の松は二歳を過ぎた。

子どもたちは乳母も子守もイセもいる天満に置いていくのが安全である。

能勢へは、天満南木幡町《こはたちょう》の小堀邸から北に延びる街道がある。

小堀正次《まさつぐ》・政一《まさいち》親子が豊臣に仕えていたころ、摂津池田に市《いち》を立てて物流を盛んにした街道である。

その後徳川に仕えた政一が遠州となって、大坂を守る強固な防衛線としての街道に整えた。西国からの侵攻に備えるため城下の入り口にあたる天満に東寺町・西寺町を並べ、冷雲院の西の街道を南に延ばし、天満木幡町《こはたちょう》の小堀邸に着けた軍用道路であった。

しかし、福たちは妙見道とか吉野嶺道《よしのみねみち》とも呼ばれる旧道を行く。屋敷からすぐ北の長柄の渡し、中津川の渡しを越え、南方新家《みなみかたしんけ》に抜け、十八条の「藻井生々堂《ものいせいせいどう》」に寄るためである。

そこには、昔、源満仲の側近だった藤原仲光《ふじわらのなかみつ》の子孫が営んでいる薬屋がある。

仲光は、主君満仲の息子美女丸の身代わりになった幸寿丸の父で、地黄典薬寮《じおうてんやくりょう》を復活させ、平野小野《おの》に湯屋のもとを造り、吉川に吉川城を築き、田尻神祠《たじりしんし》といわれて経基とともに多田神社に祀られた。その子孫の藻井家《ものいけ》が「血《ち》の道薬《みちくすり》」の専門店である。

産後の回復に効き目がある妙薬が有名で、福もイセに勧められてこの薬の世話になった。

今朝、出がけにイセが、

「父上のようすを伝えて、薬を調合してもらうんでっせ」

と声をかけてくれたので漢方を求めに寄ったのである。父にも常用する薬があるとは思うが。

イセは一族の体調を長年見守ってきたので、こういう時の気働きは誠に鋭いものがあった。

小曽根《おぞね》の渡しから、神崎川を渡り、利根山《とねやま》を越え、池田の山すそで小昼をとった。

イセの指図で詰められたのであろう心尽くしの弁当が、五臓六腑に染みわたった。

長尾山と舎羅林山《しゃらりんざん》の間を抜ける山道に入ったところで長右衛門が福に訊いた。

「父上の三草山の狩りは珍しいですね。東郷や歌垣や山東郷での狩りはよくなさいましたが」

能勢郡は吉野から田尻の谷が東西を分けている。東側が東郷・山東郷（豊能）と呼ばれ妙見山があり、西側が西郷と呼ばれて月峯寺や三草山がある。

「あれ、本当です。三草山は西郷です。父上はどんな心境の変化だったのでしょう」

「三草山で何かあったのでしょうか」

「怪我ではないらしいですが…、もうお年なのかもね」

頼次は六十歳である。

「ところで、三草山はどうして三草山っていうのでしょうか」

「あっ、それお話しします」

福は、細い山道で馬から降りて歩きながら、久しぶりにふるさとの昔ばなしを語りはじめた。

＊

「三草山」


昔、仲哀帝《ちゅうあい》が熊襲《くまそ》を討つためために福岡博多に着いた時のことです。

奥さんの神功皇后が、「まずは新羅《しらぎ》を攻めよ」という神のお告げを受けましたが、
帝はそれを信じずに熊襲に向かい、負けて病気になり亡くなってしまいました。

皇后は再び、摂津河辺の神前松原で新羅遠征の成功を祈りました。

すると能勢の美奴売神《みぬめのかみ》が、「わたしの山の大杉で船を造って行くがよい」と告げました。

能勢の大杉で造った船は、風の神、海の神、魚の助けを得て皇后を新羅に導き、

この船団が起こした大波で、新羅は水浸しになり降伏しました。

帰る時も船は吠えたて自分で舵をとりました。身重の体で出陣していた皇后は福岡で出産。

生まれた子どもが応神帝になりました。応神帝は、「三韓征伐の申し子」とあがめられ、
源氏の守り神「八幡大菩薩」となりました。

皇后は、大坂の住吉大社におさまって海の神となりました。

それから数百年後のことです。

日羅《にちら》という坊さまが敏達《びだつ》帝の命を受け、仏教を広める霊地を捜しに能勢にやってきました。

日羅は、白雲がたなびき霊気がただよう山を不思議に思ってその山に登りました。

神功皇后の船になった大杉が茂る美奴売山です。

するとそこに三本の草を持った白髪の老人が現れ、日羅に草を渡して飛び去りました。

日羅が一草を押し頂くと、草はたちまち人々の苦しみを救う千手観音になりました。

残りの二草も、不動明王と毘沙門天の二尊に姿を変えました。

日羅はさっそく寺を建て、仏を祀り、この山と寺を「三草山清山寺」と名付けました。

＊

「おしまい。ちょっと長かったですか」

「いえ、三草山の由来わかりましたよ」

「お話を語るのは、私、ずいぶん久しぶりです」

「もっと聞きたいです。お松やお梅にも話してやってください」

「そうですね、お話が好きな子どもたちに能勢のお話もしてやりましょう」

「ところで、日羅という坊さまは天満で亡くなったというあの日羅さんでしょうか」

「そうです、そうです。剣尾山の日羅さんは、三草山の日羅さんで、天満の日羅さんです」

二人は、そんな話をしながら黒川から大槌峠《おおづちとうげ》を越えて、地黄に到着した。

夕闇迫るころ、城の白梅が優しい香りとともに迎えてくれた。

福にとっては十三歳までを過ごしたなつかしい我が家である。五年ぶりだ。

「よく来てくれました。父上はきのうからずっと眠ったままなのです」

母は父の枕元に座っていた。細い小さな背中に疲れがみてとれた。

能勢家の主な家臣団は十一家あり、江戸に派遣している江戸住み家臣が五家、能勢にいて知行地を守っている家臣が六家である。

国家老の能多《のだ》惣兵衛始め早崎宇右衛門、川崎長助などが城に詰めていた。その者たちを前にして医者が何度も首をかしげるほど頼次の容態は予断を許さなかった。江戸家老の大南甚右衛門にも早馬を送っているという。父がこのまま目を覚まさなければ大変なことになる。

昔からの領地六四〇〇石は長男頼重が受け継ぐであろう。しかし、預かり地の六八〇〇石がどうなるかである。若いころからずっと江戸住みの頼重が、この先、能勢郡で父と同じような力が発揮できればいいが。福は、能勢の地を守る家臣たちを大切にしなければならないと思った。

夜、日乾上人による病気回復のご祈祷が始まった。上人は、城から坂道を少し登った覚樹庵に滞在している日蓮宗の僧である。父が誰よりも信頼を寄せているお方である。

祭壇を組み護摩を焚いて、昼に次ぐ夜の加持祈祷は、何人もの僧たちに日秀も加わり、木剣《ぼっけん》という法具をカチカチと鳴らしてのご祈祷で、大迫力であった。

それでも父は眠ったままで、夜は福が母にかわって父の側に付き添った。

寝室は昼間のご祈祷の熱気が嘘のようで、時折、灯明の芯がジュッと音を立てるだけだった。


幸運にも、父は三日目の夜遅くになって目をさました。

みな手を取り合って喜んだ。医者がびっくりしたほどだったから奇跡に近かったのだろう。

そして次の朝には福と会話ができるようになった。

「父上、目が覚めてよかったです」

「福か」

「父上、ここがどこかわかりますか」

「能勢だな」

「はい、三日三晩眠ったままだったのですよ」

「もう大丈夫だ。心配をかけたな」

父は元気を取り戻したようである。

「三草山で何があったのですか」

父はゆっくりと話始めた。

「秀忠公のお供で、ちよいんさんに行った」

「京都東山の知恩院《ちおいん》ですか」

「門と経堂《きょうどう》が完成したのだ」

徳川家は古くから浄土宗を信仰していた。宗祖は法然上人である。

家康は三歳で母と生き別れたが、後々その母を大事にした。母が伏見城で亡くなると知恩院に祀った。以来知恩院を将軍家の京都菩提所とし、二条城とともに公儀の拠点と定め、広い境内に大きな諸堂を次々と建てているのである。

「このほど、秀忠公が知恩院の三門を建てられた」

「木造門としては日の本一との由、風の便りに聞きました」

「そこからは御所が丸見えでな」

「和子《まさこ》姫がおわします女院御所ですね」

「秀忠公はその眺めがたいそうお気に入りで」

「よほど和子姫のことがお可愛いのでしょうね」

「ごきげんな秀忠公から、鷹一本《たかひともと》、馬一頭を拝領した」

「これまでも、能勢に帰るたびに、鷹や馬は頂かれていましたでしょう」

「いや、今回のは格別な、鴇鷹《ときたか》と青馬《あおうま》だ」

「まあ」

「淡紅色の美しい鷹と濃い青みをおびた黒馬だ。名馬と名鷹だよ」

「それで、大興奮で、三草山で鷹狩りをなされましたか」

「どうぞ、能勢で優雅にお遊びしてくださいと言われた」

「優雅に？」

「昔、御室《おむろ》(仁和寺)の荘園を管理していた先祖がいたな」

「あっ、能勢蔵人家包《のせのくらんどいえかね》でしょうか」

「そう、家包が仕えていた高貴な方の狩場だ。そこで鷹と馬を試したくなってなぁ」

「それで、昔の禁野《きんや》の三草山に入られましたか」

「山の景色も空気も上々、収獲も上々だった」

「慣れないお遊びで、寒かったのでしょう」

「いやぁ、実に愉快であった」

「もう若くはないのですから、無理はなさらないでくださいね」

　その日、お城の夕食は雉鍋《きじなべ》だった。

　父の病状で見合されていた狩りの獲物が、晴れてお膳に並べられた。

すっかり元気になった父は、帰り支度を始めた福と長右衛門を前に、あれこれ話を始めた。

「お松とお梅は息災か、人形は飾ったか」

「はい元気で、お贈りいただいた雛人形に大喜びです。ありがとうございました。昔、丸山で見つけた石も人形と共に祭っています。私はあの石に見守られて意志の強い大人になったと思っています。娘たちの雛にも〝うの神さん〟の歯固め石を供えて長寿をお願いしています。父上、どうかご無理をなさらないように。そして漢方もお試しくださいね」

「もう大丈夫だ。八味地黄丸も続けているよ」

父はこう言って安心させてくれた。

そして長右衛門に向き直って三つの質問をした。父は病床であれこれ考えていたようだ。

「黒田長政とは信仰の話をするのか」

とまず訊いた。長右衛門は、

「長政さまは十代で棄教されたお方。キリスト教信者への弾圧も厳しく、宗教の話はしません。しかし私が以前キリストを信仰していたことは薄々感づいておられるようでございます。そしてご自身も心のうちでは……いや、しかとはわかりません。息子の忠之さまは、高野山真言宗を篤く信仰しておられます。が、やはり宗教上の話はしません。今後どうしたらいいでしょうか」

と訊き返した。頼次は、

「それでいい、なにも話さなくていい、話さないほうがいい」

と言い、次に黒田の採石場の確保と蔵屋敷移転のことを訊ねた。

「大坂城の石垣積みは順調か、石不足は解消したか」

　長右衛門は中心になって働いているので的確に答えることができた。

「黒田は、見栄えのする広い場所を受け持ったので工事は遅れぎみでした」

「黒田は親藩扱いで半役なのだが、見栄を張っているのだ」

「それで六甲・西宮の石では足りず、お国もとの福岡からも運んでいたほどです」

「いい石が小豆島にあり、その辺りを治める代官は小堀遠州になったと伝えてくれたか」

「はい、土庄村《とのしょうむら》の庄屋との交渉も小堀さまに入っていただきうまくいったと」

「草壁村と言っておったかな。さすが小堀だな」

「はい、長政さまは大喜びでございました」

「黒田の蔵屋敷移転の話は進んでいるか」

「それも父上さまの仲介により、淀屋常安さんから中之島白子町の地を得ました」

「あそこは川の中州だ。舟入を備えた立派な屋敷になろう」

「はい、もう工事を始めております。南側の土佐堀には黒田の橋も架けます」

「それはめでたい。確か常安も橋を架けていたな」

「はい、常安橋です。常安橋と肥後橋のちょうど中間地点に筑前橋を架けます」

「黒田は貿易で得たものも船でどんどん運んで来るんだろう」

　頼次は長政が官兵衛にも劣らぬ実力のある武士だと思っている。そして最後に、

「長右衛門が黒田から受けている五百石の知行地は、どこか」

と訊いた。

「それが、黒田の分限帳《ぶんげんちょう》には身分と禄高のみで、私の知行地は明記されていないそうです」

「やはりそうか。これは長政による特別の配慮らしいぞ」

「なぜでしょう」

「わからぬ」

「黒田の土地ではないのでしょうか」

「それはない。黒田は播磨の前には近江にいた。きっとそこはとっておきの土地なのであろう」

「五百石は大きいです」

「感謝して、しばらくは黒田の家臣として勤《いそ》しめ」

「はい、わかりました」

（長右衛門の知行地は、近江《おうみ》栗太郡《くりもとぐん》駒井澤村二六三石と近江野洲郡《やすぐん》川田村二三六石、計五百石であった。ここは黒田の旧地または公儀御料といわれ、後に福が大奥に入って判明し、後、福の甥で娘婿の能勢本家頼宗が京都町奉行の時、領有して正式に知行するのである）

そして、うれしい話を付け加えた。

「秀忠公からいただいた青馬を長右衛門に進ぜる。乗って帰るがよい」

「えっ」

「若馬だ、大事にいたせよ」

「もったいのうございます」

「帰り道は福を乗せてやってくれ」

「わかりました。ありがとうございます。その青馬、名は何といいますか」

「名前はまだない」

「わたくしめが、付けさせていただいてもいいでしょうか」

頼次には考えがあるようで、

「昔、満政という者が三草山の馬場でいい馬を育てていたんだが」

と語りだした。長右衛門はよく知っていた。

「存じております。藤原道長さまに十頭単位で献上なされていたとの由」

満政は、長徳二年（九九六）能勢の神山《こやま》に移り住んだ多田の源満仲の弟である。

頼次が、

「その中の一頭に世にもまれな名馬がいたんだ」

「翡翠《ひすい》」

長右衛門は知っていた。

「それよ、その名にあやかって翡翠と名付けてはどうじゃ」

「そういたします、父上、名馬翡翠大事にいたします」

長右衛門は、福を翡翠にまたがらせるとやさしく轡《くつわ》を握った。

頼次は病が癒《い》え、母をともなって江戸に旅立った。

母は父とともに、こんどこそ江戸の屋敷で一緒に住むのである。

能勢の屋敷に母がいなくなって、福は一層寂しくなってしまった。

頼次のその旅の途中に起きた不思議なできごとが、能勢に、「昔ばなし」として伝わっている。

福が、その後、娘たちには勿論、身の回りの者に何度も何度も披露した話である。

＊

「波よけの太刀」


能勢頼次は、将軍さまに呼ばれていたのに、病気が治って能勢を発ったのはもう夏でした。

ところが、半分ほど来た大井川で川止めにあい、水が引くのを待たねばならなくなりました。

金谷の渡し場に、後ろから大名行列が近づいてきました。

頼次は旗本で、大名には先を譲らなければなりません。

しかし、先を譲ればまたどれほど遅れるかしれません。

誇り高く負けず嫌いの頼次は後ろの行列を見なかったことにして、

「出立ー」と叫んで川渡りを強行しました。

川の中ほどまで来ると水は人足たちの腰を越え、胸を越え、馬も人も先に進めなくなりました。

奥方を乗せた輿《こし》をぬらすわけにはいきません。

頼次はひるむことなく、馬の背にまたがったまま刀を抜いて、頭の上に受け太刀（刀を横に）にて構え、「病をお治しくださった妙見大菩薩、どうか私をもう一度お助け下さい」と祈り、その太刀で川の水を切り裂きました。

すると、みるみるうちに水が割れ、胸から腰からひざの下まで水が引き、荷物も駕籠《かご》も濡《ぬ》れることなく無事に川を渡ることができました。

(この霊験は四代後の頼峰《よりみね》(頼方《よりかた》)にも現れた。能勢家二十六代頼峰が幕命を帯びて江戸往還の時、天竜川難渋に遭い、この霊刀波切丸で払うと波が静まったと語り伝えられている)

*

この年、地黄城下の布留宮秋祭りは、頼次の病気回復を祝って特に盛大であった。頼次は江戸から帰って来れなかったが、長右衛門が父の名代《みょうだい》で祭りに招かれた。

推古朝(六〇五)に大和布留大明神の分霊を迎えてより永々と受け継がれてきたこの祭りは、天正十九年頼次が大和郡山から帰還して社を再建し、その後関ヶ原の戦いで軍功を上げ、旧領を取りもどしてからはますます盛大になった。地黄村と野間五村の共通の氏神を敬い豊作に感謝して氏子たちの協力で三日三晩の祝宴を行うのである。

十月十五日、夕日に輝く黄金の稲田の中を祭り姿の若者たちが集まってくると、野間村から警護役への挨拶があって、いよいよ祭りが始まった。

四方に枝を伸ばした高さ四メートルの赤松を立てた「松だんじり」が、鉦・太鼓の囃子とともに一気に参道へ回り込んで「宮入り」をした。神社の提灯《ちょうちん》に灯りが入り、太鼓が打ち鳴らされ、大勢の人々が手に手に「の」の字が入った弓張提灯をかざして、練り物獅子の出番を呼んだ。

「ヨロ舞え、ソロ舞え～」の掛け声が飛ぶと、獅子が松だんじりの陰から飛び出した。若者たちの元気な掛け声と太鼓が響いて、大きな獅子が薄暗い境内を所狭しと暴れ、舞い始めた。

「これは……」

長右衛門は以前は警備役で祭りの賑わいは知っていたが、特等席で獅子を見るのは初めてである。

村の長老が説明をした。

「壇ノ浦で御入水なされた安徳帝《あんとくさん》が、じつはここ出野村《しゅつのむら》に落ち伸びて来られましてなあ。その道案内をしたのがこの猪獅子《いのしし》たちでした」

「その頃から数えたら四百年ほどになりますかいな、ずーっと受け継がれてきた獅子踊りです」

平安の昔源平の戦で没したという七歳の安徳帝は、数人の従者とともに山陰から天王、田尻を越えて野間出野にたどり着いたという。一年後の田植えの時期に惜しくも病没、御付きの側近たちや里人は御陵を造り〝岩崎八幡宮〟として祀った。

「安徳さんのご看病やご葬儀を村をあげてやりましたんで、家の仕事は夜でしたんや」

「それで、ここらは今でも、田植えは松明を焚いて夜にしますねんで」

「安徳さんの髪は〝けしぼん〟というて頭頂でまとめて、それはそれはお可愛いかったらしい」

「恐れ多いと言うて、村の子はこれを真似しない風習が残っとります」

「安徳さんをお守りしたのは、ちょっとおもしろうて大いに勇猛なこの獅子でしたんや」

獅子は二人組で、前の者が獅子頭を両手で持ち上げ前足の役目も兼ね、後ろ役は前の者の股間に頭を入れ、前の者の腰帯を握って胴と後ろの脚になった。

獅子は奉納先に三拝して、寝た姿から、小太鼓大太鼓に合わせて目を覚ます。

コンケンコン、コンケンコン、コンケンドン であくびをひとつ。

次はコンケンコン で左耳を立て、次のコンケンコン で右の耳、次の拍子で両の耳を立てた。聞き耳を立てて四方をうかがい、やおら足を立てて体に着いた虫を噛み、周囲の喧騒に大きな口を開けて怒りの形相を募らせた。獲物に飛びつき襲い掛かり、歯がみの音をカツカツと響かせる。この間に尻尾も振る。左を噛み、頭をゆっくり動かして右足を立て右を噛み、右足をたたんで左足を立てて右を噛む。両足を立て右左を噛み、お尻の蚤《のみ》取りをして茣蓙《ござ》を一周。脚の蚤取りをしてまた一周した。

ドンツクツッツ ドンツクツッツ ドドン ドン スッテンドン ドコドコドンのドン と舞い、最後は、三度お辞儀をして一番を終わる。そして次の別組の獅子と交代した。

獅子は、始めは静かにおとなしく、目覚めると次第に大太鼓が大きくなり、足立ちで四隅を廻りながら噛みつき、寝転び、背伸び、肩車で直立をして飛び跳ねる。カツカツ、と歯がみの音を響かせながら、大太鼓のドン、と小太鼓のツクツッツ、に合わせて四本脚で場内を暴れまわるのである。

観衆は、獅子の動きと太鼓の響きにあわせて「の」字や「宮本」の印入りの提灯を上下左右に振り回し、獅子頭に近づいたり逃れたり、境内中を走り回り、「やれ舞え、それ舞え、ヨロ舞え、ソロ舞え、どんと舞え」と囃し立てながら、盛り上げるのである。あたかも生きた獅子のようで、長右衛門はこれほどの豪壮でたくましい獅子舞は天下一だと思った。

境内の一角では説教節の興行もあり、声聞師《しょうもんじ》たちが鉦をたたいて平家の盛衰を語っていた。娘たちはまだ二歳と三歳で連れてくることはできなかったが、いつか必ずふるさとに共に来て、この祭りを見せてやりたいと思った。きっと鉦や太鼓に心躍らせることであろう。

(百年後、頼次から七代孫の能勢《のせ》頼恭《よりゆき》はこれに六台のだんじり曳行を導入した)

頼次は、江戸に戻って隠居願いを公儀に提出した。

能勢で体調を崩した頼次は少々弱気になったようだ。元和七年(一六二一)の秋である。

頼次と頼重は、江戸城菊の間で、「隠居御礼」の太刀と金馬代一枚を将軍家に献上した。

刀一振りと大判一枚で家督相続を願い出る。これは規定通りで、これにより父の禄高が長男に引き継がれ、長男の禄高が父の隠居料(退職金)になるわけである。

頼次はここで工夫をめぐらした。領地を分割して子等に相続をしたいと願い出たのである。

普通次男三男は他家に養子となるのが一般的であった。しかし能勢家は願いの通り聞き入れられ、弟たちが家を興し領地を相続した。〝家は大きくなくていい。子孫を育め〟の生き方である。

長男治左衛門頼重《よりしげ》は、地黄・野間・田尻の三カ村合わせて三千八石を受け継いだ。

次男小重郎頼隆《よりたか》には、吉野・倉垣・山内の三カ村合わせて千五百石を分知。
三男惣右衛門尉頼之《よりゆき》には、丹波北之庄・由井・灰田・能勢杉原の四カ村千石を分知。
五男市十郎頼永《よりなが》には、切畑村八百四十六石を分知。
六男半左衛門尉頼平《よりひら》（三歳）には、新たにお蔵米として三百俵を分知したのである。

◉十四　石材商、西田の重次

頼次が能勢を分知して次男の頼隆《よりたか》に与えたのは、長男知行の吉野・倉垣・山内の三村である。吉野村は能勢街道の終点で、頼次はここに叔父の波多野《はたの》宗春を住まわせていた。

ところが元和七年（一六二一）の春、宗春とその妻が相次いで病気で亡くなった。ちょうど頼次が病に伏せっていた時で、頼次は地黄にいたのに見舞うことが叶わず返す返すも心残りであった。宗春夫妻の十一歳になる一人息子の良信《よしのぶ》は、身寄りがなくなった。宗春が頼次の母の弟なので、その子良信は頼次と従兄弟になる。

この良信に、頼隆の家臣である倉垣村の代官の西田家が手をさしのべた。

「宗春さまの忘れ形見良信さまは、私どもが立派にお育ていたしましょう」

と少年を引き取ったのである。

西田家は、能勢氏が入村する以前からこの地に居を構えていたといわれる古くからの一族で、能勢氏の始祖頼国の弟の頼基が加倉山に岩尾丸城を築いたころからの家臣である。

戦国時代の天正七年（一五七九）、岩尾丸城は織田信長の軍勢丹羽長秀によって落城させられたが、その後もずっと能勢家の家臣として存続してきたのである。

頼次が冬の陣で天満表に出陣した時も、夏の陣で広根に攻め寄せた時も、西田は能勢隊の先頭に立って戦った。今は本家である吉良家が能勢家の家臣に残り、三人の弟たちは分家して農民となっていた。

良信は、分家の一軒、今は材木商となった西田家に引き取られ、名を西田芦衛門重次《しげつぐ》と改めた。

「重次、お前の名は能勢家のお殿さまの頼重《よりしげ》さまと頼次《よりつぐ》さまから一字ずつ頂いたんだぞ」

きょうも、西田の父が能勢家の誇りや木こりとしての心構えを伝える。

重次がそれに答える。

「はい。私は、能勢家にも西田家にも恥じないような大人になります」

「よし、木はむやみに切るな。どれを倒したらよいか木の声を聞け」

「はい。何年もかかって大きくなった木の命、大切にします」

「あっ、ノコギリは無理に力むな、引くときに気持ちを入れよ」

「はい、父上」

「ノコギリに縦引き刃と横引き刃があるように、木目には方向があるのだ」

「木は木材になっても息をしているんだ、生ものだよ」

重次は、父の話をよく聞き、何事もよく見、よく考える賢い子であった。

「父上、西田の屋敷の裏山に、墓に行くのとは別の道がありました」

「荒れているのによく気がついたな。ご先祖が大切にしていた抜け道だ」

「能勢のお城に通じているのでしょうか」

「そうだ、城の一大事に馬で駆けつける道だ」

「一大事とは、それは、丸山城の危機のことでしょうか」

「そうだ、道は急斜面だが、昔はいつも通りやすくしてあったと聞いている」

「私に整備をさせてください。通れるようにします」

重次は、午前は村の妙法寺で読み書きを学び、午後には裏山に入って木を伐り、崩れた所を直し、けもの道のように荒れ果てていたのを整備して荷車で通れるようにした。

昔、父宗春が乳母と共に匿われ育てられた丸山城である。乳母が逃げ込んだのはこの道ではないかもしれないが、重次には城に通じる山道に心惹かれるものがあり、十一歳の身ながら一生懸命山道の補修をし、同時に体を鍛えていった。木出し唄を歌いながら。

花、鳥、風、木々の四季と抜け道は、少年にとって飽きることがないほど魅力にあふれていた。

木出し唄を歌えば、木を運搬するときの緊張がほぐれるのである。

〽　ここらはなあ　登り坂や
　　ぼちぼちと　行こかいなあ
　　　ヨイ　ヨイ　ヨイ　ソラ　ヨイト　コレワイショ　ソラ

〽 ここらはなあ　道が狭いのんでなあ
　ぼちぼちと　やってくれ
　　ヨイ　ヨイ　ヨイ　ソラ　ヨイト　コレワイショ　ソラ　……

材木商の西田数衛門は能勢家を通じて中之島の淀屋長安らと取引をしていたので、大坂城の石の運搬に供する木材や大坂城建築の木材の供給に力を発揮した。

将軍職を十八年間務めた秀忠が四十五歳になって隠居をし、父に倣って二元政治に入った。後継の憂慮があったが、家康が夏の陣後の元和年間に長幼の序を明確にしておいたことにより、長男家光に譲られた。家光の補佐には雅樂守《うたのかみ》家《け》の酒井忠世・酒井忠勝が就《つ》けられた。

元和九年（一六二三）六月、秀忠と家光は多くの補佐を従えて上洛し、七月二十七日、二十歳の家光が伏見城にて将軍宣下を受けた。そして妹の和子《まさこ》と後水尾帝に対面した。

将軍の先遣《せんけん》として派遣された黒田長政は、この時京で病の床に就き看病の甲斐もなく八月四日に五十六歳で亡くなり、宿泊していた浄土宗知恩院派の鳴虎《なきとら》法恩寺に葬られた。

後継者として〝奔放すぎる〟と憂慮《ゆうりょ》されてきた長男、忠之二十二歳が家督を継いだ。

長政の遺言により、栗山大膳が補佐役となり、弟たちの秋月藩と東蓮寺藩に分知をしたので、忠之の黒田藩は四十三万三千石となった。

大坂城の石垣普請は、翌元和十年（一六二四）、第二期に入った。

黒田は天守台と本丸・山里丸の西、北、東の水濠を掘削、内濠の内壁石垣と南空堀の内外壁石垣を積む予定である。

今期も公儀普請を請け負う福岡二代藩主忠之は、早々に気合を入れるために来坂した。

忠之は、父の長政に、「黒田家をおまえに継がせるのは不安だ。百姓か商人か僧侶になれ」と言われるほど心配をさせて育ったので、

「百姓にも、商人にも、僧侶にもならなかった忠之である」

と、家督継承のいきさつを皮肉ってみなの前に立った。そして、

「父上の頃の石垣をしのぐ、さらに立派で美しい黒田の石垣となるよう励め」

と、父と同様に一層の努力を命じ、新たな石上場の開設を告げた。

「木津川、道頓堀川、横堀川からも石を上げられるよう船着き場を増やした。忙しくなるぞ」

と、はっぱをかけた。忠之は長政に劣らぬ敏腕である。

次に、黒田の石の刻印について訊ねた。石工の元締めが答えた。

「はい、石工たちは、自分の組の印を誇りとして刻んでおります」

「石工の切り出した自慢の石だ。名を刻みたくなるのも当然だ。例えば？」

こんどは石工たちが、次々とその印を告げた。

「卍（まんじ）」

「◇（ひし形）」

「♡（ハート）」

「はーと？」

「西洋でいう心《しん》の臓《ぞう》のことでございます」

「十字」

「それっ、それだ。十字は何を意味するか、キリシタンの十字ではなかろうな」

「まあ、落書きのようなものですから、表に出ない所には大胆に好きに刻んでおります」

「〇丸に大」

「それ、今まではその刻印が多かった。〇は黒田の丸餅、大とは栗山大膳の大であろう」

忠之後見人は、長政が遺言した旧臣の栗山大善《くりやまだいぜん》と黒田美作《くろだみまさか》であった。その旧臣たちは、忠之の奔放で派手な行動を心配するあまり諫め事を連発したので、忠之は口うるさいと避け、自由にさせてくれる改革派の倉八十太夫《くらはちじゅうだゆう》や明石四郎兵衛を気に入り側近に取り立てていた。

忠之は大膳の影響を嫌うようなっていたので、

「大膳の大を入れるのは黒田家にとってはもう古い。これからは〇《まる》の中に□《しかく》を刻むがよい」

と命じた。

支援を重ねてきた大善を軽々と切り捨てた忠之に、石工たちがあ然としていると、

「黒田の丸餅の中には銭の四角を入れよ。裏銭紋だ、これはめでたいぞ」

とあっさり変更を命じた。忠之は、栗山大善と不仲になり始めていた。

「以上、異見がある者は？」

父長政に倣《なら》い、忠之も家来衆の考えを聞く姿勢を示した。

恐る恐る手が挙がった。しかし刻印についてではなかった。

「とてつもなく大きくて派手な御座船を建造なさるとのことですが」

忠之が、

「鳳凰丸のことか」

と聞き返すと、また別の者からも次々と声が上がった。

「大船建造は法度《はっと》でございます、公儀から軍船だと疑われます」

「石船は華やかすぎてはなりません」

「公儀に睨《にら》まれなければいいのですが」

忠之は、

「大きい船を造れば大きい石が運べるではないか」

と笑っている。

「小豆島の巨石を海上輸送で華やかに荷揚げするためだ。〝錦上《きんじょう》花を添う〟とはこういうことだ。造ったからにはお膝元の江戸湾にも凱旋するぞ」

忠之は意気揚々で、

「そもそも私が誇り憧《あこが》れる船というものはー」

と語り始めた。

「一番は黒田の弁才船《べんざいせん》、二番信長の鉄甲船《てっこうせん》、次は神功皇后《じんぐうこうごう》の…神功皇后の……あれっ」

どんな船だったかと、忠之が詰まった。

そのとき、

「神功皇后の船は能勢の三草山の杉の木で造り、新羅を降伏させました」

突然、少年がその続きを答えたのである。西田重次であった。

「だれだ、お前、何者か」

と忠之が驚いて、

「神功皇后の渡海船《とかいぶね》の昔話なら、福岡に掃《は》いて捨てるほどあるわ」

と大人げなく反論した。

あわてた長右衛門が、西田数衛門と重次を前に連れ出して、

「能勢より材木を運んでいる商人の見習いでございます」

といえば、西田の棟梁も、

「材木商の西田のせがれでございます。能勢の山奥から出てきたばかりの者でございます。まだ、瀬戸内も福岡のことも分かっておりません」

と膝まずいて答えた。

「生意気なことをいう小僧だ」

忠之が少し落ち着いて相手を見ると、それはまだ十四、五歳の少年だった。

忠之は、少年をじっと見ていたが、

「小僧、船造りには何が肝心か」

と訊いた。重次は即座に、

「木材でございましょう」

と答えた。

忠之は、一瞬押し黙って重次を眺めていたが、

「小僧、今度黒田の船に乗せてやる、楽しみにいたすがよい」

こう言うと、笑いながらみなの前を去っていった。

西田の棟梁はびっくりして、汗をふきふき、

「大変なおことばを頂いたものだ。心して励めよ」

と重次の幸運を喜んだ。


重次は、後に黒田の石船に乗り、小豆島から塩飽《しわく》諸島の採石場をめぐる機会を得た。

「豆腐どころではないぞ。岩場ではないぞ。島が岩だ。岩の島なんだ。規模が違う。めったなことはもう言わん」

と、帰ってきてからはこう言って、ますます商いに意欲を燃やした。

そして、先祖から受け継いだ商才が花開いたのである。

◉十五　頼次卒去

父頼次が、寛永三年（一六二六）一月十八日、江戸桜田で亡くなった。

父は五年前に病を得、それが癒《い》えると江戸に出て官職を辞して能勢家の将来に備えた。

五人の息子たちに領地を分かち与えると、三男頼之の家族とともに桜田溜池下の能勢屋敷で、隠居生活に入っていた。六十五歳であった。

福は、愛宕下広小路に住む長兄の頼重から長い文を受け取った。

「江戸で葬儀を済ませたが、能勢でも葬送の儀を行うので、福は能勢でお見送りをするように。今は、長右衛門が黒田家に仕えていることに感謝し、大坂城石垣積みの仕事を全うせよ。幼い子どもたちを連れて江戸に出て来なくていい」

という書き出しであった。

もう一度父に会いたい。もう一度父に会って能勢に生まれてよかったですと伝えたい。

そして、昔ばなしをもっと聞きたい。長い間ありがとうございましたと言いたい。

しかしもう会うことはできないのである。

五年前、能勢で倒れた父に付き添って一晩を過ごしたのが最後であった。

あの夜は、何もしてあげられなかった、あまり話もできなかったのだけれど…

兄の文には、常々父が案じていたという事柄が父のことばで綴られていた。

以下、まじめで律儀な頼重の文より

徳川は、「武家諸法度」に、既に慣習化した「武芸や学問をたしなめ」に隠すようにして「大名・旗本は許可なく婚姻をするな」「新たな築城はするな」等、更に規範を強化して込めた。「徳川御味方」を誓い、関ヶ原で東軍として死に物狂いで戦った大名でも外様である。外様は信用されてはいないのだ。能勢は、決して規範を侵さぬように生きてゆけ。

いち早く東軍に付き忠勤に励んだ外様福島正則安芸広島五十万石が、この圧力に触れた。善政を敷いたが、城を公儀に無断で修復し咎《とが》められ、次男の江戸送付も渋り、信濃に転封《てんぽう》された。正則は、失意のうちに死去。その上、使者が到着する前に正則を火葬したのを理由に、嫡子正利は三千石にされた。能勢は決して咎《とが》められるようなことをするな。

肥後熊本の外様加藤が心配である。清正公は、父とは同い年で仲が良かった。関ケ原には従軍せず九州で小西行長を攻略し、その功績で肥後五十二万石を与えられた。南蛮貿易で富を蓄え、新田の開発、治水、農業振興などに力を尽くし、「せいしょこさん」と呼ばれて親しまれた。二条城に豊臣秀頼と家康の会見の仲介をし、その帰途の船中で発病、熊本で急死。五十歳だった。跡を継いだ三男忠宏はまだ十一歳である。お家騒動など起こさなければいいが……。

本多正信は反逆から帰参を果たした家康側近の宿老だ。正信の長子正純は、公儀中枢で譜代の父時代からの重臣であることを充てに、遂に宇都宮十五万五千石に上り詰めた。しかし、城修築が秀忠暗殺の釣天井であるとの疑いをかけられ、釣天井は無かったのに申し開きができず、改易され配流となった。
決して疑いがかかるようなことはするな。

関ヶ原の立役者小早川秀秋にいたっては、東軍勝利のきっかけを画策したと褒められ、岡山五十五万石の大名となったが外様である。二年後に二十一歳で死去、即、改易。秀秋には継ぐ子が無かった。
欲を出すな子孫をはぐくめ。

長崎ではカトリック教徒五十五人が火あぶりや斬首になり、江戸芝口札の辻でもジョアン・原主水ほか五十人が火あぶりの刑に処された。踏み絵を考えだした水野守信が、まもなく長崎でキリシタンの取り締まりを始めるぞ。キリシタン統制はこれからキリシタン弾圧になる。能勢一家は仏を信じて生きよ。

大久保忠教《ただのり》こと彦左《ひこざ》から、「武士の生き方を子孫に示す家伝『三河物語』を書いている。門外不出で公開のつもりはないが、後々もし誰かが読んだら我が家のことを依怙贔屓《えこひいき》しているように読めるか」と問われた。徳川びいきも大久保びいきも甚《はなは》しかったので、真実と雖《いえど》も我田引水の物語だ。写本を繰り返すうちに、贔屓は加速する。物語りは夢があるが罪深いぞと伝えた。

「家伝」が近頃流行しているが、『能勢物語』も同類に見られたくない。能勢家の信仰の歴史も誤解を受けたくない。『能勢物語』は門外不出を守るように。文書を残すな子孫を残せ。子から孫へ能勢家の誇りを語り伝えていくことが大切である。移り行くこの世にあっていつまでも残るのは誠《まこと》だ。誠こそ語り伝える値打ちがある。残したいのは信仰の心と希望と誠。その中に、語り継いでいく子孫を育《はぐく》め。栄誉を求めず、無私無欲に。改易をされずに生き延びることが肝心である。心に心星をかかげ、ぶれずに誠実に生きていけ。母を頼む。

以上

頼重

福へ

兄の手紙はまさに父からの遺言であった。心星とは〝空のめぐりのめあて〟北辰星である。〝能勢一家の信条の標《しるべ》〟北極星である。福は読み終わって夜空に向かって叫んだ。

「父上が私の生きる標《しるべ》、心星だったのですよ〜」

福の頭上で、あまたの星がふるふると揺れた。

元和九年(一六二三)、秀忠が家光に将軍職を譲り家光は将軍宣下を受けた。とはいえ将軍の代替わりに公儀から大名・旗本に交付される朱印状は、半数以上が秀忠の名前で、領地宛行権《りょうちあてがいけん》を握ったままであった。秀忠は父家康に倣《なら》って引退後も実権は手放さず、大御所として、本丸年寄衆と家光の西の丸年寄衆の合議による二元政治を始めた。

能勢家の兄と弟たちは、城勤めでますます忙しくなり、なかなか能勢に帰って来れなかった。それで、父の能勢葬儀は延び延びになっていた。

この年寛永三年（一六二六）の夏、秀忠と家光は後水尾帝を二条城に招くため二人でうち揃って上洛した。家光にとっては二度目である。小堀遠州らが二年前から拡張造営していた二条城は、行幸御殿《みゆきごてん》、本丸御殿、そしてあの伏見城から天守を移してめでたく完成したのである。

武家が私邸に帝の御幸を仰ぐのは、豊臣秀吉が後陽成帝を聚楽第に招いた〝夢の出来事〟と言い伝えられている時以来である。

秀忠と家光は「京の賑わいは古今試し少なき盛んなり」と滞在に満足し、九月六日、いよいよ後水尾帝と中宮和子を二条城に招いた。帝と和子は、諸大名と小堀遠州の案内で大行列を仕立てて二条城に行幸した。七日には舞楽が、八日には蹴鞠や管弦の遊びが催され、九日には後水尾帝みずから天守に登って眺望を楽しみ、翌十日まで五日間滞在した。

この時、多くの大名・旗本らが江戸からお供をしたなかに、家光の後見人の一人松平忠明とともに、能勢家は、次男の頼隆と三男頼之が供奉を務めたのである。

一連の諸事が済んだ頃には、都も能勢もすっかり秋の色に包まれていた。

兄たちが揃って能勢に帰ってきて、清普寺で盛大に頼次の葬儀が営まれた。

山々は紅葉し、丸山の麓の清普寺門前の桜紅葉もえもいわれぬ美しさであった。石段は駕籠ごと進めるよう広い造りになっているが、あまりにも美しいので、母・澄の方を始め、福と夫と娘たち（八歳、七歳）、頼重一家、頼隆一家、頼之一家、姉の富、弟頼永たちは、みな駕籠から降りて石段を歩いて寺に入った。

江戸で頂いた「清素院殿窓月日精大居士」の諡《おくりな》は、能勢の清普寺にて「清素院殿窓月日輝大居士」と改められた。

父の遺言により、池上本門寺の墓碑はとても質素なもので、諡さえ刻まなかった。

能勢では、江戸から持ち帰った頼次の遺品を、墓所を建てて埋葬するのである。

兄弟の中で一番腕力を誇る頼隆が、弓矢を構えて清普寺の門前に立った。

ここから南に矢を射って、頼次の墓所を定める。その儀式をみなで見届けるのだ。

「では、始めます。とくとご覧あれ」

頼隆が声をあげて放つと、矢はぐんぐんと飛んで、澄みきった秋空に消えていった。

塚は、すでに一族が、一キロほど先の村の中心、里岡山の頂上に整備を進めていた。

矢が里岡山まで飛んだか否かはわからなかったが、墓所は「矢定《やさだ》の塚」と名付けられた。

「まるで、昔、源満仲が、大坂住吉神社で神託を受けて多田院の場所を決めたのとそっくりだ」

みなは口々にこう言って喜んだ。

かくして頼次の魂は、散り敷くもみじの矢定の塚に、江戸から持ち帰った衣冠とともに納まった。

能勢頼次という領主がここで生まれ、育ち、民とともに生きたという証が、石に刻まれて残された。

頼次の遺言は、

「書いたものは残す必要なし、子孫や領民の記憶の中で生きていきたい」というものであった。

父の意思を尊重し、頼次の記録・手紙の類は子どもたちによってほぼ処分された。

福は、改めて父の死を悼み、その人生を振り返り新たな悲しみにつつまれた。

その夜、福は城の一室で『能勢物語』を読んだ。以前、兄から薦められた新しい方の物語である。元和三年（一六一七）、僧安智によって「頼次、再び摂州帰城」が書き加えられたもので、唯一門外不出として残した「父の物語」である。

若い時、結婚話で反発し籠城して偶然古い方の物語を読んだ。あのとき以来である。

戦国の激動の日々を果敢に生き抜いて能勢家を立て直した父の一生を物語でたどると、福は、能勢家に生まれた者として、命を大切にして一生懸命に生きていかなければならないと、改めて心に誓うのだった。

近くの山々からは、鹿の鳴く声が一晩中悲しそうに響いていた。

◉十六　天満の子守唄

〽ねんねころいち　天満の市で
大根《だいこ》そろえて　船に積む
船に積んだら　どこまで行きゃる
木津や難波の　橋の下

「ナナはいつも天満の子守唄うとうてくれました」と松がいう。

「でも、もう唄うたわなくてもだいじょうぶです」と梅がいう。

「お梅といっしょに休みます」

「姉上さまと眠ります」

「父上さま、母上さま、おやすみなさいませ」

福の娘の松と梅は九歳と八歳になり、最近はこう言って自分たちで床につく。

二人は乳母のイセと千代、子守のナナに助けられてしっかり者に成長した。

年子で生まれたせいであろうか、互いに学び合ったり助け合ったりが上手にできる。

久しぶりに、今夜は寝る前に福が二人のお気に入りの話を聞かせることにした。

＊

「きつねの嫁入り」


むかし、余野《よの》に甚平《じんべえ》さんという炭焼きのおじいさんが住んでいました。

ある日、甚平さんが炭焼き窯《がま》の火を消しに行くために山道を急いでたら、一匹のキツネがついてきて離れません。おかしいなと思った甚平さんがキツネの通りについて行くと、キツネは大きなほうの木の下までできて落ち葉をかき分けました。

そこには子ギツネが罠《わな》にかかって苦しんでいたのです。

「おおこりゃ、かわいそうに」と、甚平さんは罠を解いてやりました。

そのあと甚平さんは炭焼き窯に急ぎましたが、炭はもう灰になっていました。

がっくりと肩を落とした甚平さんでしたが、また新しい木を窯の中に並べました。

そして、三日三晩燃やして、また窯の火を止める日を迎えました。

甚平さんが窯に着いたらびっくりぎょうてん。なんと窯の火は消されていたのです。

「だれが勝手に火ぃ消したんや」とあたりを見回してもだれもいません。

窯から炭をとり出して炭と炭を打ち合わせてみたら、チーンと澄んだいい音がします。

「これは、いつにないええ炭が焼きあがっとる」

甚平さんはうれしくて、窯の回りを踊りまわりました。

(いったいだれが窯の火ぃを止めたんやろか)

(きっとあのときのキツネの親子に違いない)

甚平さんは、天台山《てんだいさん》の方に向かって大声でお礼をいいました。

「おーい、キツネ。おまえのおかげでええ炭がでけた。おおきに、おおきに」。すると日がさしているのに、ポツリ、ポツリと雨が降ってきました。「おお、キツネの嫁入りじゃあ」と言うて、甚平さんが天台山から光明山《こうみょうさん》の方を見たら、大きな虹がかかって、尾根づたいにキツネ火が、ポー、ポー、ポーと灯《とも》

り、キツネの嫁入りの長い行列が甚平さんの前までやってきました。

花嫁のキツネが、「先日助けていただいたものです。おかげで花嫁になることができました」と言いました。

甚平さんはびっくりして、「ああおまえは、あのときの子ギツネかぁ」とうれしくなって、(こんなきれぇな花嫁行列を、ひとりで見るのはもったいないがな)と、おばあさんを呼びに帰りました。

おじいさんがおばあさんをつれてあわてて炭焼き窯にもどってきましたが、花嫁行列はもう消えてなくなっていました。

(豊能町の民話より)

＊

話が終わったらいつものおきまりで、

「母上も、余野のお嫁さんやったん?」と松が聞き、

「はいそうですよ、行列はしなかったけれど」と福が答え、

「天台山を越えてきたん?」と梅が聞き、

「いいえ、天台山でも光明山でもなくて妙見山《みょうけんさん》」と福が答え、

「あたりにはキツネ火ではなくて～」と松が続きを促すと、三人で、

「空には、ほうき星がなが～い尾を引いていました」と、声をそろえて終わるのである。

福は十五歳で余野広安に嫁し、当初は能勢郡余野に住んだ。

余野は妙見山をはさんで東の谷にあり、地黄と同じく山深い村である。

余野の隣の切畑《きりはた》は昔から能勢家の所領で、今は弟の頼永が治めている。

その奥の寺田には父の妹が嫁いだ井上家があり、井上氏友は、本能寺の変に加担して能勢を追われた父をかくまってくれた恩人である。

その井上家の若い夫婦が長右衛門の家来の石工の井上良助であり、松と梅の乳母の千代である。良助と千代は、福たちと同じ黒田の天満蔵屋敷に住んでいる。

福は、千代から余野や切畑や木代《きしろ》のむかし話を聞いて、娘たちに話すようになった。

次は、梅が大好きなはなし。

＊

「太鼓のじょうずな天狗さん」


木代の里に秋が来て、どこの家も稲刈りで忙しくなります。

このころ、村の若い衆《しゅ》は、夜になるとお宮の森に集まって、お祭りの太鼓のけいこを始めます。

大きな太鼓を横に寝かせて、ひとりが表を「ドコドン　ドコドン」と打つと、もうひとりが裏を「トコトン　トコトン」と打ち、ふたりが調子を合わせて勇ましく打つのです。

お宮の森の向かい側の山を「高床山《たかとこやま》」といいます。

高床山には天狗が住んでいました。

この天狗さんは太鼓が大好きで、お宮の太鼓の音が聞こえてくるとじっとしておれなくて、裏を、「トコトコ　トコトン」とそれはそれは上手にまねをします。この音は木代の里じゅうに聞こえて、村の人たちは、「ハハアー、また天狗さんが太鼓を打っとるぞ」といって笑います。

月のよい秋の晩です。

今夜も、お宮の森と高床山からお祭りの太鼓の合奏が聞こえてきます。

明日もきっとよい天気でしょう。


（豊能町の民話より）

＊

一家が住む大川べりは、平安の昔渡辺津《わたなべのつ》と呼ばれた外港で、大江とか国府津《こうづ》などともいわれ、摂津国の政《まつりごと》の中心であった。また、四天王寺や住吉大社や高野山へ参詣の熊野街道の起点で、陸海交通の要地となって栄えてきた。今は川港に姿を変えたが、太閤秀吉の頃には市が立ち、ここにいつしか子守唄が生まれた。ナナが唄っているのがこの唄である。

橋を渡ると八軒屋の船着き場である。船を待つ人、降りる人、乗り込む人たちで大賑わい。とくに京からの三十石舟が着くと、太鼓の音とともに一気に活気づくのである。
梅は、木代の天狗さんの太鼓とともにこの八軒屋の太鼓が好きで、裏打ちの口真似が上手い。
福がドコドン　ドコドンと打てば、梅がトコトン　トコトン、
松がドコドコ　ドンドンと打てば、梅がトッコトン　トッコトン、
トコトン　トコトンと打てば、トントン　トトトンと返し、
トントコ　トントンと打てば、スットン　トン　などと終える。
親子三人はこうやって、いろいろに太鼓問答をしながら遊んだ。
また姉妹は天満の子守唄も大好きで、ナナにせがんでよく続きを唄ってもらった。

〽　橋の下には　かもめがいやる
　　かもめ捕りたや　竹ほしや
　　竹がほしけりゃ　竹やへござれ
　　竹はゆらゆら　由良のすけ〜

ナナは二人の体を揺らしたりくすぐったりして唄うので、もう一回もう一回とせがまれた。
やがて天満のお屋敷からピカピカの大坂城が天に向かってそびえるのが見えるようになった。
秀忠の命による大坂城は、藤堂高虎や小堀遠州が奉行を勤め、三期に渡る工事を経て、寛永七年（一六三〇）、丸十年をかけて三代将軍家光のもとに完成した。

豊臣時代の地盤の上に大規模な盛り土を成し、熊本城主加藤忠広が築いた天守台の上に五層六階の白亜御殿が築かれた。高さは地上から百九十三尺（五八・五メートル）である。

その雄姿は大坂中のどこからも眺められるのである。

秀吉の城はねずみしっくい黒漆《くろうるし》で黒光りをしていたが、徳川の城は天守も櫓《やぐら》も塀《へい》に至るまで白しっくいで塗られた白亜の城である。真っ白で巨大な権威を誇示するものとなった。

藤堂高虎は晩年眼病を患い、城の完成とともに失明して死去。七十五歳であった。

黒田家はその藤堂に見込まれて、見事に、延べ千百三十一坪の石垣を積んだが、忠之は黒田家宿老たちとの間に軋轢《あつれき》が高じ、長政が生前心配をしていたことが現実になっていた。

黒田騒動の勃発である。

忠之は慶長七年（一六〇二）、長政と家康の姪栄《えい》姫との間に生まれた。将軍秀忠に忠の一字をもらい忠長、その後忠之と名を替えた。二十三歳で父の跡を継いだが、二十七歳になった忠之の身内には不幸が続いていた。

忠之の妹徳姫は、容姿麗《うるわ》しく心映え優れ、家光の室にと請われたが、丙午《ひのえうま》の生まれで、夫を食い殺すという世俗の忌《い》むところなので固く辞退し、榊原忠次《さかきばらただつぐ》に嫁《か》した。その徳が、寛永二年（一六二五）女の子を出産した後、体調を崩して亡くなったのである。二十歳であった。

この年、忠之の弟、甚四郎政冬も二十一歳で病死した。

寛永四年（一六二七）には、祖母（如水の夫人）が亡くなった。七十五歳であった。

寛永五年（一六二八）五月に忠之の側室に長子光之が生まれたが、七月になって、忠之正室の久姫（徳川秀忠の養女）が病気で身《み》まかったのである。二十三歳であった。

身のまわりの者たちが次つぎと目まぐるしく身まかり、忠之は心底《しんそこ》寂しくなっていた。

そんな忠之だが船を造るのが楽しみで、このころ六十隻を進水させた。

江戸から帰るとき、忠之は艪《ろ》に鳳凰《ほうおう》を彫った鳳凰丸と名付けた新船を筑前から迎えに来させて大坂に寄港した。それほど大きくはないが華美にて人目に立ち、大阪の船奉行の小濱民部少補にとがめられて、「黒田の鳳凰丸、非常なる大船のよし」と江戸に訴えられた。

この船を泊める堀を筑前荒戸山の下の海に掘っていたので、検察二人が筑前にやってきた。江戸では信長の鉄甲船を見るようだと噂が広がって、お咎めを受ける事態に発展した。忠之は、また急きょ大坂から江戸に行き、公儀に、「大船で攻め込もうなどもっての外でございます」と謝り、事なきを得たのである。

そんな悪評を吹っ飛ばすかのように忠之は、家光からの要請で寛永三年（一六二六）、江戸城紅葉山の神前に大鳥居を建てた。父長政が日光東照宮の神前に石の大鳥居を建てたのに倣《なら》ってのことであった。

忠之は、福岡四十三万三千石の生まれながらの大名で、幼少から「奇行あり」と伝えられていた。苦労知らずのヤンチャだったのである。大坂城や江戸城の石垣のための大石を、大船を駆使し南海に漕ぎめぐらして、一番目立つところに積み上げてきた。石垣積みの功績はだれの目にも明らかであった。

ところが寛永九年（一六三二）、黒田家一番家老の栗山大膳がこともあろうに、「黒田家、徳川に謀反《むほん》の疑いがあります」、「黒田忠之が公儀転覆を狙っています」と公儀に訴えた。

若い家光が目の上のたんこぶと警戒したのが力を持った九州の外様大名で、将軍家の縁者でもあり大坂城天守台を築いたあの熊本五十四万石の加藤忠宏でさえ改易に処されたのである。

栗山大膳は、長政に反対して、長男忠之を藩主に就けたほどの援助者だったが、諫言《かんげん》を聞き入れない自由奔放の藩主の行く末を危惧して、公儀にあれやこれやの謀反の理由を書いて直訴した。確かに忠之には禁令の大船造船や足軽隊増強などの問題行動があって、これは取りつぶしに遭う外様たちを目《ま》の当たりにした大膳なりの心配の仕方であった。しかし方法が異様だった。

公儀は大膳が忠臣なのか逆臣なのか判断に迷った末、家光も加わり土井利勝と酒井忠勝、井伊直孝たちがこう裁いた。「黒田家は一旦《いったん》改易。その日のうちに旧領に再封《さいほう》する。以後、御父上のように年寄どもと御相談の上、藩政を進められるように」と、励ますものであった。

結果、家柄家老の大善を南部盛岡にお預けとし、藩主忠之は軍縮の時代に逆行の行動をしたにもかかわらず黒田家をまとめる能力があるとして、実質お咎《とが》めなしと収められたのであった。


このころ江戸では頻繁に大地震が起きて、人々の暮らしを脅かしていた。

寛永五年、七年、十二年に今でいう震度五〜六の揺れが続き、寛永江戸地震と呼ばれて江戸城も被害が相次いだ。

寛永五年（一六二八）に西の丸、雉橋《きじばし》から数寄屋橋にかけての石垣が破損し修築をした。

寛永七年（一六三〇）の大地震では、城の方々《ほうぼう》の石垣が壊れ早急に修築が必要になった。

家光は、御殿の修復とともに、新たに三代目の寛永度天守を建てる計画に入った。

ちょうど大坂城が完成したので、江戸城普請に全国の大名を呼び集めるのである。

諸国の石垣積みの力量を大坂でしかと把握した公儀であったから、適材適所を申し付けた。

「東国の大名は堀を、西国の大名は石垣を築け。黒田は、天守台を積め」と命じた。

忠之が天満蔵屋敷にやってきて、長右衛門に新たな仕事を申し付けた。

「能勢長右衛門、黒田の次の仕事は江戸城天守の石垣積みである。妻子を置いて赴任せよ」

長右衛門への江戸単身赴任命令である。仕事は三、四年はかかるという。

〽ねんねころいち　天満の市で
大根《だいこ》そろえて　船に積む
船に積んだら　どこまで行きゃる
木津や難波の　橋の下

忠之は、天満屋敷に来るたびに、梅と松が唄う優しい声に癒された。

〽船に積んだら　どこまで行きゃる
余野や能勢の　山の中
そんなとこ～　お船に乗っては行けません～
それじゃ～　京の伏見か　お内裏《だいり》へ～
わたしなら～　武蔵《むさし》お江戸に行きます～

きゃあ～　遠すぎます～
あははは～

「てまり唄か、子守唄か。なつかしいなぁ～　私に唄ってくれたのは誰だったろう」

忠之は、筑前福岡の栗山大善の屋敷で生まれた。十二歳年上の大膳が守役であった。その後、黒田一成《かずなり》の家で育てられた。騒動にまで広げた腹立たしい栗山家や三奈木黒田家であるが、物心がつくかつかない頃の忠之のふる里である。私に子守唄を唄ってくれたのは誰だったたであろう。やさしい声だった。子守唄を聞くたびに幼い頃がよみがえり懐かしさが心に沁みた。

忠之は長右衛門に、「江戸城天守が完成したら大坂に帰すので単身で赴任せよ」と令じたが、一転、長右衛門の「一家で江戸に行きたい」という願いを聞き入れることにした。

忠之は、土産を下げて長右衛門の屋敷にやってきた。

「能勢殿、大坂城の石垣普請を長年ご苦労であった。江戸城でも精いっぱい働いてもらいたい。ついては一家での江戸行きを認める。江戸での石積みが終わればまた大坂へ帰ってほしい。天満の黒田屋敷は中之島に移るので、帰ってきたら中之島の屋敷に入るがよい」

「えっ、妻子を伴っての江戸勤め、叶えていただけますか」

長右衛門は願いが聞き入れられて驚いた。今まで一生懸命働いてきた褒美かなと喜んだ。

忠之持参の土産は、博多帯の男物と女物であった。官兵衛が愛用し、福岡で生産されるようになった如水織で、筑前の献上品として江戸ではもちろん大坂でも人気の品であった。

長右衛門は、大喜びで妻に伝えた。

「福ー、一家で江戸に行けることになりましたぞー」

「能勢の江戸屋敷に住まわせてもらいましょう。そこからのお勤め、許されましたぞ」

「まあなんということ。今度こそ私、江戸に行けるのね、また母と暮らすことができるのね」

福にとって江戸に行く話は十八年ぶりのことである。

一家は、家光の来坂後に大坂を発つことになった。


能勢頼之《よりゆき》四十二歳と能勢頼永《よりなが》二十五歳は、江戸本城勤めの役方《やくがた》である。

二人は、兄に会うため愛宕下《あたごした》広小路の頼重の屋敷にやって来た。

城の勤務は大きく分けると役方と番方《ばんがた》があり、役方は事務担当、番方は警備担当である。

能勢本家の長男頼重四十八歳と次兄頼隆四十七歳は、番方の書院番である。

「兄上、武家諸法度の改正があります」

三男頼之が告げた。


秀忠が体調を崩して寛永九年(一六三二)、五十四歳で亡くなると、天下は名実ともに家光のものとなり、二十九歳の家光は重石がとれた如く異様なほどの強権を行使した。

尊敬する家康の手腕を見習い、将軍率いる武断政治の完成にむけて踏み出した。

武家諸法度は、元は家康が大名から取り付けた誓紙三ヶ条程度のものだったが、秀忠が武士の規範や倹約の奨励などを以心宗伝《いしんすうでん》に十ヶ条に整えさせて「元和令」として発布した。

家光もそれに習い林羅山《はやしらざん》に依頼した。林羅山は、今は家光の侍講《じこう》である。

家光は武家諸法度を、将軍の交代とともに世情に合わせて改定を進めるものと決め、いよいよ家光による「寛永令」の発布の運びとなっている。

旗本を中心とする直轄人事を再編し、常に家光の側にいて政務をつかさどる出頭人《しゅっとうにん》の六人衆を選出した。阿部重次、阿部忠秋、堀田正盛、松平信綱、太田資宗《おおたすけむね》、三浦正次で、その者たちには、〝わが考えは主君の考えである〟というほどの力を持たせた。彼らが後の若年寄である。

中央に老中、若年寄、奉行、大目付、目付、三奉行（寺社、勘定、江戸町）を置き、地方には郡代、奉行、代官を置いた。大名統制には武家諸法度と参勤交代の制度、農民統制には宗門改め、検地、五人組制度を敷き、宗教政策にキリシタン禁令と寺院諸法度を徹底し、朝廷政策には禁中並公家諸法度を定め、海禁政策は中国とオランダに絞って貿易の管理と整理をする手はずを整えた。

「兄上、このたびの武家諸法度の改正で一万石以上は大名と定められることになりました」

頼之の報告を受けて、兄弟たちは、能勢家の新たな岐路に立った。

いつもまじめで律儀《りちぎ》な頼重は、

「能勢本家は預かり地を含めて知行一万石余りである」

と面持ちをひきしめた。剛毅《ごうき》で体格も良く意欲的な頼隆は、

「能勢藩を立てて大名になる道が開けるというのだな。さて、どうするか」

と身を乗り出した。一番若い頼永も、

「大名への昇進は武門の誉れ。能勢家出世の好機です」

と目を輝かせた。頼重は、

「しかし父上は、これまでから大名への道を選ばれてこなかった」

と応じた。頼永が訊ねる。

「機会があったのに、大名にならなかったということですか」

「そうだ。父は能勢を手放さない選択をつらぬかれた」

　頼重と同様に頼隆も、父のそういう生き方を見てきた。

　頼重は長男として、ここでていねいに弟たちにその説明を始めた。

「徳川の天下取りに貢献した藩祖は、ほとんどが自国とは離れた所に領地をあてがわれ大名となった。領地は一時的な預かりもので、大名は国替えを繰り返しながら大きくなっていくのだ」

　頼永が重ねて訊いた。

「父上も、どこか別の地に行くのなら大名になられていたでしょうか」

「おそらく。しかし父は能勢を離れなかった。朝廷の禁野《きんや》、採銅所、典薬寮、由緒ある地頭職を代々受け継いできた清和源氏満仲の孫という能勢だからだ。一代の地位より歴史ある地盤である」

「鎌倉の時代からずっと同じ領地を連続して与えられている大名はいるでしょうか」

　頼永の質問に、三人の兄たちが父の生き方をふり返りつつ答えた。

「まれだなあ。島津・鍋島・津軽・南部くらいだろう」

「領地は将軍からの預かり物だ、国替《くにがえ》、移封《いほう》、没収ありきと心得ねばならぬ」

「その覚悟がなければ、大名にはなれないのだ」

「もし、今のような機会を前にしたら、父上なら何といわれたでしょうか」

兄三人が声をそろえた。

「〝欲を出したらきりがない〟」

頼之が、もう一つ新しい諸法度の改正点を付け加えた。

「これからは参勤交代が制度化され大名家の義務になります。そもそも徳川は、京への参勤を考えていました。徳川はゆくゆくは、帝の外戚として朝廷と一体化し、大坂城を将軍の居城にして、京の朝廷権威と両輪で西国を取り仕切ろうと考えていたようです」

加えて頼重も、

「しかし、朝廷に嫁いだ和子《まさこ》姫の御子高仁《すけひと》親王がわずか三歳で急病死された、徳川系天子の擁立作戦は挫折、朝廷に依存しない政権を作る必要がでてきたので、〝大坂幕府構想〟を清算し、江戸一元集中を打ち出された」

頼隆も、この一連の成り行きを見てきたのである。

頼永の質問が続き、兄たちが答える。

「それが新しい武家諸法度になりますか。大名の参勤はどれほどの周期となるのでしょう」

「二年ごとに」

「えっ、一年を江戸で過ごし、次の一年は国元でというのですか」

「そういうことだ」

「江戸と国元を一年おきに行ったり来たりというわけですか」

「そして国元に帰る時も、正室と世継ぎは江戸に置いて行かねばならぬ」

「旅費と滞在費だけでも莫大な負担です。交代寄合はどういう扱いになりますか」

「交代寄合も対象だが、世襲はないので、父の死去で能勢はもう交代寄合ではないのだ」

「旗本は江戸にいて働け、大名は一年おきに将軍にまみえを果たせというのですか」

「いかにも。そのような制度に組み入れられると、莫大な経費がかかるぞ」

兄たち三人が、それぞれ結論を導いた。

「一万石では難しいであろう。これは九州を始め西国の外様対策というものらしい」

「参勤交代を果たし、事があれば国替えの危機を負うてでも大名となるか」

「これからも旧領能勢を預かる旗本として生きていくか」

状況を色々聞き、頼永はみずから結論を出した。

「兄上、これからも能勢は旗本として生きていくのがいいでしょう」

「ならば、預かり地は手放さねばなるまい」と長男が言えば、

「返還いたしましょう」と次男が続き、

「もちろん、旗本にもお取りつぶしの危機はあるのだぞ」と三男がつけ足した。

五男は、納得をし、晴れ晴れとしたようすで断言した。

「兄上、わかりました。能勢は旗本で生きていきましょう」

四人の兄弟は、この時、能勢家の行く末をはっきりと確認し合ったのである。

寛永十年（一六三三）、能勢家は預かり地の西郷六八〇〇石を公儀に返還した。

西郷諸城は、満仲の弟満政が入村して東郷能勢氏が居を構える前に拓《ひら》いた由緒ある地である。

戦国時代、近隣勢力の波多野や塩川や一挙に乱入してきた信長勢と死闘を重ねた。その結果、東郷能勢家が生き延びることができたといえる。能勢家にとって思い入れ深い所であるが、旗本能勢家を守るために手放すことにする。塩川からの預かり地多田庄も同時に返還した。

本家は、東郷（地黄野間）の二〇〇〇石と田尻の一〇〇〇石の計三千石になった。

弟たちの領地は、頼次が亡くなる前に分知していたことにより守られた。


寛永十一年（一六三四）七月。

福にとっては、忘れられない転機の年となる。

この年、寛永十一年は閏年《うるうどし》で、七月が二回あった。

将軍家光は、七月十一日、約三十万の家臣を率いて、自身にとっては三回目の上洛をした。

この上洛は、秀忠没後の代替わりを世に示す目的があった。

そんな家光がどうしてもやっておきたいことは、冷え切っていた朝廷との関係修復と、大坂城の確認であった。家光は、妹の東福門院御所を訪ね、後水尾院の御所で後水尾上皇の院政を認め、姪にあたる明正帝への対面に五十日を費やし、次の閏《うるう》七月末、大坂にやって来た。

「福さま、慣れない御下駄でだいじょうぶですか」

「ナナ、待って。私、このような人ごみの中は苦手です」

「奥さま、手ぇつないだげる。離さんといてくださいね」

「天下の将軍さまだもの、お目にかかろうという人、多いわね」

「あらかじめ来るようにと決められた方々が大勢いてはりますし」

「その上にもっと来るようにとお上のお達しだもの、多いはずね」

「以前の将軍さまは、よく大坂に来てはったんでしょ」

「伏見におられた頃はねえ」

福は、家光がはるばる京にやってきて帝に会い、その続きに大坂城の完成祝いにやってきたというので、その姿をひと目見たいとナナを伴って大坂城の対岸に向かった。


家光にとっては初めての来坂で、大勢の家臣を連れて京から船に乗ってやってきた。

能勢頼重は、この年の三月から大坂横目付として大坂に滞在していた。家光の来坂に備えてのお役目である。横目付とは大目付の配下で、下級武士や旗本たちの仕事を監視するのが任務で、いわばお城の中の〝見張り役〟である。律儀で正直者の頼重にはピッタリの任務であった。

大坂三郷（北組・南組・天満組）の惣年寄り（役人筆頭）たちは、有力町人たちを伴って淀川端の今市村で家光のお出迎えをする。このため京橋の東西の両側に建っていた粗末な家々を警備と景観のために取り壊した。また、家光のお供の大名や警備のためにやってきた武士たちを町人の家に泊めるという町宿にあてるので、町人の家々の普段使っていない畳の数を申告させ、宿割や部屋割を行った。

もちろん黒田屋敷も黒田の武士たちでいっぱいになった。

大坂は武士たちも町人たちも町をあげ総力で家光を迎え出て、祝賀の意を表すのである。

家光は、閏七月二十五日大坂に到着すると、たいそう喜んで、まず城の台所に祝儀として酒樽三荷二斗入りと鰹節三箱二百入りを贈った。

大坂三郷と堺の惣年寄に土産として、「大坂と堺は家屋敷にかかる地子銀を永久に免除」を仰せわたした。地子銀とは固定資産税にあたり、大坂の商家を含む町人は公儀から家屋敷や蔵屋敷の土地を下賜されて、毎年銀で百八十貫という地税を支払っていたのである。今回、家光はこれを永久に免除すると言い渡した。

家光のお慈悲に歓喜した大坂の役人たちは、惣年寄や町人たちに、麻裃《あさかみしも》を付け高麗橋筋隅櫓《すみやぐら》の前に集まって、家光のお出ましに家光に聞こえるように感謝の声をあげよというのである。

この年、大坂はシトシトと長雨が降り続いていた。

それが今日二十六日、みごと雨はやんで夏の空に変わった。

福とナナは、水かさが増した川に架かる天満橋を渡ると谷町筋を南に行き、すぐ東に折れ西外堀沿いに進んで左手に隅櫓を仰いだ。

城の西北の隅で方位が「戌亥《いぬい》」にあることから乾櫓《いぬいやぐら》ともいわれるこの建物は、小堀遠州の設計で物見と攻撃と防御のために元和六年(一六二〇)の工事開始に大手門脇の千貫櫓とともにいち早く建てられたものである。櫓の足元には、長右衛門たちが積み上げた切り石の美しい石垣が整然と続き、堀に沿って左と右の先の先まで満々と水が満ちている。

その水面に梅雨明けの青空が映っていた。

堀の手前は芝野とか芝座といい、幅が一町から二町の空き地となっていて、町衆はここに集まって櫓の窓から姿を見せられるであろう将軍さまを今か今かと待っているのである。

「ナナ、やっぱり、人多いね」

「奥さま、手ぇ離さんといてくださいね」

福は、家光の姿をひと目見ようと、櫓を見つめて立ったまま、今か今かとお出ましを待った。

「将軍家光さまって、おいくつですやろ」

ナナが訊いた。

福は、兄たちから色々と聞いていた。

「わたしと同い年とのことだから三十一歳」

「お子さまは？」

「ご正室さまがおられますが、お子さまはまだのようです」

「お元気な方？」

「幼い時から病弱。大病を家康さまのお薬で治られた。四、五年前には天然痘に罹られて、死の一歩手前だったそうですよ。乳母の方の付きっきりの看病で治られたそうです」

「聞いたことあります。乳母の方とは春日局さんでしょ」

「そうそう、やり手の春日さまに育てられた将軍」

「お出かけが好きで、馬の遠乗りや家臣の屋敷へ御成りをされるんでしょ」

「ナナ、よく知っているではありませんか。武芸を好み、柳生新陰流《やぎゅうしんかげりゅう》の免許を受けられるほどとか。能楽を好み喜多流の七太夫長能《おさよし》がご贔屓《ひいき》といいますよ」

「文武に秀でた理想的な将軍さまじゃないですか」

「けれど、先代、先々代に増して強権。特にキリシタン弾圧は残忍極まるやり方だと……」

「将軍さまはそれぐらいの力がないと」

「私は、そういうお方、苦手です」

「黒田忠之さまの妹姫さまとのご結婚話があったやに聞きましたけど」

「嫁がれなかったようね。でも黒田騒動では、忠之様側の主張をお認めなされたの」

「ほら〜」

「そうね、黒田家には理解があるようで、私たち能勢家には幸運だった」

「幸運でした」

　まわりにいる人たちの歓声がひときわ高くなった。

「あっ、あのお窓に人影が」

「どこ？　どこ？」

「何かを振っておられます」

　櫓の窓に、ぴかぴか光るものが揺れた。

「見えた。あれは采配」

「さいはい？」

「指揮する道具、将軍としてやってきましたよ～っていうお作法ね」

家光が振っているのであろう、上意の金の采《さい》が櫓の窓からゆらゆらと揺れた。

これを見ていた一同は、歓喜の大声を上げた。

「ありがとうございますー　ありがとうございますー」

その声は、繰り返し繰り返し、いつまでも止まなかった。

「奥さま、見えました？」

「采配と白い腕だけ」

「お顔は？」

「わからなかった」

「私も見えませんでした。どのようなお方なのでしょうね」

「下々の者はもう一生お会いすることもないと思うけど」

福も、江戸には行くが、お会いすることは多分ないであろうと思った。

「いつまで大坂にいてはりますのやろ」

「三日ほどでまた二条城にお戻りになり、そして八月末にはお江戸へ」

後、大坂では地子銀免除という将軍の厚恩を忘れないために、梵鐘に家光の徳を銘文に刻んで鋳造し、一刻（二時間）ごとに打ち鳴らす時報の「仁政の鐘」を造ることになる。

将軍のお出ましは一瞬だった。時を置いてもう一度お出ましなさるらしいという噂だったが、そんなおまけはないでしょとナナが言うので、二人は帰ることにした。

帰りは少し遠回りをして城の北にやって来た。

ナナは、

「ここは京橋口。京橋口は京に通じる京橋があるからやそうです」

と説明した。福は、これまでナナに天満から始まり大坂の地をあちこち連れて行ってもらった。今日がその最後かと思うと、ナナのことも大坂のことも忘れ難い。

目の前にド～ンと天守がそびえ、左手に伏見櫓が建っていた。

「三層の伏見櫓です。伏見のお城から持って来はったんです」

ナナは、道案内のみならず、今では城の説明もできる。

福は、大坂の町の変わりようにまるで夢を見ているようだった。

「天満に来た頃、伏見のお城は大和郡山に返されると聞きましたのに……」

町の噂をよく聞いて世情に詳しいナナが、

「伏見城の天守は二条城に行き、櫓が大坂に来たんです」

と言った。福は、

「徳川さんもこの十数年、事情が色々変わりましたからねえ」

とつぶやいた。

福は、父や夫が親しく仕えた松平忠明のことがいつも気になっている。

「あ、大和郡山城には伏見城から鉄門や桜門などが返されたそうですよ」

ナナは、福の気持ちを察してきちんと教えてくれる。

そして、もうひとつつけ足した。

「櫓だけやありません。伏見からは石も家も人も、町ごとやってきたはります」

「焼け野原だったお城や大坂の町がこんなに美しく、賑やかになるなんてねえ」

「徳川さんの力は恐ろしいほどです。おひざ元のお江戸はどんなんですやろか」

「どんなでしょうね」

ナナは江戸には行かない。福とはしばらくのお別れである。

黒田のお家騒動や家光の上洛で延び延びになっていたが、福の一家は、明日、黒田の家来として江戸に発つ。堀の石垣と天守台の石垣を積むのが長右衛門の仕事である。

長右衛門は、家臣で石工の助兵衛と木材石材の商人の西田芦衛門を伴って行くのである。

しかし、ナナとイセは大坂に残ることになった。

黒田の天満蔵屋敷は解体されて中之島に移るので、ナナとイセは小堀の留守宅に行くことになった。天満南木幡町の小堀邸には、留守居役の近藤理右衛門とその息子茂太夫一家が住んでいて、ナナがこの一家に嫁ぎ、イセと一緒に住むことになった。

イセは、

「こんどはナナが私を呼んでくれました。一緒に小堀のお屋敷に行きます。ここでご一家のお帰りをお待ち申しております」

と、年をとってしわが増えた両手を重ね、曲がった腰を更に曲げて丁寧なあいさつをした。

「二、三年で私たち、きっと大坂へ帰ってきますからね」

「私は八十を過ぎたらもう待てませんからね」

福を心をこめて育ててくれたイセ、母よりも長く世話になったイセであった。

「分かりました。イセが八十歳になるまでに帰ってきますから、元気で待っていてね」

「きっとですよ。お母上によろしくね」

「帰ってきたらまた黒田のお屋敷でいっしょに暮らしましょう」

「楽しみにお待ち申し上げております」

福、三十一歳。乳母との別れであった。

Ⅲ章　江戸編・前

◉十七　桜田溜池の下

能勢惣右衛門頼次《そうえもんよりつぐ》の江戸屋敷は、桜田外溜池《さくらだがいためいけ》の下にある旗本屋敷である。関ヶ原の合戦のすぐ後に家康から拝領した一二〇二坪半の居屋敷《いやしき》（本宅）である。頼次亡き後三男の頼之《よりゆき》一家がこの屋敷を継ぎ、福の一家が身を寄せた。

敷地の中には母屋、道路側には長屋が建ち、建物はいずれも土壁の茅葺き屋根であった。母屋は玄関棟、殿様御殿、奥様御殿、台所棟、そして隠居所の永澄院《えいちょういん》様棟があり、隠居所に面した庭に「陶弘景《とうこうけい》」という思想家に因《ちな》んで造られた頼次お気に入りの松の庭があり、「松亭」という柱と屋根だけの四阿《あずまや》が設けられている。ほかに土蔵や倉庫、射場、中庭がある。

道路に面して表門棟長屋と下表長屋、屋敷内に下中長屋がある。この三棟は家臣たちの住居で、家族用と単身用があり、それぞれに家臣が合わせて六十人ほど住んでいた。

馬屋棟には十頭ほどの馬が飼われており、これらが塀とつながって屋敷を取り囲んでいた。

福の一家には下中長屋の家族用があてられた。畳の部屋が三つと、台所、風呂、手洗いがあり、小さな庭もあるが長屋の一画である。天満黒田蔵屋敷にいた頃に比べればここはうんと手狭だが、まあ二、三年ほどのことだから辛抱をするしかない。

溜池は、江戸城の赤坂御門下から続く外堀である。

防衛上の堀でありながら江戸庶民の飲料水を貯めている。もともと水の湧く沼沢地形を活《い》かしてここかしこに取り込まれている用水だが、人々にはまだまだ足りていないという。

能勢屋敷は溜池葵坂《あおいざか》を下った突き当りで、いつも溜池の堤《つつみ》から流れ落ちる水の音が聞こえ、その水の音がドンドンと響いていたので「赤坂のドンドン」と呼びならされている所であった。

福たち一家は、江戸にやってきた頃は毎日のように虎の門外葵坂を散歩した。

水が流れ落ちる音を聞きながら葵の花が咲く坂道を登ると、鯉が堰《せき》を登るのが見えた。

溜池は蓮《はす》の美しい景勝地で、蛍が飛び交う初夏はとりわけ優雅だという。


屋敷から北に行くと虎ノ門である。

溜池の水は、虎ノ門から外堀の一画として東に流れ、新橋、幸橋御門《さいわいばしごもん》、芝口橋から将軍家の鷹狩りの鴨場《かもば》につながっていた。


新橋からの道を南に行くと愛宕山《あたごやま》がある。

神社入口の大鳥居からまっすぐに伸びる急こう配の男坂は、この春、曲垣平九郎《まがきへいくろう》という者が馬で駆け登り家光に梅の枝を献上して褒められた所で、福たち四人は「出世の石段とはここなのね」と言いながら八十六段を一気に登り詰めた。境内の樹々に気持ちの良い風が吹きわたり、丹塗《にぬ》りの門の脇に作られた夏越《なごし》し祓《はら》いの大きな茅《ち》の輪を、無病息災を願ってくるりくるりと跨《また》いだ。

この山は桜田山ともいい、江戸市中で最も高い所で、江戸の町と江戸湾を望むことができた。

山頂の愛宕神社は慶長八年（一六〇三）徳川家康が創建した。勝軍《しょうぐん》地蔵菩薩が祀られ、江戸城南方の防火の鎮護《ちんご》となっている。

「火伏《ひぶせ》の神って、能勢妙見と同じねぇ」

十五歳になった梅がこういうと、十六歳になった松が、

「火伏の神といえば、京の愛宕山が本元でしょう」

と父母を見やれば、長右衛門と福が、

「その愛宕権現が京からここへ飛び来られたらしいぞ」

「飛ぶのが上手の火伏の神といえば、やはり能勢妙見のかもめさんですよ」

と続いて、そうだそうだとみなで盛り上がるのだった。能勢妙見の火伏の御札は、〝能勢の黒札・かもめさん〟と呼ばれ、後に火事が多い江戸の町で広く知られるようになる。

帰りは緩《ゆる》やかな女坂を下りながら梅が、

「父上も、翡翠《ひすい》にまたがって出世の階段を駆け上がってみられませんか」

と冗談半分で勧めると、

「だめです。翡翠や父上にそんな無理をさせないで」と松が父と馬をかばう。

「翡翠は名馬中の名馬だけどもう齢をとった。これからはもっと大事にしてやるよ」

長右衛門は、心やさしい松にこう言って安心させるのだった。


幸橋御門から南へ延びる大名小路の東一帯の低地を愛宕下《あたごした》という。

愛宕下には旗本屋敷が並び、その一角に烏森《からすもり》神社があり、神社前の稲荷小路を挟んだ向かいに長男の

頼重が公儀より拝領した能勢屋敷がある。

頼重は四十九歳。今は横目付として大坂城へ赴任中である。頼重には側室の子も含め七男四女がいたが、長男は早世し、次男は屋敷内にて寝たきりで、三男頼宗《よりむね》二十二歳が跡を継いでいる。頼宗は本城の書院番から今年、中奥（将軍の日常生活の場）の勤めとなった。

かねてからこの頼宗と松はいとこ同士の許婚《いいなずけ》の仲で、来年の春に祝言の運びとなっている。

「五男三女の本家の長男宅は七男四女。子福者《こぶくしゃ》の名にふさわしい能勢一族ですね」

梅がしみじみといえば、福が、

「兄の奥方の実家信濃長沼の佐久間勝之様には三男八女がおられ、奥方はその六女ですって」

と付け足すと、梅がいたずらっぽくもういちど松にせまった。

「先祖代々の子福者一家、その能勢本家に嫁ぐお姉さま、責任重大ですよ〜」

「父上さまも母上さまも梅もみな江戸においでの時に嫁げるとは、私、本当によかったです」

松は大家族の嫁になることに不安な様子など少しもなく、少し照れて頬を染めた。

その隣が陸奥一関田村家の上屋敷である。この田村家に以前福の姉が嫁いでいたが、子が生まれず離縁。姉はその後松平五郎兵衛昌重《まさしげ》に再婚し女の子を成したが故あってまた離縁。今は、その子を連れて桜田の能勢屋敷に戻っている。

福たちは、田村家の門の前の道を身を固くして静かに通り過ぎた。

芝口橋《しばぐちばし》から金杉橋《かなすぎばし》に至る東海道筋には、大名の屋敷が軒を連ね、旅人にとっては江戸見物の最初の名所となる芝増上寺がある。増上寺は上野寛永寺と並ぶ徳川将軍家の菩提寺で、秀忠の正室江与は、寛永三年(一六二四)九月江戸城で没し、麻布の我善坊《がぜんぼう》で荼毘《だび》に付されると一カ月後の十月、我善坊からこの増上寺に送られた。道中千間の道に莚《むしろ》と白布が敷かれ一間ごとに幡《はた》を立て燭《ともしび》がかかげられた。僧や女官《にょかん》、輿《こし》、松明《たいまつ》、香炉、水、花、楽器等何百人という大行列で、沈香《じんこう》を三十二間に積んで一斉に火をつけたのでその香煙《こうえん》が能勢の屋敷までたなびいてきたという。

その八年後に亡くなった秀忠は、倹約の遺命《いめい》を伝えていたので葬儀は行われず遺体を輿に納めたまま増上寺に埋葬された。供奉は土井利勝ほか十人ほどで僧侶は一人もいなかった。

今は台徳院《だいとくいん》と崇源院《すうげんいん》となり、揃って増上寺に眠っている。

桜田藪小路あたりは竹藪が多く、スズメたちのお宿であり多くの野鳥たちの住処《すみか》でもある。

能勢家は、冬寒空のもと、讃岐丸亀家の金毘羅《こんぴら》さんの寒詣《かんもうで》にでかけるのが恒例になった。

溜池葵坂の土手の下には以前織田信長七男の子織田美作守《みまさかのかみ》高重の屋敷があり、福の妹になる頼次側室の娘(四女)がここに嫁いでいた。

父は亡くなってしまったが、福は、母の側で一家四人が暮らしたこの寛永十一、十二、十三年、(一六三四〜一六三六)がまたとない幸せな時だったかもしれない。

寛永十二年の春三月、長女の松が頼重の三男頼宗に嫁ぐ日が迫り、澄《すみ》の方であるおばあさまが二人の前途を祝って屋敷の隠居所へお茶に招いた。

二人が打ち水された飛び石を伝って茶室に入ると、おばあさまは、お点前の準備を整えて待っていた。桃の花が生けられ、掛物は立雛《たちびな》、ほんのりと香が炊きしめられていた。

「私にとっては大事な孫どうしの婚姻。おめでとう、おめでとう。能勢本家をよろしくね」

「おばあささま、お祝いただきありがとうございます」

「おじいさまがいてくだされば、どんなにか喜んでくださったことでしょう」

「きっとあの松の辺りから覗いておられますよ。あなたたちもお庭を眺めてからお茶をどうぞ」

春の陽が射す静かな和室に炉の炭がいこり、釜の湯がシュンシュンと音を立てていた。

「湯が沸く釜の煮え音がしますでしょう。この音を松風というのです」

「お菓子は濃茶落雁《こいちゃらくがん》。どうぞめしあがれ」

「宇治の抹茶です。お茶にくわしい頼永が届けてくれました」

「色は静岡、香りは宇治、味は狭山というけれど、炭は能勢のクヌギの菊炭がいいのですよ」

能勢菊炭は、利休の頃から京はもちろん江戸にも届けられている高級品である。

おばあさまは、菓子や茶や炭の説明をしながら赤い楽茶碗《らくちゃわん》に二人分の濃茶を練りあげた。

「お茶は、心を開き、互いを敬い、仲良くなるお作法です。一服のお茶が心と心を通わせるのですよ」

二人は、おばあさまお点前の茶碗を、手から手へ受け渡して飲み継いだ。

婚礼の日となった。旗本の従兄妹同士とはいえ、「秘かに婚姻を結ぶべからざること」という「武家諸法度」に従い公儀の許可を得ての婚姻である。

おばあさまは福の時は何もしてやれなかったからと、松には小袖や帯などたくさんの嫁入り支度を整えてくれた。これらの嫁入り道具は、家具などとともに前もって婚家に届けられている。

「父上さま、母上さま、今までお育て頂きありがとうございました。行ってまいります」

夕方になって、松は白無垢姿で輿に乗り二十人ほどの共立《ともだて》行列をしたてて出発した。桜田の屋敷から愛宕下の道筋には、町内の家々が高張提灯《たかはりちょうちん》を立てて祝ってくれた。

能勢家の家臣たちが行列の警護に当たった。

頼重の家では、玄関の左右の燭台《しょくだい》にろうそくを立て一行を迎え入れた。松が輿に乗ったまま屋敷に入ると、庭ではあかあかと燃える松明《たいまつ》のもと賑やかに餅つきが行われていた。

座敷では祝言の式が始まって頼宗と松の三三九度の杯事が行われ、その後、花嫁が婿方の父上母上に対面して親子の契りの杯を交わした。

花婿から花嫁に小袖が贈られ、それを身に纏《まと》いお色直しをして、親戚の皆に挨拶をした。

この後夫婦の部屋入りとなった。

頼次に松の晴れ姿を見せることが叶わなかった。その頼次と関ケ原や大坂冬の陣で親交を重ねたという頼宗の母方の祖父佐久間勝之も、前年の暮れ駿府加番在勤中に急死した。六十七歳であった。孫の晴れ姿を楽しみにしていたというが無念であったろう。

大坂横目付の頼重は、大坂勤番の松平清昌《きよまさ》と大坂で親しくなり、梅の縁談を勧められた。

三万石の譜代大名三河吉田竹谷家《たけのやけ》松平清昌八代目は、三男の清直《きよなお》に九代目を継がせたが子ができないという。清直の正室は大久保忠隣《ただちか》の三男教隆《のりたか》の娘であった。大久保家の兄弟は七人、清直の兄弟も七人と、まさに子福者の子どうしの夫婦であった。しかし後継ぎが生まれず、そこで、子福者の能勢家の梅に、清直の継室《けいしつ》になって欲しいというのである。この時代、継ぐ子が無いのは致命的であった。

「梅はもう十六歳。しかし松が嫁いで寂しくなったばかり。まだしばらくは……」

と、長右衛門は断りたい気もしたが、黒田家臣五百石の能勢にとって、五千石の上級旗本で三河宝飯郡《ほいぐん》の交代寄合を務める松平清直との縁談は、もったいないほどの縁であった。

「継室ですか」福が長右衛門に問い直した。

「竹谷松平家は松平氏の分家では最も古く、松平宗家《そうけ》に貢献された名門。大坪流馬術の秘伝目録を受け継いでおられ人品《じんぴん》高きご一家。これほどの縁はないでしょう」

次の年の寛永十三年（一六三六）、梅は松平帯刀《たてわき》清直の継室となった。十七歳であった。

この年、長右衛門と福は予《かね》てから話を進めていた兄頼隆の三男頼澄《よりすみ》十二歳を養子とした。

姉に子ができるかを心配していた妹の梅は、その重圧が今度は自身にのしかかった。

梅は、何年経っても子ができなかった。子はまさにお家存続の要なのである。

将軍家光はますます強権に全大名に軍役を課した。すなわち、大名は石高に応じて一定の兵馬を常備し、戦時には将軍の命で出陣せよ、平時には江戸城を始め川や道路などの修築普請を負担せよというものである。戦のない時代になったので、家光は「それー」とばかりに城とその周辺の普請にとりかかった。秀忠の元和度普請に次ぐ家光の寛永度普請である。

寛永十二年（一六三五）、まず二の丸拡張工事を始めた。

二の丸御殿の造営は小堀遠州が請け負った。二の丸と本丸の間にある内堀を白鳥堀《しらとりぼり》のみ残して三の丸に大きく張り出す形に石垣を積み、それ以外を埋めよというのである。

奉行は、老中安藤重信の養子で上野高崎五万六千石の安藤重長である。

重長は、家光の弟で改易された忠長を高崎城に預かっていた者である。重長は家光に、酒に溺れた上の狂気乱行といえども弟君だからと、また本人の忠長からも度々赦免を哀訴したが、岩槻城主阿部重次が家光からの処分の命を言い渡しにやってきて、重長は、ついに忠長を高崎の大信寺において二十八歳で自刃《じじん》に追い込んだのであった。

重長は二の丸拡張工事に、長右衛門が大坂から連れてきた石材商の西田芦衛門を頼りに工事を完成させた。以来芦衛門は、安藤家にたいそう気に入られ、重長の弟の安藤重元とも懇意になり、一家をあげて〝肝胆相照《かんたんあいて》らす交友〟を続けていくことになった。

長右衛門は芦衛門とともにこの普請に携わった。三重櫓《やぐら》の白亜が水面に映り、白鳥が水遊びをするという美しい堀、松の木茂る奇岩白砂《きがんはくさ》の中の島、それらを眺めるに最もふさわしい位置に水舞台を造った。

ここは広い江戸城の中でも特に景観の優れた場所となった。

三の丸に御殿を造営したのが、清和源氏頼光流備後《びんご》三次《みつぎ》家浅野光晟《みつあきら》である。

西の丸御殿を請け負ったのは、常陸笠間城主で後の赤穂城主浅野長直で、浅野光晟の従兄弟である。

浅野長直には継ぐ子なく困っていると相談をもちかけられた長右衛門は、梅の不妊が頭をよぎり、「側室を娶《めと》ってもその側室に子ができるとは限らないので、養子を迎えるがいい」と、梅が嫁いだ松平清直の弟で一歳になる長賢《ながかた》を叔母の家でもある浅野長直の養子に入れた。

ところがその七年後、浅野長直に実子が生まれ、長賢は家督を継がない部屋住みに落とされる。

長直の実子は長友、長友の子が後に赤穂事件で知られる内匠頭長矩《たくみのかみながのり》である。


寛永十三年(一六三六)、公儀はいよいよ石垣担当を西国の六十二大名、堀担当を東国の五十八大名に振り分け、本格的に外堀改造にとりかかった。

黒田家は飯田橋から四谷・赤坂を経て溜池までを掘り抜く石垣城門の修築担当である。

黒田忠之は赤坂口に呼びだされて、井伊直孝の縄張りと土井利勝の縄張りのどちらがこの地の工事に適しているかを選ばされた。

江戸城を守る重要な所に設けられる見付門《みつけもん》は敵の侵入を防ぐ見張り所を設けた城門で、外側に桝形を設け前面には土橋を架ける。赤坂口は溜池の谷と弁慶堀に挟まれた地盤の柔らかい急峻な斜面で、池と堀に水位差があり、土橋をかけるのは難工事が予想された。

黒田は、赤坂見附には原則によらない土井利勝の案を選び、城の中側の高台に地盤沈下を防ぐ石垣を築くことに成功した。石には誇りをもって丸の中に四角の「裏銭紋」の印を刻んだ。

その石垣の上に、加藤正直と小川正則らの普請奉行が赤坂御門を建てる手はずである。

江戸城三十六見附の一つ赤坂見附は、旗本三千石の能勢氏の通用門となった。

次に、秀忠の天守をたった十五年で基礎から取り壊し、三代目の天守を建築する。

土台の石垣積みを命じられたのが黒田忠之と浅野光晟《みつあきら》であった。場所は本丸北西の北桔橋《きたはねばし》門南、規模は秀忠の元和度天守台をもとにしたが、縦と横の位置を変えた。南北約三十六メートル、東西約三十三メートル、台の高さは七間（十三・八メートル）である。この上に五重六階の天守が乗る予定で、出来上がれば、約五十九メートルで史上最大となる。一番上の屋根に金の鯱《しゃち》も乗る予定で、家康の慶長度天守よりも秀忠の元和度天守よりも高く、豊臣大坂城と比べればその三倍の高さを誇るものとなる。

積み重ねる石は伊豆石。江戸開府以来、公儀普請の拡張工事は諸大名から石材を持ち込ませて仕事に当たらせたのが基本で、そのほとんどが伊豆石であった。

黒田家も伊豆の海岸に石丁場を設けており、長政は石材の寸法と数量を詳細に示した注文書や割り方の見本を現場に送っていた。

忠之も、「石わり候もの、伊豆へ三百六十人。石上のもの、江戸へ百五十人」と命じた。切り出された石は修羅《しゅら》というソリのような道具で石丁場へ送られ、これが熱海、宇佐美、伊東、川奈、稲取、河津、下田などの海岸へ運ばれ、船に積まれて江戸の港まで運ばれてくるのである。

長右衛門とともに江戸にやって来た二十四歳の材木商西田芦衛門もすぐに石材商として頭角《とうかく》を現した。大坂で鍛えられた商魂・商才は江戸城普請工事への参入という好機を得て大成功をおさめ、木材を扱うだけにとどまらず伊豆石採りに参入し、一艘に百人持ちの大石を二個ずつ積み、月に二度往復した。

浅野光晟の祖父浅野幸長《よしなが》は、三百八十五艘の石船を家康に献上したことで知られている。

黒田忠之が誇る石工が竹森清左衛門で、浅野光晟には穴太衆《あのうしゅう》鵜山次郎兵衛がいた。

彼らは石工の中の石工といわれ、柔らかくて加工しやすい伊豆石を四角く整形し、石と石を密着させる切り込み接《は》ぎという方法で見事に美しく積み上げた。

「石の声をよく聞けー」

「石は二番で置け。重心を奥にちょっとずらすのがコツだ」

「石が、おれをそこに置いてくれと言うとるだろー」

「さすが、超一流の二家による見事な出来栄えー」

黒田家と浅野家が誇る石工たちの采配で積みあげた天守台は、翌十四年秋に完成した。

長右衛門は仕事が一区切りついて大いに満足し、これで大坂に帰るはずであった。

天守は、その上に、寛永十四年から翌年（一六三八）にかけて、外観五層の一重は水野勝成、二重は永井尚政、三重は松井康重、四重は松平忠国、五重は永井直清で、都合七大名が合作するのだが、長右衛門はこの天守を見ることができないのである。


天守台が完成したまさにその日、寛永十四年（一六三七）十一月九日。

長右衛門が急いで帰宅して、開口一番に福に告げた。

「九州島原で、耶蘇教《やそきょう》信者が城下を放火し立てこもっているそうです」

「えっ、九州のことが江戸へ伝わるには十日以上かかるでしょう」

「だからもう恐らく一揆になっているのではと大騒ぎです」

「反対に、もう鎮《しず》められたかもしれませんね」

福が期待を込めて聞いた。合戦はどこで起きてももう懲《こ》り懲《ご》りである。

「いや、公儀はいま、慌てて話し合いをしているそうです」

協議に入ったのは、将軍家光と老中の土井利勝・酒井忠勝・松平信綱・阿部忠秋らである。

福がささやかな天守台完成お祝いの膳を用意していたのに、長右衛門は立ったり座ったり心ここにあらずといった様子で、膳の前でお祈りばかりを繰り返し箸がすすまなかった。

いつもより遅くに城から帰ってきた頼之が、その後の話を付け加えた。

「大坂夏の陣以来、二十二年ぶりの戦だ」

終息どころではないと聞いて、福と長右衛門は目を合わせた。

「ただの農民一揆、すぐに治まるだろうという楽観組もいる中、宗門がらみは厄介だと……」

お城では深刻になっていることが頼之の言葉から伝わってきた。嫌な予感がした。

「織田信長が一向一揆に何年も手を焼いた。城内では即刻兵を向けようということになり、冬の陣で手柄を立てられた板倉重昌さまに打診しているようです」

「えっ、もう人選まで。重昌さまはこのごろ腫《は》れ物にお苦しみと聞いていますが」

福が心配をした。

「一旦名前が上がったら、重昌さまは性格上お断りなされないでしょう」

頼之も心配した。妻の律《りつ》が覚悟をしたように言った。

「伯父は人一倍責任感が強い方ですから」

健康が心配された五十歳の板倉だったが、その夜のうちに阿部忠秋が、

「本復したようす、わたしが確かめてまいります」と話を進め、酒井忠勝も推し、「だったら、なおのこと適任」と決定に至った。

翌十日、上使三河深溝《ふこうず》城主板倉重昌。副使は旗本で目付の石谷貞清《いしがいさだきよ》が一揆の制圧を命じられ、板倉は兵八〇〇を伴って江戸を出発した。

翌日からは一揆拡大の続報が、九州から大坂城を経由して次々ともたらされた。

「もう戦などない時代になったと思っていましたのに……」

福は戦国に逆戻りしたような話に衝撃を受けた。

「兵八〇〇の板倉さまは、大丈夫でしょうか」

「危ないかもしれません。九州勢の黒田も応援に行くことになるでしょう」

長右衛門は少し緊張していた。

「私たちが大坂に帰るのは九州が一段落してからになりますか」

「大坂へ帰るのは、それからになりますね。ずいぶんと遠回りです」

どこかまだ半分冗談が言えるほどの夫であった。

福の疑問に長右衛門はていねいに答えてくれた。

「島原とはどこでしょう」

「九州長崎、有明海に〝く〟の字に突き出た半島です」

「たしかキリシタン大名の有馬晴信さまが領されていた城下町でしたね」

「そうです。キリスト教が領民の隅々まで広がっているそうです」

「岡本大八事件の責任を問われて有馬さまは切腹なさって……」

「そうです、そこへ大和宇陀《うだ》から松倉重政が赴任し、四万石の領主には分不相応な島原城を築き、厳しい年貢の取り立てをしました」

「一揆は、まさにそこなのですね」

「島原の南、天草島もキリシタン大名小西行長の領地でしたが、関ヶ原の戦い後、唐津の寺沢堅高《てらざわかたたか》四万石の飛地《とびち》となり富岡城を築いて島原と同じように圧政と弾圧を行いました」

「松倉支配の肥前島原と寺沢支配の肥後天草。その両方で同時に蜂起ですか」

「いちど改宗した住民もキリシタンに立ち帰って、その人たちと共に戦っているようです」

福は、農民や信者たちの命がけの訴えはきっと何か大きな変革をもたらすだろうと思った。夫は仏教徒能勢家の婿である。しかしキリシタンの人々を注意深く見守り、決して言葉には出さなかったが、いつも信仰心をもって世の中を見ていた。そしてこんな話をした。

「私は結婚前、余野から歩いて山を越え千提寺《せんだいじ》という村に連れて行ってもらったことがあります。そこには、

信仰心の篤い人々が住んでおられて、ある家でザビエルさまの肖像画を見ました」

「昔日本にやってきてキリスト教を広めたという宣教師のザビエルですか」

「はい、胸の前で交差した手には燃える心臓、十字架の先のキリストを大きな目で見上げておいでの姿で、櫃《ひつ》に納まった巻物でした。彼は、京や高槻でも布教をされました」

「ザビエルは、島津貴久の庇護のもとで布教されたのですよね。能勢郡は、貴久の長男義久や高山右近の領地、千提寺や上音羽《かみおとわ》は、板倉勝重さまの領地でしたよ」

「布教は困難をきわめましたが、伝道は広まり、三十年で信者は十万人を超え、今では四十万人です」

「まあ、すごい」

「ザビエルさまは、『今から八十五年後に天から神童が下ってキリスト教を再興するでしょう。その時、天の雲が赤くなり枯れ木に花が咲くでしょう』と言って清《しん》への布教に発たれました」

「それがひょっとして」

「そうです、今年がちょうど八十五年目」

「予言のとおりにキリスト教に奇跡が起きているのでしょうか」

「そうだと思います。教えが人々の上に美しい花と咲く時が来たのでしょう」

「どうかこの国にとって、新しい時代を拓《ひら》く転機となりますように」

二人そろって心の中でお祈りをした。

二人の生き方や考えはいつも大らかで前向きだった。が、少し甘かったかもしれない。

「有馬さまは、日之江城下に教会やセミナリヨ（神学校）やコレジヨ（高等教育機関）を設け、そして密かに多くの信者を領内にかくまわれました。岡本大八に騙されなかったら、南蛮貿易でまだまだ徳川に貢献されたと思いますよ」

「ご嫡男の奥さまは家康さまのお孫さまで、期待をされていましたものね」

「四人の少年使節たちがローマから持ち帰った物のなかに活版印刷機がありました。イエズス会の報はこの印刷機で何百枚にも刷られて有馬の地に広げられたのです。ヨーロッパの人たちには、古典の『幸若舞曲《こうわかぶきょく》』が日本語学習教材として刷られたのですよ」

「あらぁ、私の好きな語り物〝幸若〟ですか」

「はい、日本《ひのもと》を紹介するお話の代表に選ばれているのです」

「幸若を教えてくださった父や母や日秀さまに感謝です。あなた、また幸若を聞いてくださいね」

「はい、これからも私や娘たちにいっぱい語ってください」

二人は、昔ばなしを語ったり聞いたりの暮らしがこの後も続くものと思っていた。

板倉重昌が発って五日後の十一月十五日、九州の諸藩に島原への動員要請が命じられた。

「黒田家は、弟の長興《ながおき》筑前秋月隊と高政の筑前東蓮寺隊の四〇〇〇が島原に発ちました」

「忠之さまにも要請がきているでしょうか」

「おそらく」

「私は、あなたさまを戦地へ送り出すような時が来るとは思ってもいませんでした」

福は、幼い時に大坂から帰り着いた父や兄たちの姿や形相《ぎょうそう》を思い出して震えが止まらなかった。

「島原の異国文化を少し覗き見てきましょう。おみやげ話を待っていてください」

長右衛門は、心配でしょげかえっている福の肩をあたたかい腕で抱きしめた。

十二月三日、二次隊として上使松平信綱《まつだいらのぶつな》と副使戸田氏鉄《とだうじかね》が島原に向けて江戸を出発した。

信綱の徳川軍は一五〇〇、戸田隊は二五〇〇という。

「板倉重昌さまの軍では治められなかったのでしょうか」

「二次隊到着の頃には鎮圧されているだろうと。信綱さまは乱後の処理役とのことです」

「どうかその通りになりますように」

「信じて祈りましょう」

長右衛門は、秘めてきた信仰心を静かに蘇らせ、心配する福の身を労わった。

間もなく忠之に動員要請が来て、十二月十二日、長右衛門は長崎に発つことになった。

覚悟はしていたが、福はいざとなればどう言って送り出せばいいのかわからなくなった。

「無理をしないでくださいね、怪我をしないでくださいね」

「キリシタンがキリシタンを攻めることはできませんよ」

「でもお役目は徳川方。裏切り者にならないようにもお気を付けくださいね」

「板倉さんにお会いして、労をねぎらって来ます」

「お二人で仲良く帰ってきてください」

「この運命、私は天使になって乗り越えてきます」

「天使の羽で、飛んで帰ってきてください」

「遠く九州から福の側まで羽ばたき続けられますように〜」

そう言って、長右衛門は両腕をぐるぐると回した。

長右衛門は普段よりいっそうおしゃべりになって、冗談を言って福を笑わせた。

「馬小屋で、翡翠が暴れています」と、厩《うまや》の使用人が長右衛門に知らせに来た。

「翡翠は年老いたので、別の馬を連れて行こうとお別れをしたのですが……」

「きっと、あなたさまといっしょに行きたいのですよ」

「長い付き合いだからなあ、敏感なかわいいやつです」

長右衛門は迷っていたが、結局翡翠を連れて旅立った。

福は、長右衛門の荷物の中に紙と矢立《やたて》を入れるのを忘れなかった。


それからもう一年が経つというのに、長右衛門は帰ってこなかった。

◉十八　大奥の使者

寛永十五年(一六三八)、師走のある日、桜田溜池下の能勢屋敷に青漆鋲打《あおしっぴょうう》ちの奥女中駕籠が到着した。乗って来たのは大奥老女春日局であった。

付き添いは板倉重宗《しげむね》、京都所司代である。父板倉勝重《かつしげ》の跡を継ぎ、元和六年（一六二〇）からこの役を務めているがそれまでは江戸城大奥と表の取次役御広敷用人《おひろしきようにん》であった。

久しぶりに江戸に帰っていた。

重宗は道路に面した屋敷の表から門番小屋にむかって、

「御門番ー」

と声をかけた。普段は必ず閉めてある長屋門がすばやく開けられて、重宗は数人のお供とともに駕籠ごと屋敷に入った。

玄関で出迎えたのはこの家の主《あるじ》で頼次の三男頼之、裃《かみしも》に袴《はかま》を着け正装で待っていた。事前に大奥から同居の妹福に訪問が伝えられていたからである。

「みなさまお変わりござらぬか。春日局さまをお連れ致した」

重宗はこう言うとさっそく履物を脱ぎ始めた。

「伯父上さまご無沙汰いたしております。お待ちしておりました」

頼之の後ろで妻の律が玄関の間に座して挨拶をした。律は板倉勝重の孫娘なので、板倉重宗が伯父になる。

頼之は一行を使者の間へ通すと更にその奥の間に重宗と春日局を案内した。奥座敷にはすでに福が下座にて両手をつき、その手に額がこすれるほどの平伏した姿で待っていた。

ほんのりと香《こう》の匂いをさせて部屋に入ってきた春日局は六十歳。家光の乳母から家光将軍就任に伴い「将軍付き老女」となり、今や表《おもて》の老中と肩を並べるほどの力を持つ大奥の第一人者である。

春日局は、金糸銀糸の刺しゅう入りの粋な黒の打ち掛けの裾を華やかに広げて座ると、

「福さま、お楽に」

と言い、福が頭を上げるのを見て律が運んで来たお茶を一口飲んだ。そして、

「お人払いを」

と告げた。

二人きりになると春日局は初対面とも思えない馴れ馴れしさで福をぐっと近くに招き、

「能勢摂津守《つのかみ》さまには一方ならずお世話になった春日でございます。わけても家光さま元服の折には、延び延びになっていた儀式にご一家で弓矢の宴を添えていただき感謝いたしております。突然ですが、本日はあなたさまにお城へお勤めいただきたくて頼みにきました」

と、即要件を話し始めた。

「私に、でございましょうか」

「能勢長右衛門さまは島原へ出征。そしてまだお戻りでないとのこと」

「はい、どこでどうしているのでございましょう」

「島原一揆が鎮圧されてもう十月《とつき》が経ちました」

「私は、夫が帰って来るのを信じて待っております」

「心機一転、大奥勤めをすすめに来ました」

「夫をあきらめろとおっしゃるのでございましょうか」

「島原では一揆勢は三万人、徳川連合軍も一万人が犠牲になりました」

「黒田家からは夫が戦死したとも負傷したとも連絡はありません。生きています」

「それならいいのですが……」

「まさか、消息をご存知なのでしょうか」

「いえいえ、知りませんよ」

　福は一瞬夫の話が聞けるかと期待をしたが、そうではなかった。

　春日局は、福ににじり寄って小声でささやいた。

「大奥では三十五歳になられる将軍家光さまに後継ぎがお生まれにならず、あせっております」

「美しい娘たちが大勢お城に取り立てられていると聞き及んでおります」

「集めた娘は数しれず、大奥はユリやボタンの花畑と化しております」

「ならば選《よ》り取り見取りでございましょう」

「ところが好みが激しくておられ、なかなか女性を御側に寄せ付けられません」

「まあ」

「そのために苦慮いたしております」

「お忍びで城外に行かれるのがお好きとも聞き及んでございます」

「どうしてそれをご存知か」

「下々《しもじも》もそれとなく心配しているのでございますよ」

「乳母《めのと》の私や老中酒井忠勝が少々甘やかしてしまいました」

「将軍さまとしての御苦労もおありなのでございましょう」

「そこでいろいろと考え抜いたあげく」

「私に何用を？」

「側室に」

「何とおっしゃいますかっ」

福は、大きな目をいっそう大きく見開いて、

「私は、二人の子持ちでございます」

と一気に拒否をした。

春日局は、想定していたかのように話を続けた。

「それがいいのです。確実にお子を産める方をさがしております」

「ご冗談を」

「将軍家光さまは慶長九年のお生まれ」

「あら」

「お福さまも、慶長九年のお生まれと聞きました」

「はい、そうでございます」

「私と秀忠さまも天正七年生まれの同い年で」

「まあ」

「お口の堅いという能勢さま、ここだけの話ですが」

春日局は、着物の袖で口を隠すようにしてささやいた。

「お江与さまは、秀忠さまより六つ年上で嫉妬《しっと》深いお方でした」

「……」

「私の目の前で弟の国松さまばかりをかわいがられて……」

福は、何と言えばいいか分からなくなって黙っていた。

秀忠の正室のお江与の方は、十二年前五十四歳で亡くなっている。

春日局はさらに話をすすめた。

「家康さまは寅《とら》年の生まれと称しておいでございます。秀忠さまは卯《う》の生まれ。家光さまは辰《たつ》の生まれと続いており、次の若様は何としても巳《み》年にお生まれいただかねばならなくなりました。巳年は三年後です。三年後に確実に男児を産むことができるお方を集めております」

「寅、卯、辰、巳と続けたいとおっしゃるのですか」

「おめでたいじゃありませんか」

「それがなぜ私でしょうか」

「家光さまと同い年で三年後に三十八歳になられるお方。家康さまが秀忠さまを授かられたのも三十八の時でした。そして何よりあなた様は源氏の棟梁《とうりょう》多田満仲の直系のご子孫」

「いまさらそのような」

「徳川お世継ぎの存続がかかっております」

「大奥のご苦労はお察しいたしますが……」

「私の父斎藤利三《としみつ》は七男三女の子福者でした。能勢頼次さまも子福者と聞きました」

「六男四女がおります」

「本能寺で明智に加担をした父をもつ者どうし」

「まあ、」

「じつは私の名も福なのですよ。斎藤福から稲葉福になりました」

「え、」

「福が、福さまに直々《じきじき》にお願いいたします。これほどの適任者は、この世にあなたしかおられません」

「どうかお許しくださいませ」

「来年のうちに私のお部屋付きになっていただければ、間に合います」

「無理でございます」

「お父上がご存命なら、きっと喜んでくださることでしょう」

「父だったら、こんな時なんと言うでしょうか」

「清和源氏嫡流、室町足利将軍家に仕えた由緒ある武家の娘、申し分ないとおっしゃいます」

春日局はさらに話をすすめた。

「私の部屋付きになっていただければ側室にいたします。男子を成せばあなた様に将軍生母の道が開けます。家光さまの弟幸松さまを生んだ侍女は側室にしてもらえなかったので、保科正之さまは将軍候補になれなかったのです。今、お城では誰よりもお力がおありの方ですのに」

「申し訳ございません。私には考えも及ばぬ話」

福は将軍の側室など考えられず、夫が生きていると信じて、城勤めさえ想像ができなかった。

普通、大名や名門旗本の家でさえ三十歳を超えた女性は嫁ぐことはできなかった。高齢出産を避けるためといわれ、将軍家ならなおさらであろう。春日局がそのことを知らないはずはないのだが、よほど切羽詰まっていたのだろう。

春日局は福をみつめ畳に両手をついて、

「なにとぞ徳川将軍家の存続の御ために江戸城大奥へ、春日局のお部屋付きとして勤めていただきますようお願いいたします」

と繰り返した。

◉十九　長右衛門広安はどこに

福は、いまだに帰ってこない夫長右衛門の消息を江戸市中にたずねて廻ることにした。

最初に会いに行ったのは板倉重矩《しげのり》。二十二歳である。

重矩は京都所司代板倉重宗の弟重昌の息子で、三河深溝《ふこうず》松平家を継ぐ一万五千石の大名である。父は島原の乱鎮圧の上使を命じられたが乱を平定できず島原で討ち死にした。同行していた重矩は無事に帰ってきたが、総攻撃前に突入したのが軍令違反にあたり、赤坂溜池の上の星が岡にある三河深溝松平家の屋敷に蟄居《ちっきょ》させられていた。

屋敷は江戸城の南西の裏鬼門にあたる小高い森の中にある。

（二十年後明暦の大火の後、将軍家綱はここに江戸城の鎮守山王日枝神社《さんのうひえ》を建立する）

屋敷への登り坂には昨日降った雪が固まっていて、福と侍女の雪駄《せった》がザクザクと音を立てた。

ひっそりと静まり返った屋敷に通されると、福はまず仏壇の前に座り、重昌の位牌に線香を供えた。戒名は「劔峯源光大居士《けんほうげんこうだいこじ》」。板倉は足利源氏の流れである。

重矩は謹慎中なので大っぴらには会えないものとなっているが親戚ということで、福は声を抑えて若者と向き合った。

「島原でのお役目ごくろうさまでございました」

「お上のご期待に添えず申し訳なかったと思っています」

「いえ、板倉家の作戦も指揮も勇ましいものだったと聞いておりますよ」

「一万石余りの小大名板倉では九州勢に指示が通りませんでした」

「九州の古くからの大名たちは変に誇り高いのです」

「情報不足で攻め込んだのは甘うございました」

「謝ることではありません」

「かえって火種を大きくしてしまい反省しています」

「火種どころではなく、一揆軍はすでに燃え盛っていたのです」

江戸に豊後府内目付《ぶんごふないめつけ》より一揆の報が伝わったのは、寛永十四年十一月九日だった。

『松倉勝家所領の肥前国《ひぜんのくに》島原にて、天主教の者一揆を企て、松倉の城下を放火し、有馬にたてこもりたる旨《むね》』

当時九州のできごとが大坂城代を経て江戸へ報じられるには普通十日、九州大坂間の海が荒れると十四日はかかったという。一報を受けた幕府の対応は早かった。

翌十日、板倉重昌《いたくらしげまさ》、石谷貞清《いしがいさだきよ》江戸出発。

しかし板倉率いる上使軍を待っていたのは地獄だった。一揆軍は一万二千余人の大軍に膨れ上がり、しかもほとんどが火縄銃を持ち、戦いは富岡城から島原半島へ拡大していた。

板倉は、総攻撃を十二月十日と二十日に強行するも失敗。

次の指揮官松平信綱が島原に向かっているとの報を受け、一月一日、三度目の総攻撃をかけた。

「死んでは元も子もありませんが、五十一歳の父は覚悟の上の総攻撃だったのです」

そう言うと重矩は、

「出陣の朝、父はこのような置文を残していました」

と、一枚の和紙のしわを伸ばして福の前に広げた。それは、上使に選ばれて今はこんな気持ちで攻めるのだという重昌辞世の歌だった。

〃あらたまの年に任せて散る花の
名のみ残らば先駆《さきが》けと知れ〃

福は声に出して二度読むと、

「重昌さまの決死のお覚悟がよくわかります。痛ましいお歌です」

とお悔やみを述べた。

するると重矩は、ま新しいもう一枚の紙を出し、

「父には申し訳ないのですが、少し変えました」

〝あらたまの年の初めに咲く花の
名のみ残さば先駆けと知れ〟

と書きかえた歌を見せた。

福は驚いたが、残された者の意地を見た気がして、

「前向きな逞しい歌になりましたね」

と、もう一度その死をねぎらった。

重矩は二枚の歌をていねいに折りたたむと仏壇に供え、気持ちを切り替えたように言った。

「父の後に松平信綱さまが来られて指揮されました」

江戸から老中を送り込み鎮圧に本腰を入れたのである。

「お上も事の大きさに気がついて大軍を送られました」

「そして二か月の兵糧《ひょうろうぜ》攻めの末総攻撃に及び、私も戦いました」

「あなたさまのお働き、聞きしに及んでおります」

「私は、原城本丸の大将有家《ありえ》監物《けんもつ》と一騎打ちとなり」

「弔い合戦ですね、お父上の敵を見事果たされた由」

「でもこれが上使の指揮より一日早くて軍令違反となり、謹慎処罰となりました」

「お上は、法度を厳しく示したいのでしょう」

「しかし備前福山の水野勝成さまからは一騎打ちをお褒めいただき、古刀を頂きました」

福が、「あの刀でしょうか」と床の間に目を移した。

「はい、宇多国房《うだくにふさ》」

重矩は刀を手に取って福の前に座ると、そっと刀身を抜いた。

「長寸で反りが深く、地金と波紋が美しいのです」

刃《やいば》が暗い部屋でわずかな光を集めて冴えて光った。

重矩は天井に向けてまっすぐ立てるとパッと目を輝かせ、やっと若者らしい顔つきになった。太刀が気に入っているようである。そして刀をていねいに床の間に戻すと、重矩はすっかり笑顔になっていた。

「年が明けると私は謹慎処分が解かれるそうです。先日叔父上から報告を受けました」

板倉重宗が京都から帰っていたのはこれを告げるためだった。

福は、

「十か月間、よく辛抱なさいました」

とねぎらうと、ここでやっと肝心の話を切り出した。

「能勢長右衛門とはお会いになりませんでしたでしょうか」

「〝いい馬に乗っている黒田の武将〟とのうわさは聞きましたが、それ以上のことは……」

「まだ帰ってきませんのです」

「どうなさったのでしょうね」

二人は戦場で遭ってはいないようである。

福は、長右衛門が島原に到着した時にはこの重矩は指揮官の父を亡くしたばかりで混乱していたであろう。もし二人が会っていたら長右衛門が声をかけることがあっても、重矩からは声をかけるどころではなかったであろうと思った。


次に会いに行ったのは、根津に住む能勢四郎右衛門頼安《よりやす》、能勢家の遠縁にあたる算術の達人である。豊臣秀次の家臣能勢頼之《よりゆき》（兄とは別人）の子で家康に仕え勘定頭になり、改易された肥後国の加藤家に赴いて勘定役の功積を上げた。以後も頼安は経理の頭脳と腕を頼まれ問題ある地に派遣されて不正を正し、佐渡国で勘定奉行をしていたとき島原軍用米采配の役を受け、松平信綱に副《そ》って島原に赴き、無事帰ってきた者である。

福は、真冬にも緑が深い森の小径を駕籠で頼安宅に行った。

四郎右衛門頼安はがっちりとした体格の男で、長右衛門のことを訊ねるとこう言った。

「いい馬に乗った黒田の武将、忠之の二番隊と聞いています」

夫のことを知ってくれていた。福が、

「まだ帰ってきませんのです」

と言うと、う〜ん、とうなって首をかしげてしまった。

福は話を変えた。

「板倉重昌は、兄嫁の叔父でした」

「存じています。板倉さんは責任感の強いお方。手柄をあげようと相当焦《あせ》られた。無茶をしたと思います」

「次の指揮官松平信綱さまが来られる前に成果を挙げておきたかったようです」

「私はその松平信綱さまに従って、十二月三日に江戸を発ちました」

「夫広安も黒田忠之さまに従って、十二月十二日に江戸を発ったのです」

「私たちは大坂城で軍議、天満小堀邸で壮行の会を受け、関船七十隻で島原へ。黒田忠之隊も、大坂天満から船で福岡に寄ってから島原に入られたのではないでしょうか」

「島原での忠之隊のことはご存知ないでしょうか」

「私は上使本陣の軍用米賄《まかな》いですから他国の内情はわかりません。黒田の台所賄い方は馬奈木《まなぎ》家と聞いていましたが……」

「賄い方が武将一人ひとりの消息を把握できるものでしょうか」

「よほどでない限りそれは無理でしょう。明日の食料確保に精いっぱいのはずですから」

「食料の調達は戦にとって最も重要なお仕事ですね」

「食べ物が十分あることが兵を元気にし、指揮を高めます。籠城軍《ろうじょうぐん》の飢えを待つ間の約二か月間、上使軍に腹いっぱい食べさせるのが私の役目でした」

「どんなものを用意するのですか」

「米飯は朝昼の二回、一日一人当たり二合半です。夜は酒と肴を出します。当初は江戸から持っていった食材でしたが、次々と現地で補いました。豆腐カス、わかめ、チシャ、ワラビ、大根、人参、イワシ、カモ、タニシ、ハマグリなどです」

「まあ、ごちそうです」

「カマボコが喜ばれました。板とか竹に付けて焼きます。時には焼き鳥、焼貝も出します」

「量が半端ではないでしょう」

「私は山中喜兵衛という佐渡金山奉行の側近を連れていたのが強みです。山中は物資輸送の達人でした」

「松平さまの人材登用や作戦はお見事ですね」

「松平さまは伊豆守さまなので、皆さんから〝知恵伊豆〟と呼ばれておいででした」

福は二家を訪れて二人から話を聞き、板倉と松平の戦場での指揮の違いがはっきりと分かった。

板倉重昌は松平信綱がやって来るというので焦って無謀に攻め込んだが、有能な賄い役を連れていた松平信綱は兵士たちに豊富な食料を支給し、焦らず、余裕で、相手方が飢えるのを待っていたのである。

「島原籠城軍は、三万七千人と聞きましたが」

「脱出投降した者がいて、二万七千人ほどでしょうか」

「食料が尽きれば負けますね」

「松平さまは、食料欠乏を待ち総攻撃をかけられました」

「日干し攻めですね。全員が死亡しましたか」

「はい、女、子どもに至るまで皆殺しです」

「むごいことです」

「あっ、死ななかったのが一人います。島原城主お抱え絵師の山田右衛門作《えもさく》」

「まあ」

「二月の和平交渉を試みた島原の勇者、または裏切り者といわれます。でも失敗しました。松平さまは、島原の戦後処理を済ませ五月に江戸に帰られましたが、この六十六歳の右衛門作を連れ帰りご自分の屋敷に住まわせて戦の絵を描かせているそうです。彼だけではありません。私の部下である安松金右衛門や玉川兄弟とその父親が、算術や土木技術に優れているのを見込んで、水道奉行の伊奈忠治の下《もと》で働かせておられます」

「松平さまは、戦後、江戸で、自分のもとで役に立ちそうな人物を捜しておられたということでしょうか」

「そういうことです。ただでは帰られません」

「能力戦ですね、すごい人です」

長右衛門は、石をノミで削り、方形に整えて切込み接《は》ぎという方法で石を積むのを指図した。無事に帰って来ていたらきっと伊豆守に見出されるほどの力を発揮しただろう。

福は、長右衛門の所在が分からなくて、もどかしい思いが募るばかりだった。

結局四郎右衛門からも長右衛門の消息は聞けず、福はすごすごとお暇《いとま》をした。

次に行ったのは福岡黒田家の江戸上屋敷である。その屋敷は能勢屋敷隣の虎ノ門から東、桜田門に向かう途中の二万坪の大屋敷である。

福に会ってくれたのは、医官でもあり祐筆役《ゆうひつやく》を勤める貝原寛斎《かいばらかんさい》四十三歳であった。祐筆というのは武家の秘書役を行う文官のことで、本来は文章の代筆だったが時代が進むにつれて記録の作成などを行い、事務官僚としての役目を担っていた。

五十年後、寛斎の四男貝原益軒とその弟子竹田貞直が「黒田家譜」（十六巻）及び「続家譜」（六巻）を仕上げた。「続家譜」の二巻から五巻が〝島原の乱〟の記述である。

百年後の延享《えんきょう》のころには、能勢頼実《よりざね》（頼庸《よりつね》とも）が黒田家の祐筆を勤めている。

貝原寛斎が驚いた。

「あれ、帰っておられませんか」

「はい」

「能勢長右衛門はいい馬に乗り、忠之の二番隊で部下を十三人連れて戦いました」

「何人かの方々から同様の消息を聞いておりますが」

「帰られていない……」

「はい、いまだに」

寛斎は祐筆らしく帳面をとり出すと記録を見ながら、

「忠之の二番隊は総勢二七七七人。うち騎馬一四七。この中の一騎が能勢長右衛門です。十三人の部下を連れ、気性の落ち着いたいい馬に乗って、正月十六日に筑前を発ち、二月二十八日総攻撃に加わりました。二番隊は指揮者の黒田監物《けんもつ》が戦死、大音六左衛門が手負いとあります。二番隊の活躍はめざましいものでしたが隊がバラバラになりました。しかし長右衛門の記録はない。だから戦死でも手負いでもありません」

と一気に説明した。

「帰ってきません」

「黒田隊一万七十九人のうち戦死三二八人、手負い二二九七人、すべて記録しております」

「記入がないのは死者でもなく手負いでもないということですか」

「はい、生存者です。禄は支給されるはずですが……」

「では、どこにいるのでしょうか」

「一つ気になった出来事がありました」

「何でも教えて下さい」

「決着がついた夜、一揆軍の死者の首が集められた中にメダイをくわえている男がいました。メダイとはポルトガル語でマリアの姿が彫られた大人の爪ほどの〝小さなメダル〟のことです」

「最期の最後までクリスチャンであったお方ですね」

「そうです、鎖のついたメダイを噛《か》んでいたのでみなが注目しました」

「死んでもマリア様とともに…。なんというお心の強い方」

「はい。ところが、その唇から金のメダイが消えてなくなったのです」

「えっ、唇からはずれた？」

「いえ、しっかりと噛んでいましたからそれはどうか」

「まさか」

「はい、それを抜いたのが長右衛門だという噂が広がったのです。隠し持っているのではないかとみなが取り囲んで問い詰めました。しかしみつかりませんでした」

「なんということ」

「たちまち長右衛門がそのメダイを飲み込んだらしいということになって……」

「えっ」

「またみなが取り囲んだりしたので、とうとう長右衛門の行方が分からなくなってしまいました」

福は何と言えばいいか困ってしまって、
お暇をしなければ……と腰を上げた。

そこに寛斎のお内儀らしき女の人が茶を注ぎにやってきて、

「あのう、これは先日、風の便りで耳に入った話ですが……」

と自信なげに切り出し寛斎の表情をうかがった。寛斎がこくりとうなずいた。

「本当かどうかわかりませんが、島原帰りの者が池上に養生しているとのことです」

「まさか」

「武蔵池上辺りまで一緒だったという者がいたのだそうです。確かではありませんよ」

福は急いで池上に向かうことにした。

◉二十　死んでも生きる

福は、新年早々、下女のヤエを伴い駕籠で夫長右衛門を捜しに池上にやって来た。

ここは日蓮上人入滅の霊場池上本門寺があり、墓地に父頼次が眠っている。

池上辺りにいた者が夫だという確証は何もなく、福はまず父の墓参りをすることにした。

駕籠を降りると、表参道の石段下は新年祈祷会に向かう大勢の信者でにぎわっていた。

二人は総門をくぐり、人々の流れに合わせて石段を登った。福が、

「此経難持《しきょうなんじ》　若暫持《じゃくざんじ》〜」

と、小声で経を唱え始めたので、ヤエが、

「奥さま、もうここからお経を始めますか」

と訊いてきた。

「加藤清正公が寄進された此経難持坂《しきょうなんじさか》よ。経文の文頭九十六字に因《ちな》んで九十六段あるの」

福が説明を始めるとヤエはまた問うてきた。

「えっ、そうやって石段を数えますか」

「ではなくて、このお経を唱えると心が落ち着くの。幼いころ私が最初に覚えたのが此経難持。その上これを唱えると、お勤めも終わりが近づいたと思って内心ほっとしたものだった」

「日蓮宗のお経は長いですからね」

「お経の中で一番好きですというと、父はこれが一番難しいかも知れんぞと言いました」

「どういう意味でございますか」

「意味を説いてくれたけれどよく解りませんでした。でもその時、父は、人間には思いもよらない難が待ち受けていることがある。常々覚悟を持って生きていけということだと言いました」

「お経には、深い教えがあるのですね」

　こう言うとヤエは、福の手を引いて残りの石段を登った。ヤエの手は温かかった。

福は、今は、夫の長右衛門に生きて会えないという難だけは受け入れがたいと思った。

仁王門の先のうっそうとした樹木の中の境内は、初詣の人たちで埋め尽くされていた。

秀忠の病気快方を願って乳母の岡部局が建てたという五重塔を右に見て、まっすぐ進むと、突き当りに日蓮を祀る大堂がある。加藤清正が母の七回忌追善供養に寄進したものといい、火事で消失後、ほぼ旧規模に再建されているという。父は清正と仲が良かった。ともに日蓮宗の信者で、よく、「清正は豊臣と徳川の和解のために尽力した」と褒めていた。

日蓮は、弘安五年（一二八二）、六十一歳で病を得、身延山を降りて湯治のために常陸へ向かう途中ここ池上で生涯最後の二十日間を過ごし、本門寺が開かれて葬られた。

池上郷の池上宗仲《いけがみむねなか》は、自身の館で日蓮が没すると法華経の字数に合わせ六万九三八四坪を寺領として寄進し、寺院の基礎を築いた。寺は鎌倉・室町時代を通じて関東武士の庇護を受けて整備された。加藤清正や多くの武家の祈願所となっている。

経堂《きょうどう》の前を抜け、左の大坊坂を下ったところに日蓮上人御入滅の荼毘所《だびしょ》がある。

二人は、お参りの人たちをかき分けるようにして上人の御余灰が盛られているという多宝塔の前まで進み、桜田屋敷の庭から持ってきた水仙の花を供え、線香を立てて黙とうした。

多宝塔のすぐ下が能勢家の墓地である。

木立を通して多宝塔にお参りの人たちの行き来が感じられるほど近くにある墓地は、父が生前手に入れておいた一等地である。広くて、がらんとして、寒々としていた。

「奥さま、大殿さまの花生けのお水、凍っています」

ヤエがあたりにあった木切れで筒の中の氷を突っついた。

「父上さま、寒くてさみしい思いさせました。すみません」

福は、ヤエが入れた新しい水の中に白い水仙の束を生けると、茶毘所で点《つ》けてきたありったけの線香を立て、父の好きだったお酒を盃に満たし、白い丸餅と干し柿を二つ供えた。

あたりに清々しい香りが広がって、ホッとして涙がでた。そして、

「父上さま、どうか長右衛門さまが無事に見つかりますようにお守りくださいませ」

とくり返した。

父はこのような立派な墓地を確保しておきながら、自分の石塔は小さいものをと言い遺した。

父が亡くなって、長男頼重が建てたのは小さな小さな笠塔婆《かさとうば》で、戒名《かいみょう》すら刻まなかった。

というのも、日蓮宗の受布施派と不受不施派の教義をめぐる対立が激しかった頃で、能勢は、不受不施派の池上本門寺から受けた「清素院殿窓月日精《にっせい》大居士」という名をここに刻まず、受布施派からいただいた「日輝」に変えた「清素院殿窓月日輝《にっき》大居士」を能勢の清普寺に残した。

それから四年後、寛永七年（一六三〇）、徳川は江戸城において不受不施を主張する池上本門寺など六

寺の僧と、受布施を主張する身延久遠寺など四寺の僧たちを対論させた。

判断を下したのは天海大僧正と金地院崇伝で、池上の僧たちの不受不施派を敗者とした。

結果、不受不施派の多くの僧が流罪となり、以後池上本門寺は、身延派の受布施派の支配になっている。


二人は、冷静で優しかった頼次を偲んで並んで手を合わせた。

「こんな広いお墓の奥の片隅にお眠りの大殿さま、さぞやお寂しいでしょう」

ヤエが立ち上がって石塔を撫でた。福は大丈夫というように落ち着いて、

「これは、父の〝七代先まで考えて生きろ〟の教えを受け継いだ、兄の、十代先あたりまでを見据えた末の墓の配置ですよ」

と説明した。

「それにしてもこれは控え過ぎです」

「そうね、父の気持ちを汲んだ兄の律儀さが伝わってくるわね」

「この規模でいくと、ここは七代どころか十代、二十代先のお方まで葬れますよ」

「そのころまでここが能勢家の心のよりどころでありますように守っていてくださいね」

福は、父の石碑に向かって能勢家の子孫安泰をお祈りした。

帰りの坂道でまたヤエが訊いてきた。

「大殿さまは、こんないい墓地をどうやって手に入れられたのでしょう」

「兄も聞いてなかったというの。でもたぶんお世話下さったのは加藤さん」

「しきょうなんじ坂の？」

「そう、肥後熊本五十二万石の加藤清正さん」

「改易されなさったのですよね、息子さんの加藤忠広さん。最近、三十一歳で」

「忠広さんは、藤堂さんに後見され、二十三歳で大阪城の天守台を築かれたほどだったのにね」

「力を持ちすぎられたのでしょうか」

「将軍さまの弟の忠長さまをかばったりされたというから、狙われたのでしょう」

「だれに？」

しばらく沈黙して、二人の目が合って、声をそろえて、

「春日局さん親子ー」

熊本は、明智光秀の孫でガラシャの三男細川忠利五十二歳に与えられた。

「北にある松涛園《しょうとうえん》という奥庭は小堀さんが造られたそうよ、見ていきますか」

福がこういってヤエを誘った。

「えっ、ここにも遠州さんがー」

遠州さんを敬愛するヤエが驚いて、すっとんきょうな声を上げた。

「遠州さんは、江戸のあちこちで大活躍ですね」

「庭造りから、最近は茶の湯の指南で大忙しだそうですよ」

「どこに行っても小堀さん、藤堂さん、加藤さん、すごいです。でも私お腹が減りました」

「ほんとです。駕籠かきの者たちを待たせていました」

二人は坂を下り、駕籠をかいてきた者たちとともに、予約をしていた茶店に入ってくずもちを食べた。白いはんぺんのような三角の餅に、ほんのりと甘いきな粉がかかっていた。

ひと息ついて、福は、

「この辺りは、温泉が湧くのですか」

と茶店のお女中に話しかけた。

「池上温泉は黒湯で有名です」

「黒湯って、お湯が黒いのですか」

「はい、黒い水。あまり熱くはないので沸かしているのです」

「えっ〜」

「体は黒くはなりませんよ。それどころか美人の湯、病気療養にもいいのです」

「療養に来ている人がおられますか」

「よく温まり湯冷めしないので病後の湯治に来られますよ。またお泊りにおいでくださいませ」

「療養している武士を捜しています。何かお噂でもお聞きになりませんでしたでしょうか」

「さあ？　旅籠《はたご》はたくさんあって、逗留なさっていても外からはわかりません」

「また日を改めることにいたしましょう」

ヤエがおいしいといってくずもちをお代わりし、この日はこれで家路についた。

その後、能勢の家臣たちが手分けをし、池上を尋ね廻って、とうとう長右衛門の消息を得た。

福が再びやって来た池上村は、梅の花が満開であった。

福は夫と対面した。一年と二か月ぶりである。

長右衛門は、ひなびた宿の北向きの部屋の一室に伏せっていた。

見つけてきた下男から聞かされたとおり、もう会話ができないほどに衰弱していた。

しかしこぎれいな寝具に包まれて、髭などもきれいに剃ってもらっていた。

目ばかりぎょろつかせて、何かいいたげであったが言葉にならなかった。

起き上がろうとしたが、それも無理なようであった。

「どうしてこんなことになってしまったのでしょう」

付き添ってきてくれた姉の富が、世話をしてくれているという女人に詰め寄った。

「辿り着かれたときはまだお元気でした。しかしお話はできませんでした」

「話はできなくても、どこの誰かは分かったのではありませんか」

「うすうすは分かっておりましたが、お知らせいたしませんでした」

「ここでお世話になったのは、いつ頃からですか」

「去年の桜の咲くころ」

「もうすぐ、一年になるじゃありませんか」

「申し訳ありません」

「お見かけしたところ、お腹にはややがおいでのようですが」

「申しわけありません。言いそびれてしまいました」

「と言いますと」

「お武家さまのお子でございます。五か月になります」

福は混乱した。その女の人にはもう何も聞いたり言ったりできなかった。

声を振り絞って姉にすがった。

「姉上、駕籠を。長右衛門さまを桜田に連れて帰りますっ」

「福、落ち着きなさい。それはもう無理というものですよ」

「娘たちに会わせなければなりません」

「娘たちを迎えに、いったんは帰りましょう」

「そんな余裕がありますでしょうか」

「長右衛門さまに、がんばっていてもらいましょう」

「あなた、松と梅を連れてきますからね」

福が長右衛門の両手を握った。

すると、長右衛門は福の手のひらに指で字を書いた。

「なに？　なにですか？　えっ！」

—　し　ん　で　も　い　き　る　—

そして、その右手から固いものが出てきた。

「あっ！」

「えっ、これは、まさか」

福は声を飲み込んだ。固いものはメダイだった。

長右衛門は、二人の娘がやってくるのを生きて待っていることができなかった。

「父上さま、父上さま〜」


長右衛門を池上本門寺に葬ってからは、福は、放心状態であった。

何も手に付かず、桜田の屋敷で泣いてばかりであった。

長右衛門にもらった紅いロザリオをそっと棺に入れ、手元には金のメダイを残した。

そのメダイを握りしめ、

「〝死んでも生きる〟とおっしゃったではありませんか」

「生きて帰ってきてください」

「生き帰ってきてもういちど何か言って〜」

姉の幸は生き返らなかった。

兄の頼久も生き返らなかった。

父の頼次も生き返らなかった。

長右衛門が生き返るとは思えない。

ならばこちらから会いに行くしかない。

もういちど、会いたい。

私が生きてきたのは、夫がいたからである。

しかし夫はこの世からいなくなって、もう声が聞けないのである。
人の一生とは、こんなにもはかないものなのか。
栄華を誇った平家の姫も風に散り、
月見に興じた源氏の姫も姿を消した。
人と生まれて死なない者はいないけれど、
私は、夫と共に生きていることに意味があったのだ。
その夫はもういないのである。

福は身辺の整理を始めた。

長右衛門が残した遺品の中から、「島原従軍日記」が出てきた。

長右衛門は、戦の中で、小さな字で几帳面に日記を書いていた。

「まあ、よくぞこのようなものを残されました」

◉二十一　島原従軍日記　能勢長右衛門頼資《よりもと》

寛永十四年十二月〜寛永十五年二月末

十二月　十二日　黒田忠之隊江戸を発つ
翡翠《ひすい》とともに東海道を行く　翡翠は十七才　古馬《こば》である
神奈川　大磯　箱根　榊原　熱田　庄野　水口　伏見

十二月　十九日　大坂着　中之島黒田蔵屋敷に泊
久しぶりにイセ様と会う　七十九才　お元気であった

十二月　二十日　黒田の築前橋を渡り　白亜の大坂城を眺む　まぶしかった
大坂から乗船　五〇艇に分散して出発
必ず生きて帰ってきなはれのイセ様の言伝《ことづて》をナナ様から受ける
播州室　備前牛窓　下津井鞆　只海　安芸釜川　防州上関　長州下関

十二月　三十日　豊前小倉到着　瀬戸内を通過のとき塩飽《しわく》諸島が美しかった

十二月　晦日　遠賀郡《おんがぐん》若松浦着　福岡隊は忠之と美作《みまさか》が率いて総勢一四〇〇〇

一月　一日　有馬着　先着の長興(秋月)高政(東蓮寺)と合流す

黒田隊は一八〇〇〇騎　遠く雲仙に妙見岳を望む
援軍ぞくぞく到着　徳川軍四〇〇〇を含め総勢十二万六千人
援軍となったオランダ船が原城を攻撃す
敵の城中より批判の矢文来て　オランダ船は平戸へ帰る
家老黒田一成様より温かい糕《こう》（ドンコというシイタケ）と餅の差し入れ
肉厚で傘半開きのほんのりと甘い椎茸を叺《かます》から手渡しでいただく美味

一月　二日

原の古城に立てこもる一揆軍と一月一日激突　板倉重昌様戦死

一月　四日

信綱様の巡見　力攻めや抜け駆けをするなとの厳しい達し
徹底した持久戦と兵糧攻めをおこなうとのこと　干し殺しである
本日より陣場築く　井楼《せいろう》（やぐら）から大筒で原城を威嚇す
徳川軍は山麓の丘陵地　福岡軍は原城の搦め手（城の裏側）大江口

一月　五日

陣場から原城塀際まで仕寄《しより》を築く
（仕寄は、攻撃から身を守りつつ塀際まで進むための竹束や楯の仕掛）
黒田分担地は原城天草丸の西　浜手の低湿地地帯で工事に難渋す

一月は　ほぼ毎日　仕寄工事は約一か月におよぶ　難儀であった

二月　八日　仕寄ほぼ完成　原城寄りに築山を築き　その上に井楼を組む
寝酒後　蕎麦切りがふるまわれた　薬味は大根おろしのしぼり汁
満腹　汁は辛くて体が温まった　城中は飢えが広がっているとのこと

二月　某日　天草四郎の母マルタ　姉レジイナ　妹お万　姉婿渡辺小左衛門　その妹婿瀬戸小兵衛
らを捕らえ「棄教して城を出れば命助かり罪許される」の文を書かせそれを原城に届
けたとのこと
しかし一揆側は　「投降も人質交換も拒否」と返事をしてきた由

二月十日頃から　この間　原城から太鼓と歌が響いていたが
本日　籠城者の踊り狂いを見た
声も聞いた
「かかれ寄衆《よせしゅ》にもっこでかかれ　寄衆てっぽ玉有《あら》んかぎりは
ドンと鳴るのは寄衆の大筒　鳴らんと見知らしょこっちの小筒
有がたの利生《りしょう》や伴天連様の　おかげで寄衆の頭を　ズンと切支丹」

二月　二十一日　一揆軍の夜襲　福岡　秋月　東連寺　唐津　佐賀　柳河の兵糧米が狙われた
攻め来た三百人を討取る　一揆側の敗北　福岡は六十四人を討つ
夜が明け視察の松平様・戸田様「敵は何を食べているか腹を割れ」との命
「できませぬ」「さっさとせい！」「できませぬ……」と
胃から出たのは青草状の汁のみ、米粒なし
「一人ではわからんもう一人、二人調べよ」「……」「早ようやれ！」
深夜　海上を歩く少年を見た　少年はその後　軽々と空を飛んだ

二月　二十二日　一揆軍夜襲　黒田の陣急襲される
新見太郎兵衛（忠之継室の弟）戦死　倉橋八十太夫戦死
倉橋様は、黒田騒動で追放されたが危機とみて駆けつけられたのに…
深夜　天から鳩が原城の屋根の十字架に舞い降りた

二月　二十三日　備前福山水野勝成様　勝俊様と勝貞様を伴い到着

二月　二十四日　信綱様の陣で軍議　戸田様は兵糧攻めの続行を　水野様は総攻撃を主張
長期に渡り鎮圧できぬは公儀の威信に関わると二十六日朝総攻撃決定
深夜　少年のハライソ　ハライソと謳う声響く　月が赤くなった

二月　二十五日　雨　深夜に見た少年は　雨の中　火のない所に火を灯した

二月　二十六日　雨　総攻撃は　二十八日と再決定
深夜に見た少年は　お歯黒をして髪を後ろで束ねていた

二月　二十七日　鍋島勝茂正午抜け駆け　石谷貞清と板倉重矩突入　軍律違反
黒田隊は天草丸を取り囲んだ
総攻撃は二十八日　これを守れとの再度の伝令
深夜　額に十字架を立て白衣を着た美少年を見た

二月　二十八日　夜明けとともに総攻撃開始
黒田忠行三十七才　名誉挽回の時が来た！　と叫んだ
原城に陣中旗を振る天草四郎が十人ばかり見えた

黒田隊の内訳は次のとおり
一番隊　三千百十五人　内騎馬百六十六
二番隊　六百四人　内騎馬二十九人　井上内記
三百九十六人　内騎馬二十三人　黒田監物

七百五十一人　　内騎馬三十六人　　岡本惣兵衛與
五百二十三人　　内騎馬十四人　　大音六左衛門與
三百十八人　　内騎馬三十人　　高橋忠左衛門
十七人　　内騎馬一人　　井上瀬兵衛
十三人　　内騎馬一人　　能勢長右衛門
百五十六人　　内騎馬十三人　　吉田久太夫與
二千七百七十七人　　内騎馬一四七
三番隊　四一八七人　　内騎馬二〇二人

＊

都合（計）一万七十九人内騎馬五百十五は明け方一番に詰めの丸（本丸）に乗り込む
城兵一揆軍　今はこれまでと石礫《いしつぶて》をうち　材木や苫《とま》に火をつけて投げ　鍋釜《なべかま》を投げ出し　わずかに残っていた鉄砲の玉を激しく撃ちかけてきた　攻め手が放った火が燃え広がり　何も見えず
翡翠が前足をあげて棹立ちになり　玉を腹に受けて倒れた　翡翠は私を庇《かば》って死んだ

深夜　天草四郎だという首を七つ見た
その首を真ん中に　無数の人々の首が並べられた
その向こうに天草島原の海と空が広がった
まもなく朝日が昇ってきた
キリシタンは敗れたが　人々の祈りが天と地に満ち満ちていた

私は翡翠を失ったが　福と松と梅のところへ帰ろう　朝日さす東に向かって

私には　事実だとして教えられてきた話がある　それはイエス・キリストの復活である

死んで三日目の朝　よみがえられたイエスを目撃した弟子たちが　その奇跡をこう伝えた

『イエス・キリストは　こういわれた

―　わたしは　よみがえりです　いのちです

わたしを信じる者は　死んでも生きるのです　―』

日記はここで終わっていた。最終は二月二十八日であった。

長右衛門は、それからどうやって池上にたどり着いたのだろう。

長右衛門は、イエスの言葉「死んでも生きる」をいつどこで書いたのだろう。

福はもう少し知りたいことができた。そして母を置いては死ねないと思った。

父からは、来世よりも今をイキイキと生きろと教えられてきたのであった。

泣きながら北の夜空を見上げたら、北辰星も「生きろ、生きろ」というようにまたたいた。

黒田忠之四十歳は島原の戦功大にして台命を受け、長崎の藩鎮（地方鎮めの軍隊）に昇進した。

◉二十二　若君誕生

家光は、おぎゃ〜の第一声を聞くや否や本丸にある産室《うぶや》に飛び込んだ。

「男子《おのこ》か、女子《めのこ》か」

「まあ、お出ましが早すぎます、男子さまでございます」

「でかしたぞ、でかしたぞ」

寛永十八年（一六四一）巳《み》の年八月三日、三十八歳の家光に徳川四代将軍となる世継ぎが誕生した。母は側室のお楽《らく》である。

「まだおへそがつながったままにございます。しばしお待ちくださいませ」

家光の乳母で家光が将軍職を継いでからも将軍付の大奥老女として仕えている春日局は、興奮している家光を両手で部屋の外に押し出しながら、うれし涙が止まらなかった。

じつは家光には幼少から美少年趣味があって女性に興味がわくのが遅かった。十七年前、二十一歳で鷹司孝子《たかつかさたかこ》と婚礼の式を挙げたが、当初から仲がよくなく、子は無く、孝子は正室御台所《みだいどころ》だが大奥から追放されて、吹上広芝の「中の丸」に設けられた屋敷に移らされた。

春日局は世継ぎが生まれないのを案じ、家光好みの美女を探し求めて大奥に召し出し、自分の部屋子としたり将軍付の御中臈《おちゅうろう》にしたりして、大勢の女を家光の近くで働かせた。

大奥は、将軍正室の住まいである所を、将軍に嗣子がない状況を避けるため、春日局が家光のお眼鏡に叶いそうな女性を集めて整備拡充した奥女中の住まいである。

家光は、千人の女性を見ても気に入る相手がいなかった。

それでもやっとお気に入りが目に留まった。彼女は、春日局自身が魅せられて伊勢内宮付属の尼寺から還俗《げんぞく》させた少年のような十六歳のお万《まん》であった。お万を引き合わすまでは春日局の縁者の少々男勝りのお振《ふり》に気まぐれな家光のお相手をさせていたが、家光はすっかりお万の虜になった。しかしそうなればなったでまた新たな問題が起こる。

お万は六条宰相有純《さいしょうありずみ》の娘で公卿の家柄である。もしその腹に世子（世継ぎ）が生まれると、徳川家は公家との縁を結ばねばならなくなり、幕府にとって得策ではないのである。だから春日局は、自分の策略にさらに新たな策略を重ねなければならなかった。だが、これも春日局の想定の範囲内のことだから決してあわてたりしない。春日は御典医と相談して、お万が絶対に懐妊しないようにたえず避妊薬を服用させていた。

しかし、日増しにお万の権勢が高まるのを遠目で苦々しく見ていたお振と春日局は、ある日、二人で上野寛永寺へ参詣した帰りにお万とそっくりな少女を見つけてきた。そして、さっそくその少女を大奥に召し寄せ春日局の部屋子にした。これがお楽である。お楽は、やがて家光の目に留まり、寵愛を受け、このたびめでたくお世継ぎとなる男子を産んだというわけだ。

春日の遠縁にあたるお振は、お楽に先立って家光の第一子の千代姫を設けたが、この乳飲み子の姫を残し産後まもなく身まかったのである。

家光は、自分は、弟国松（後の駿河大納言忠長）との世継争いでつらい思いをしてきたので、長男が生まれたら必ずその子を次期将軍にと決めていた。だから、すぐさま竹千代と名付け天下に発表した。

江戸中がお世継ぎ誕生に沸きかえった。

なかでも源氏の氏神応神天皇を祀る「深川の八幡」(富岡八幡宮《とみがおかはちまんぐう》)では、お世継ぎの健やかな成長を祝って、テケテン、テケテンと、水かけ祭りが盛大に執り行なわれた。

「ワッショイ、ワッショイ」とみこしを担いで繰り出す元気いっぱいの大人たち子どもたちに、沿道の観衆がバシャバシャと清めの水を浴びせて応援するのである。飛び散る水しぶきの中で、子どもたちはまるで滝を登る若鮎のように飛び跳ねた。

九月二日には、竹千代は春日に抱かれて奥から表の白書院に出座して徳川御三家当主と対面、続いて大広間にて国持ち大名たちと対面した。

ところが、秋も深まった十一月も末のころ、四か月の乳児に異変が起きた。

竹千代は、昼も夜も泣きどおしで熱が高く乳を呑まず、呑んだら吐いた。そのうち眠り続けるようになり、ぐったりしているのに首の後ろは妙に硬直していた。

乳児や幼児に多く見られる脳膜炎(髄膜炎)に罹ったようである。

家光とお楽は勿論、乳母の矢島と三沢、川崎も、典医も薬師も右往左往するばかりであった。奥女中たちの住む大奥の長局中に竹千代君御病気が伝わり、大騒ぎとなった。

ここで春日局の決断は早かった。老中松平信綱も加わって採用した三人の乳母の他に、もう一人、竹千代のお世話係を採用すると言いだした。

「私が養育係にとあてにしている女性がいます。すぐに登城させましょう」

桜田ため池の下の能勢屋敷に、三度《みたび》、大奥から使いがやって来た。

頼之の妻の律が玄関に出ると、使いとは板倉重矩《しげのり》だった。

「能勢家のみなさまお元気ですか。お福さまに早急にお会いしたい」

重矩は謹慎が解かれた次の年に三河深溝《ふこうず》を相続、屋敷を三河中島に移し、今は三河中島の城主となっていた。律とはいとこ同士である。重矩の父重宗の継室も大奥に勤めており、生まれたばかりの竹千代のへその緒の切り役を戸田氏鉄とともに仰せつかった者である。

また律は、二代将軍秀忠の乳母大姥局《おおばのつぼね》（岡部局）の姪であり、大姥局の夫川村重忠が祖父になる。重忠は、穴山梅雪の家臣で、今川義元に仕えていた頃、若き松平元康（徳川家康）の世話役だった。

「まあ重矩さま、ご無沙汰をいたしております。お福さまは深川へ出かけておられますが、間もなく帰って来られましょう」

「待たせていただきます」

律がお茶を運んできた。重矩は、よく手入れされた庭の松を眺めながら、

「長右衛門さまが亡くなられてもう二年、お福さまは落ち着かれましたでしょうか」

と、福のその後をたずねた。

「はい、お元気になられて、芦衛門さまのお仕事を励ましに行っておられます」

「芦衛門さんは、春の京橋桶町《おけちょう》の大火事でお店《だな》を焼かれてしまわれたのでしたな」

「そうです、日本橋本材木町四丁目にお店と住まいを構えておられましたから」

「火は強風にあおられて広がり、江戸市中では三八〇人もが焼け死にました」

「芦衛門さまも命からがらお逃げでしたが、家も、材木も、石まで焼かれてしまわれました」
「北はお成橋まで火が迫り、将軍自ら城の大手門に出て陣頭指揮を執られたが…」
「南は、芝増上寺の近くまで炎が迫り、翌日の夜まで燃え続けたのです」
「恐ろしかったでしょう」
「はい。しかしそれよりも今は、火を出したわけでもないのに、周辺に高積みしていた材木が延焼を促したといわれ、芦衛門さんは肩身の狭いことになっております」

芦衛門とは、能勢頼次の従兄弟にあたり、お福の祖母の弟の子である。

明智の襲撃を受けて一家が自害に追い込まれた時、父の宗春は乳母に抱かれて能勢丸山城に逃げ込み命をとりとめた。

能勢家の衰退で行方不明になっていたが、頼次が京から探し出し、禄と屋敷を持たせて家臣にした。その宗春の子が良信《よしのぶ》である。能勢の西田に引き取られ、成長して西田芦衛門となり、福の夫に従い、大坂城の再建で材木と石材の商いを学び、二十四歳のとき福たちとともに江戸に出て、日本橋で木材石材商を営んでいる。いま三十歳になったばかりの努力家、元気者である。

「お待たせをいたしました」

福は下女を伴って帰ってきた。

客の間に入ると、福は、挨拶もほどほどに、
「板倉さま、大奥へのお勤めはすでに二度もお断りをしたはずでございます」
と、重矩に自分の方から切り出した。

「一度目は寛永十五年師走。春日局さまが来てくださいましたがお断りいたしました。二度目は今年の夏八月。重宗さまが竹千代さまご誕生の直後においでくださいましたがお断りいたしました。それというのも、寛永十六年の本丸の火事の後、兄の頼之は余焔奉行《よえんぶぎょう》に就きました。余焔とは燃え残りのことで、新築されて二年しかたっていない壮麗な本丸が全焼して、兄はその焼け跡の片づけ役をしたのです。火元は大奥の春日局さまのお台所だったというではありませんか。しかし春日局さまに何らお咎めはなく、詳しいことは何も明らかにされなかった。その火事で家光さまは西の丸に移られ、兄は本丸御殿を建て直すために木材奉行から石材奉行を次々と担い、寛永十七年四月、竣工にこぎつけたのです。家光さまが新築の本丸御殿に移られ、めでたく竹千代さまがご誕生となられたのです。

兄は、芦衛門さんにも手伝ってもらって、木材を木曽に求め石材を伊豆に求め、とても忙しい思いをしていました。そのような兄を目の当たりにして、私は大奥に勤めたいとは思えません。大奥とはそもそもどのような所でしょう。どのような方々がおいでになり、どのような御威力が渦巻いているのでしょう」

福は、あの時断ったわけと今日断るわけを、わだかまりも含めて一気に説明した。

黙って聞いていた板倉重矩が、

「じつは、竹千代君がご病気になっておられまして……」

ときりだした。福は驚いて、

「まあ、まだ四か月そこそこですよね。ご容態は？」

と勢いをしずめた。

「お熱が上がったり、下がったり」

「おかわいそうに」

「将軍さまも母上さまも、三人の乳母たちも、御典医もおろおろされるばかりで」

「御典医がおろおろされては困りますねえ」

「そこで、いずれ養育係にと考えていたお福さまに、大奥に来てもらえないかと」

重矩の用とはそういうことだったのか。

「私は、御医者ではありませんよ」

「春日局さまたってのお願いでございます」

「そう言われても、病を治す力は私にはありません」

そんなところへ行けるはずがない。

もしものことがあれば、その責任は重大極まりない。

「春日局さまは、お福さまに、生母お楽さまや乳母たちの支えになっていただけませんかと」

「なんとおっしゃられても、私には荷が重すぎます」

「徳川の子孫繁栄は、清和源氏の誇りだと」

「春日さまがそうおっしゃるのですか?」

「はい」

「そんなことを言われても……」

姉の富が、様子をうかがいにやってきた。

重矩は、ちょうど良かったとばかりに次の話を切り出した。

「長右衛門さまの知行五〇〇石は、ご養子の頼澄さまがお継ぎになられましたか」

「一旦は主君黒田に返上し、頼澄が再恩給を受ける運びなのですが……夫は頼澄を黒田の家臣にしたいと考えていたのですが……頼澄の希望というのもありまして……」

「頼澄さまは江戸生まれで江戸育ち、このまま江戸城勤めがいいとおっしゃるのでしょう」

「そうですその通り。そんな頼澄の気持ちを考えますと……」

「黒田の家臣を辞退されるご覚悟ですか。五〇〇石は大きいですよ」

「それでも、仕方がないと思っています」

頼隆の三男で長右衛門の養子となった頼澄は十六歳。すでに家光に召され家綱の小姓である。黒田家臣ではなく、徳川の旗本として江戸城勤めで生きていきたいと言うのである。

頼澄の上の兄頼春は二十八歳。父の跡を継ぎ、能勢倉垣一五〇〇石を知行する旗本、書院番である。次の兄は能勢頼員《よりかず》といい、紀州家臣となっている。

「福さまはお優しい。それでご相談ですが、長右衛門さまに男の子がおられるやに聞きまして」

「去年生まれたのですよ。池上で。名は長左衛門、二歳になります」

「そのお子さまをご養子にして、禄を得ていただきましょう」

「でも、父親が亡くなってからの養子は禁止でございましょう」

「ですが」

「幼少の子が養子となって禄を継ぐのも、違反のはず」

「そこで、大奥の禄といたしましょうと」

「どういうことですか」

「福さまが大奥にお勤めいただければ五〇〇石を公儀からの直奉公《じきほうこう》（年俸）といたします」

「まあ、なんということ」

「福さまへの御切米は五〇〇俵、月俵十人扶持となります。春日局さまのお計らいにて」

「信じられません」

「この額は、上臈《じょうろう》お年寄りの五倍です」

「信じられません」

「私も驚いていますが、そう伝えてきなさいと」

「春日局さまが」

「はい」

（その頃のざっくりとした概算では、一石＝一俵＝一両＝今の価値で約十万円弱か）

「福、あの子を引き取って余野家を起こしなさい」

そばで話を聞いていた姉がこの話に身を乗り出した。

「福、余野家を起こしたかったのでしょう。これは長右衛門さんのお導きですよ」

「でも」

とためらっている福に、姉の富は、

「あの子は、長右衛門さんが生きておられた証しです」

と大奥出仕を促し、

「福に残しおかれた長右衛門さまのお形見ですよ」

と励まし、

「その子、ここに引き取って私が育てましょう」

姉が協力するという。

福は、姉の勧めを受けて、新しい暮らしに一歩踏み出すことにした。

お城に勤めて禄《ろく》を頂くのは父の導きかもしれない。

夫が、新たな生き方を示してくれた運命かもしれない。

福は、この時三十八歳であった。

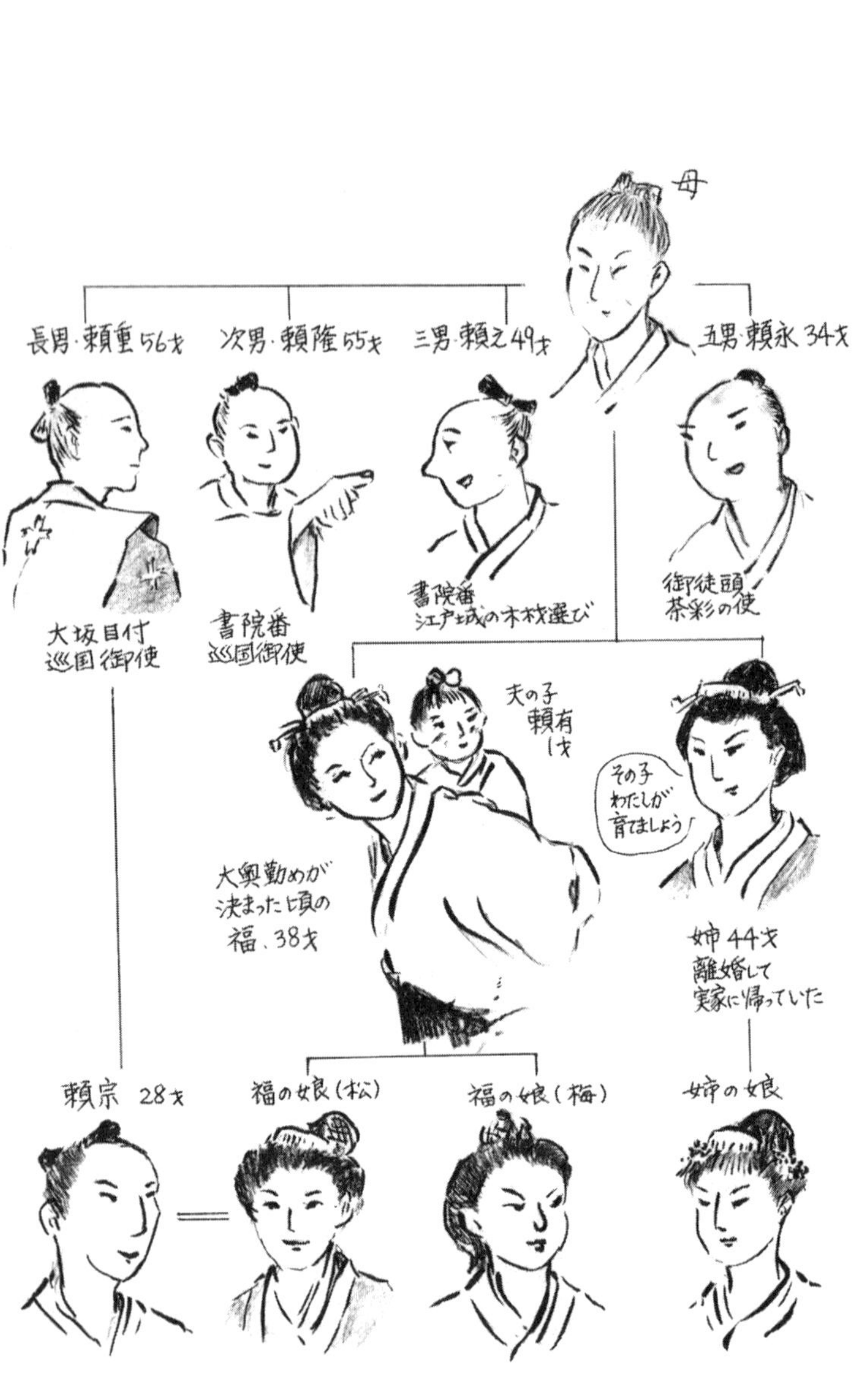
母
長男・頼重56才
次男・頼隆55才
三男・頼之49才
五男・頼永34才
大坂目付
巡国御使
書院番
巡国御使
書院番
江戸城の木材選び
御徒頭
茶彩の使
夫の子
頼有
1才
その子
わたしが
育てましょう
大奥勤めが
決まった頃の
福、38才
姉44才
離婚して
実家に帰っていた
頼宗 28才
福の娘（松）
福の娘（梅）
姉の娘

◉二十三　近江局

大奥は、将軍の奥泊まりのための寝所《しんじょ》と将軍子女たちの居室である。春日局により将軍家以外の男性は立ち入ることのできない男子禁制の世界に作り替えられた。

将軍秀忠の時代、表は大名支配の老中と旗本支配の若年寄りが権限を持ち、大奥は将軍御台所《みだいどころ》の江与が権限を発揮する所と決められた。御台所を中心にして奥女中たちが働き、政令により大奥は政治に介入することが堅く禁じられた所であった。

しかし家光の時代になり、大奥の女性たちのようすが変えられた。

家光の正室（御台所）は鷹司孝子といい、関白鷹司信房の娘で、元和九年（一六二三）、家光が京で征夷大将軍宣下を受けた時に江与の猶子《ゆうし》（養子）となって共に江戸に下り、翌寛永元年、二十歳で、二十一歳の家光と祝言をあげた。

その頃家光はまだ女性に興味がなく、酒井重澄や堀田正盛など男性の小姓がお気に入りだった。家光と孝子は険悪の仲となり、孝子は西の丸に追いやられ、「御台所」とは呼ばれず「中の丸殿」となって吹上の広芝に設けられた屋敷で暮らすようになった。

すなわち、大奥は、元来の統率役である「御台所」が不在という状態になったのである。

代わってその御台所の権限を握ったのが、「将軍さま御局《おつぼね》」の大奥お年寄春日局であった。

春日局は斉藤利三の娘で稲葉正成《まさなり》の妻だったが、正成と離婚し、正成との間にできた長男正勝を連れて徳川伏見城の奥女中に入り、秀忠の妻江与に付き添って江戸に下り大奥の勤めとなった。そして家光の乳母となったのが、慶長九年(一六〇四)二十六歳のことである。

江与が亡くなった寛永三年(一六二六)に大奥お年寄りを仰せつかり、寛永六年(一六二九)に上洛して、朝廷との交渉役を務めて春日局となった。

およそ四十年間を江戸城の奥に勤め、いま御年六十三歳、大奥の第一人者である。

お年寄は老女または局《つぼね》といい、ふだんは詰所の千鳥の間にいて奥の女性たちの行動を指図した。

能勢福は、寛永十八年(一六四二)十一月、江戸城に上がり春日局直々《じきじき》の出迎えを受けた。福は、頼之の屋敷で働いていたヤエを部屋子に伴って大奥務めを開始した。

大奥長局《ながつぼね》の一画に部屋を賜りそこで暮らす。よほどのことがない限り宿下がりはない。

春日局から、

「竹千代さまの病気回復に向けて、介添えを願います」

と命じられ、その場で、

「竹千代さま養育係、近江局《おうみのつぼね》といたしましょう」

と、役職と呼び名を告げられた。

養育係というのはあらかじめ聞いていたが、「近江局」とは初耳で、福は、両手をついたまま顔をあげて固まっていた。春日局が、

「長右衛門さまの五百石の知行地は、近江栗太郡《おうみくりもとぐん》駒井澤村と近江野洲郡《やすぐん》川田村でした」

といい、

「その黒田の旧領を公儀御料とし、あなたの俸給にあてます。だからあなたは近江さまです」

と、呼び名の由来を説明した。

福はてっきり「能勢」と呼ばれるのだろうと思っていたので、なじみのない「近江」と告げられて面食らってしまった。「能勢さま」とか「能勢局」がよかったのに。

それでも、「ありがたき幸せにございます」と礼を述べた。

普通旗本の娘が大奥に入ると、その道は、「後三の間」から「表使《おもてつかい》」に上がる事務方実力系と、「御錠口」から「御年寄り」を目指すエリート高官系と、「御次」という身辺お世話係りから「御中臈」へ進むお側系の三通りがあった。しかし福はこのどれにも当てはまらない飛び級系である。そして最初から「局」となる異例の特別待遇であった。

「清和源氏の末裔、寄合旗本、能勢頼次の娘」というのが、選ばれた理由であろうか。

まじめに、無欲に、徳川の存続を願って仕えてきた父の働きが評価されていたようである。


「まずは、竹千代君にお会いになっていただきましょう」

春日局はそう言って、福を、「お部屋さま」になったお楽のところに案内した。

お楽は、下級武士で浪人の青木三太郎利長の娘であった。利長が禁猟の鶴を撃って咎《とが》められ、仲間の罪をかぶったとも言われて亡くなった後、七沢作左衛門に再婚した紫という母と浅草に住んでいて、十三歳で春日局の目に留まり大奥に招き入れられたという。

元の名をお蘭《らん》といったが、「乱」に通じて縁起が悪いと、春日局の命によりお楽と改名した。

春日局は、お楽が家光寵愛のお万とよく似ていたので、いずれ家光の好みに叶うにちがいないと、家康の側室で大奥上臈のお梶《かじ》（英勝院《えいしょういん》）にあずけ、育ててもらったのである。

そのお楽が七年後、狙い通り家光に気に入られ、めでたく徳川家の跡継ぎ竹千代を産んだ。お楽は、将軍生母お楽さまとなり、公儀内外から認められるようになった。

竹千代の乳母には、三人が付けられた。

乳母の条件は、身元がよい、子が多い、夫婦そろって健在、両親も健在、歳は三十歳までといい、厳しい面接を受けて採用された矢島、三沢、川崎がいた。

矢島は松平信綱が面接をして決定した。三沢と川崎は春日局が京から探してきた。

三人はみな三十歳前後で、交代して竹千代に授乳をしていた。

福が春日局に連れられて竹千代の部屋に入ると、そこは異様な空気に包まれていた。

二人の乳母らしき女が乳児の身体《からだ》を押さえ、若い母がその乳児を奪おうとしていた。

ただごとではない様子を見て、春日局が問うた。

「どうしたのです」

「けいれんです」

一番若くて美人のお楽が答えた。

乳母が白い顔の竹千代の肩と足を押さえ、まだ二十歳そこそこのお楽が乳母たちから竹千代を奪って抱き上げようとしていた。

春日局は、乳母とお楽の間で右往左往していたもう一人の乳母に、

「御典医を呼びなさい」

と命じると、竹千代を抱き上げてお楽の腕に抱《いだ》かせた。

お楽は、ガタガタと震えるわが子のけいれんを鎮めようと、頬と両腕で強く抱きしめた。

だんだんと力がぬけていく竹千代を見つめて、お楽はポロポロと涙を流した。

御典医がやって来たときには、竹千代はけいれんが治まってグッタリとしていた。御典医は、

「今後もこのような発作が起こるでしょうが、そのうち治ります。みなさま取り乱されぬよう」

と告げると、なすすべはないというような顔をして退出した。

部屋に残された女たちは、これからどうなるのかと不安に怯えながら突っ立っていた。

「近江局と申します。本日より竹千代君の養育係を務めます。どうぞよろしく」

沈黙を跳ね飛ばすように、お福が明るく自己紹介をした。

お楽と乳母たちは、不安から立ちもどれない様子で黙って頭を下げた。春日局は、

「養育といっても、まずは若さまのご病気回復が先じゃ。力を合わせ仲良く取り組んでおくれ。ご存知と思うが、大奥のことは表には決して漏らしてはならない決まりです。よろしいな」

と念を押した。そして、

「近江さま、何かお気づきのことがあれば」

と問うてきた。とっさのことに福は、

「竹千代君に、お母上の乳房を含ませてあげては……」とつぶやいた。

「えっ、出るわけないでしょう」と、みなが一斉にあっけにとられた顔をした。

一番驚いたのがお楽だったが、あっという間に襟元を開け、竹千代を抱き寄せ、ぐったりしていた乳飲み子の唇に乳頭を当てた。すると子は、目をつむったまま乳首に吸い付き、口に含んで、音をたてて吸い始めた。お楽は喜んで、

「この子が生まれて、私は吹き出す母乳で着物がぐっしょりと濡れる毎日でした。しかし、乳母たちに授乳を任さねばならなくなり、まもなく私の乳は出なくなってしまいました」

と言いながら、出るはずもない母の乳を吸い続ける息子を抱いて、ぽろぽろと涙を流した。


春日局が伊勢から連れてきたお万《まん》は、まだ十六歳で少年のような僧侶だった。還俗をさせ髪の毛が生えそろうのを待って家光の側に仕えさせた。やがてお万は、家光にとって初めてのお気に入りの女性となり、春日局の側室作戦を成功に導いた。しかし春日局は、公家の出であるお万には懐妊を許さず、自分の遠縁にあたるお振《ふり》に世継ぎが生まれるように仕向けた。

お振は石田三成の曾孫《ひまご》で春日の姪で祖心尼《そしんに》の孫である。祖心尼は名をおなあといい、家光に仕えた尼で才女であった。大奥で女たちに禅の心を説くとともに、春日局の補佐役であった。春日局と祖心尼の期待通り、お振は家光の第一子を設けたのである。

しかし生まれてきたのは女子だった。その子は千代姫と名付けられ、三歳で尾張の徳川光友に輿入れさせられた。将軍家として尾張との婚姻で公儀強化を図る一方、お振には次の子を生む準備をさせた。しかしお振はその翌年（一六四〇）、病気で亡くなってしまったのである。

そして寛永十八年（一六四一）、お楽がお世継ぎとなる男子を産んだというわけである。

春日局は、男子が生まれたことに安心をしたのか、お振を失い目標を失ったのか、六十三歳の我が身の老化を感じたのか、竹千代が病気だというのに一線を引き退《の》くと言うのである。

竹千代を守り育てる一切の切り盛りが、新米の近江局の肩にかかった。

近江局は、まずは竹千代の乳母三人とうまくやっていかなければならない。

矢島は矢島某《なにがし》の娘で牧野因幡守の家臣豊田清左衛門の妻であった。矢島は面接時、松平信綱に微禄だった夫の石高を「三百石」と告げて、牧野因幡守はやむなく清左衛門に三百石を与えなければならなくなったというのが大奥での語り草らしい。一面、生活力に長《た》けた女である。

何事にもよく気が利き、乳母の中では一番の年かさで三十を越えており、まとめ役でもあった。その矢島が能勢近江にこう告げた。

「竹千代さまの病にはお灸《きゅう》がいいそうです、一度お灸をしてさしあげましょう」

昔から子どもの夜泣きや、むずかりや、疳《かん》の虫を治すのに、お灸をすえるという療法があった。矢島は古老のお局たちに勧められたと言い、やる気満々で用意を始めた。

お灸の効能はわかるがいくらなんでも四か月の乳児には酷である。福が待ったをかけた。

「乳児の竹千代君にお灸は刺激が強すぎます。よしましょう」

「先代様のお子さまには、お灸がなされたそうですよ。お任せください」

「長丸といったその子、亡くなったのですよ」

「えっ、そうなのですか。お灸のせいだったのですか」

「お灸のせいかどうかは、誰もお咎《とが》めを受けなかったので分からずじまいとか」

江戸城で、(一六〇一年に)生まれた秀忠の長男は、側室とも認められなかった家女の子で、二年後に突然死を遂げた。「お灸で焼き殺された」というのが極秘に伝わっていた。

「竹千代君の身に何か不都合を起こせば、私たちなら打ち首ですよ」

「それは困ります。ではその長丸さまとやらにお灸をして罪にならなかったのは誰ですか」

「誰だったかも、お灸のせいだったかどうかも、公にはされず闇に葬られたとか」

「えっ、まさか、なんと恐ろしい。お灸はやめましょう」

矢島は正直者で正義感の強い江戸っ子であった。

三沢は三沢為昆《ためあきら》の娘で、茶人の小堀遠州(政一)の側室であった。

小堀政一は、豊臣に仕えていたころから大和郡山、伏見。家康に仕えて遠州になってからでも備前、駿府、大坂天満、近江など各地に屋敷を構えたが、拠点は伏見奉行屋敷であった。

三沢は伏見奉行屋敷で寛永十八年(一六四一)政一の五男政貞を産み、春日局の側近となって大奥に上がった。明智の家臣溝尾茂朝の孫にあたるといい、上品で物静かな女であった。

「まあ、ここにきて遠州さま縁《ゆかり》の方とお会いできるなんて、何という奇遇でしょう」

福は、父が遠州との縁を大切に生きてきたことを幼いころから知っているので、三沢が他人とは思えず、興奮状態で昔からの関わりや思い出話を一方的に続けた。

「私の父は大和郡山城時代の先代さまのときから懇意にさせていただいてきました～」

「私の大坂天満時代も小堀家の方々に助けていただきました。そのご縁感謝しております」

「遠州さまが整備をなされた街道のおかげで、能勢は物流が盛んになりました」

「能勢の菊炭を江戸に広めていただいたのも遠州さまでございます」

「遠州さまに手ほどきを受けた茶道を能勢家はそろって受け継いでおります」

「私の夫も伏見や大坂の城でお世話になり、石垣や庭石の美を学びました」

「二条城や女院御所など禁裏のお茶室や庭園の作事は、綺麗さびの頂点と聞いております」

「私は、身分階級を越えて嗜《たしな》む茶道の精神と水琴窟《すいきんくつ》の奏でる音に心惹《ひ》かれてきたのです〜」

福は三沢といると、大坂天満やイセやナナを懐かしく思い出すのである。

遠州は今六十三歳。神田に江戸屋敷を構え、将軍家の茶道指南役である。

川崎は、川崎某《なにがし》の娘で京極家の家臣飯田之久《いいだゆきひさ》の妻という。大女で見苦しいからと周囲の者からは出仕をあきらめるように言われたというほどの、元気でたくましい女であった。確かに、小柄な近江局と並んで歩くと一尺(三十センチ)ほどの差があって、近江局は大きな目を上目使いにいっそう大きく見開いて話をしなければならなかった。

近江局は、川崎家が織田信長五男の末裔だと聞いて親しみを込めてこう言った。

「織田信長さま七男信高さまのご子息織田美作守《みまさかのかみ》高重さまには、能勢頼次側室の娘で四女になる私の妹が嫁いでいるのですよ。だから遠縁になりますよ。よろしくね」

この川崎は、後に娘・孫と三代にわたって大奥お年寄りを務めるという稀《まれ》な一家となるのだが、まだ二十九歳の川崎は血縁や伝手《つて》に欲もなく、九人の子どもたちを若狭においたままなのが気になって仕方がないという優しい母であった。そして困っていることがあるという。

「近江さま、若君に情を移しては無礼だからと私たちは顔に覆面をして、介添え役が抱かれる若君にお乳をあげるのです。でも私、覆面をするとお乳の出が悪くなるのでございます」

近江局は、覆面と介添えの噂は本当だったかとあきれ返った。

「家光さまと乳母春日局さまがあまりにも親密だったので、とんでもない授乳の仕方を決めた方がおられたようです。そんな授乳がいいはずないでしょう。竹千代君の目を見て、心をこめて、抱いてください。授乳は、乳母にとっても赤子にとっても心安らぐ幸せのひと時なのですよ」

近江局は、竹千代の乳母たちがみな心優しい母性の持ち主であることに安心をした。そして、乳母たちが優しい気持ちで授乳ができるよう見守っていきたいと思った。

しかし、大奥では、将軍取りまきの地位をめぐって醜い争いの渦が巻いていた。それは、お楽、お万など春日局を頼る派と、お玉、お夏、お理沙という家光正室の孝子を頼る派の対立である。

近江局は、竹千代を争いの渦に巻き込まないように無事に次期将軍に育てなければならない。それはこの私にかかっている、もうあとに引き返すことはできないなと覚悟した。

竹千代は、広々として気持ちのいい縁側で、乳母に抱かれて乳をもらうのをとても喜んだ。

それにもまして竹千代が喜んだのは、生母お楽に唄ってもらう子守唄であった。

家光がその唄を聞いてお楽を気に入ったというほどの優しい声で、幼子の心に染みこんだ。

お楽のふるさとは上州（群馬県）で水田の裏作に大麦小麦の栽培が盛んな村であるという。

毎年夏には、麦打ちの終わったあと、夜なべ仕事に若い男女が麦搗《むぎつ》きをするという。

庭にいくつもの臼を並べて、一つの臼に二人ずつ、手杵《てきね》で向かい合って麦の皮を取る。

その麦搗きの唄を、お楽が故郷をなつかしんで、小声でささやくように唄うのである。

竹千代はもちろん、乳母もお福もみないっしょに聞きほれた。

〽
麦をつくなら男とつきゃれ　男ちからで麦の皮むける
チョイ　ヨイヤサ〜　ヨイヤサ〜
麦もつけたし寝ごろもきたし　うちの親たちゃ寝ろ寝ろと
誰か来たよな垣根のそとに　鳴いたすずむし音《ね》を止めた
チョイ　ヨイヤサ〜　ヨイヤサ〜

竹千代の病は痘瘡《とうそう》（天然痘）の症状を現した。紀州と尾張から招き寄せた医師たちや、薬師、近江局、乳母、奥女中総出で看病をしたので、少しずつ快方に向かっていった。

十二月十五日、頭のかさぶたから膿汁《のうじゅう》が出て、劇的に回復。竹千代はすっかり元気になった。

家光はたいそう喜んで、十二月二十日、竹千代回復のお祝いを大々的に行った。

薬師の河島茂継はじめ、小児科医の塙《はなわ》宗安、人見玄徳等十数人の医師に恩賞を与えた。

春日局には銀五十枚、時服（時候にあった衣服でこのときは綿入れの小袖）二かさね。

長年江与に仕えてきた按察使局《あぜちのつぼね》と刑部卿局《ぎょうぶきょうのつぼね》には銀三十枚、時服三着ずつ。

近江局は銀二十枚と時服二着を賜った。

このすぐあとの寛永十八年（一九四一）十二月末、春日局は突然引退を表明した。

翌寛永十九年（一六四二）三月には江戸城外の屋敷に移り、ご機嫌しだいの登城となった。

近江局が春日局と大奥にいて共に働いたのは、わずか五か月間であった。

春日局の屋敷は北の丸代官町をはじめ、神田本屋敷、春日町、北新宿、浅草湯、湯島にもあったが、次の年には拝領した知行地の相模吉岡（神奈川綾瀬市）に建てた屋敷に移っていった。

春日局は病気であった。以前から病弱だった家光の病気平癒と息災のために、薬を服用しないとの願を立て、生涯にわたり薬を飲まなかった。家光が〝薬を飲んで命を延ばしてほしい〟と頼んだが、春日は一切服用をしなかった。

後年は、病弱の家綱の身代わりになれるよう、やはり薬断ちを続けていた。

寛永二十年（一六四三）九月十四日、春日局は没した。六十五歳であった。

桜田から福に、母澄《すみ》の方重病の知らせが来たのは、寛永二十一年（一六四四）の夏であった。

福は大奥に上がって丸三年、年季の浅い老女に休暇はなく、近江局は病弱の竹千代の世話に明け暮れて家には帰っていなかった。願い出れば盆正月の宿下がりは認められてはいるというが、自分や親が重病になるなどを除き、御目見《おめみえ》以上の者は城外に出ることは原則禁止であった。

福の母は丹波船井郡の信濃源氏末裔の井上氏幸《うじゆき》の娘で、十六歳で能勢頼次に嫁ぎ、五男三女を設けた。江戸に出て夫を見送り、「永澄院《えいちょういん》」となってすでに十八年が経っていた。

武家の妻は夫を亡くすと普通落髪し出家をするのである。桜田の屋敷で三男の頼之一家とともに暮らし、永澄院として一族に茶の湯を教えてきた。七十七歳である。

福は、駕籠で虎ノ門からお堀端を急いだ。溜池から流れ下る水の音が涼しげであった。

茶の湯がふるまえなくなった母に代わり、兄嫁の律がふわふわの茶を淹れてくれた。

「私は、甘いお菓子も濃いお茶も苦手になってしまいました」

福がおいしそうに茶を飲む様子を見て、母は床に就いたままか細い声でこう言った。

「母上さま、何か飲みたいものはありますか」

と、耳元で福が訊ねると、

「能勢の冷たいお水が懐かしいです」

と、飲みたいとは言わず、気を使って懐かしいとだけ言った。

「能勢のお水が恋しいのは私も同じですよ」

福はそう言いながら、律が持ってきた白湯《さゆ》を飲ませるために背中に手をまわして起こした。

じつは、福が大奥に上がった寛永十八年の秋には、能勢家の身内の若い者に次々と不幸が続き、母は、そのことで心を痛め落ち込んでいったという。

長男頼重の次男。幼い頃から寝たきりで、屋敷の奥に隠してきた子である。三十一歳だった。

五男頼永の室。曽我丹波守古祐《ひさすけ》の娘。三十歳そこそこで病没。息子亀太郎はまだ二歳である。

頼次側室の娘。福の妹にあたる四女も三十代で没した。信長七男の子織田美作守高重の室であった。

(この織田家は、高重の孫信門《のぶかど》の時高家旗本となるが、信門に嗣子なく、能勢頼寛《よりひろ》の三男信倉が養子に入って家を継いだ。頼寛とは福の弟頼永の長男亀太郎である。頼寛は頼相《よりよ》ともいい、綱吉の時代に大坂町奉行や江戸南町奉行を務めた。信倉の兄にあたる次男は、家重の時代に幕府大目付を務めた能勢頼庸《よりもち》である)

母は、

「旗本は跡継ぎが無ければ廃絶です。万一のことを考えれば男子も女子も多いほどいいのですが、みな健康で長生きできるとは限りません。若い命を見送るのは本当に辛いです」

と涙を流した。そして、

「福、安心しておくれ。長右衛門さまの忘れ形見頼有はもう六歳、大きくなりましたよ」

と笑顔を浮かべた。

「母上、ありがとうございます。育てていただいた姉上にも感謝しています」

「福は、大奥で徳川さまのお役に立っておりますか」

　母は、福の身の上も案じていた。

「母上に語っていただいた昔ばなしが役立っています、今の私の支えでもあります」

「まあ、それはよかった」

　福は、幼い竹千代に能勢の昔ばなしを語るのだと母に告げた。

「子どもは、昔ばなしから人との付き合いを知り、厳しい世を生きていくことを知るのです」

　母は、福が家綱のお側で父上のようにお話を語っていると知って喜んだ。

「若さまは、くり返しや調子のいい話がお好みです」

「先祖から受け継がれてきた話は、素朴で明快で心を惹きつけますからね」

「はい、昔ばなしは人を育てる力があります。それは我が子にも若さまにも同じでした」

「昔ばなしは、短くても人生を語り、生き方を語るものと言われていますよ」

「その中に、自然や人のくらしがあります」

「そうです。お父上はそれを家康さまや秀忠さまに語ってこられました」

「私も、父上を見習って、竹千代さまにもっともっとお話をしたいと思っています」

昔ばなしを聞いて育った福の、昔ばなしによる子育ては成功だったといえる。

「では私も、取って置きの話をひとつ、福に語りましょうか」

母がとても前向きなので、福も律もびっくりしました。

「母上、お体は大丈夫でしょうか」

「福に会えて、いつになく元気になりました」

*

「のせ猿草子」


むかし、能勢に苔丸殿《こけまるどの》という知恵や芸能に優れた猿がいました。苔丸殿が扇を持ってひとさし舞えば、見た人は感げきでボーとなるほどでした。

春は岩間で花を眺め、秋は梢《こずえ》で月を愛でるという風流な猿でした。

父の猿尾権守《ましおのごんのかみ》や母から嫁御を勧められても、「先祖は百人一首にも選ばれた歌詠みの猿丸太夫。なまじ中途半端な方とは結婚いたしません」と言いました。

苔丸殿はある日、日枝神社参詣の途中、都で光るように美しい姫を見て好きになりました。神社に着くと、

「山王二十一社さま、都の姫が忘れられません。姫に会わせてください」

と祈り、苔むした地面に倒れてしまいました。そこへやってきた田舎殿という狐が、

「姫は兎の壱岐守の一人娘さんです。子どもに恵まれなかったご夫婦が満月に祈り、奥さんの右の袂《たもと》に宿った月の申し子で、名をたまよ姫といいます。手紙を書きなさい。私が届けてあげましょう」と言いました。苔丸殿が、

〝君故にかき集めたる木葉どもの
　散りなん跡を誰か問はまし〟

と書くと、受取った姫は耳をそばめ恥ずかしげにしていましたが、

〝おちこちの方便《たずき》も知らぬ山猿の
　散りなん後を誰か問ふかや〟

と返事を書きました。

田舎殿がコンコンといいながら返事を持ち帰ると、苔丸殿はさっと起き上がり、「お美しい筆跡です」といって手紙を胸に当て、頬《ほお》に当てて喜びました。

田舎殿に何度も手紙を届けてもらううちに、二人は結婚の約束を交わすほどになり、能勢から馬、乗物、多くの子猿たちが迎えに遣わされました。

苔丸殿は、たまよ姫を連れて帰ってきました。

その後は、お子さまが大勢生まれ、能勢は、大繁盛に栄えました。

*

これは、能勢家の起源ともいうべき話だった。そして、福が母から聞いた最後の話となった。この三日後、母は静かに息を引き取ったという。戒名は、永澄院殿妙月日久となった。

◉二十四　ごちそうは昔ばなし

「ただのまんじゅう」

*

とんと昔、京の都にまんじゅうという人がいました。

まんじゅうは、不老不死のご利益《りやく》があるという摂津国の住吉《すみよっ》さんにお参りしてこう願いました。

「広い新天地で長生きしたいので、よろしく」

するとその夜、まんじゅうの夢まくらに神さまが現れ、弓を引いて矢をピューンと北に向けて放ちました。

神さまは、

「この矢の行方をさがすがよい」と言って消えました。

まんじゅうが矢の行方を問いながら猪名川にそって上って行くと、沼地に棲む大蛇に命中していました。頭が九つもある大蛇で、とても苦しんでいました。

まんじゅうがその矢を抜いてやると、もう一匹の雌の大蛇とともに川下に流れていきました。

すると大蛇がせき止めていた水が抜けて、沼地は広い田んぼになりました。

まんじゅうはここに移り住んで、田畑を起こし、この地を多田と決め、九頭《くず》明神を祀り、大勢の武士を育てました。まんじゅうは満仲という武門の源氏だったので、以来武士の先祖となり、多田は源氏発祥の地と言われるようになりました。

満仲《まんじゅう》の話、これでとんとん おしまいです。

＊

五歳になった竹千代は、小さな白い手を口元に当てクスリと笑った。

「まんじゅうはお菓子ではなく、源満仲《みなもとのみつなか》だったね」

「若さまは満仲をご存じでしたか」

「徳川のご先祖、清和源氏の最初の武士」

「おおせの通りでございます」

「強かったのかえ」

「はい、とても。その上、賢かったようにございます」


大奥老女近江局は、毎日、幼い竹千代にごはんを食べさせるように昔ばなしをした。

「朝のはなし、昼のはなし、夜のはなし、どの話も、おいしいごちそうにございます」


竹千代は、近江が語るそんな話が大好きで、いつも目を丸くして聞き入った。

竹千代は生まれた時からあまり体が丈夫ではなかったので、江戸城の二の丸御殿で話を聞くなどしてゆったりと育てられたのである。

春日局は、家光の食べ物の好き嫌いを、菜飯、麦飯、小豆飯《あずきめし》などの「七色飯」で克服させたという。近江局はそれにあやかって、「七色ばなし」で幼い竹千代に源氏武士の強さや誇りを説くのである。

竹千代のそばにいてともに話を聞く小姓の一人は、近江局の甥の亀太郎である。亀太郎は五歳で竹千代の御伽衆に採用された。近江の弟能勢頼永の長男で、竹千代より二歳年上の七歳。亀太郎は、竹千代が三歳のころから一緒に話を聞いているのである。

＊

「金太郎」

とんと昔、相模国足柄山の山奥に、金太郎というとても元気な男の子がいました。

金太郎の友だちは、山の動物たちでした。

クマさんやウシさんやシカさんを集めて、すもうのけいこをします。

「はっけよいよい、のこった。はっけよいよい、のこった」

ウサギさんやリスさんが声をそろえていいました。

「金太郎さんの勝ち～」

「金太郎さんは強いなあ～」

金太郎は、いつも、まさかりをかついでいました。

まさかりは、倒れた木を片づけたり、川に橋をかけたり、薪《まき》を作るのに使う道具です。

金太郎は、ごはんを炊いたりお風呂を沸かしたりするために、薪をいっぱい作りました。

金太郎のお母さんは、

「ありがとう。おまえは働き者になるね」

と喜びました。

なかよしのクマさんは、金太郎を背中に乗せ、馬乗りのけいこをしてくれました。

おサルさんやキツネさんがそばに付き添って、

「はいしどうどう、はいどうどう。はいしどうどう、はいどうどう」と、拍子をとってくれました。

金太郎ばなし、これもとんとん ひとむかし。

＊

近江局が話を終えると、小姓たちは、さっそく、相撲ごっこをしはじめた。

「はっけよい、のこった、のこった」

小姓には同年齢または少し年上の三人の男の子たちが遊び相手として育てられていたが、ほかに、家光の小姓で旗本奴《はたもとやっこ》と呼ばれた元気者の加々爪直澄《かがづめなおすみ》という若者もいた。

小姓たちはすぐ馬乗りに興味が移り、いっせいにこの直澄に飛びかかった。

直澄を馬にしてまたがると、

「若さまも、早う、早う」

と、直澄の背中の上の一番前を一人分空けて竹千代を呼んだ。

直澄は、

「おー、おー、おー」

と苦笑いをしながらもみくちゃにされて、小姓たちの遊び相手を務めた。

それを見ていた竹千代は、すぐさま直澄を部屋から退出させて小姓たちに、

「この竹千代を楽しませようとして、人を困らせてはならぬ」

「直澄は父上を火事で失ったばかりでもあるのだ」と告げた。

直澄の父は大目付の加々爪半之丞《かがづめはんのじょう》といい、四年前の桶町大火の消火活動をしていて煙に巻かれて殉職した。竹千代は、それも気にかけていたのである。

小姓たちは、「竹千代さまはやさしいな」と思った。

すると、こんどは亀太郎が四つん這いになった。

「若さま、亀の背にお乗りください。私は馬のようには走れませんが」

竹千代は、「亀太郎はやさしいな」と言った。

*

「酒呑童子《しゅてんどうじ》」

とんと昔、丹波の大江山に悪い鬼どもが棲んでいました。

鬼は夜な夜な京の都に現れて、人を襲い人を喰い、

金銀《かね》や宝を盗み、姫を攫《さら》っていきました。

源満仲の息子で源氏の大将頼光《らいこう》が、帝の命を受けて

鬼退治に向かうことになりました。

お供は幼い時は金太郎といった坂田金時《さかたのきんとき》と、碓井貞光《うすいのさだみつ》、

卜部季武《うらべのすえたけ》、渡辺綱《わたなべのつな》という頼光の四天王。

山伏姿に身をやつし、勢いよく山を登っていきました。

大江の山では鬼の頭の酒呑童子が赤鬼青鬼従えて舞えや歌えの大騒ぎ。頼光たちは鎧兜に身を固め、毒の酒を勧めて鬼たちを酔いつぶし、驚き迷う鬼たちを一人残らず斬り殺し、酒呑童子の首を取り、捕《と》られた姫を取り返し、めでたく都に帰りました。

*

*

源頼国《みなもとのよりくに》

「父上、大江山へは、私もお連れくださいませ」

こう言って鬼退治には、実は、頼光の長男である源頼国もお供をしたのです。勇ましいことは父や祖父（満仲）にも恥じないほどでしたが、頼国は、鬼退治から帰ってきて重い病気に襲われました。

都は騒がしくて祖父の多田の館にやってきましたが落ち着けず、病は治りません。そこで多田の北方能勢の丸山に山荘を造ってもらって住みました。

帝が、病気のお見舞いに、都の名医や比叡山の僧をつかわしてくださるほどでした。

山に囲まれた水辺の能勢はひっそりと静かで、頼国は、しばらくすると心ものびのびとして元気になり、砦《とりで》を築いてこの村に住みました。

頼国は、能勢氏の先祖となりました。

鬼退治のお供ばなし、これもとんとん ひとむかし。

＊

近江局の話が終わると、竹千代が訊いた。

「この頼国が、能勢近江のご先祖かえ」

「はい、満仲がお祖父様、頼光《よりみつ》が父上でございました」

「鬼退治はいつのころの話かえ」

「今から六〇〇年も昔のことでございます」

「徳川は、松平から生まれて二〇〇年というぞ」

「はい、能勢家は古うございます」

「近江は、その能勢で生まれたのかえ」

「はい、摂津能勢地黄《じおう》の生まれでございます」

「能勢亀太郎も、能勢の生まれかえ」

竹千代は、小姓の亀太郎にたずねた。

「わたしは、江戸の生まれでございます」

「行ったことがあるのかえ」

「いえ、ありません。父は能勢で生まれましたが」

それを聞くと、竹千代はまた近江局に向き直り、

「病がいえるほどの能勢とは、どんなところかえ」

と訊ねた。竹千代は能勢に興味を持ったようである。

「水は澄み、山は日の光で紫にかすみ、人は北辰星《ほくしんせい》に見守られてまじめによく働きます」

「行ってみたいなあ」

「いつか能勢においでくださいませ」

「では、多田とはどんなところかえ」

「多くの強い武士が生まれた清和源氏のふるさとです。館の西と南は猪名川が囲み、岩の間を朝な夕な、清らかな水がサラサラと音を立てて流れております」

「行ってみたいなあ」

「ぜひともおいでくださいませ。おおじい様の家康さまは、大坂の陣の戦勝祈願においでになりました。多田は、戦の神様が宿っておられるのでございますよ」

「徳川の先祖の地でもあるのだな」

「はい、徳川は、能勢とともに清和源氏でございます」

亀太郎と小姓たちも、声をそろえて、「行ってみたいなあ」と言った。

正保二年（一六四五）春四月二十三日、家綱《いえつな》の元服と叙任《じょにん》の儀礼が執り行われる運びとなった。数え年五歳の竹千代は、前年の一月、家綱と改名し、袴着の祝いを済ませて元服に備えていた。

秀忠と家光の元服は十一歳と十七歳だったので上京して元服し叙任を受けたが、家綱は幼いので、武《ぶ》家伝奏《けてんそう》の二人が帝の代わりに叙任をする勅使となって、院使たちとともに江戸にやってきたのである。

近江局は、家綱に、朝から、

「お行儀よくなされませ」

「お体はあまり動かさず」

「お頂戴《ちょうだい》いたしましたと、大きな声ではっきりと、二回」をくりかえしている。家綱も、

「わかっておる」とくりかえす。

しばらくして、また、近江局が、

「お行儀よく前を向いて。退屈してもあくびはいけません。お頂戴いたしましたと……」

と念を押す。家綱は、

「大きな声で、はっきりと、二回でしょ」と、自分から復唱して、

「わかっておる。じっとしておく」と返した。

若君家綱は、まず元服の式に臨んだ。

元服とは、髪を結って冠《かんむり》を付け、童名を廃し新たな諱《いみな》を受ける式である。

竹千代は既に家光から家綱と命名されていたので、この日は理髪役が家綱の前髪を剃り、月代《さかやき》になり、女院御前（叔母の東福門院）から贈られた「御冠烏帽子《おかんむりえぼし》」を烏帽子親の保科正之に被《かぶ》せてもらって式を終えた。

次は、いよいよ叙任の儀礼である。

家綱は大広間に出て、上段の間に座った。

後光明《ごこうみょう》帝の勅使で武家伝奏の二人のうち菊亭経季《きくていつねすえ》が、「従三位大納言」の位を読み上げて覧箱に入れた。それを侍従の吉良義冬が受け取り、家綱のお側付きの牧野信成に渡し、それを家綱が受け取るのである。家綱は少し緊張し、少しかすれた声で、

「お頂戴いたしました」

といって両手で捧げると、すぐに信成に渡し、信成が義冬に渡し、義冬が床の間に置いた。

そこで院使の前中納言藤原實任《さねとう》が上段の間に行って、家綱に向かって、

「禁裏仙洞新院（女帝明正《めいしょう》・和子《まさこ》の娘）の思し召しでございます」と述べて退いた。

次にもう一人の勅使飛鳥井雅宣《あすかいまさつら》が、「推叙正二位《すいじょ》」と記したものを読み上げて覧箱に入れた。それを吉良義冬に渡すと、義冬が家綱付き老中の松平乗寿《まつだいらのりなが》に渡し、それを家綱が受け取った。

家綱はこんどは少々高い声で、元気よく、

「お頂戴いたしました」と述べ、慣れた手つきで押し頂いた。

乗寿、義冬が受け取って、義冬が床の間に置くと、もう一度院使の前中納言藤原實任が、

「これは、後水尾上皇からの特段の叡慮《えいりょ》です」と、上皇のお気持ちを述べて退いた。

じつは五日前、武家伝奏である勅使の二人が江戸城にやってきて、白書院で家光に対面し、

「後光明帝より、若君さまを四位中将に任じます」と、事前に伝えてきたのである。

家光はそれを聞いて、「私は元服の場で従三位大納言《じゅさんみだいなごん》を賜ったのに、家綱がなぜ四位中将なのか」と執拗に問いただした。

菊亭は、「あれは後水尾帝時の徳川家三代目様にかぎりの特別で、四代目若君は若年でもあらしゃいまして、まずは中将からでござります」と言い、続いて飛鳥井も、「これは、鎌倉・室町の将軍さまたちの先例に従ったことで、別段、相変ったことではござりません」と付け加えた。

家光は、淳和帝時の源定《みなもとのさだむ》や清和帝時の源信《みなもとのまこと》の先例をあげ、大納言のへの叙任を要求した。それでも伝奏たちは、「家綱さまはあまりにも若年にて」と、抵抗のことばを繰り返していたのだが、本日、家綱は摂関家や以前の将軍家の元服例とは明らかに差がつく「従三位大納言」と、さらには上皇の推叙による「正二位」という特段の家格を手に入れたのである。

家光が、「先の女帝明正院は秀忠の孫で、徳川は帝の外祖父である」と引き下がらなかったのが、叙任役の勅使院使に影響を及ぼし、この叙任となった。

院使・勅使たちには用意があったのに、家光の出方を見ていたのであろうか。

ここにきて徳川の朝廷に対する発言が、到達点を迎えたといえる。

これらご祝儀がすべて納められると、家綱は、父上の家光と改めて上段の間に出た。

板敷きの入側《いりがわ》に並ぶ地下《じげ》の人々や摂家や門跡の使者たちが控えている前の障子が開けられて、親子は一同の平伏を受けた。

「若さま、正二位大納言。おめでとうございます」

「たいへんお行儀がよくて、ご立派でした」

「長い間の儀式、よく我慢をなさいました」

側近たちからお祝いを受けるとともに、儀式中の行儀をたいそう褒められた家綱は、すました顔で、

「近江が言うとおりにしておった」

と言い、近江には小さな声で、

「退屈はしなかった。昔ばなしを思い出していたから」

と明かした。

「まあ、それはいい考えでございました。ところで、何のお話を思い出されていたのでございますか」

近江局は、昔ばなしがこうやって幼子の心の中で生きているのが嬉しかった。

「思い出すというより考えていた。鬼退治に行った者の中で一番強かったのはだれかなと」

「あら、それは難問。退屈しなかったでしょう」

「いや、すぐわかった」

「おや、だれでしょう。大将の頼光さん？」

そばでこのやり取りを聞いていた亀太郎がそわそわし始めた。亀太郎も、家綱に負けないほどの利発な子であった。亀太郎は、

「頼光さんのご家来ですよね」

と手掛かりをいい、わかって、と顔をしかめた。近江が、

「頼国《よりくに》、保昌《やすまさ》、四天王。あっ、四天王の綱《つな》ー」

家綱は、ほっとしたようすでうなずいた。そして、

「家綱の綱は、渡辺綱《わたなべのつな》からもらったのかえ」と訊いてきた。

近江は、家綱が、式の間こういうことをじっと考えていたのかと思うと、いじらしくもあり、また、家綱はとても賢い子どもだと思うのであった。

「若さま、渡辺綱のお話をいたしましょう」

＊

「渡辺綱」


渡辺綱が、夕暮れ、馬に乗って、京の一条戻り橋にさしかかりました。

すると橋のたもとに若い娘が立っていて、「もし……」と、かぼそい声をかけるのです。

綱が、「わたしに何用か」ときくと、娘はにっこり笑って、「五条まで戻りたいのですが……」と言います。綱は、「お送り申そう。しっかりつかまっておるがよい」と娘を後ろに乗せ、自分の背中にしがみつかせました。

しばらく行くと娘は、

「あの、五条にはさしたる用はありませぬ。都の外へ」

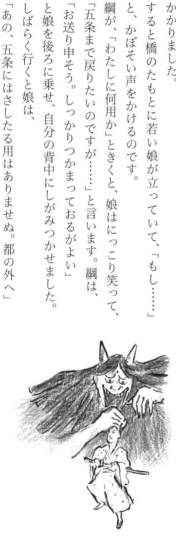

「どこへなりとお送り申そう」

綱は娘の美しい声に心を奪われていました。

しばらく行くと、綱はもとどりという束ねた髪を後ろから引っぱられて体が宙に浮きあがりました。

ふり返ると娘の顔が鬼です。

娘は鬼女でした。綱は鬼に掴《つか》まれて宙に吊り上げられていました。

しかし綱は少しもあわてず源氏の宝刀「髭切《ひげきり》」という刀を抜くと一振りで鬼女の腕を切り落としました。

綱は北野神社の回廊に落ち、鬼女は片腕をなくしたまま愛宕山《あたごやま》の方に逃げていきました。

綱は鬼の腕を持ち帰りました。頼光は、

「これは酒呑童子の一番の家来、茨木童子《いばらきどうじ》の腕である。鬼は必ず腕を取り返しに来るから厳重に家を閉ざし、だれが来ても七日間はけっして戸を開けてはならぬ」と教えました。

綱は仏間にこもり、ひたすら経を唱えました。

もの忌《い》みが終わる七日目の夜のことです。綱の屋敷の門の戸をたたく者がいます。

「そなたの母じゃ、久しぶりじゃ。元気かや。開けておくれ」

「母上さま、じつは訳あって、母上さまでも会うことはできません」

「なんと言われるか、母じゃ」

「申し訳ありません」

「はるばる訪ねてきたのじゃぞ」

綱は、そろりと戸を開けました。

黒い影が奥の間に突っ走り、壺の中に入れてあった鬼の腕をつかみました。鬼は、

「これさえもらえば用はないー」

と叫んで、天井から破風を突き破って飛んで行きました。

渡辺綱武勇伝《ぶゆうでん》　これもとんとん ひとむかし。

＊

近江のはなしが終わると、家綱は、

「やっぱり、綱は勇気があって強かったね」

と喜んだ。亀太郎が、

「勇ましくて強いうえに、とても優しい人でした」

と褒めた。近江局も、

「渡辺綱は源綱《みなもとのつな》といい、満仲の孫で源氏武者ですよ」

と、誇りをもって付け加えた。

もう一つ、源氏の御曹司《おんぞうし》の話をいたしましょう。

＊

「牛若丸」


昔、京の五条の橋の上を、笛を吹きながら高下駄で行く十二歳の源氏の御曹司がいました。

源義朝の子で鞍馬の寺に預けられた牛若丸でした。

ある夜、牛若丸めがけて大の男の弁慶が、長いなぎなたを振り上げて斬りかかってきました。

牛若丸の刀を奪おうというのです。

武蔵坊弁慶といって、人々から次々と刀や槍を奪う乱暴者で、今夜がちょうど千本目だというのです。

牛若丸は、飛びのいて、持った扇を投げつけて、橋の欄干の上から「こっち、こっち」と手まねきをしました。

弁慶は牛若丸を追いかけました。

しかし、前や後ろや左右、ここと思えばまたあちら、ツバメのような早業の牛若丸がどうしてもつかまえられません。

鬼のような弁慶は、とうとう降参。牛若丸にあやまって、「どうか私を、あなたさまの家来にしてください」とお願いしました。

弁慶は牛若丸の一番の弟子になり、どんなときにも牛若丸

（義経）を助けました。
源氏と平氏の戦いは約三十年間も続きましたが、義経たちの働きで、
ついには源氏の勝利となりました。
牛若丸のお話、これもとんとん ひとむかし。

＊

近江局の話が終わると、家綱は必ず反応を示し感想をいう。律儀《りちぎ》な子どもである。

「牛若丸は、源氏の大将の子だったか〜」

「はい、義朝《よしとも》の九男で九郎義経。兄上は頼朝でした」

近江局がこれまで丁寧に家綱の疑問に答えてきたのもよかったようだ。

「子どもの時の手習いは、笛や剣だったね」

「はい、大人になって平氏と戦いました」

「鵯峠《ひよどりとうげ》かな、一の谷かな、馬で駆け下りたんでしょ」

「はい、海の上でも船から船へ飛び移りました」

「剣や馬や戦の、虎の巻を持っていたのでしょ」

「さあそれはどうか。一生懸命練習をしたのですよ」

「たしか、平氏にも笛の上手がいたな」

「いました。平氏の子どもは公達《きんだち》といいます」

「御曹司も公達も、幼いうちから手習いをするのか」

「そのようでございます」

「源氏の御曹司家綱は、笛も、剣も、馬も苦手じゃ」

「だいじょうぶ、手習いは今からでございます」

「わたしは、じっとしていてできるのがいいな」

「何をなさりたいのでしょう」

「お話を聞くのと、釣りと、絵をかくのがいい」

「わかりました。好きなことから始めましょう」

近江局がお庭に用意をさせたのは鶏小屋だった。

家綱に、水やりや餌やりなどの世話をさせると、ときどき雌鶏も雄鶏もお庭に放して、いっしょに遊ばせた。時には雄鶏同士の闘鶏《とうけい》も見せた。

「能勢近江《のせおうみ》、きょうの話は何かえ」

「若さま、それはお庭にお出ましになってのお楽しみにて」

「早う行こう、早う行こう」

若さまは、近江局の手を取って庭に駆け出した。

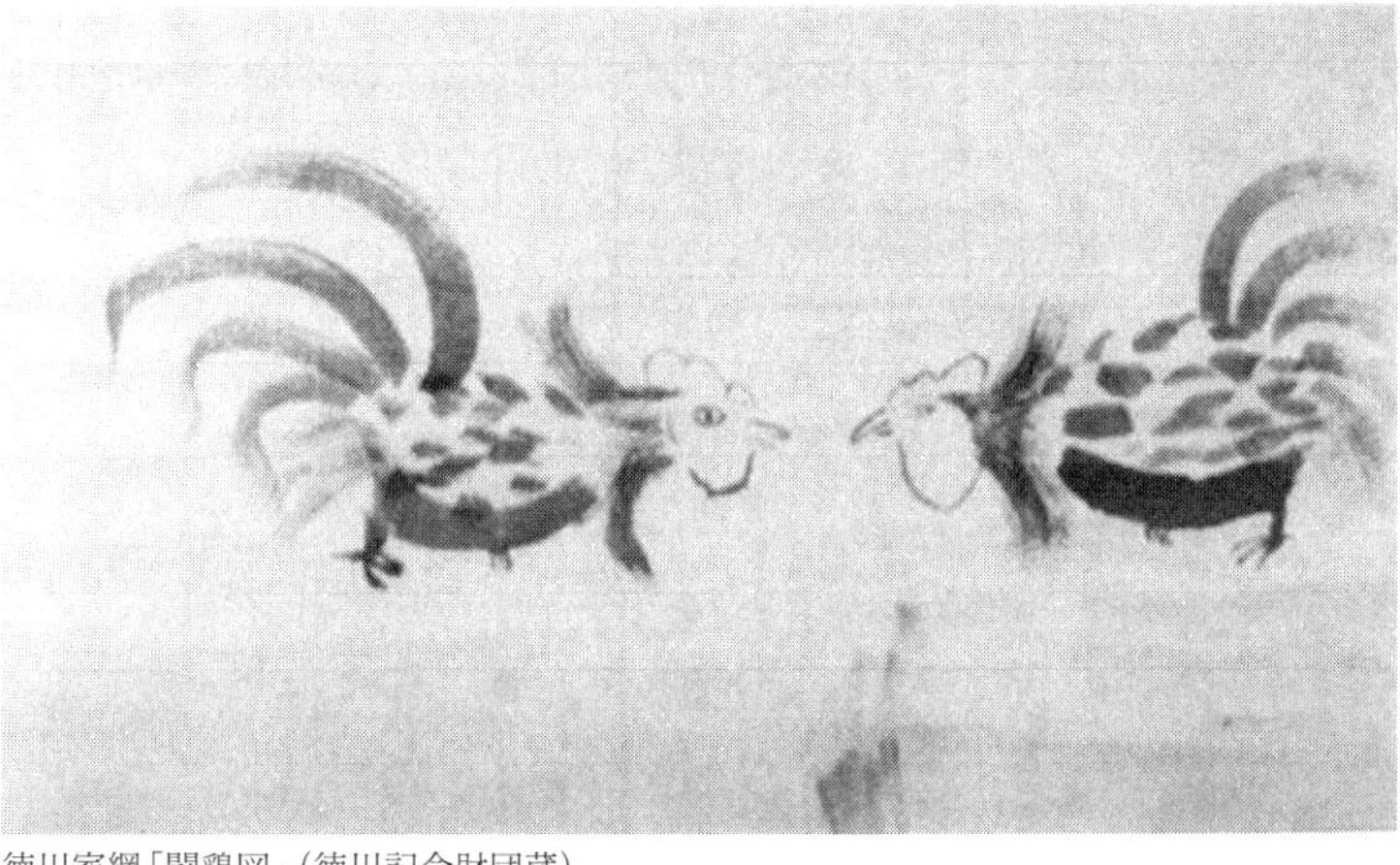

徳川家綱「闘鶏図」(徳川記念財団蔵)

若さまは、七歳になった。

四十四歳になった近江局は、家綱を、できるだけ御殿の外へ連れ出すことを考えた。庭には話を聞く席を設け、話を聞いた後はそこで一緒に遊ぶ準備をしていた。近江局は「七色ばなし」で家綱を鍛えようというのである。

近江が用意した話は、能や歌舞伎の原型となった幸若舞曲《こうわかぶきょく》で、曲舞《くせまい》とか舞々《まいまい》といわれ、歌謡や語りにあわせて寺の門前などで舞い踊りながら物語を伝えた芸である。

近江は、解りやすく易しい言葉にいいかえて話した。

*

—まず、「常盤御前《ときわごぜん》」　お庭の松の木の下にて—


皇后九条院の奥向きの召使いであった常盤《ときわ》は、源義朝の妻となり、今若・乙若・牛若という男の子を儲《もう》けました。平治の乱で義朝が敗れたので、常盤は、平氏から身を隠すため三人の息子を連れて大和国に逃れました。

ところが常盤の母が平氏に捕らえられてしまいました。

常盤は母を助けるため平清盛の館に出頭しましたが、清盛によって、常盤は藤原氏に嫁がされ、三人の男の子は仏門に入れられてしまいました。

京の鞍馬山のお寺に預けられたのが牛若でした。

〽三男にあたりたる牛若丸、
　十六歳の春のころ、行方も知らず
　失いしが奥州にありと聞く……
　恋しき子には会いもせず、むなしくならん悲しさよ〜
　―これもとんとん　ひと昔―

＊

「牛若が鞍馬で仏門のほかに励んだことは何でしょう」

近江は、語り終わると、家綱に問題を出した。

「この子、五条橋の牛若丸だな。笛？　あっ剣術か―」

「そうです。剣術です。今からお庭で練習をいたしましょう」

竹刀《しない》と防具を持って庭に控えていた小姓たちの出番である。

家綱は、はだしになって、剣術の練習に汗を流した。

　―次は、「築島《つきしま》」お池のそばで―

＊

平清盛は摂津福原に都を移し、ここを波の静かな港にしようと考えました。

しかしいくら海の中に石や土砂を埋めても島が築けません。陰陽師が、

「海の龍神の怒りを鎮《しず》めるには三十人の人柱が必要です」と占いました。

捕らえられた人柱の三十人目が三松刑部国春《みつまつのぎょうぶくにはる》でした。能勢に住む娘の名月姫と夫の能勢蔵人家包《のせのくらんどいえかね》は父を助けるため福原に急ぎました。

清盛は、「名月姫が清盛の側室になるなら、国春の命だけは助けてもいい」というのです。

悲嘆に暮れていると清盛の小姓で十七歳の松王丸が、

「私が人柱になって海の龍神にお願いをします。三十人をお助け下さい」と願い出て三十巻の経《きょう》とたくさんの石とともに一人で船に乗せられ、人柱として海の中に沈んでいきました。

父たちは助けられ、島が完成しましたが、清盛は名月姫のことをあきらめません。

清盛は、能勢の館に迎えを寄こしました。どうしても清盛のところに行きたくなかった名月姫は、峠にさしかかったとき、駕籠の中で自ら命を絶ちました。

〽名月と申すもただ世の常ならず。鞍馬の毘沙門天の御計《はか》らいによって、吉祥天女《きっしょうてんにょ》の化身にて、

島をも成就、人柱も助けんために現れる〜

——これもとんとん　ひと昔—

＊

近江が語り終わると、家綱が問うた。

「いまから池の中に入って、島を作るのかえ」

「お砂遊び、お水遊びは楽しいでしょう。でもそんなことをしたら矢島様にしかられます」

近江が残念そうにいうと、家綱は乳母の矢島の口調で、

「冷えてお腹をこわします。お風邪をお召しになられます」

でしょ、とばかりに真似をして、砂遊びをあきらめた。家綱は分別のある子である。

近江局は、

「家包は、能勢にある御室《おむろ》（仁和寺）の荘園の管理をする者で、狩りが得意でした。若さま、今からお城のそばの紅葉山で狩りごっこをなさいますか、それとも日を改めて、浜の御狩場で本当の狩りをなさいますか」

と訊ねた。家綱に、したいことを選ばせるのである。

家綱は、本当の狩りがしたいと答えた。

浜の狩場とは、家康の命により江戸城から二キロ先の浜に造られた鷹狩場である。側近たちは、「待っ

ていました」と喜んで、早速、家綱の初狩りの準備にとりかかった。

ここで休憩となり、野点《のだて》の茶の湯となる。

お庭に赤い毛氈《もうせん》を敷き、お点前《てまえ》をするのは近江の甥で十歳の小姓の亀太郎である。亀太郎の父能勢頼永は、将軍御用の宇治茶を運ぶ採茶使で、お作法を小堀遠州から学んだ。息子もそれを受け継いで、若さまに茶を点《た》てるほどの腕前になっていた。

実をいえば、若さまも亀太郎も、まだ、甘いお菓子のほうが嬉しいようだが。

この日の菓子は、うさぎ餅だった。

＊

—次の日は、「那須与一」 お庭にて—


寿永四年、讃岐国屋島でのこと。

勢いに乗る陸《くが》の源氏、大混乱の海の平氏。

平家の御座船《ござぶね》から女性が出てきて、広げた扇を船の端の竿《さお》の先に結わえると源氏軍に向かって海の上から大声でこう呼びかけました。

「この扇を射てみよー」

陸から見ると、扇は小さく波にゆらゆらと揺れています。

しかしここで応じなければ源氏の名折れです。

〽那須与一宗高は、大将の御前に弓とり直しかしこまる。判官義経ご覧じて、御辺《あなた》は弓の上手と聞く、一矢射よと御諚《おおせ》なり。与一謹んで、鏑《かぶら》を潮にうち浸し、三人張りの強い弓に長さ十三束《ぞく》の長めの矢を取り、きりきりと引き、右手を強く放ちける。矢は、うめくうなると遠鳴りして、扇の蜘蛛手の辺りをば、ひふっと射切りたり。花のごとくさっと散る。平家騒げば、陸《くが》の源氏も鳴り静まらず〜

——これもとんとん　ひと昔—

＊

近江が語り終わると、家綱が言った。

「いまから弓矢の練習をするのでしょう」

「若さま、その通りでございます」

庭の一角に垜《あずち》(的山)が築かれており、家綱は、近江局の甥で二十五歳の小姓能勢頼澄に、射芸を教わった。

能勢家は、代々弓術を伝える一家である。

＊

—次は、「敦盛《あつもり》」　お庭にて—

寿永三年、摂津国須磨でのこと。
海に逃げる赤旗の平氏。陸から追いかける白旗の源氏。
逃げ遅れ馬上で波際にいるのは、立派な鎧兜の武者。
「敵に後姿を見せるとは情けないぞ。帰ってこい帰ってこい」
呼び止めたのは、四十を過ぎた源氏武士の熊谷次郎直実《くまがいじろうなおざね》。
直実がむんずと組んで平家の武者を馬から落とし、
首を取ろうと見ると、相手はわが子くらいの少年でした。
直実はとっさに「お逃げなさい」と力を抜きました。
少年は、平敦盛といい十七歳。
大事な笛を忘れて取りに行き、平家の御座船に
乗り遅れてしまったというのです。
直実は、
「昨夜《ゆうべ》美しい笛の調べが聞こえましたがあなたでしたか」と言い、
もう源氏の勝利は確実で、この者一人、何とか
逃がしてやりたいものだと思いました。
しかし、敦盛は覚悟を決めたように言いました。
「私はあなたにとって十分な敵。早く首を取れ」

仲間が集まってきたので、直実は、泣く泣く敦盛の首をとりました。

懐《ふところ》から名笛《めいてき》「青葉」が転がり落ちました。

敦盛の死を悼《いた》んで直実は、その笛を平家の軍に届けると、都に帰って出家をし、その冥福を祈りました。


〽人間五十年、化天《げてん》のうちをくらぶれば、夢幻の如くなり。ひとたび生を享《う》け、滅せぬもののあるべきか。これを菩提の種と思ひ定めざらんは、口惜しかりき次第ぞ〜

——これもとんとん　ひと昔—

＊

語りが終わると、家綱はふぅ〜とため息をついてこう言った。

「心の底から幸若の曲が舞い上がってくるようだった」

近江が演じたわけでもないのに伝わったようだ。近江局は、

「御父上はもちろん、おじいさまも大権現さまも、大の幸若好きだったそうですよ」

と伝えると、家綱は、

「少々難しいが、私も幸若が好きかもしれない」

と言うのである。

近江局は、芸の力はすごいなあ、そしてその心は代々伝わっていくものだなと思った。

家綱は、

「織田信長もこの曲が好きだったのでしょ」

と言った。近江は驚いて、

「そのようです。若さま、よくご存じです。もとは〝敦盛〟という幸若舞が能になったそうです。能の平家、幸若の源氏というそうですよ」

武将たちが好んだ軍記物語は、武士舞的な能に対し、幸若は素朴で勇壮が特色だという。

「ふぅ〜ん、しかし余は、聞くのはいいが語りは苦手じゃ。笛も剣も苦手じゃ。近江、今度は何をさせる気かえ」

「若さまのお好きなことを手習いに」

「決まっておろう。お庭にニワトリを放して追いかけて遊ぶ。そして、ニワトリを描くことじゃ」

「そうと思っておりました。家綱さま、お好きなだけお遊びなされ。そして遊び疲れる前にニワトリ一羽お描きなされませ」

「きょうは、なかよし親子が描きたいな」

そうやって描いた家綱の親鶏雛図である。

徳川家綱「親鶏雛図」(徳川記念財団蔵)

Ⅳ章　江戸編・後

◉二十五　日光社参

「恐れながら申し上げます」

近江局は、日光から帰ったばかりの家光に意を決して言上した。

慶安元年（一六四八）の春である。

「日光社参は、今回で最後となされますように」

「何をもってそんなことを、近江ごときが偉そうに！」

東照大権現を心の拠りどころとし「日光、命《いのち》」という家光は、家康の三十三回忌を終えたとたんにこう進言されて、「何を言うか、ひどすぎるー」と喚《わめ》き散らした。

近江局は、家綱の健やかな成長一筋に邁進すること早七年、大奥の仕組みについて改めたいことが増えていた。確かに、近江局がやってきてからは、理不尽な規則や慣習に少しずつ工夫が加えられて、働きやすくなったのは奥の女たちが認めるところである。

何より、病弱だった家綱がのびのびと素直に育っているのがその証拠である。

家光も、日に日に逞しくなっていく家綱を見て目を細めて喜んでいる。

それでも、徳川にとっての高祖東照大権現の御霊《みたま》詣でに異を唱えるとはもってての外である。

「そのような指し出、控え、控えー」

と言ったものの家光は、若い頃に発症した謎の病（脚気《かっけ》）がまた再発しているのを感じていた。食欲不振や体のだるさは周囲に悟られないようにしていたが、近江局に痛い所をズバリと指摘され、一瞬前後不覚になって取り乱した。家光は、白米を腹いっぱい食べるのが健康のもとと考えていた春日局に育てられ、アワやヒエなど雑穀を知らず、まさか自分が〝贅沢病〟に罹っているとは思ってもいなかった。

近江局は、ここで引き下がれば元も子もないと御手打ちも覚悟の上で、

「日光社参はこれで十回。その経費はあまりにも莫大すぎでございますれば」

と、畳に這いつくばって言上の訳を告げた。

「経済的な話かい」と、家光はもう一度面食らって座りなおした。

家光は、秀忠によって日光に祀られた家康の簡素な墓の大改修に乗り出していた。なかでも、寛永十一年（一六三四）から四年をかけての大造替《だいぞうたい》は、大坂城の建築に携わった大工の棟梁たちを京や奈良から呼び集めて修築に当たらせた。神への入口陽明門を初め、本殿の黄金の部屋など豪華絢爛に仕上げるために五十六万八千両と銀百貫、米千石を投じた。

多くの供揃えによる社参を、元和九年（一六二三）から二十六年間にわたり十回行なった。

『工芸技術の粋を集めた建物ゆえ、管理・保存に今後も補助金を投入し万全を尽くすこと。死後も大権現さまに仕えたいので、わが身の亡骸《なきがら》は日光山に葬るように』と遺言もした。

松平信綱の養父正綱からは、二十年に亘り植えてきた杉を参道並木として寄進されたばかりで、日光社参は「まさにこれから」の時に、「もうこれにて」と老女ごときに言われたのである。

近江局の指摘の通り、設備投資に御成りの旅、歳費加重は極限に達していた。

それでも社参をやめるつもりはないが、来年自分が家綱を連れて行くのは無理かもしれないと思い始めた。家光は体力に不安を感じていたのかもしれない。

そしてさんざん迷った挙句、

「そこまで言うのなら、近江局、おぬしが家綱を日光に連れて行け」

と命じた。家光は、来年九歳になる家綱にどうしても日光社参をさせておきたかったのである。

「余は二十年前、二十八歳で初めて父上に同行した。家綱も父である余が連れて行きたかったが」

と残念がりながら、さっそく来年四月の準備にとりかかった。

まず、道中の安全のため危険個所を調べる巡視を派遣した。

そして同行する家来たちの人選と編成を発表した。

質素倹約を旨にできるかぎりの費用を抑える方針だったが、家光の心配がつのり、あちこちの宿場に伝令が飛んで、結局相当の経費がかかる準備となった。

勘定の一人に能勢久頼《ひさより》二十二歳が任命された。

久頼は、松平伊豆守に副《そ》って島原軍用米の采配で功をあげた能勢頼安の長男である。近江の兄の頼重のもとで家光にまみえ御勘定を勤めている。父の頼安は三年前に亡くなってしまったが、その息子のソロバンや筆算の才は、今、江戸城内で右に出る者はない。

家光の社参にはこれまで近江の兄頼之が日光目付として付き添ったが、家綱の社参にも能勢家の者がお供するのは誠に名誉である。久頼にはしっかりと倹約を果たしてもらいたい。

街道筋の安全のため、町奉行に、道路や川や下水に至るまで総点検のお触れが出された。

低くてぬかるんでいる道には浅草砂に海砂を混ぜて敷き、歩き易いように。下水と道路わきの溝にはゴミを入れないように、掃除もしておくこと。辻々や橋のたもと、川岸、橋の上での商売は禁止。道端の薪などは一間（1・8メートル）よりも高く積まないこと。山裾の二、三町は見通しが利くように竹や木の枝を切り落とせ。野道をふさがないよう石塔等は除去し、畑の麦は、先まで見通しが効くように横作に植えよ。

等々、これでもかー というほどの警備だった。

慶安二年（一六四九）、家綱、数え年九歳の春となった。いよいよ日光に旅立ちである。

家光は家綱に次々と言伝《ことづて》をする。

「大権現様に、御恩徳を感じたてまつり給う成り～ と、余の感謝の取り次をいたすのだ」

「はい、父上、そのようにお伝えいたします」

「御厚恩朝夕肝《きも》に染みさせられ、御身に余り、忘れ難くおぼし召し候。御恩徳一々に奉じても奉じがたく、謝しても謝しがたし～ だぞ」

「わかりました。父上、お伝えお任せくださいませ」

「くり返し言ってみよ」

「御、御厚恩、朝夕に御身に余り、謝、謝しても謝しがたし～」

「わははは、まあいいだろう」

家光は近江局にも注文をした。

「一里ごとに家綱のようすを文にて早馬で江戸に注進いたすこと」

四十六歳の近江局は、大きな目をいっそう丸くして、

「日光までは三十六里、一日に九里九通、四日間で三十六通、それを往復でございますか」

近江局は、家光の家綱への心配ぶりがおかしかったが、責任の重さを感じて身が引き締まった。

「伊豆と楽《らく》とともにいい知らせを待っておるぞ」

伊豆とは老中松平信綱で、楽とは健康を害して隔離養生中の家綱の生母である。

四月十三日、九歳の家綱いよいよ出発である。

奏者番《そうしゃばん》を先頭に、西の丸家綱付き老中松平乗寿《まつだいらのりなが》、他各大名が間隔を開けて、まだ夜が明けきらないうちから出発した。大名は、それぞれに旗持ち、露払い、毛槍奴、鉄砲衆、近習、供侍、弓衆、槍衆、大砲組などを連れて行列を先行する。

夜が明け、家綱の槍衆、召替御馬、鋏箱《はさみばこ》、矢櫃《やひつ》、長持、薙刀《なぎなた》、徒《か》頭《ち》が発ち、その次がいよいよ本人の駕籠である。大手門から、

「大納言家綱さま、お発ち〜」

と発せられ、そのすぐ後にもう一人の老中阿部忠秋、その次に近江局の駕籠が出た。

小姓、茶坊主、御典医、供侍、弓衆、腰元、寺社奉行、小納戸、鷹匠、合羽駕籠、小十人、目付、社参奉行、番衆、台傘、馬印、貝(法螺貝)役、太鼓役、持筒、祭礼奉行、跡押《あとおさえ》……

将軍の御成りよりは数を減らしたはずだが総勢何人いるか、近江局は見当もつかなかった。

日光には奥州道中を行き、宇都宮から分かれて日光道中に入るのが初期の行き方である。しかし家康を日光に祀ってからは、日本橋から本郷追分(文京区)に入り、幸手《さって》(埼玉)までの岩槻街道《いわつきかいどう》を行く日光御成道が整備された。岩槻街道は江戸防衛のための軍事道路で、荒川を渡る川口には橋が無く、社参の

たびに板の橋が架けられ、社参が終わると取り壊される。

近江局は、贅沢の極みであるこの板橋を架けてもらわずに行きたいと申し出た。

それで、奥州街道を千住《せんじゅ》へ向かい、草加宿、越ヶ谷宿、岩槻宿へ向う。

『最初の一里、浅草。若さまはすこぶる上機嫌』

近江局、さっそく第一報である。早馬が江戸城に向かった。

一里塚は、一里ごとに道の両側に塚を築き、その上に榎《えのき》(ええ木)を植えた旅の道のりの目安である。慶長になって、徳川が主要道路に築かせた優れものである。その一里塚を越えるたびに、近江局は、家光に、家綱のようすを文で報告するのである。

第二便は千住から。

『浅草からまた一里、千住宿にてご休憩。一人で駕籠の中にいるのはお寂しいとのこと』

当然である。籠の中は孤独である。しかし初っ端から甘えさせるわけにはいかない。近江は、

「若さま、外の景色をお楽しみなされませ。あとで思い出して絵地図が描けるほどに」

と励ました。

ところが千住を出発して雨が降り出した。雨は音がするほど激しかった。

「駕籠の中は冷たくて、寂しくて、若さまは泣きべそ状態でございます」

阿部忠秋から連絡を受けて、近江局は、

「お父上には、内緒でございますよ」

と、家綱を自分の駕籠に招き入れた。

「近江はどうして退屈をしないのかえ」

家綱は、近江とひざを突き合わせて安心をしたのか、おしゃべりになった。

「私は、鳥になって、上空から地上の景色が見渡せるのでございます」

「すごい特技だねえ、何の鳥になるのかえ」

「カモメでございます」

「いつの頃からかえ」

「ちょうど家綱さまと同じ年のころからですよ。今でもまぶたの裏にその時の山や川を思い出すことができるのでございます」

「どこの景色かえ」

「摂津の能勢だったり、余野だったり、大坂城の周辺だったり」

「きょうは、カモメになってどんな景色を眺めておったのかえ」

「はい、荒川に囲まれた千住がぬかるんでいくのを眺めておりました」

先ほどから駕籠の進みが遅くなったのは、男児一人分の重さが増しただけではないだろう。

この辺りは石出掃部介《いしでかもんのすけ》という者が元和の初めに堤《つつみ》を築いて町を開発したが、荒川の曲流部にあたる低湿地で、駕籠かきがぬかるみに足をとられているのである。

「まるで田んぼの中を行くようだねえ」

家綱は落ち着いてきて外の景色が見えるようになった。

駕籠は千住大橋を渡り、荒川を越えた。

「〝浅草砂に海砂を混ぜて道に敷き〟というお触れは、この辺りのことだったのでしょう。昔、大川図書《おおかわずしょ》という人が沼地を、土、柳の木、葦などの草で埋め固めたそうですよ」

「それで新道が完成し、おじいさまは大喜びでこの辺りに地名を付けられたのだねえ」

「はい、〝草を以って沼を埋め往還の心安きことこれひとえに草の大功《たいこう》なり〟とおっしゃって」

「この所、草加と言うべしー」

「そうか、ここだったのか、そうか」

と、二人で駕籠が揺れるほど笑った。

「私が入ったので近江の駕籠かきは重くて歩きづらいであろう、自分の所にもどるぞ」

　家綱は、言うことも表情も急にしっかりしはじめた。

「まあ、おえらい。若さまは鳥になるとしたら何になるのがお好みでしょう」

「たくましいのが好きだから鷹《たか》がいい。鷹になってみようかな」

　そう言うと、家綱は自分の駕籠にもどっていった。

『雨の中無事草加着。家綱さまは駕籠かきにもお優しい御心を示されました』

　近江は次の報告にこう書いた。


　越ヶ谷宿の休憩が終わり、岩槻宿へ向かった。

　家光は川口の橋を渡るので大門を経て岩槻に入るのだが、近江局たちは川口を避けたために、奥州新道を通って越ヶ谷から向かわねばならなかった。

奥州新道の金毘羅《こんぴら》坂や馬坂は急坂で、人も馬も転げ落ちるほどだった。

こんな難所があるから岩槻街道を整備したというのがうなずける。

近江局も家綱も阿部忠秋も、みな駕籠から降りて急坂を徒歩で峠を越えた。

雨が上がって幸いだった。元荒川に沿って行き、岩槻に入ったころには日が暮れた。

近江局は、文を書いている余裕もなかった。

岩槻城主の阿部重次《しげつぐ》は、城下の浄国寺門前に多くの灯りをともして一行を出迎えた。

「若さま、長の旅お疲れさまでございました。よく頑張られました。お目当ての城はもう目と鼻の先でございます」

重次は、家綱に挨拶をすると岩槻城に戻り、あらためて大手門で一行の到着を出迎えた。

家臣の一部はまた浄国寺に戻ったが、家綱近臣は今夜この岩槻城で泊をとる。

一行は、全てが城に入りきれないのであらかじめ決められた宿に分散をして泊まるのである。

阿部重次は、夕食後、岩槻城に伝わる昔ばなしを披露するという。

「若さまは、どんな生き物がお好きでいらっしゃいますか」

家綱は、「ニワトリ、鷹も好きです」と即座に答えた。

「今からお聞きいただくのは、犬の話でございます」

＊

「三楽犬の入れ替え」

昔、ここに太田道灌《どうかん》の曾孫で資正《すけまさ》という殿さまがいました。

資正は犬が大好きで、岩槻城に五十四、武蔵松山城に五十匹の犬を飼っていました。そして岩槻城で飼い育てた犬を武蔵松山城に連れて行き、武蔵松山城で飼い育てた犬を岩槻城に連れて来るのを楽しんでいました。

犬を入れ替えるのを見て、世の人は、「資正はうつけだ」と噂していました。

ある時松山城が敵の軍勢に囲まれて窮地に陥りました。岩槻城に助けを求めようとしましたが道をふさがれて使者を出せません。松山城の者は、資正から、「有事のときには犬を解き放て」と教えられていたので、密書を入れた小さな竹筒を犬たちの首に結わえて放ちました。

犬たちは、慣れた道を走りに走って、岩槻へ密書を届けました。犬は忍者の役目を果たしたのです。これが戦に犬を使った始まりです。資正はすぐに救援に駆けつけましたが、北条と武田の連合軍に惜しくも敗れ、資正は松山城を失ってしまいました。

おわり。

＊

このころ家光の老中は四人であった。

松平信綱、阿部忠秋、阿倍重次、松平乗寿である。

岩槻城主の阿部対馬守重次は五十二歳。日光社参の一泊目の宿として、若い時から接待にあたっている。阿部忠秋とは従兄弟どうしである。

重次は、素行に問題ありとして徳川家が持て余していた松平忠輝の子徳松や駿河大納言忠長を預かり、蟄居幽閉の後、徳松には十八歳で母とともに焼身自殺に追い込み、忠長には二十八歳で執拗に自害に迫り、その死の見届け役を果たした者である。家光の側近中の側近として斟酌《しんしゃく》なしに忠実に仕えた。それゆえに、苦労と苦悩は人一倍だったように近江には見えた。

近江局は今宵のことを家光にこう報告した。

『対馬守さまから軍用犬の始まりの話を聞きました。若さまはとても興味を示されました』

二日目は、日光街道に入り、栗橋宿から利根川を渡り、古河城《こがじょう》に泊をとる。

「若さま、ここは房川渡《ぼうせんのわたし》というそうですよ」

「大きな川だねえ」

「伊奈忠治《いなただはる》が川を改修し、関所を設けました」

「橋を架けないのは、江戸の町を守るためだったね」

「そうです、入り鉄砲と出女を見張りました」

「鉄砲を取り締まるのは分かるが、女の人が出ていくのを止めるのはどうしてかえ」

「女の人とは、江戸に差し出させている大名の奥方のことです」

「奥方は国元に帰ってはいけないのかえ」

「はい、参勤交代をする大名の奥方やご家老や重臣たちは、いわば徳川の人質ですから」

「徳川は、大名たちを信用していないのかえ」

「それは……中には信用できない方がおられるやもしれませんので……」

家綱の質問に一瞬戸惑って、近江局は、

「いまだに徳川転覆を狙う者がいるかと、警戒をしているのです」

と切り抜けた。純粋な心の子に人を疑うことを教えるのは嫌である。


利根渡には臨時の舟の橋が架けられた。将軍御用舟橋で浮橋である。高瀬舟を五十艘あまり鎖でつなぎ、碇《いかり》と石詰めの俵《たわら》を結んで沈める。丸太と船を結び付け、梁《はり》と橋げたにして並べ、粗朶《そだ》(木の枝の束)を敷き、舟に土砂を入れる。それを踏み固めて橋にするのである。橋げたも橋梁《きょうりょう》も作らず資材が少量で架け外しが容易でたやすく川が渡れるのである。

舟の固定のために杭を刺して艫綱《ともづな》をつないだというが、揺れた。

秀忠以来十何回と造られ、前回よりも簡素では現将軍に申し訳ないと、次々と丈夫で安全なものとなっているらしい。今回家綱の駕籠が渡るというので、試しに、米俵二俵ずつを乗せた馬を二十頭渡らせて動揺がないか調べられたという。

でも揺れた。

後でわかったことだが、家綱は川を渡る間は阿部忠秋の駕籠に入っていたという。数え年九歳の家綱はまだまだ臆病で、甘えん坊で、ちゃっかり者でもあった。

そして忠秋といた駕籠の中での様子を、後で、近江局に教えてくれるのである。

「能勢近江、さっきの利根川ではスズキが釣れると阿部豊後の駕籠の中で聞いた」

「スズキといったら大きくて白身がおいしい海の魚ではありませんか」

「海の魚が秋になるとあのような上流まで遡上《そじょう》してくるそうだ」

「お好きな釣りのお話が聞けて、それはようございました」

「江戸に帰ったら釣りに行く約束をした」

「阿部豊後守さまは、お子さまがおられませんが子ども好きのお優しいお方です」

「庭では鶉《うずら》を飼っておると申しておったぞ」

「まあ、若さまと趣味がよく似ておりますな」

近江局は、江戸に向けてこう書いた。

『船橋渡しでは、豊後守さまと釣りやウズラの話が弾んだようで、無事通過いたしました』

下総《しもうさ》古河城主は土井利隆三十歳であった。

ここにも家綱の話好きが伝えられていて、夕食の後、昔ばなしが披露されるという。

「地福院の大むじなという話をいたします」

利隆は記憶があいまいだったのか、家綱と目をあわさず、オドオドとしていた。

「奥平忠昌が古河の城主だった頃、このあたりに地福院というお寺がありました。ここは、忠昌の家臣・日暮七郎左衛門の屋敷で、日暮神社とも呼ばれていました。この神社の竹林に、昔、大きな大きなむじなが棲んでいました。

夕暮れ、寂しい雨の夜のことです……」

家綱は、話が始まったというのに座ったまま眠り始めた。少し熱もあるようだ。近江局は、子どもの心に伝わる話し方というものがあると思った。

『長旅のお疲れが出た模様。若さまは好きな昔話も聞かず、眠りに就いてしまわれました』と報告した。

三日目の旅程は更に強行軍であった。

野木宿、間々田《ままだ》宿、小山宿、小金井宿、石橋宿、雀宮《すずめのみや》宿と、およそ十二里を行く。家綱は一里ごとに典医の診察を受けた。喉が赤いが熱が上がらなかったのは幸いであった。

宇都宮城に到着するや否や家綱は城主奥平忠昌から心尽くしの夕食の接待を受け、早々に床に着いた。あの体調で「釣り天井」の話を聞いたら、きっと熱を出したであろう。

奥平忠昌は家康の曾孫である。父の病死によりわずか七歳で十万石の宇都宮城主になった。秀忠の日光社参の宿泊所となり拝謁を賜り、一万石の加増を受けて古河城へ転封となった。

代わって入城したのが本多正純だった。正純は、宿泊の秀忠を圧死させる仕掛けの釣り天井を設置した疑いで改易・流罪となったので、忠昌が再び宇都宮城主としてこの城に帰っていた。

『若さまは湯あみの後、満腹になり、いいお顔で安心してぐっすりとお休みでございます。阿部岩槻城に続き、土井古河城、奥平宇都宮城に何の心配もなくお泊りさせていただけるは、これひとえに歴代将軍さまのお陰であると感じ入っております』
と、近江局は夜の便をしたためた。

四日目はいよいよ日光道である。水無《みずなし》は日本橋より三十二里目の一里塚で、松平正綱が植えた杉の並木がここから始まった。紀州から取り寄せて育てたという若杉に挟まれた道を四里進んで二荒山神橋《ふたらさんじんきょう》という木造反り橋に着いた。表参道を右に進むと正面に大石段が現れた。

一番上の巨大な石鳥居の前で駕籠を降りた。東照宮に到着である。

体はまだ駕籠の中のように揺れていたが、近江局は清々しい新緑の空気を胸いっぱいに吸った。

翌四月十七日は、父祖家康の命日で大祭が行われた。

まばゆいばかりの陽明門と唐門の内に神の世界の本殿があり、間を結ぶ石の廊下の手前が人間の世界の拝殿で将軍着座の間である。

旗本以上の武士が家綱に付き添い、おごそかに法事が営まれた。

宮司が祝詞を読み上げたあと、雅楽の演奏に合わせて春を告げる舞が奉納された。

家綱は、家光から託された「息災延命、子孫繁栄、天下静謐《せいひつ》、城内安穏」を祈願した。

家光の近況を聞かれると、張りのいい声で、

「〝生きるも死ぬるも何ごとも、みな大権現様しだいでござる〟と申されておりまする〜」

と、短いけれど的確な報告をおこなった。

次に家康の眠る奥宮に参り、その後も行事が続いたが、家綱は疲れもあり半分寝ているような姿でかろうじて前を向いていた。東照宮を造営した天海僧正の弟子で養子の公海という日光山貫主は、そんな家綱の姿を見て問題を出した。

「東照宮にはたくさんの動物がいます。生きてはおりません。建物に彫りこまれた動物や霊獣でございます。はてさて何種類いるでしょうか」

家綱はやっと眠気から覚め、キョロキョロとあたりを見回した。

「とら、うさぎ、りゅうが多いね、さる、ねこ、ぞう、……う〜ん、十種類ぐらい？」

人なつっこい目で公海の顔をのぞきこんだ。公海は、にこにこして、

「あ、惜しいです。全部で三十種類います。寅、卯、辰が多いのを見抜かれたのはさすがです。他にはキリン、バク、鳳凰、獅子などがいます。あとでご案内いたしましょう」

と言って、猫の話を始めた。

＊

「眠り猫」

昔、左甚五郎《ひだりじんごろう》という人が旅の途中に夜になり道に迷ってしまいました。

山奥で困っていたところ、灯りのついた一軒の家を見つけました。

声をかけると、家の中からおばあさんが出てきて家の中に泊めてくれました。

甚五郎はその夜、おばあさんの家で見た猫の姿を丸太に彫りました。

あくる日、おばあさんはその腕前に驚き、日光東照宮の建築に携わるようにと勧めました。

甚五郎は日光に行って猫を彫りました。

完成した猫は、生きて暴れて、夜な夜な悪さをするような困った猫になりました。

そこで甚五郎は、猫の目をノミで塞いで眠り猫に作り変えてしまいました。

しかしこの猫は眠っていると見せかけて、じつは権現さまを護《まも》るためにいつでも飛びかかる姿勢をとっているのです。

裏側には猫の好物のスズメたちが遊んでいます。

これは、乱世が終わって、強い者と弱い者が仲良く暮らせる世の中を表わしているのですよ。

＊

家綱は公海の話が気に入ったようで、眠気から覚め、上を向いて、長い間じっと白と黒のぶち猫をみつめていた。

もう一泊して、帰る日の朝は二荒山神社にお参りをした。

朝の霧に包まれた森は、人が造った社や宮とはまた違って、大昔からの大自然のたたずまいであった。

近江局は、家綱がこの森でつぶやいた言葉をそのまま江戸に届けた。

『日光は遠い所だった。権現様はどうしてここを墓所として選ばれたのだろう。私は、猫とスズメが仲良く暮らしているという彫刻を見たのが一番心に残ったよ』

帰路は来た道をほぼそのまま辿ったが、二十二日は、往路で避けた岩槻街道に入った。大門宿、鳩ケ谷宿を通り、川口の荒川に架けられた板橋を渡って江戸に帰還した。

往く時は近江のこだわりで渡るのを拒んだ板橋だったが、家光は家綱の復路のためにと前年の自分の社参で使ったのを取り壊さずに残し置いていた。橋のありがたさが身に染みた。

家光は何も言わずに、近江の願いを片道だけ叶えてくれたのだ。

（家光さま、恐れ入りました～）

松平信綱は城の大手門に立って待っていた。

聞き及んだところによれば、信綱は夜中でも手紙が届く頃にはこの御門に立って早馬の到着を待ってくれていたという。七十二通は書けなかった。待ちぼうけをさせてしまった。

（信綱さま、申し訳ありません～）

家光は、「家綱初めての旅なれば、いとおぼつかなし」と、そわそわの連続だったらしいが、近江局の「途中平安にて」との文が重なるにつれて、落ち着きを取り戻したという。

六十通は書き送ったであろう。

今か今かと息子の帰りを待ち、自分の目で到着を見た家光は涙を流さんばかりに喜んだ。

家綱が、元気のいい声で参詣の報告をした。

「大権現様に、父上さまからの御恩徳を報じ奉ってまいりました」

「おお〜」

「大権現様の御厚恩、我が身もしかとお受けいたしてまいりました」

「おおお〜」

家光は上機嫌であった。

「家綱、一段と逞しくなられたのぅ。母上をはじめ城の者みな安堵いたした。ゆるりと休まれよ」

家綱はほっとしたのか、その夜から高熱を出してみなを慌てさせた。

「近江局、代参供奉大儀であった。褒美を取らそうと思うが銀がいいかのぅ」

「節約のためにお受けいたしましたのに、大きな経費がかかってしまい面目次第もございません」

近江局は、褒美などもっての外《ほか》と、家光の申し出を辞退した。

◉二十六　家光の贈り物

家光は二十歳で将軍となり、金蔵に充満する金箱を見せられてこう言ったという。

「馬鹿げたほど貯め込んだものよ。これはもう私の金である。下々に困っている者も多いことだろう。蔵に積み置かずことごとく取り出して人々に貸し与えよ」

派手好きの上にますます気前が良くなった家光は、金に糸目をつけない政治に没頭した。

大奥をはじめ江戸城内外の拡張、新天守の造営、朝幕関係の修復のために三十万の大軍を率いて三度の上洛を果たし、朝廷や公卿・町衆に祝儀をばらまき、百万両を費やした。

島原の乱鎮圧の出費も莫大で、家康と秀忠の遺産の半分を使ってしまった。

わけても、生まれてきたわが子の誕生と成長の節々には大々的な祝いの行事にとりくんだ。多くの家来を招いて祝いの儀式と祝儀に散財した。

大名たちには進物内容を石数別に課す「祝儀進上制」という手引書を示し、大奥の女性たちが頂く品物まで方式として示したのである。

この制度は一度老中によって止められたが、春日局の抗議により再開し習慣化した。

この強制献上は、江与や秀忠が没した時には香典も集めずまだ確立していなかったが、家綱誕生を期に、大名たちに石高により差を以って命じられたのである。

家綱（竹千代）誕生祝いに、一万石以下の側近には太刀目録・一種一荷程度だが、大名には、一万石以上、三万石以上、六万石以上と石高により献上品を要求し、三十一万石以上には、太刀・木馬代・大小刀・産着十かさね・三種三荷を献上することが定められた。

「種」と「荷」とは天秤棒の両端に担《にな》う、鯛・アワビ・鰹節・スルメ・絹などの特産品である。

同様に、大奥の生母お楽をはじめ女房たちへも、石高に応じて銀を納めさせた。

以後、家光の子どもたちへの祝儀進物要求はひっきりなしであった。

竹千代邸の柱建て、　寛永二十年（一六四三）四月

竹千代西丸への移住、　寛永二十年（一六四三）七月

竹千代の袴着、　正保二年（一六四五）一月

第二子亀松の七夜、　正保二年（一六四五）三月　（第三子長松は千姫に預けられた）

第四子徳松の七夜、　正保三年（一六四六）一月

第五子の鶴松の七夜、　慶安元年（一六四八）一月

特に竹千代のためにはあきれるほどの献上物を要求した。

竹千代の元服は正保二年（一六四五）四月で、家綱となったのは、慶安元年（一六四八）三月である。

家綱は、大広間の上段で理髪役から前髪を剃られ、初めてまげ（月代《さかやき》）姿になった。

父子は対面して家綱から将軍に三原正広の太刀、馬代金一枚、小袖二十着を捧げた。

父将軍からは正恒《まさつね》の太刀、一文字の刀、光包《みつかね》の差添《さしぞい》短刀が与えられた。どれをとっても伝統の誉れ高い一流の日本刀で、父と子が互いに贈り合いをするのである。

大名家には例の方式的強制献上が命ぜられ、石高に応じて「種」と「荷」が課された。

生母、近江局、乳母たちにも石高に応じて「被遣物《つかわされもの》」の銀が配られた。

この時、近江局が頂いた銀は五百枚にのぼった。

家光の喜びはひととおりではなく、徳川からの祝い返しも莫大であった。祝いに参上した老中、側近、譜代大名、高家、寺社町奉行、勘定頭、留守居、大目付、目付、番頭、旗鎮《はたしずめ》奉行、先手頭、使番、使役船手

両番、大番小十人の組頭まですべてに銀百枚から十枚までの格差をつけて、また小袖を五着から二着ずつこれも格差をつけてお返しをした。

多くの家来衆は酒や料理の饗応にあずかった後、本丸表大広間で能を鑑賞した。

近江局は、祝いの会があまりにも立派すぎて、こんな世がいつまで続くか不安だった。

この慣習は武家間だけでなく朝廷との関係にもおよび、贅沢な贈り物合戦に広がっていた。

しかし、島原の民の蜂起の一因が寛永の飢饉であったように、寛永末期には各地に大飢饉が広がって、百姓も諸大名たちも大きな打撃を受けていた。

大陸では明《みん》が滅亡し清《しん》が進出。日本は軍事支援を求められるなか、公儀は貿易体制の立て直しを迫られていた。

朝廷は明正《めいしょう》のあとを継いで後光明《ごこうみょう》が即位し、元号を「正保《しょうほう》」と改めたが、町に火事が多発。元号の正保が焼亡《しょうぼう》につながって縁起が悪いというような世論にまで発展。四年で新たに「慶安」と改めたが、変えたからといっても各地の火災や干ばつや大洪水が治まるわけではなかった。

災害は繰り返し、飢饉は続いていた。


近江局は、今一度、質素倹約の大事さを家光に訴えることにした。

家光は、春日局と土井利勝を失って元気を無くしていたが、近江局の話はよく聞いた。

病気をくり返していた家綱がご機嫌に過ごしているおかげである。

近江局は、兄から聞いた話を遠回しに語り始めた。

「松平忠明《ただあきら》さま亡き後の播州姫路を、兄が目付として見てまいりました」

家光後見人の一人松平忠明は、大和郡山から姫路城主に任じられ西国の抑えとして要衝の地を守る重要な役割を担っていたが、三年前、六十二歳で江戸屋敷で死去した。

「忠明も権現さまの孫であったな。惜しい男を亡くした」

「すぐに長男の忠弘さまが十五万石の跡を継がれまして」

「忠弘は十四歳。姫路が担う西国の抑え役には少々若かった」

「その若さで三年間、城主として見事お力を尽くされました」

「城主が若ければ、徹底が効かず、財政のやりくりにも苦労があったであろう」

「はい。民にも贅沢を戒め農業など家業に精を出せとの指示にも工夫がいり、そこでお触れ書きを出し、将軍様のご意向であるとかこつけて徹底を図ったと申しておりました」

「なるほど、余の布令《ふれ》とすればば効果が上がるであろう」

「姫路に限らず各地でそのような慶安の触書《ふれがき》を凝らし、倹約を勧めているのでございます」

「ならばめでたいことではないか」

「上様におかれましても、御自ら倹約に励まれ、お手本を示されますよう」

「言が過ぎるぞ近江。余が進める大名の改易や宗門改め、海禁政策等がそれに当たるのだ」

「ごもっともでございます。私が言うのは、徳川将軍家内々の御倹約のことでありますれば」

(いまこそ生母お楽に代わり、家綱さま安泰の道をひらいておかなければ……)

方法は違うが、家光のために策を練った春日局の必死さが近江にも分かるようになってきた。

近江局は恐る恐る、しかし思い切って、

「家光さまによる寛永五年の鷹場令、あれは優れた倹約でございました」

と、狩場の縮小が将軍家にとっての倹約であったと例を挙げた。

鷹狩りとは訓練した鷹を山に放ち、その鷹が野鳥を捕らえるのを楽しむ娯楽である。それが時代とともに多様化し健康保持や民情把握、軍事訓練、反徳川勢力や外様大名への威圧、街道や宿場の整備など様々な目的をもって取り組まれるようになった。

鷹を調教する施設が造られ、鷹匠《たかじょう》を役目として務める者も増えた。

北条氏の領国は昔から弓や鉄砲や刺し網で鳥を獲ることが禁じられ、違反者には罰則が下されるほどの所であった。しかし家康の入国以降、鷹狩りを許した。家康がよほどの鷹好きであったからである。誰よりも鷹狩りを愛好した武将は家康で、鷹を使うことが天性であった。

毎年冬に鷹狩りを行い、その回数は生涯で千回を超えたという。諸大名が江戸にやってくると、鷹場の利用を許し、滞在時の慰みや養生に利用させ、徳川との絆を深めることに使ってきた。

秀忠も然りであった。

しかし家光は、関東鷹場を江戸周辺五里内とそれ以外とに分け、その支配や管理者を新たに編成しなおした。そして五里より遠い狩場を手放したのである。

近江局は、これこそが将軍家の倹約につながる一例だとほめた。

すると家光は、

「日光供奉の褒美として能勢近江に東金《とうがね》御殿をとらす。老中たちも了解の話だ」と言った。

家光は、家康・秀忠が東金での鷹狩りの拠点としていた御殿を近江局に下賜《かし》し、自身は、江戸城の出城としている築地川を下った浜の狩場を使うというのである。

東金御殿とは、九十九里平野のほぼ中央の丘陵地に千葉氏の家臣東常縁《とうのつねより》が城を構えた所で、戦国時代には豪族の酒井氏が東金城を築いていた。その跡地に、家康が三河以来の家臣である本多正信を配して以来、上総の名門が次々と受け継いでいる軍事上の要衝の地である。

慶長十八年（一六一三）には、佐倉城主土井利勝に命じて東金御殿と御成街道を築かせると、慶長十九年の正月とその次の元和元年の十一月、ここに泊まって大掛かりな鷹狩りを楽しんだ。

御殿のふもとには、八鶴《やつる》池という家康が拡張した周囲一キロほどの御殿池があり、鷺《さぎ》をはじめ、鴫《しぎ》、鴨《かも》、鴎《かもめ》、千鳥、白鳥など多くの水鳥が羽を休めにやってくる。

家康がもっとも好んだ獲物は鶴であったという。

秀忠もここがお気に入りで、七回訪れて鷹狩りを行っている。

家光もいつか訪れるつもりで十年以上前に増築をしたが、狩りは果たせていなかった。

六七〇〇坪の敷地に、玄関、広間、坊主部屋、小姓部屋、書院、鉄砲部屋、弓部屋、老中部屋、台所などがあり、徳川親子二代の自慢の別荘御殿であった。

家光は、そこを近江局にあげるから別荘にして使いなさいというのである。

近江局は、倹約のすすめが思いもよらず自分への贈り物の話に化けて戸惑った。

鷹狩りが好きな父なら喜んだであろうか。しかし自分はどう猛な鷹の狩りは見るのも嫌いで、野鳥は、声を聞き姿を見て楽しむものだと思っている。

（そのような所を頂いても〜）

と、どう言ってお断りしようかと考えていると、

家光は、

「東金は駿府に気候風土が似ており、ミカンがよく育つ温暖な所だ。しかも、この地の本漸寺《ほんぜんじ》や最福寺は、日蓮宗の京の妙満寺に対する東の東金と言われるほどの寺院だ。背後の鴇《とき》ヶ嶺山頂には山王日吉《ひえ》神社もある。どうだ、狩りをしない近江にも魅力いっぱいの地であろう」

と勧めるのである。家光は、能勢家が信仰の一家であることを知っていた。

近江は、倹約話から、はからずも御殿の拝領という恩恵を受けることになった。

「かたじけなく頂戴いたします」と驚いたまま礼を述べた。

ところで、家康長女亀姫の孫にあたる姫路城主松平忠弘は、父忠明の死から四年後の慶安元年、十四歳の若さを理由に出羽国山形に十五万石で転封《てんぽう》となった。能勢頼之は、三年に渡り姫路目付として仕えたが、城を明け渡した忠弘に付き添い、共に山形に行ったのである。姫路へはその山形から同じく十五万石の家康次男結城秀康の五男松平直基《なおもと》が来て入れ替わることになったが赴任途中で死去。五歳の直矩《なおのり》が相続したが幼少で不適当と判断され、即、越後に国替えとなった。

この時代、多くの武家は継ぐ子が無いのとあっても幼いというのはお家存続の危機であった。

ところが肥後熊本では加藤家に代わった細川忠利の長男光尚が三十一歳で病没し、その子六丸はまだ七歳であったのにもかかわらず、熊本城の相続を認められたのである。

忠利は細川忠興と明智の娘ガラシャの子で、春日局と家光に格別にかわいがられていた。

忠利と光尚は、島原で本丸一番乗りの手柄をあげ、公儀の好感を得ていた上に、病床の光尚が、「六丸は如何様《いかよう》になっても公儀の望み通りに」との願書を提出していて、それが、「心がけ神妙なり」と家光の評価を受けたのだという。

姫路の松平家と熊本の加藤家が大好きだった頼之は、

「親藩の姫路松平は継ぐ子が若いといわれて引っ越しを重ねているのに、外様細川は別格すぎる〜」

と言って後々まで悔しがっていた。

「朝日が昇ってくる方向が東だったね、近江」

「その通りでございます。次のお正月には早起きをして初日の出を見ましょうか」

家綱は、地上から三十間（五〇メートル以上）の天守の五階に上るのが大好きである。

今日は、「東西南北」の復習のために近江局たちを伴って上ってきた。

「光っているのが利根川でしょ。東金はそのずーっと向こうだね。近江は行ったことはあるのか」

「いえ、まだでございます。家康公は駕籠で二日間かけて行かれたそうにございます」

「行ってみたいなあ」

家綱は上ってまず富士を見たが、復習は教えられたとおり東から唱えた。

「はい、東金の池には水鳥がたくさん羽を休めに来るそうですよ。たとえば…」

せっかちな家綱は、廻り縁を走ってもう反対側の高覧に向かっている。

側近の小姓たちも、走り回る家綱を追って右往左往である。

近江も西側にまわり、久しぶりに富士の雄姿に見とれた。

「夕日が沈んでいく方向が西、今日も富士山がよく見えるね」

「はい、まだ残雪をかぶったままの富士山が、紫色の絵のようです」

「あの山に登った者はいるのか」

「えっ、さあそれは……」

近江が小姓たちを見回すと、甥の亀太郎がちょっと首をかしげて、

「富士山は最近まで火を噴いておりましたから……」と答えた。

「登るのは危険か〜」と、家綱は落胆した。

「信仰の山ですから修行のためなら半分くらいの所まで。頂上は神さましか行けません」

「登ってみたいなあ」

将軍になれば鷹狩りはできても、富士登山はできないであろう。

家綱は、残りの方角も教えられたとおりに腕をピンと伸ばして説明した。

「東を向いて左手が北です。北側をずっ〜と行けば日光東照宮に行けます」

「はい、去年、片道四日間かけて行きましたね」

「東を向いて右手が南です。南には海が見えます」

「若さま、東西南北がしっかりと御身につきました。合格でございます」

「海の向こうには何があるのか」

「えっ、」

「あの海の水の果ては、どうなっているのかえ」

家綱が指さす江戸湾の向こうは、海が白くかすんで円く広がっていた。

近江が小姓たちを見ると、みな思い思いに答えた。

「水は、海の果てから滝のように流れ落ちているそうにございます」

「それはまちがい。暖かい南の島に行き着くのです。島は、琉球とか清《しん》と申すようです」

「山田長政という人は、シャムという島国に行きました」

「オランダじゃないの？」

「スペインでしょ？」

「それらの国々は、何か月も航海ができるという大きな船を持っています」

「いいなあ。私も大きな船に乗って夢のような異国に行ってみたい」

「と〜んでもございません、家綱さま」

それまで黙って付き添っていた松平乗寿《のりなが》五十一歳が、ぱんぱんと両手を打って声をあげた。

「はい、お楽しみはここまで。最上階におわします天守の神様にお礼を言って降りましょう」

家綱付き老中の乗寿に促されて、子どもたちはしぶしぶ階段を降り始めた。

「はい、足元、お気をつけなさいませ」

薄暗くて急な段を、せかされながら下まで降りると天守台に出た。

「天下を治めるには、遠くの夢より足元の民に寄り添うが肝要でございます」

乗寿のお説教をさりげなく聞き流して家綱は、しゃちほこが光る屋根を仰いで、

「大きいなあ、日の本一のこの天守は、誰が築いたのかなあ」

とつぶやいた。乗寿は、

「はい、黒田と浅野が築いた台に、水野ほか五家の大名が天守を造営いたしました」

近江局はどきっとした。この天守台こそ、黒田に仕えた夫長右衛門の築いたものである。

「お父上ご自慢の寛永度天守は、江戸の町ならどこからでも見えるように造られています。ということは、天守からは江戸の町の隅々まで見渡せるということでございます」

近江局はこれが夫の残した最後の仕事だと思うと、乗寿と家綱たちの話は上の空で、日を浴びてほんのりと暖かい石の表面を、二枚三枚四枚と、両手のひらで力を込めて押し続けた。

あたりの花壇には、スカシユリと鹿子《かのこ》ユリが咲きほこっていた。

松平乗寿は、花壇の前でも小姓たちを鼓舞する教訓をたれた。

「お前たちは若さまをお守りする御小姓である。ゆくゆくは小姓組のお花畑番《はなばたけばん》となるのだ。武芸に励み強い武士となって、若さまがお美しい花と咲かれますように命がけでお守りするのだぞ」

小姓たちは乗寿の教えなど軽く聞き流して、楽しい話にしてしまう。

「あ、ほら、お花畑番さまがたくさん踊っていらっしゃる」

花壇には羽化したばかりの白や黄色の蝶が舞っていた。

「ほんとだ、武士は命がけだが、蝶は踊りながら守るんだ」

乗寿がさらに訓示をたれた。

「〝花無心にして蝶を招く、蝶無心にして花を尋《たず》ぬ〟というが、蝶は踊っているように見せて、じつは花に実や種が結ぶようお世話いたしておるのです」

「それで花は蝶に蜜をあげ、蝶はお礼に踊るのか」

「家綱さま、私たち小姓にもおいしい蜜をくださいませ」

「おいしい蜜をくださいませ」

「よし、よし、後ほど乗寿に命じて甘い菓子をとらせるほどに」

小姓たちは、はーいと言うと、両手をヒラヒラさせながら家綱の周りをクルクルと舞った。

近江局は、無邪気な子どもたちのおしゃべりに今日も癒された。


慶安三年（一六五〇）夏。家綱は数え年の十歳になった。

家光は、慢性の病気が一進一退で、諸儀礼を少しずつ家綱に代行させた。

「一番厄介なのは判断である。お取次ぎの者が未決済の伺い書を読み上げるであろうから、後は、〝そうせい〟か〝考え直せ〟か〝もってのほかじゃ〟のどれかを答えておけばそれでよい」

と示唆していたところ、ある日、家綱が形ばかりの判断を下す時が来た。

江戸の町では盗みや追いはぎなどに重い刑が執行された。身体刑は磔《はりつけ》・獄門・火あぶりなどで一般の人への見せしめが小塚原や鈴ヶ森で行われた。追放刑は遠島という流罪で種類が多く、重追放、中追放、軽追放、江戸十里四方払、所払《ところばらい》などがあった。しかし追放刑は何ら根本解決にはならず、むしろ無宿人を生みだしているようなものであった。

そのなかでは、キリシタンに向けられた刑がとくに厳しかった。

家綱は、お側取次の者が遠島の伺い書面を長々と読み上げている間、前に近江局から聞いたことがある一人の女性の話を思い出していた。

＊

「ジュリア・おたあ」


おたあは、秀吉の朝鮮出兵の時、平壌から日本に連れてこられた朝鮮人の少女です。

キリシタン大名の小西行長に助けられて、行長の奥さんに育てられました。

小西家の家業である薬草を学びながらキリスト教を信じるようになりました。

洗礼を受けジュリアおたあと呼ばれ、優しい娘になりました。

ところが行長は、関ヶ原の戦いで石田三成とともに滅ぼされてしまいました。

大御所家康は、賢くて美人のおたあを見初め、おたあに江戸城で働くようにと命じました。

おたあは、昼は侍女として働き、夜は聖書を読んで侍女や家臣をキリシタンに導きました。

そのうち駿府のお城に呼ばれ、家康の側室になれと言われました。

しかしそれを断り、キリスト教の禁止令が出されても信仰を捨てませんでした。

家康はおたあを殺すことができません。おたあは島流しの最初の犠牲者となりました。

まず伊豆大島、次に八丈島、最後は神津島《かみつしま》に流されました。

それでも熱心に信仰生活を続け、島に流されて来た人や病人や自暴自棄になった人たちに、一生懸命尽くしました。

三回も遠島処分を受けたのは、側室になるのを三回も断り続けたからです。

島で四十年間も流人としての生活を送り、亡くなった時は六十歳を過ぎていました。

＊

「遠島となった罪人は、離れ島で何を食べているのか」

家綱は、判決文の読み上げが終わると、教えられたお決まりの言葉ではなくこう訊いた。

「そうせい」でも「考え直せ」でも「もってのほかじゃ」でもなく質問をしたのである。

お側取次の者は、家綱が罪人の食料について訊いたので驚いて、少々迷った挙句、

「〝日常、勝手たるべし〟と決められてございます」と答えた。

「命を助けて遠島にしたのに自分で食べていけとな。なぜ食料を与えないのか」

「それは……」

お側取次の者は、次には何も答えられなかったという。

家光はこれを聞いて大いに喜んだ。

「なに家綱がそのように訊いたのか。よし、これを家綱の仕置き始めとせよ」と言ったというが、家光は、
遠島の罪人、特にキリシタンには決して食料を付与するような将軍ではなかった。

近江局も、一連の話を聞いて家綱を褒めた。

「若さま、お父上に代わってのお仕事にいいお答えをなさいました由、ご立派でございました」

家綱の感性は時に鋭いものがある。

「近江局もキリシタンであるのか」

どこを見てそう思ったのか、突然家綱が近江に問うた。

「いいえ、めっそうもありません。能勢家は仏教徒でございます。若さまは、またどうして私にそのようなことをお訊ねになりますか」

「近江には、どこか信仰の香りがする」

「まあ、そうですか。神や仏を信じる者には身を纏《まと》う気のようなものが似るのでしょう」

「私は、その気というものに包まれて、いつもいい気持ちであったぞ」

「若さま、恐れ入りましてございます」


翌慶安四年（一六五一）正月、家光は頭痛を訴えめまいを起こし、歩くのが困難になった。

春には元気を取りもどし、能や歌舞伎を愉しんだが、献上品の茶碗を見ていて突然震えだし、そのまま倒れ、意識が行きつ戻りつのまま、四月二十日に亡くなった。四十八歳であった。

「え〜それは、早すぎます！」

近江局は不意打ちを食らい、これから家綱をどうやって一人前の将軍にしていけばいいのかと思うと、父が亡くなった時よりも夫が亡くなった時よりも前途多難な荒波に放り出されたような思いがして、涙が止まらなかった。

近江局にとって家光は、お仕えする将軍さまではあるが、今では父のような夫のような頼りになる存在であった。家綱のためにもう少し、もう十年は生きていてほしかった。

春日局が、なりふり構わず血眼《ちまなこ》になって家光の健康を願っていた日々が思い出される。

家光は、家康と春日局のもと酒井忠勝や松平信綱、堀田正盛、阿部正秋、阿部重次、三浦正次、太田資宗などに支えられ、将軍の嫡子相続と政権の基礎固めに成功した。

これからも、数え年十一歳の家綱の周りを、その宿老たちが固めるであろう。

「生まれながらの将軍」と称した家光だったが、弟の忠長とは幼少の時から将軍職をめぐって紆余曲折を経た。嫡子家綱こそまさしく生まれながらの将軍である。近江にとって家綱をその名の通りの将軍として支えるお役目はまさにこれからである。

家光は、いまわの時に、身内の相談役として格別の扱いをしてきた正之を呼べと命じた。

陸奥会津城主二十三万石保科正之は、桜田門外の江戸上屋敷から急いで駆けつけた。

横になった家光が、堀田正盛に抱きかかえられて起き上がり、正之に萌黄《もえぎ》色の直垂《ひたたれ》と烏帽子《えぼし》を与え、手を握って将軍の後見役を遺言した。

「肥後（正之）よ、宗家（家綱）を頼みおくぞ」と声を振り絞った。正之は、

「身命をなげうち、この正之、御奉公仕ります」と、固く約束をした。

「阿部対馬守重次さまがお亡くなりになりました」

家光の死の翌日、近江局は落胆の気持ちが抑えきれず泣きながら家綱に伝えた。

家綱は、近ごろ特にしっかりしてきて落ち着いて近江局の話を受け止めた。

「対馬守は岩槻城で軍用犬の話をしてくれたなあ」

「はい、お父上を追っての殉死でございます。五十四歳でございました」

「もっと昔ばなしが聞きたかったなあ。次は太田道灌の話だと言っておったのに」

「徳松様や忠長様をお預かりの上、自害に導くという辛いお役目を引き受けてこられました」

「義に生き義に死んだか。近江、殉死は悪法だな」

「仰せのとおりにございます。同じく老中の佐倉城主堀田正盛さまも後を追われました」

「春日局の孫の堀田だな。阿部対馬より若かったであろう」

「四十四歳でございました」

「男色関係《なんしょく》にあった者は、主君と生死を共にするのが義務らしいな」

「そんなこと！　誰にお聞きになりましたか」

「大奥のお局たちが、ひそひそ話をしておった」

　堀田正盛は、義理祖母の春日局に取り立てられ、またたく間に出世をして周りの者を驚かせた。男好きの家光に深く寵愛され、家光が女性に興味がわかなかったのはこの正盛のせいである。結果、家光に世子を誕生させるための努力をしなければならなくなったのも、また春日局であった。正盛は従弟《いとこ》の稲葉正則の後見役だったが殉死を選んだ。正盛の母いとは、息子を追って自害した。

「近江、男色とはなんぞや」

「うぐ！」

近江局は、慌ててしまった。

「そ、それは、男の人が男の人を好きになることにて」

「父上は、男の人にも女の人にも好かれたのだな」

「はい、何事にも意欲的なお方でございました。家綱さまのお好きな方はどなたでしょうか」

「私が好きな男は長松と徳松。かわいい弟たちである」

大奥には、家光側室のお夏の子八歳の長松と、お玉の子六歳の徳松が育っていた。

家光は二十歳になっても男色が治らず、子どもたちが生まれるのが遅かった。

家綱は家光が三十八歳の時、弟の長松や徳松は四十歳を過ぎてから生まれた子どもである。

近江局は、殉死をした者がまだ他にいることを告げた。

「小姓組番頭鹿沼城主内田正信さま三十九歳、元書院番頭三枝守恵《さいぐさもりしげ》さまなど合わせて五人」

「父上は、側近たちが自分を追って死ぬことをお分かりであったかのう」

「お分かりであったでしょう。止《や》めるようにとおっしゃっていたそうです」

「制度にしないと徹底しないね。父上はそんな側近がいたことをお喜びであろうか」

「側近が亡くなって喜ぶ主君がおりますでしょうか。お父上は悲しんでおいででございましょう。大御所さまは、殉死も追い腹もするなときつく申し付けられたそうですが……」

「お祖父様も父上も制度として禁止とされなかったのはまずかったね」

「家綱さまは、以後、必ずや、側近たちをお救いくださいませ」

「父上にお仕えした者は、死ぬのが怖くなかったのであろうか」

「死の怖さよりも、父上をお慕いする忠義の心が勝ったのでしょう」

「強い心だね」

「お強い方たちです」

「家族の者たちも納得の上であろうか」

「そんなことあるわけございません。正盛様のお母上は悲嘆によるご自害です」

「殉死や追い腹は家族までも巻き込むのだな」

「残された家族は、二重苦といわれております」

「父個人に仕えるというより、徳川に仕えてくれるというのが理想だな」

「優秀なお方たち、まだまだお力になっていただけましたでしょうに……」

近江局は、殉死の話になれば、いつもすぐ上の兄頼久を思い出して涙が出るのである。

◉二十七　幼い将軍家綱

近江局は将軍付き老女として、天下国家の渦中に放り出された。

家綱の将軍就任は、何の支障もなくすんなりと受け継がれるものではなかった。

近江局は家光に守られて全貌が見えていなかったが、徳川将軍家の後継を狙う面々がいたのである。

叔父に駿河大納言忠長がいた。母江与《えよ》の死を機に家光との摩擦が拡大し、寛永十年、上野《こうずけ》高崎にて二十八歳で自刃した。十七年前のことであった。

もう一人の叔父保科正之に、家光は家綱の後見を託した。一番頼れる身内である。八歳と六歳の弟たちには家光と忠長のような二の舞は踏ませられない。仲良くしていきたい。

将軍職の夢を捨てきれなかった身内は、家康の子どもたち、すなわち大叔父たちの一門にいた。

家康次男結城秀康の長男松平忠直は秀忠に不満を募らせ、配流・隠居を命じられて、昨年死去した。

家康六男松平忠輝も秀忠から改易幽閉され、息子徳松が抗議の自害に至った。

家康九男徳川義直尾張城主は家光と対立、家光が病気で危機に陥った時、大軍を率いて江戸城にやって来た。これは謀反であったとか、御三家筆頭として家光後の徳川を守るためだったとか、真逆のことがささやかれたが、結局将軍職の相続権を有する後継者らしい態度と実力を示したと評価されて一段落した。その義直も昨年五十一歳で病没した。

家康十男徳川頼宣《よりのぶ》は家康の秘蔵っ子として育てられ、二歳にして常陸水戸二十万石を与えられたが水戸には入らず家康の駿府五十万石を継いだ。しかし、間もなく駿府には秀忠の秘蔵っ子の忠長が入れられたので、頼宣は紀州和歌山五十五万五千石に移され紀州徳川家の家祖を任された。頼宣は、「それなら大坂城主になりたかった」だの「百万石を頂きたかった」だのと言い、紀州に入るとさっそく強硬姿勢を見せ、「公儀に不満を抱いている」と思わせるようなふるまいが目立つようになっている。五十歳である。

家康十一男は、十男と同母の徳川頼房四十九歳である。親藩常陸《ひたち》水戸城主となった。頼宣と同様に清和源氏の通字の一つの「頼《より》」が用いられ頼房という。家光は、頼房を頼りになる身内とし、水戸の者は基本的に江戸に常住させ、定府《じょうふ》として側に仕えさせた。

ふり返れば、家光は、嫡男家綱に家督を譲るために多くの身内と戦ってきたといえる。

家綱の将軍宣下の日取りも決まらない慶安四年（一六五一）七月、事件が起きた。

刈谷城主二万石の松平定政という者が家光の死をきっかけに上野寛永寺で出家し、江戸市中を托鉢《たくはつ》して回っているという。定政はその直前、公儀に意見書を提出していた。

「世の中は太平のように見えるが真《まこと》は上下ともに困り果てている。自分の領地を差し出すから、世にあふれた浪人たちや貧乏な旗本たちを救う資金にしてほしい」

一大名の出家をかけた訴えを、公儀は「狂気の沙汰」として身柄を兄の松山藩定行に預け、内々に処理した。しかし関ケ原の戦い以来、改易やお家取りつぶしなどにより、俸給をもらう当てのない失業武士の浪人は、四十万人に上っていた。

この事件から半月後の七月二十三日、こんどは由比正雪《ゆいしょうせつ》の陰謀が発覚した。

世にあふれた浪人たちの問題は、内々に処理できる問題ではなくなっていたのである。

近江局は、血相を変えて家綱を大奥の一室に匿《かくま》い、側近の女性たちとともにとり囲んだ。

「若さま、いましばらくは大奥からお出ましにならぬよう」

家綱を身近に寄せて、決して側から離さなかった。

「近江、何があったか」

「家綱さまを誘拐するという計画が発覚しました」

「私を狙ってどうするのか」

「徳川の世を転覆させようという一味がいたのです」

「入り鉄砲の危機がきたか」

「まさにその時です。浪人救済のため、火薬庫を爆発させて城を焼き、消火を指揮する役人を討ち取り、幼い将軍を亡きものに。駿府で家康さまの遺産を奪い、京と大坂で同時に騒動を起こし、帝を誘拐して徳川を討つという勅命を得ようというもの」

「すごいな。考えたのは誰か」

「由比正雪、駿河国出身の優秀な軍学者とか」

「兵力を持っているのか」

「世にあふれた浪人たち三千人を呼び寄せると申しているようです」

「事前によくわかったものよのう」

「奥村八左衛門と申す者を由比の一味に忍ばせていて、密告をさせたようにございます」

「さすが、徳川の防備は万全だな」

「今、事が起こる寸前とか。若さま、ここでもうしばらくのご辛抱を」

「一味はまだ捕まってはいないのか」

「江戸で丸橋忠弥が、首謀者の由比は駿府で、大坂では金井半兵衛が事を起こすのだそうです」

「どこの地にも、不満の浪人がいるのだな」

「関ケ原、大坂の陣、島原の乱、継ぐ子が無かったり幼かったりで、お取りつぶしによる大名家・旗本家は年々増加、浪人は各地に増える一方でございました」

「お家取りつぶしは、徳川の考えを徹底するためのものだったな」

「それを、参勤交代の制度や武家諸法度が後押ししました」

「政《まつりごと》とは難しいものよのう、こちらを立てればあちらが立たずか」

「そのようにお察しができるとは、若さまはもう十分に将軍さまでございます」

「いや、察するだけでなく、あちらもこちらも立つようにするのが名君であろう」

「若さまが将軍さまになられましたら、家臣のことも浪人のこともお忘れなきように」

「近江、それを言うなら、武士のことも民のこともでしょ」

「家綱さま、あなたさまはもうすでに名君であられます！」


江戸城の外堀。雨の中、酒に酔ったふりをして犬に石を投げている男がいた。石は堀に落ちてポチャンと音を立てた。男はその音を聞いて水の深さを計っているらしい。堀を渡って城に攻め入るための偵察であろう。

江戸城は傾斜地を造成したので、場所によって堀の深さがかなり異なっている。

松平信綱は、丸橋忠弥が城の火薬庫に火をつけるために堀を渡るであろうと見抜いていたので、それらしい男を見つけると、すっと近づいて番傘を差しかけた。

「夜分に何をしておいでかな」

「……」

男は、持っていた長い煙管《きせる》を左右に大きく振ると、酔っぱらったふりで傘の下から離れた。

「不審な者め、丸橋だな。みな、用心をいたせ!」

松平信綱が待ち伏せさせていた捕り手に合図をおくると、一斉に丸橋をとり囲んだ。

丸橋の援軍がばらばらと出てきたが、その者たちも一緒にとり囲むと、多くの提灯をかざしてその顔を照らし出した。賊たちは刀を抜いて斬りかかった。

ガツッ、
チャリン、
ガチッ、
しばらく斬り合いが続いたが、人数には勝てなくて、丸橋忠弥を含む五人が捕らえられた。

忠弥は宝蔵院流の槍術《そうじゅつ》家で十文字槍《やり》の名手だったが、その夜は槍を携えてはいなかった。

由比正雪は計画が露見し忠弥が捕らえられたことを知らず、前日に江戸を発ち、七月二十五日駿府に着いた。正雪は、駿府城の蔵金を奪って全国の浪人たちに結集を呼びかける計画だった。しかし駿府の町年寄梅谷太郎右衛門方に宿泊しているところを翌二十六日の早朝、駿府奉行所の捕り方に宿を囲まれ自決した。四十七歳であった。

七月三十日には、正雪の死を知った金井半兵衛も大坂天王寺で自決した。

二条城を襲う予定だった熊谷直義も自決した。

八月十日、丸橋中弥が鈴ヶ森の刑場にて磔《はりつけ》処刑された。

駿府で自決した正雪の遺品から、紀州徳川頼宣の花押がある計画書状が見つかった。

公儀は、頼宣の関与と背後関係を捜査し始めた。

正雪は楠木《くすのき》正雪と名のり神田連雀町《かんだれんじゃくちょう》に張孔堂《ちょうこうどう》という楠木正成《まさしげ》流の軍学塾を開いていた。

正雪は公儀への士官を断ったことで浪人たちの共感を呼び、政を批判する者たちの支持を集め一時は三千人もの門下生がいて、そこには徳川頼宣につかえる紀州藩士などが何人も通っていたという。近江局にも紀州藩士の甥がいて血の気が引く話であった。松平信綱や大目付中根正盛は、与力や配下の隠密を使って前々から一味の動きを探っていたという。

「なんと、頼宣さまが関わっておいでなのを気づいていたと、今更おっしゃるのですかっ」

近江局は腰を抜かさんばかりに驚いて、信綱に詰め寄った。

「正雪が開く軍学塾に紀伊家が関与していると知って、探っておられたということですかっ」

「いかにも。御三家の紀伊さまといえども捨て置く訳にはまいりませぬからな」

「正雪と頼宣さまの関係に気付いておりながら、こうなるまでお手を下さらなかったと」

「近江局さまは、私がこうなるまで泳がせていたとでもおっしゃるのでしょうか」

「そうとしか思えませんよ」

近江局はあくまでも将軍養育係で、春日局のように表に出るのを極力避けていた。表のことは家光に相談してきたからである。しかしこれからは老中たちとも話をしなくてはならなくなる。近江局は、家綱には徳川宗家として親藩との縁を大切にしてもらいたいと思うので、紀伊家のことが気になって詰め寄るのである。

ところが、そんな近江局に信綱がやんわりと釘を刺した。

「楠木流がどんなものかご存じではありますまい。あまり表のことに関わられませぬよう」

近江はムッとして言い返した。

「正成の嫡男正行《まさつら》の奥方は能勢の姫です。能勢が足利方に付き、姫は悲劇に見舞われました」

近江局は幼い頃、楠木家に嫁いだ能勢の野間城の姫が正行の子を宿しながらも離縁された話を聞いた。そして、一国一城令でその城が目の前で取り壊されていくのを見たのである。

「一族と手を携えてこその徳川。親藩を疑う姿を純情な家綱様にお見せしたくはありません」

近江局がこういうと、松平信綱は、

「せいぜい、近江局さまが頼宜さまの疑いを解いてあげてくださいませ」

と皮肉っぽく言い返した。


近江局は、和泉岸和田《いずみきしわだ》城主岡部宣勝《おかべのぶかつ》に会いに行くことにした。

岡部宣勝の母は、家康の異父弟松平康元の娘で家康の姪にあたる洞仙院《とうせんいん》、すでに故人である。

岡部の上屋敷は、能勢桜田屋敷からほど近い永田馬場の坂の上にある。

この坂には岡部・安部・渡辺の三邸があって「三べ坂」と呼ばれる。

近江局の駕籠は、その坂を登って行った。

夏の陣の時、丹波亀山城主だった岡部長盛・宣勝親子は能勢に五百騎の援軍を差し向けてくれた。

宣勝はその後、美濃大垣、播磨龍野、摂津高槻の城を経て、寛永十七年(一六四〇)から岸和田の城主である。

もとは五万石だった岸和田に前城主が六万石の税を課したので、軽減を求めて百八の村々が強訴や一揆に及ぶ寸前だったのを、城主として入った宣勝が、代表者の意見や窮状を聞き、減税を受け入れ、三千石の投資をして混乱を未然に防ぎ村を落ち着かせたという。

宣勝は名君として家光から信任を得た。そのこともあり、宣勝が紀州徳川家の見張役となって頼宜を抑えるよう期待されているという評判だった。

近江局の、「紀州頼宜殿は正雪と関わっておいでだったのでしょうか」というズバリの質問を受けて、岡部宣勝は、

「私が紀伊さまのことを見張ったり抑えたりをするなど、とんでもない話でございます」

と、あくまでも控えめに否定した。そして、

「私はせいぜい紀伊さまの足の裏に付いた飯粒ほどの者。紀伊さまこそ家綱さまのよき援助者にと願っておるのです。能勢先代さまは紀州家のお万の方さまと入魂《じっこん》でした。近江局さま、紀州さまをお訪ねされて、じかにお聞きになられませ」

と、近江局が直接紀州家に会いに行くのがいいと勧めた。

頼宜の母は七十半ばを過ぎて静かに余生を送っていたが、「会いましょう」との返事を寄せた。

紀州の上屋敷は江戸城内紅葉山の背後の竹橋邸であったが、お万の方は中屋敷にいた。

中屋敷は赤坂にあって、紀州江戸屋敷最大の広さで十五万坪である。

近江局の駕籠は、広い邸内をくるくると回りながらやっと玄関に行き着いた。

お万の方は、安房国夷隅《いすみ》郡の勝浦城主正木頼忠の娘で、十七歳で家康の側室となり、養父蔭山氏の名

から蔭山殿といった。伏見城で慶長七年（一六〇二）家康の十男になる頼宣、慶長八年には十一男になる頼房を授かった。家康亡き後は蓮華院《れんげいん》、後に養珠院《ようじゅいん》となっている。

「能勢頼次さまのご息女さま、前々からお会いしたいと思っておりました」

お万の方は、近江局が持参した蓮の花を受け取ると、蕾《つぼみ》の形と色はまるでろうそくの炎なのねと言いながら、仏間に案内してさっそく仏壇に供えた。

「母が、日蓮宗を信仰する蔭山家に再婚し、わたしも日蓮宗に帰依するようになりました」

と養珠院が言えば、近江局も、

「私も日蓮宗の家で育ちました」と答えた。

「よくよく存じておりますよ」

と座布団をすすめ、東照大権現安国院家康、台徳院《たいとくいん》秀忠、大猷院《だいゆういん》家光の位牌の前に燈明《とうみょう》を灯して座り、経を唱え始めた。

養珠院は、ていねいに、ていねいに経を唱え終えると、紀州から届いたものですよと黄色いみかんと赤いみかんをすすめた。透明なギヤマンの器に並べられたその果肉は、プチプチとしてみずみずしく、近江局は、味と香りに誘われて紀の国の青い海や緑深い山々を思い浮かべた。

養珠院も品よくみかんを食べ終えると、頼宣の話を始めた。

「子安鬼子母神《きしもじん》に知勇兼備の男の子をお授けくださいと祈り授かった子です。鬼子母神は、もともと恐ろしいインドの鬼神でしたが、釈迦に帰依して子どもの守護神になられました。頭に髻《もとどり》を結って破顔大笑《はがんたいしょう》し、唐装《とうそう》をまとい、胸元に幼児を抱き抱え、右手にザクロを持っておられます。近江さまは鬼子母神をご存知ですか」

「はい、子どもを食べるかわりにザクロを食べるようになったという神さまです」

「そうです、鬼子母神に見守られた子は元気で覇気がありますよ」

「頼宣さまは人並み以上の覇気がおありです」

「そうでしょう。明《みん》の鄭《てい》なんとかという者が援軍支援を要請してきた。西国に将軍の身内は自分一人ゆえ、指揮権を自分に与えてくれれば、出兵して日本の面子を充分に立ててきましょうなんて申すものですから皆さま方が警戒されまして……」

　えっ、そんなことを言っていいのですかと、近江局は内心びっくりして、

「公儀に反する方々にお味方になって欲しいと請われておいでなのでしょうか」

とズバリ質問した。もっとも、帰るまでには訊きたいと思っていたのだが。

「まさか。紀州は徳川のお味方でございますよ」

　養珠院は近江局の問いかけを軽くいなして、信仰の話を始めた。

「能勢さまは日乾《にちけん》上人を敬われました。私も日重、日乾、その甥日遠《にちおん》さまを師と仰ぎました」

「家康さまは浄土宗を信仰しておられましたのに？」

「はい、頼宣を殊の外可愛がられた家康殿でしたが、私とは信仰の違いでギクシャクいたしました。家康殿は、日ごろから宗論を挑《いど》む日蓮宗の日遠上人を不快に思っておられたのです」

「日蓮宗の上人たちは、理路整然と宗論をお説きになりますからね」

「江戸城での宗論対決を不利とみて直前に家臣に日蓮宗の論者を襲わせ半死半生の目に合わしたのです。

瀕死の状態では論争に臨めず日蓮宗側が負けました。不法なやり方に日遠上人は身延山法主《ほっす》を辞し、もう一度宗論対決をしたいと徳川に申し込みました。これに激怒した家康殿は、日遠上人を捕え、駿府の安倍川原で磔《はりつけ》にすると言います。私は日遠さまの助命嘆願をしましたが家康殿は聞き入れません。私は、師が死ぬときは私も死にますと言って覚悟を決め、私と上人の二枚の死装束を縫いました。これには家康殿も驚いて、上人の縄を解きその身を自由にいたしましたの。ほゝゝゝ」

「当時、世間ではかなりの話題になったとお聞きしております」

「後陽成帝から感激したと、直筆のお題目の巻物をいただきましたよ」

「養珠院さまは、日遠さまが入られた池上本門寺に杉の苗を一万本お供えになられました由」

「日蓮上人入滅の霊場です。広くて、美しくて、霊験あらたかで。本門寺はこれからきっと発展しますよ」

「能勢家は、日蓮上人様の宝塔のすぐ隣に墓地を頂いております」

「お参りさせていただきました。紀伊家も、宝塔のすぐ後ろの高い所にかなり広い地を得ました。頼宣の正室は加藤清正五女の八十姫《やそひめ》なのですよ。私の墓は、間もなく甲斐の国身延山と池上本門寺に建ててもらいます。能勢さま、池上ではお隣同士になります。どうぞよろしくね」

「そんな、紀伊さまお元気でいて下さい。でも光栄でございます」

「家康殿は喜んでいるかどうか分かりませんが、私は身延山で家康殿の大法要を催し、満願に七面山に参詣するといって女人禁制を解いていただきました。それで女性として初めて身延七面山に登りました。能勢の妙見山も女人禁制とお聞きしています。女人たちのためにいつかその禁制が解かれるといいですね」

養珠院はそう言うと、用意していた桐の箱を差し出した。

「お数珠です。どうぞお使いください」

近江局が賜った数珠は、水晶の主玉《おもだま》が百八つ繋がり、真っ白の絹の房が片方に二本、もう片方には三本付いた美しいものであった。そして養珠院はこう言った。

「私は、あの世に行ったら家康殿に伝えたい話が多々あるのですが、春日局にも一つだけ褒めたいことがありました。それが今日、あなた様とお会いして二つになりました」

「まあ、どういうことでございますか」

「一つは、最期まで家光の乳母を貫いたということ。もう一つは、家綱殿の養育係りにあなた様を採用しておいてくれたこと」

「養珠院さま、もったいないお言葉。そして、やはり春日さまは家光さまの……」

近江局が言おうとしたのを遮り、養珠院は、

「能勢さま、私どもは源氏でございます。源氏の世を脅かすものにこそ気を付けて、これからも、家綱殿をよろしくね。そしてまたおいでください」と、腰をあげた。

近江局は、長居をしたなと帰り支度をした。

「近江局さま、何かお話がありましたか。私ばかりが話していましたが」

「いえいえ、紀伊さま、ありがとうございました。どうかお体を大切になさってくださいませ」

近江局は、来た時とは反対にすがすがしい気持ちになり、紀伊家をあとにした。

やはり、あれこれ悩まず、人には直接会って話すことで霧は晴れるのである。

近江局は、改めて父の人脈に助けられた。

養珠院はこの二年後、七十七歳で亡くなり、池上本門寺に大きな供養塔が建てられた。

（能勢妙見は、明和五（一七六八）日通上人が養珠院の珠数をもって女人禁制を解いた）


徳川頼宜はその後も、正雪の背後を調べていた老中松平信綱や御側取次役の中根正盛に、

「こたびの慶安の騒乱、まことに徳川宗家のために慶賀にたえません。発覚した文書が外様大名の加勢文であったなら安心はできぬことだが、徳川の血を引く紀州頼宜の偽書きを使ったのなら、天下は安泰であろう」

と言ったり、

「私は家綱さまに刃向かうつもりはないが、ただ、これまでのやり方では人々の生活、特に浪人たちの暮らしは苦しくなるばかりだと思うので、政治のやり方を変えるために兵を挙げたいものだと思っている」

などと、問題を煙に巻くようなことを次々に言ったりするものだから、監視のため江戸に止め置かれた。

頼宜は、家康の息子にふさわしい剛毅な人物で、紀伊入国前には一揆や領民の不満などを調べ、行政面・法制面を整備、多くの浪人を召し抱えて家臣団の充実に力を入れ、入国後は和歌山城の大規模な改修や城下町の整備や鯨突きなどを連日行い、紀州繁栄の基礎を築いた。

しかしこの一件で江戸に足止めされ、十年間も紀州に帰ることができなかった。

十一歳になった家綱は、慶安四年（一六五一）八月十八日、江戸城へ下向した勅使により帝から統治権

を行使する征夷大将軍に任命され、第四代将軍に就任した。合わせて内大臣に任じられ、清和源氏という権門の長の資格を証する源氏長者を公認された。

幼年で将軍職に就いたことにより、徳川は将軍世襲制を盤石なものとして全国に示した。

「吾《われ》、幼年なりといえども先業を受け継ぎ、大位に居れり」

と、家綱は堂々たる宣言を行い、十二月には本丸に入った。家光の弟の保科正之や老中松平信綱、阿部忠秋らの「寛永の遺老」たちにしっかりと脇を固められた。

近江局は将軍付きお年寄大奥老女となった。表の老中に匹敵する最高幹部である。

ある日、家綱が江戸城本丸の天守に上って風に当たっていたら松平乗寿が、

「上さま、これをお使いくださいませ」と望遠鏡をすすめた。とっさに家綱は、

「余は年少ながら将軍である。もし将軍が天守から遠眼鏡で四方を見下ろしていると知れたら民は嫌な思いをするに違いない。天守は戦への備え、もう登るのさえやめた方がいいやもしれぬ」

と言い、望遠鏡を頑として受け取らなかった。

また食事で汁物の椀に髪の毛をみつけた時、家綱は平然と髪の毛をつまんで取り出した。あわてて新しいものと交換しようとした小姓に、

「その汁は途中で捨て、お椀を空にして下げるように」

と小声で指示をした。これは、お椀を空にすることで普段のお代わりと同様に扱えという意味で、処分される者が出ないようにとの家綱の配慮であった。

家綱は、日々、将軍としての力量を身に付けていった。

慶安五年（一六五二）、再び老中暗殺計画が露見した。

九月十三日。崇源院《すうげんいん》（お江与）の二十七回忌法要が芝増上寺で営まれるのを狙って、増上寺に放火し金品を奪い、老中松平信綱・阿部忠秋を討ち取ろうというものであった。

浪人の戸次、別木、三宅、藤江などが画策したが、これも信綱が放っていた忍びにより発覚。浪人らは難なく鎮められ処刑された。

慶安の変に続き、この事件が決着したのが改元後の承応《しょうおう》だったので、承応事件と言われている。


松平信綱は、近ごろ近江局に話しかけてくることが増えた。

「能勢頼次さまのご息女近江局さま。能勢四郎右衛門頼安はそれがしの部下でして」

近江局は、信綱が三十郎と呼ばれて家光の小姓になったころから父より聞いて知っている。柳生宗矩《やぎゅうむねのり》や春日局とともに家光を支えた「鼎《かなえ》の足」だということもよく承知している。

「島原に赴かれてのお見事の指揮の有り様、四郎衛門さまからいろいろお聞きいたしました」

近江局は、夫の消息を聞くため根津にその四郎衛門を尋ねて行った。遠縁にあたるのだ。

「今は、四郎衛門の嫡男久頼が御勘定として公儀に仕えさせていただいております」

信綱は、そうだったそうだったと頷《うなず》いて、

「算術の達人能勢四郎右衛門に鍛えられたこれまた算術の達人安松金右衛門。この者の働きで、わがふるさとの武蔵川越多摩川から江戸に上水を引く工事が成功したのでござる」

「誠におめでとうございます。安松さまは、たしか摂津河内のお方かと存じます」

「いかにも、能勢殿の肝煎《きもい》りでござった。私は、能勢家には昔から色々とお世話になっておりまして……」

信綱はこれまでとは随分と雰囲気が違うようになり、にこにことご機嫌で話が続く。

「伊奈忠治と玉川兄弟の水引工事は困難を極めましてな、算術の達人安松金右衛門に設計の見直しを命じて完成にこぎつけることができました。二年かかりましたが」

総奉行の信綱が保科正之の後押しを得て、武蔵野台地の羽村から大木戸まで十里余り(四十三キロ)を露天掘りと水番所以下は地下水道を通し、上水道を完成させたのである。

近江局は、江戸の水不足は上水の仕組み造りだと聞いていて、それが完成したということで、

「玉川のおいしい水が引かれてきたと、町じゅう大喜びにございます」

と、信綱の水運計画をねぎらった。

「水はそれでも足りなくて、次はその玉川上水から取り水をして新座《にいざ》村から新河岸《しんがし》川まで六里を掘り通しました。ようやっと野火止《のびどめ》用水として清流が流れています。そのうち蛍が飛びますよ」

「川越を拠点にした上水路、ご苦労が報われ、誠にお見事でございました」

信綱は、わが身の過去を振り返るように遠くを見つめてしみじみとつぶやいた。

「神田山を削り、日比谷入り江を埋め、小名木川など運河を開き、赤堀川を開いて利根川を付け替え、江戸地の基盤が造られました。今その町にようやっと飲み水の確保ができました。武蔵野の大地にしみ込んだ恵みの水です。私は、緑が美しいその道を、あなた様といっしょに歩いてみたかった……。それで、江戸の町がもう狭いのです」

「えっ、えっ、」

「江戸の町は、行き詰まりを起こしています。大胆な、新たな町造りが急がれます」

武蔵野を一緒に歩きたかったという信綱。江戸の町造りをまだ満足していないという信綱。

この老中が思い描いているたわむれとは、町とはどのようなものか。

近江局は見当がつかなかった。

◉二十八　大奥の改革

家綱の弟は、すでに二人が亡くなり二人が健在である。

次男長松十歳は側室お夏（順性院）の子で、甲斐甲府十五万石に封《ほう》じられ綱重となった。

四男徳松八歳は側室お玉（桂昌院）の子で、上野館林十五万石に封じられ綱吉となった。

大奥では、家綱の母の一族が無禄や微禄から短期間に加増を受けて出世をしたり大名に取り立てられたりしたので、それにあやかろうと順性院派と桂昌院派だけでなく、将来を見越して側室争いが始まっていた。着飾って目立とうとする女たちが増え、着物だけでなく身につける小間物、化粧品、調度品に至るまで贅沢を極め、またそれを売る商人たちもあふれ、贈賄と収賄の温床にもなっていた。

近江局は、大奥が徳川の財政を圧迫する要因であると考え、改革に乗り出した。

まず、御勘定の能勢久頼を召出して大奥の出費等のあらましを述べさせた。

久頼は計算力に優れた城内きっての御勘定で、近江の質問にテキパキと答えた。

「大奥は江戸城本丸の敷地の半分以上を占め、面積は六千坪。そこに、二千人もの女性たちが暮らし、公儀予算の約四分の一が投入されております。その約半分は、女たちが身につけるもの、お召し物代になっております」

「大奥は高給を受ける恵まれた職場で、衣食から日常品等の支給がある上に、御用達をあずかる商人たちからの賄賂も多く、頂きもので暮らしていけるほどと聞いております。使い切れない金を他人に貸して、副収入を得ている奥女中さままでおいでのご様子」

久頼の鋭い視線に近江局は、いえいえ私はそんなことはしませんとばかりに手を振った。

「それをお気づきのご家来衆も、咎《とが》めるどころかその人脈を利用しておられたりで……」

久頼は、女たちの俸給から台所事情や人脈までいろいろ問題点を指摘した。

近江局はそれを受けて、次のような倹約案を示した。

『まずお召し物は新調を減らし、洗い張りをすること。

障子の張替えは一か月に一度に。盆暮れの畳替えは暮れに一回にし、裏返しも行うこと。

病気魔除けのために焚いている杉葉は、出費がかさむので廃止。火の元に注意すること。

よからぬことを企てず、夜更かしをせず、大奥内のことは一切他言することを禁止。

将軍さまの大奥でのお湯浴びも、禁止する』

将軍の入浴の世話係であるお湯殿の御末《おすえ》が将軍の子を宿すことが過去から多々あり、これをやめさせた。そして、近江局は、大奥の支出を削減するには、将軍代替わりとなった今、まだ家綱が少年の身であるうちに大奥の人員を減らすことが一番であるとの結論に達した。

「本丸奥女中は残らず御暇《おいとま》を致すこと」と命じ、千人あまりを一年分の保障をして解雇した。

近江局は、今や大奥の立て直しがその手で発揮できる将軍付き老女なのである。


将軍の教育は輔弼《ほひつ》役の保科正之らが主となり、近江局の任務は一段落した。

家綱は思春期に入り、身の回りの世話も中奥の男性たちの受け持ちとなった。

家綱は、虚弱な自分は武芸が苦手だから学問を深めたいと、正之を頼ってこう言った。

「父上が亡くなられた時、父上の右腕の酒井忠勝が〝もし天下を望むならこの時ぞ〟と煽ると、諸大名たちが色めき立ったというが、その場を平伏させたのがそなただったらしいな」

「上さま、そのようなこと、どなたにお聞きになりましたか」

「近江局が言うておった」

「そうです。酒井様の挑発に、私と越前福井の松平光通《みつみち》が、〝もし今謀反を企てる者がいたなら、我らが踏みつぶして家綱さま御代初めのお祝いといたす〟と喝を入れました、わははは」

「予の代替わりをそれぞれが支えてくれて、嬉しく思うぞ」

「あれは、思いとは逆で、謀反に及ばぬようにと釘を刺された酒井雅楽頭《うたのかみ》さまの大胆なご発言だったと、我らは後で気が付き感服いたしました」

正之は、忠勝の挑発は徳川家の安泰を願えばこそそのものだったと告げて、家綱を安心させた。

家綱は、そういう正之の人の見方やものの考え方にこそ学びたいと言った。

「武士であればみな、武芸とともに朱子学を学ぶのが方針とな」

「お父上が学問奨励をなさったのです。画期的でございました」

「それがなぜ儒学で、とりわけ朱子学なのじゃ」

「徳川の理想を謳《うた》っているからでございましょう」

「親子兄弟を大切に目上の者を敬えという教え、余の弟たちは素直に学んでいるようじゃ」

「おおせの通りにございます。理や礼を大切にの〝忠君〟でございます」

「正之よ、余は、公儀の都合よきように解釈したものより本来の教えを学びたい」

「もとは孔子の教えでございます。林羅山先生は、学問所を上野忍岡《しのぶがおか》の地に開かれて…」

「余は正之に習いたい。正之はどこで学んだのか」

保科正之は、自分の生い立ちを語り始めた。

「大奥で将軍の御胤《おたね》を宿しても、側室に認められる女《もの》と認められない女《もの》がいました」

「余の母お楽は春日局に認められた」

「私の母静《しず》は秀忠公の乳母の大姥局《おおばのつぼね》の侍女で、二度懐妊いたしましたが側室には認められず」

「お江与の方が厳しかったらしいな」

「生を受けた私は母と共に、信玄公の妹で穴山梅雪の正室見性院《けんしょういん》さまに預けられました」

「そのことは、老中の数名しか知らなかったそうだの」

「すべては江与様の嫉妬を避けるため、大姥局様の岡部家と大姥局様の夫の川村家の計らいに助けられてきました。七歳になって、家康様家臣の信濃国高遠の保科正光様の養子にしていただいたのです。そして、その城で学問修行をいたしました。主に貞観政要《じょうがんせいよう》を学びました」

「貞観政要か、保科正光は偉いお方であったのう」

「はい、文武に秀でたお方で、大切に育てていただきました。実の父が将軍秀忠さまであるとは、十九の時まで知りませなんだ」

「兄の家光に偶然発見され、二十一歳で父の秀忠に江戸に呼ばれたというのは誠か」

「その通りでございます。それからは高遠、出羽山形、陸奥会津の城主を務めてまいりました」

「その間に、孔孟の教えが王者の心得だと悟ったか」

「はい、これからの為政者に求められるのは武でも迷信でもありません。身をもって臣下を率いる人格であるという根本思想を藤原惺窩《ふじはらせいか》先生や林羅山先生から学びました」

「それよ、正之よ。余も政に関わっていきたい。まずは末期養子の禁止を緩めたいと思う」

城内には、将軍はデンと構えて何事も老中に任せ、政に関わらないのを良しとする風潮があった。しかし家綱は、近江局のもと、正之という叔父の援助を得て大将軍としての自覚が育っていた。

武家の当主が跡継ぎがないまま死に頻した時、お家の断絶を防ぐため早急に縁組みをする養子は都合の良い人物にすげ替えるなどの不正が起こりやすく、公儀は養子を認めるのに厳重だった。

家綱はこの法で増えすぎた浪人による事件の数々を身をもって知ってきたので、正之のもと、慶安四年（一六五一）十二月、末期養子禁止の緩和を命じた。条件付きながら浪人を出さないための施策を、家綱は将軍になったその年に十歳で取り組んだのである。

次には、殉死の禁止と大名証人制度の改革に取り組む予定である。

その次には、先代が目指した領知保証書（宛行状《あてがいじょう》）を一定の形に定めることである。

領知宛行状とは、将軍が公家・武家・寺社の所領を確定させる際に発行する書状のことで、家光から、家綱への代替わりの時には書式・文言・用紙・印等を整えるのだと聞かされてきた。

家綱は、幼いながら自分の代で成し遂げたいことを備忘録にまとめているという将軍であった。

家綱はいつも、「それは民の暮らしにもいいことか」と聞き返し、「いかにも」という返答を聞いて、「よし、ではそうせい」と決定した。影の薄い四代、「そうせい」の将軍と揶揄される家綱であったが、正之を筆頭に側に仕えた者に恵まれ、民に優しい政を目指したといえる。

近江局は、家綱が武士にも民にも目配りできる優しい心を持っているのが誇りでいつもこう言った。

「家綱さま、ご立派でございます。武士の政だけに限らず、上水を開き、新田開発を奨励し、将軍は民と共にあるという視点を示されていることがすばらしいのです」


家綱の母お楽の方が病没した。承応元年（一六五二）十二月のことである。

家光が亡くなった次の年、後を追うように江戸で亡くなった。三十二歳の生涯であった。

春日局に気に入られた古着屋のお楽は、美人で着付けが上手で、家光正室の孝子が日に五回のお召し替えをするのを手伝っていて家光に見初められ側室になった。念願のお世継ぎを生んだが難産で、以来たびたび体調を崩し、めまいを起こし、気を失ってしまうほどで、ついには家光からも竹千代からも遠ざけられ大奥を退出していた。お楽は、最愛の我が子を近江局や乳母たちに託して大奥を退いたが、たびたび熱を出して城中を慌てさせている病弱の家綱を案じ、さぞかし会いたかったことであろう。まだ十二歳の家綱も、母の匂いやぬくもりが恋しかったであろう。

お楽は宝樹院《ほうじゅいん》の院号を受け、上野寛永寺に祀られた。

◉二十九　千住から野毛横浜へ

「身内に、千住を干拓している者がおりまして」

ある日、近江局は家綱に芦衛門の新田の話を申し上げた。

「荒川の内陸のぬかるみだな。稲田を作るのか」

「はい、日光行きで難儀した千住です。江戸は人が増え、お米はいくらでも必要でございます」

「その者は、前に聞いた近江と同じ能勢の生まれの石屋だな」

「はい、私の父とは従兄弟どうしになる西田芦衛門重次と申します」

「新田の成功を期待しておると伝えよ」

「はい、米が千石実る水田を開くのが夢だと申しております」

木材・石材商の西田芦衛門は、二十四歳で江戸にやって来て着実に業績を拡大した。

近江局や故郷の領主能勢頼隆・頼春親子の引き立て、秀忠時代に老中だった安藤家による口添えもあって、江戸城をはじめ大名屋敷建設の資材注文に目が回るほど応じてきた。木材も石材も、公儀といわず大名家といわず、売れて売れて売れまくった。

慶安三年（一六五〇）三月の江戸大地震のあと、芦衛門は更に得た巨額の利益でもって、かねてからの念願であった米作の地域を広げるため干拓事業に取り組んでいた。

芦衛門は商売だけでなく農業振興にも熱心だった。

心豊かな能勢の村で大切におおらかに育てられたお陰であろうか、働きや儲けはいつかは自分をとりまく人々にお返しをするというのが生きる目当てであった。

いま芦衛門をとりまく人々というのは江戸の人々である。

江戸深川木場問屋に移ってずっと見つめてきたところは、墨田川沿いの湿地帯千住中村の音無川流域であった。雨にぬかるみ洪水にみまわれる千住を米がたわわに実る土地にしたい。

芦衛門は、「千住千石」を夢見て、年ごとに財力を投入し田畑によみがえらせた。

数年のうちに南千住の新田からは、七、八百石の米が収穫できるようになった。

ところが、埋め立て地を広げるに従って購入できないお上の管理地に行き当った。

千住大橋のたもとは日光街道、奥州街道が通る交通の要衝で、埋め立てようにもお上が許可を下さないのである。芦衛門は何度も町奉行に許可を請願した。しかし、

「荒川の内側は、奥州外様大名に対する防備の重要地帯。埋め立て禁止である」

奉行はこの一点張りであった。

江戸の町を守るために大きな川に橋を架けないというのがお上の政策で、荒川に千住大橋、多摩川に

六郷橋しか架けていなかった。だからこの橋の辺りは往来の警戒区域のままである。

それでも芦衛門はあきらめなかった。

「千住に千石が私の悲願でございます。なんとか追加の干拓お聞き届けくださいませ」

「何故千石にこだわられるか。お主はすでに大事業を成し、米が穫れているではないか」

「高千石を開いた地主には、寺社の建立が許されるという話を承りましたもので」

「そんなこと誰が何時申《いっ》した。寺社の建立はそう簡単にできるものではないぞ」

江戸時代になると、公儀は民衆を檀家台帳（宗門人別帳）に記録して管理下に置いた。すべての者をいずれかの寺の檀家に組み入れ、寺請証文で管理し、宗教統制するのがねらいで、寺は公儀の出先機関となった。キリシタンや不受布施派を発見し、締め出しを狙ったのである。引っ越しや旅行に必要な身元を証明する手形も寺院が請け負っていた。

そのような寺というものを、個人が好き勝手に建てていいはずがない。

その上公儀は、この新田に隣接して小塚原刑場を造った。年間千人が処刑される所である。管理が甘く、埋め方も浅く、夏は悪臭を放ち、野犬やイタチが墓をあばき死体を掘り起こすという無残な所となった。芦衛門は、人間が人間を殺して裁くという刑の方法が何より嫌だった。

それを、まさか、自分が埋め立てようとしている夢の千住でやるなんて……

芦衛門はこのあたりが水田になり、秋には黄金色の稲穂が波打つ田園地帯を夢見て私財をつぎ込んできたのであった。

すっかり落胆した芦衛門は、米が千石採れる新田を別の地に求めることにした。

千住が無理ならもっと広い別の所を探してみてよう。

芦衛門は、木材や石材の買い付けで尾張、飛騨、信州、遠州などへ行くため、しばしば東海道を旅していたが、こんどは埋め立て地を捜すという目的で歩くことにした。

凱風快晴《がいふうかいせい》。

やわらかい初夏の風を身に受けて、芦衛門と助兵衛《すけべえ》は日本橋から西に向かった。

助兵衛とは、大坂城の石垣積みから共に仕事をしてきた芦衛門の一番の相棒である。

千住の干拓も助兵衛が請け負ってくれたおかげで取り組めた。まことに頼りになる男である。

「きょうは富士のお山がよう見えます。芦衛門はん、幸先《さいさき》よろしいで」

「助兵衛、わては今日から心機一転、勘兵衛の名で出直す、勘兵衛と呼んでおくれ」

「かんべえって、あこがれの黒田官兵衛さんのかんべえでっか」

「そやけど字が違う、私のは勘が鋭いという方の勘や。気持ちは官兵衛さんや」

「わかりました勘兵衛はん。わても官兵衛さんにあやかって黒田助兵衛にならしてもらいますわ」

「それはちと難しい。名門黒田の苗字を勝手に名乗ることはでけへんで」

「そうでっか〜 でも気持ちは黒田のつもりで。千石の土地が拓けたら叶うかも知れまへん」

「さあー 助兵衛、あの富士の足元に着くまでには、次の埋め立て地を見つけるさかいな」

「へえ、千石の米が取れるほどの所《とこ》ですな」

「千住より広ないとあかんのやで」

夢見る少年のような二人は四十過ぎ、ふるさと大坂なまりである。

東海道の初宿、荏原郡《えばらぐん》品川宿は老若男女が大勢行きあって賑やかだった。

「勘兵衛はん、ここは昔からのみなと町、陸海両路の江戸の玄関口だす」

「真っ白の帆をあげた船が次から次へと出入りして栄えてますな」

「御殿山は将軍さんの鷹狩りの休憩地。春は海に突き出した桜がよろしいねん」

「海岸をもっと掘って船着き場広げてあげたいほどの所《とこ》。埋め立てどころやあれへんな」

「色街遊郭ありまっせ、一泊しまひょか」

「あかんあかん、もっと先の宿《しゅく》まで行きまっせ」

二人は東海道に沿って歩いた。


〽 波静かなる品川や～

やがて超え来る川崎の～

の～　軒端並ぶる神奈川は～

はや保土谷のほどもなく～

くれて戸塚に宿るらん～


勘兵衛の鼻唄を聞いて、助兵衛が言う。

「それ、このごろ流行《はや》ってる文字鎖《もじぐさり》の五十三次の唄ですな」

「そや、〽都路は五十路《いそじ》あまりに三つの宿～と始まるんや」

「〽時得て咲くや江戸の花～でっしゃろ、〽時得て咲くや稲の花～となるように」

「そや、その通りや、先急ぎまっせー」

　次の宿場武蔵国橘樹郡《たちばなぐん》川崎は、川口に広がる水辺の村である。

「勘兵衛はん、多摩川の六郷の渡しだす。流れがゆったりして景色もよろしな～」

「米作りには水が肝心やけど、こないな大川のねき（そば）では大水が怖いがな～」

「水害の心配なとこは、埋め立ては難しおますな」

「理想は、ええ塩梅《あんばい》に水が流れてるとこや」

　次は、武蔵国橘樹郡神奈川宿。

「勘兵衛はん、ここも神奈川湊ゆうて、みなと町だす」

「千住は内陸やったけど、埋め立てはやっぱり海に面したとこがええな」

「干拓だすな。けど、ここは遠浅とはちごて難しおますで」

「充分な遠浅で、大海に漕ぎだせるほどのとこがええんや」

「川船よりももっと大きい船に、米を積むんですな」

「大きい船が着くとこは、大きい荷ぃが出せる、大きい荷ぃも揚がる」

「そしたらもっと人が住む。よその湊とつながります」

「米より重たいもんまで商える」

「あ、材木とか石材とか？」

「もっともっと重いもんや。異国につなぐ時代がきっときますで～」

　武蔵国橘樹郡程ケ谷宿の松林を過ぎた。

「勘兵衛はん、ちょっと海から離れてしまいましたがな」

「東海道、ぼ〜っと歩いとったら、宿の心配はないけど、干拓できそうなとこ見逃すなぁ」

「勘兵衛はん、千石採れたら寺を建てるんでっしゃろ」

「そや、むかし能勢で拝んだ日蓮宗のお寺と倉垣の氏神さんの山王権現や」

「二つもですかいな、お坊さんや神主さんでもないのに、そんなことできますんか」

「寺地や神社地を寄進するということやがな」

「ああ、ああ、そういうことでっか」

「それにしても、この登り坂はきついなあ」

「ここが有名な権太坂《ごんたざか》だすわ」

「江戸からやってきて初めてのきつい坂や」

二人は坂を上り詰めて休憩をした。

「おお、富士が山に重なっとらん。すそ野まで広がって見える、ええ形やなあ」

「勘兵衛はん、ほら、海側のながめもよろしいで」

「おお、遠く神奈川の海や、ああ海もやっぱ美しい」

「海までつづく稲穂の波が見てみたいわ」

二人の夢の話は尽きなかった。

相模国鎌倉郡戸塚宿に。

次の日は相模国高座郡藤沢宿に到着した。

「街道筋は、もう、家やら畑やらがきちんと並んだ町になったある」

「まだ町になってへん所《とこ》を捜さなあきまへん、街道を外れて歩かなあかんかったんですわ」

「そのとおりや、引き返すで、帰るで。神奈川宿から出直しや、海の方から探しまひょ」

「藤沢ええとこやおまへんか、ちょっと江之島神社にお参りしてからに」

二人は江ノ島にやってきた。

「ほら見てみぃ、弁天さんがいてはる。女の神さんだっせ」

「二人いたはりますねんなあ」

「弁天さん、弁天さん、広い埋め立て地が見つかりますように」

「弁天さん、弁天さん、うわ、この弁天さん裸やん」

「財を成す女神さん、川や池の女神さん、次の埋め立て地が見つかりますように」

「あれ、弁天さんの声がしたような」

「ほんまや、弁天さん、なんか言わはったな」

「なんか言わはった」

二人は、神奈川宿まで急いで戻ると、舟をしたてて西にむかって漕ぎだした。

袖ケ浦から入り江に近づくと、象ヶ鼻という岬、その向こうに朱い鳥居が見えた。

「ほら、あこにも弁天さんがいてはりますねんで」

「助兵衛、あんたもあの弁天さんを思い出してたんか」

「へえ、州干島《しゅうかんじま》の弁天さんが呼んだはる気がしました」

「わたしもや、まさしくこれは弁天さんのお導きやで」

横浜村から横にのびるくちばし状の半島は、州干島といい、その先端に海を行く船を見守るための州干弁天社が祀られていた。細長く突き出た砂浜に松林が並び、その中に朱色の弁天の鳥居、その向こうに農家と田畑、その奥に海水が満ちた内海、遠く彼方に富士の山。えもいわれぬ美しさだった。

「弁天さんが、このあたりの干拓はどうやと言うてはる」

「勘兵衛はん、こんなええとこほかにはおまへんで」

その後も、二人は三浦半島に出て、埋め立て地になりそうなところを海から探したが、一目見た州干島がまぶたに張り付いて忘れられず、どこを見ても上の空だった。


二人は、湾に沿って徒歩で一周した。

「ここ、武蔵野毛村と言うそうでっせ」

野毛村は戸部村の一部で、野毛浦という漁村だった。漁に出る船が何艘もつないであった。

天神山の裾を行くと下太田村、太田村、上太田村に出た。

内海の湾は「溺れ谷」と呼ばれて奥深く食い込んでいた鳶《とんび》にでもなって上空から眺めるとよくわかるのだが、この湾の形は大きな釣り鐘状で、釣り鐘の中に水が溜まっている形である。その頂点に大岡川が流れ込んでいるのである。

次は頂点から南側を歩いた。

その後も、勘兵衛は頻繁に内海のまわりをぐるりぐるりと歩いて回った。

陸行して湾をめぐり、小舟を浮かべては海上から水深を測った。深い所が三㍍で、奥に入るほど浅くなり、水際の一部は泥が溜まって葦が群生していた。その芦原から、突然、貂《てん》が飛び出たりした。

何度も検討を重ね、勘兵衛はここに新田を開くことを決めた。

「水際から徐々に沖に向かって埋め立てて行けば、きっと千石の田ぁが生まれる」

「陸稲《おかぼ》が主体なのは水利に恵まれていないからや。大岡川の水を引けば水田になる」

「助兵衛、埋め立て工事を請け負っておくれ」

「勘兵衛はん、任しとくれやす。米一粒が二千粒だすわ」

「横浜に、米を千石、実らせるんや」

明暦二年（一六五六）、埋め立て開墾を公儀に請願した。

「わては、お上の援助を貰いとうはない。許可さえ頂いたら工事は自分の財で成し遂げたい」

〝お上の世話にはなりとない〟近頃これが勘兵衛の口癖だった。御用木材を扱ううちに入札制度のからくりや賄賂の横行をいやというほど見てきたからである。また、コネに頼った商売は政権が変わると斜陽になって没落するのを見てきたからでもあった。

「生まれてきてから今までは、能勢家の世話に成りどうしやったけど、もう大丈夫や」

勘兵衛四十六歳。押しも押されもせぬ大店としての力量をつけていたのである。

今回は江戸城修理の奉行だった安藤重長を通して老中に目通りが叶った。老中とは、酒井忠清と松平信綱だった。江戸の人口が増えて、お上は新田開発を奨励していたので、勘兵衛の願いは双方にとって渡りに舟であった。

公儀聴許《ちょうきょ》を得て、明暦二年（一六五六）七月、干拓工事に着手した。

工事は、助兵衛が請け負った。

肝心な大岡川の水は、中川と中村川の三本に分けた。

その水は、いずれ水田の命となる水。北側にも南側にも分配をする必要があった。

工事は川に沿って堤を築き、海側に潮除けの堤を築くことから始まった。

中川を境に海から見て右側が北、左側が南である。

堤は、右の大岡側が約三キロ、左の中村側が約二キロである。

海側に築く潮除堤は約二キロであった。

堤を積むのには大量の土や砂が必要で、大田村の天神山や石川中村の大丸山のがけを切り崩して運んだ。また、横浜村の宗閑嶋の野原を掘って運んだ。

潮除堤の石垣に使った石は、千葉南部の安房《あわ》や伊豆半島から運んできた。

石の運搬は、商売柄、勘兵衛お手の物であった。

商売の基本は江戸で、儲けた分がますます干拓につぎ込めたのである。

横浜では一日に何百人という村の人たちが働いてくれた。

大工事は、順調に進んでいるように見えた。

◉三十　明暦の大火

明暦三年（一六五七）正月十八日。

江戸は小正月の気分がぬけ、藪入りもすみ、「さあまた一年が始まる、がんばろう」という時だった。

実は町には秋から八十日あまり雨が降っておらず、土ぼこりが舞ってどことなく薄暗かった。そこに正月元旦に四谷竹町の火事、四日に赤坂町の火事、五日に吉祥寺辺り御中間町の火事が続き、なんとなく不気味な年明けでもあった。

その日は、未明から関東特有の北西の空っ風が吹いて、たいへん寒かった。

昼過ぎに本郷丸山の本妙寺から火が出た。火はまたたく間に燃え広がった。

強風にあおられた火は、アッという間に湯島、神田から浅草、通町筋、鎌倉河岸、京橋八丁堀に達し、日本橋から本所の大名屋敷・旗本屋敷を焼き、墨田川対岸に飛び移り、深川までを一面の焼け野原にしてさらに四方八方に飛び移り、夜を徹して八代洲《やよすがし》河岸から人家のまばらな牛島新田の農家まで焼き、江戸市街の三分の一を焼き尽くして、朝方にようやく鎮火した。

近江局は、東の空が真っ赤になって街並みが炎に包まれていくのを天守から見ていた。

黒い煙の先端に赤い炎が点々と数を増して広がっていくのは、まるで地獄絵図だった。

桶町の火事で移転していた勘兵衛の新しい深川の木材店も、紅蓮の火の海の中だった。

翌十九日も朝から大風が吹き、昼前に小石川伝通院前新鷹匠町付近から再び出火。

炎は一気に江戸城の北側へ迫ってきた。火の手は北西の牛込門から、城の内堀内に侵入した。田安御門、竹橋門を舐め、この門内にあった紀州上屋敷、水戸屋敷、その他大名屋敷、本理院屋敷（家光正室の館）、天珠院屋敷（千姫の館）などをたちどころに炎上させ、午後になり天守から本丸に迫ってきた。

焦げ臭い匂いが漂い始めた。

「火事でございます！」
「火事でございます！」
「火の手が迫っております。お逃げくださいませ」
「今すぐお逃げくださいませ」

大奥に火の手があがり、女たちは煙が充満した廊下を血相を変えて走り出した。

家臣たちは本丸に集まっていたが、天守が焼けて火の粉が迫ってくるのを見て、十六歳の将軍家綱の御座所をどこか安全な場所に移さねばと慌てだした。

「一刻も早く城からお逃げいただきましょう」
「上野寛永寺はどうか、あちらの方は燃えてはおらぬようだ」
「寛永寺が落ち着かれるにふさわしい」
「ではすぐに」

老中たちは、家綱を家光が祀られている徳川家菩提寺に移そうと決めた。

将軍輔弼《ほひつ》役《やく》の会津城主保科正之が、これを止めた。

「火事に怯えて、将軍を天下の府城から逃げ出させるのはいかがなものか」

将軍を補佐する鼎《かなえ》の軽重《けいちょう》を問われる（補佐人の能力を疑われる）というのである。

火はすでに本丸、二の丸、三の丸に燃え移り、堀を越えて紅葉山に迫ろうとしていた。

「将軍が逃げては、天下の屋台骨が揺らぎかねない。まだ焼けてはいない西の丸へ」

表は、保科の判断で家綱の安全と面目が保たれた。

奥は、近江局が逃げ遅れた者を捜して走り回った。上着を脱いで身軽になった。

「まだ誰かいますか、早く早く、焼け死んではなりませぬ」

何人かの女たちが逃げるのに手間取っていた。道具の一つでも持ち出したい者や、お気に入りの長い裾の打ち掛けを引きずって走れず、その上普段は通ることのない表御殿の間取りや廊下の続き具合がわからず、煙の中で行き先を見失っていたのである。

煙はだんだんと量を増し、黒くなって、もう自分の足先しか見えなくなった。

激しい黒煙の向こうから、

「将軍は西の丸に渡られた故、諸道具は捨て置き退出されよー」

と聞き覚えのある声がした。信綱だ。

「近江さま！」

信綱は、近江局の姿を見つけると、濡れた衣を頭からすっぽりとかけて両腕で抱きしめた。

「いっしょに逃げましょう、それとも」

「えっ！」

小柄な近江の体が信綱に抱きかかえられて、足が床から離れた。

「あ、伊豆さま、」

「いっしょに、焼け死にましょう」

え〜っ――――、近江局は信綱の胸に顔を埋めたまま固まっていた。

「逃げ遅れている御女中たちがおります。皆といっしょにお助け下さいませ」

近江がやっと声を上げると、信綱も我に返って近江を放し、奥に向かって叫んだ。

「出口に向かう廊下に畳を裏返して敷いた。足元に気を付けてこれを辿られよー」

近江五十三歳。瞬間であったが、信綱の太い腕の中で熱い血が逆流したのを覚えた。それは夢だったか、近江局は裏返しの畳を頼りに外に出て、西の丸にたどり着いた。煙を吸って苦しくて、ゴホゴホとむせた。近江局のその姿を見て背中をさすってくれたのは、家綱だった。十六歳の青年家綱は最近奥の女たちにはよそよそしかったが、近江局をいたわって手を差しのべてくれた。やはりわが身は少々年老いたのである。

そのうち西の丸にも火の粉が飛んできて、老臣たちは水を求めて右往左往した。

家綱は気丈で、上着を脱いで飛んでくる火の粉を振り払った。

正之は落ち着いて、家綱に次の手を提案した。

「西の丸が焼けたら、焼け跡に陣屋を建てましょう。上さまが城外に出てはなりません」

かろうじて、西の丸は焼けなかった。

「消火命令は、出されましたか」

近江局は、大奥の避難が一段落すると、家綱の側で松平信綱に確かめた。

「もちろんです。きのう将軍命で老中奉書を発給し、大名と旗本に非常招集をかけました」

「こんな時にもまず奉書からですか」

「決まりですから。が、将軍の署名は略しました。火元に近い大名と旗本は現場に出向いて消火に当たれと。大名たちは一万石に付き三十名を出して火を消しているはずです」

信綱は、家綱が聞いているのを意識して、手順から人数までをていねいに近江に説明した。

「城内の消火態勢についても、大番組、書院番などの旗本衆に命じております」

「それでも火は広がり続けています」

「これだけ風が吹けば消火は難しいでしょう。十四年前の桶町火事の後、十六家による大名火消を組織しましたが参勤交代により顔ぶれも変わり、うまく機能しておりません。上水も使ってはおりますが水が足りません。火消たちはおもに類焼を止める建物破壊しかできていないでしょう」

徳川初期のこの頃、江戸の消防活動の制度はまだなく、武士によって組織された武家火消《ぶけひけし》と、町人によって組織された町火消《まちびけし》は別組織であった。火災に限らず、武家社会と町人社会を区分するというのが当時の公儀の姿勢で、武家屋敷の火事は武士が消し、町屋の火事は町人が消すものと原則が定められていた。

近江局は、ただ見ているばかりの男たちがじれったくて、更に信綱に食い下がった。

「墨田川を渡れなくて焼け死んだ人が万といるのですよ」

「火の勢いが強くて消火どころではありません。武士も町人も、今はどうやって逃げるかです」

「狭い道に人があふれ、川に橋はなく、逃げ道さえ十分ではないのですよ」

「好き勝手に広がった江戸の町。早急に安全な町に造りかえなければなりませんな」

「とはいえ、いま、公儀が先頭に立って何がしかの手を打っていただかないと……」

「橋はすぐには架けられません。茅葺き板葺きの家は火が付くと手が付けられません」

「焼けるがままですか。見殺しにでしょうか」

「防火に徹した新しい街づくりが急務です。更地になればそれが即、進められましょう」

「え、まさか、もっと更地を増やしたいとおっしゃるかっ」

「……」

「この上、呼火《よぶひ》や継火《つぎび》で、町を一掃しようなどとお考えかっ」

呼火や継火とは、一種の放火行為のことである。

「とんでもない。ただ、家臣を焼け死なせてはなりません」

「消火に向かわせないのが、策だといわれますかっ」

「そういうことです」

信綱は、興奮気味の近江を横目に、家綱に向かって、

「上さま、将軍命は、いましばらくは出さない方針でまいりましょう」

と説明した。家綱はそれを聞いて落ち着いて確かめた。

「無理な消火作業はさせず、家臣の命を守るということか」

「はい、それが、ひいては町を守ることになります」

「それは民のためでもあるな」

「江戸のすべての民のためです」

「ではそういたせ。人の命は何よりも重いのだ」

そして家綱は、こう付け加えた。

「火は地図など持ってはいないぞ。武家地だとか町人地だとかを区別をしないのだ。治安のために橋は架けないなどと言っている時代ではないいな」

家綱の考えは、まっすぐである。

近江局は、信綱が火災によって更地が増えれば新しい町造りがし易いと考えていると知った。

慶安の変で徳川頼宜を疑い江戸に留め置いた信綱のやり方を苦々しく思ったが、最近、それは治安の効果を上げることにつながったのかもしれないと、信綱のやることを見直し始めていたのだが、やはり今、改めてこの人の考えることには付いていてはいけないと思った。

何の成すすべもないうちに火はあれよあれよと城の南に達し、数寄屋橋、日本橋、新橋から遠く南の海岸に広がっていった。城の中ではみな肩を寄せ合って震えていた。

更にその日の夕刻、こんどは麹町五丁目の町家から新たに出火した。悪夢であった。

城からは、西側に猛火が広がっていくのが見えた。

火は半蔵門から桜田へ、江戸城西の丸下、彦根藩邸、大名屋敷旗本屋敷をことごとく焼き、さらに猛火は虎ノ門から愛宕下、真夜中に増上寺に達し、門前札ノ辻から芝浦一帯までを焼き尽くし、芝増上寺の本堂に迫っているという。

まさか天下の江戸が、江戸城が、東も西も炎に囲まれ、灰になっていくとは思いもよらないことであった。

「ああ桜田に、愛宕下に火が回る～」

近江局は、生きた心地がしなかった。近江局だけではなく城の女も男たちも、なすすべもなく、肩を寄せ合って、呆然と真っ赤な火の海を眺めて涙を流していた。

ちまたでは、出火の原因をめぐっての噂話がある事ない事を交え飛び火の如く広がった。

「麻布の質屋遠州屋の梅野ちゃんが、ある美少年に片思いをして恋患いの末亡くなったの。遠州屋は十七歳の梅野ちゃんの棺に振袖を掛けて野辺送りをして、その振袖を本妙寺に納めた。住職はそれを古着屋に売った。お寺が納められたものを売るのはいつものことだって」「振袖は上野の紙屋大松屋の娘キノちゃん十七歳の物になって、その子の葬式で再びこの振袖が本妙寺に納められたの。また売り飛ばされた振袖は、今度は本郷の麹屋の娘十七歳のイクちゃんの物になり、その子の葬式の後にまたまた本妙寺にかえって来たんだって」「住職はこの振袖の運に恐ろしくなり、正月十八日、大施餓鬼《だいせがき》を修してこれを焼くことにしたの。住職が振袖を燎火《りょうか》に投じたとたん一陣の風が起こり、竜巻となって、火がついた振袖はさながら娘の立った姿そのままに地上八十尺の本堂の屋根に吹き上げられ、御堂を燃え上がらせ、それで大火事になったらしい」

「え～」

「いやいや、六年前に徳川転覆を図った由比正雪一派の残党が、報復のため放火したらしい」

「え～」

「いや、これは大きな声では言えないが、徳川が仕掛けた思い切った江戸の町の大改造らしい」

「え〜」

噂は噂を呼び、今では何が本当かはもう分からず。

燃えた大名屋敷と旗本屋敷は九百三十軒。町屋は両町で四百町。寺社三百五十か所、橋六十、倉庫九千、当時の江戸の市街地の約六割が灰になった。


桜田溜池下の能勢屋敷に火の手が襲ってきたのは十九日の夜であった。

頼之以下家臣総出で桶に水を入れて手渡しで軒に運ぶと、若い衆がはしごで屋根に上り、水をかけて降り注ぐ火の粉から屋根を守った。小路一本の差で能勢家の屋敷は類焼を免れた。

東隣の屋敷は燃えたのに。庭の松の木が炎を受け止めて赤茶色に焼けた。

どのように逃げてきたのか頼隆が表門に辿り着いて、バタリと倒れた。

「兄上さまではございませんか、しっかりなされませ、しっかりなされませ」

用人たちが戸板に乗せて屋敷に運び入れたが、頼隆は酷《ひど》い火傷で、着ていた着物はおろか皮膚までが焼けただれて、意識がもうろうとしていた。

「しっかりしろ、頼隆!」

「お兄さま、お兄さま」

「み、水を、水を……」

「飲まれても大丈夫でしょうか」

「唇をぬらす程度にしてやってくれ」

焦げた着物をはさみでそっと剥ぎ取ると、火傷で体中が赤く腫れあがっていた。

湿らせた布で背中や腹を冷やしたが、布はすぐに熱くなって湯気を立てた。

痛みに顔をしかめながら頼隆は、弟の頼之に見てきたことを話しはじめた。

「勘兵衛の店がまた焼け、上さま誇りの大天守が火柱になって崩れ落ちました」

「お城の消火をしていたのか」

「城は手が付けられなくなり、夕刻麹町の家に帰ったとたん、近所から火の手が上がり……」

「家族の者はどうした」

「大八車を引いて避難をさせました」

「逃げたのだな、逃げたのだな」

頼隆は、とぎれとぎれに、続きを告げた。

「おそらく。私は火の手を追いかけて愛宕下から増上寺へ」

「家族と別れたのか」

「赤い舌のような炎に追いかけられました。道すがらの粗末な家が、あっという間に焼けて、ガラガラと崩れました。泣き叫ぶ男の子を抱きかかえていた女の人を家の中から引っ張り出して、こっちこっちと空き地まで連れていきました」

「そこで火傷を負ったか」

「そのあと増上寺で防火作業をしました」

「よろこべ、増上寺は半分焼けたが本堂は無事だったらしいぞ」

「よかったです。その時火の粉を浴びました」

「こんなに焼けただれて、しかしよくやった。ゆっくり休め」

「愛宕下の兄上の屋敷もだめでした」

「頼宗一家は、みなここに逃げてきているぞ」

「よかった。無事だったのはこの桜田の屋敷だけです」

「頼隆、お前の一家もきっと来る。気をしっかり持って待て」

頼隆は、安心したのか目を閉じた。

火傷がひどく、次の二十日には昏睡状態に陥った。

頼隆の妻と子どもたちが荷車を引いて頼之の屋敷にたどり着いたのは二十一日で、その二日後の二十三日、頼隆は息を引き取った。七十歳であった。

兄弟一の大柄で逞しい男であった。弓道や鷹飼に秀で、公儀の命を受け全国各地を巡見した。

男子が三人いて長男頼春は書院番、次男頼員《よりかず》は紀州藩士から徳川の鷹匠に、三男頼澄は近江局の養子になった。頼隆の妻は池田輝政の家臣森寺長貞の妻だった者である。

近江局は、大切な兄頼隆焼死の知らせを受けて、無理な消火命令を出さないという松平信綱を軟弱だとののしったが、命を失わないことを優先した策が身に染みた。

明暦の大火で死者は五万人を超えた。十万人という記録もある。このころの江戸の人口は七十万人というので、およそ一割が犠牲になったといえる。儒学者の林羅山も亡くなった。

江戸は慶長の頃三百町に十五万人といわれたが、寛永末には八百八町となっていた。この膨張はわずか三十年間に起きており、町造りの行き詰まりが生じていたのは確かであった。

火災後、公儀はまず粥の炊き出しを始め、焼け米を配り、米価や材木の値段の騰貴を抑制し、大坂と駿府から送られてきた総額十六万両を町人に分配した。そして身元不明の遺体を本所牛島新田に船で運んで埋葬し、供養のための回向院を隅田川の東に建立した。

松平信綱が、家綱に、「大火を奇貨《きか》として(好機を逃さず)江戸の町を改造します」と言うと、家綱は、「あい分かった、絵地図を作って計画的に進めよ」と実行開始の命を下した。

大目付の北条正房と測量家の金沢清左衛門に、オランダ流の技術を駆使して「寛文江戸図」のもとを作らせ、それにあわせて町の改造を進めた。

町人地と武家地の屋敷復興を優先したので、公儀が江戸城本丸再建に取りかかったのは一年後の明暦四年の正月であった。五月には加賀前田綱紀が新たに超一流の新天守台を築き、十月に完成したが、保科正之ら補佐役たちの天守無用論により、天守は築かなかった。しかし天守番は残した。その数四十人、四組に分けて天守が復活した時のための維持管理に携わる者として残された。

しかし、その後も天守が築かれることはなかった。

家綱は、武力や威圧で臣や民を縛ってきた先祖三代の成果の上に、明暦の大火をくぐりぬけて命を貴ぶというより柔らかい政権運営ができる時代を受け継いだ。家光時代の遺老といえども、柔軟な思考ができる有能な側近たちに囲まれ、恵まれた将軍になった。

勘兵衛の一家は、野毛横浜へ移って行った。

◉三十一　家綱と顕子《あきこ》

明暦三年（一六五七）春、十六歳の家綱はめでたく結婚の運びとなった。病弱だったこともあり、叔母の東福門院和子《まさこ》と天寿院千《せん》が仲立ちをして結婚を急がせた。大老たちも賛成し家綱はそれに従った。お相手は伏見宮貞清親王の第三王女浅宮顕子《あきこ》で、徳川将軍家は初めて宮家から正室を迎えた。これは春日局が将軍に格式をもたせるためにと、正室には五摂家（近衛、九条、一条、二条、鷹司）または四宮家（伏見宮、有栖川宮、桂宮、閑院宮）から迎えよと申し伝えていて、それが受け継がれたのである。

顕子は大火のあったその年の四月に江戸に入り、七月十日、西の丸で結婚式を挙げた。大火の後で挙式の発表は控えられ、祝い品も差し止められるという寂しい婚礼であった。顕子の姉照子も、和子の勧めでその十一月、紀州徳川頼宣の長子光貞の正室に嫁いだ。

二年後の万治二年（一六五九）には新しい江戸城が完成し、二人は九月五日本丸に移り、顕子は髪を大垂髪《おおすべらかし》に結い、御台所と呼ばれるようになった。家綱十七歳、顕子十八歳であった。

この年、大奥法度十九条が新たに発令された。

これまで大奥の主人は御台所であったが、「将軍」に改められ、将軍付きの女中が中心となって大奥を差配することが明確に示された。結果、近江、矢島、岡野の三人が奥方御用に就いた。

秀忠は徳川将軍家に公家の血を入れたくなかったのが本心で、家光が孝子と険悪の仲になり、ほどなく離縁状態になったのをよしとした。二人はうまくいかないように仕向けられてきた。

家光の正室を御台さまとも呼ばず、大奥にも入れず、吹上の庭にある中の丸に追いやって、「中の丸さまは将軍さまと不仲」と言いふらしたのは、春日局で、春日は、家光夫妻の仲を引き裂き、徳川の血筋を公家から守ってきたといえる。

同様に、家綱夫妻に子どもが生まれるのを阻止しなくてはならなくなったのが近江局であった。

「春日局さまは、先代の御台さまには勿論、お万のお方さまにも避妊薬を差し上げました」

矢島局がこう言って近江局に顕子への不妊の働きかけを促し、近江局の苦悩が始まった。

矢島は、乳母に採用の時には夫の俸給を詐称し、家光に言葉巧みに謀《はかりごと》をめぐらして近づき、病気の家綱に徹夜で看病して恩を売り、大奥の中で力を伸ばしてきた。家綱が将軍となって西の丸に入ると、西の丸大奥矢島局となり、家綱が将軍宣下を受けるころには近江局と肩を並べるほどの老女に昇進し、今では身内を旗本矢島氏に押し上げ、夫豊田清左衛門の子義充を小姓組に就かせるほどに力を伸ばしている。

矢島は、自分の部屋子であるお島を起用して家綱に性の手ほどきをさせた。

もしかしたら、お島が家綱の男子を儲けて、側室お島さまになるかもしれないところだった。

近江局はいずれ家綱のお世継ぎ誕生を成功させなければならないと思ってはいたが、いよいよになると家綱と顕子がかわいくて、かわいそうで、どうしたらいいか苦悩の日々を送っていた。

顕子は、家綱の叔母の和子と千が薦めた正室なのだから、むしろ悩みは深かった。

大奥は将軍の世継ぎを生み育てる所であるが、公家や摂家に外祖父を持つ世継ぎ、また、外様大名につながる世継ぎは徹底して排除するというのが暗黙の決まりである。

近江局は、家綱と顕子を徳川家の傲慢《ごうまん》に巻き込んだと思うと無性に悲しかった。

近江がめざしてきた〝家綱の健やかな成長と徳川のゆるぎなき繁栄〟は矛盾に陥った。

二人に罪はない。分かっていたつもりだったが、将軍付き老女でいることがつらくなった。

「お宿下がりをいただきとうございます」

五十四歳の近江は、休暇を申し出た。

お目見え以上の上級女中は一生奉公といい、よほどのことがない限り大奥から出ることを許されていないが、近江がよほどつらそうだとみなした家綱が直々の計らいをした。

少しの養生を、その後は病気悪化とでも言って退職を願い出るのがいいかもしれぬ。

大奥で働いて十七年。いまはもう大奥にもどる元気は残っていない。決死の覚悟であった。

近江局のお出かけには十万石級の供が付くのだが、部屋子のヤエと二人の宿下がりであった。

近江局は能勢本家の頼宗と松夫妻の住む愛宕下の屋敷に落ち着くと、夫長右衛門と、もう十年も前に六十四歳で病没した兄頼重の菩提を弔い、次に三年前の明暦の大火で焼死した頼隆の青山百人町の屋敷に行って菩提を弔った。旗本の屋敷は公儀からの借り物である。兄たちの各屋敷には担当の普請奉行が付いて、それぞれがすでに再建を果たしていた。

奇跡的に大火の被害を免れた頼之の桜田屋敷にも、父母の菩提を弔いに出かけた。

今では、夫も、父も母も、兄二人もいなくなって、近江は淋しさがひしひしと身にしみた。

近江には、ぜひとも会いたい者がいた。小堀遠州はすでに十年前、伏見奉行屋敷にて六十九歳で亡くなっていたが、小堀家の跡を継いだ次男小堀正之の江戸屋敷にやって来たナナにである。

江戸は大火の後、木材等の建設資材の不足で多くの家々は再建に苦労していた。

小堀ほどの名家でも同様で、再建のめどが立たず、正之は大坂天満の屋敷を解体し、それを船に積み、紀伊半島伊豆半島を廻って江戸湾から愛宕下に運び、頼重が住んでいる隣の土地を得て、ここに屋敷を再建したのである。

小堀正之は九歳にして後水尾帝の前で揮毫《きごう》して褒められ、能書家として名をあげたが、父の死去により遠州流茶道の跡を継いでいた。能勢家とはいまも茶道に欠かせない菊炭の調達でつながっていた。小堀家の家臣で大坂屋敷を預かっていたのが近藤理右衛門とせがれ茂太夫であった。大坂天満の黒田蔵屋敷で福一家の手伝いをしていたナナは、今は小堀家江戸屋敷を預かる近藤家の嫁である。

「ナナ〜　お久しぶり〜」

「奥さま〜　時が流れました〜」

福の一家は江戸城天守の石垣積みが終わると天満に戻る予定だった。ところが長右衛門が亡くなり、福は江戸で城勤めとなり、ナナとは再会のめどもなくなっていた。しかし火事のせいで皮肉にも二十五年ぶりに隣同士の家となり、再会を果たすことになった。

「奥さま、小堀家に火事お見舞をいただき大変ありがとうございました」

昔のままの気安さで迎えてくれたナナに、福は、長右衛門を大坂で見送った話をせがんだ。

「長右衛門さまのお船を、イセさんと一緒に大川の橋の上から見送りました」

「島原から帰ってきたらまた天満で福とともに暮らします、と言うてはりました」

「イセさんとナナさんがおられる大坂が大好きです〜、と言うてくれはりました」

「翡翠を連れて手ぇ振らはった元気なお姿が、目に焼き付いてます」

「まだお達者だったイセさまと、大坂から九州に向かわれる方々の船をどれだけ見送ったか」

「松平信綱さまご一行は、小堀屋敷で壮行会をしてお見送りしましたんやで」

「島原から引き上げてきゃはったとき、旦那さんはなんで天満に寄らはれへんかったんやろ」

「お寄りにならはったら、伏せってはいたはったけど、イセさんとかて話ができたのに」

「江戸に一日でも早う帰りたいと、急いではったんですやろなあ」

福は、活気に満ち溢れていたころの天満の暮らしを思い出して、ナナを抱いて涙を流した。

長右衛門と暮らしたあの頃の思い出話は、夜が更けても尽きなかった。


愛宕下の頼宗《よりむね》一家の屋敷で半月ほどくつろいだ福のもとに、大奥から迎えがきた。

やってきたのは家綱側衆の牧野親成《ちかしげ》である。

「内裏との橋渡しは、どうしても近江局さまにお頼り申さねばなりません」と言う。

近江が任されて来た大奥と内裏との書簡は、これまで所司代の板倉重宗を挟んで東福門院との間で交わされてきたが、重宗が高齢で病に倒れて死去し、この牧野親茂が後を継いだ。

牧野は、「老女奉文は、近江局さまにこそお願い致したく」と言うのである。

「近江へ申せ」と徳川から言われるは、「近江へ申されるべき」と内裏から言われるはで牧野は、

「近江局さま、一刻も早くお戻り願いたく存じ上げます」と頭を下げた。

これは家綱をはじめ老中、ひいては門院の願いでもあるという。

秀忠は娘の和子を入内《じゅだい》させるのに成功した。四十年前の元和六年のことだった。

朝廷に入った和子は、二年後には後水尾帝との女一宮（明正《めいしょう》）を出産した。次の年女二宮、次の年高仁《すけひと》親王、その二年後に若宮、その後に皇女三人と、十年間に七人を儲けた。

秀忠血筋の孫が帝の位に就けるかもしれないという可能性がでてきて、徳川と朝廷の関係は、また大きくこじれ始めた。後水尾帝は、秀忠の策略ともいうべき要望を知って、

「秀忠の孫以外は天子の位に就けないようにしてほしいだと！　あまりにも乱暴な徳川め！」

と怒りをあらわにした。そして、「我らの中に徳川の血脈を残してなるものか」と、公儀に無断で譲位して上皇となり、和子との間に生まれた男子二人（三歳の高仁と生後九日目の若宮）がまたたくまに突然死すると、側室との間に生まれたばかりの親王（後光明《ごこうみょう》）の成長を期待した。

その間、和子との間の長女七歳の明正をつなぎの帝に就け、明正には結婚をさせず子を生むことを許さず、これ見よがしに和子以外の側室たち六人との間に十七人の子を儲《もう》けたのである。

これまで徳川と朝廷は数々の緊張をくり返し乗り越え、繋《つな》がりあってきた。ならば繋がらなければいいのだが、権力と権威を利用しあう両者は決裂はできないのである。将軍家によって生かされている朝廷が、将軍家に宣下をして支配の正当性の認め役を果たすのである。その繋がりを確かなものとするために、両家は持ちつ持たれつの関係を続ける必要があった。

そんな状況の中で、近江は老女奉文のしたため役を一人で担っていた。これまでほぼ定型化していた将軍の意向の奉文を、近江は細やかな心情を加味して伝えることができたからである。

東福門院から、竹千代（家綱）をはじめ亀松、徳松、鶴松誕生やそれぞれの誕生日に次々と祝いの品が

届けられたころは、家光の命で、近江がその都度城内の幕閣大名旗本衆に朝廷との繋がりの証しをお披露目し、両者の仲の良さを示すとともに朝廷へのお礼返礼をした。

和子の皇子・皇女たちの誕生や誕生日祝いにも、心を尽くした文と心温まる祝いの品を届けた。

この間、徳川も内裏もお子さまたちが大勢誕生し交流は頻繁であった。

家綱の代になって、近江の奉文は公儀にとって一層重要な役割を果たしていたのである。

承応三年、後光明帝が二十二歳で崩御した。家綱と同じ十一歳で即位した賢い帝だったが、あまりにもあっけなくはかない病没であった。後水尾帝が徳川の血を引く女帝の明正でつなぎ、その明正を譲位させ、待ちに待って立てた側室との第一継承皇太子後光明帝であったのに。

後水尾は、「後光明が禁裏から私の仙洞へ訪れようとしても、徳川はその許可さえしなかった」と、親子の交流さえ制限されたと怒り、「後光明の死因については徳川が怪しい」と毒殺を疑い、今まで以上に徳川を敵対視し始めた。

悲嘆にくれた後水尾上皇は、すぐさま別の側室との皇子で生後四か月の識仁《さとひと》を後継者と決め、その識仁が即位するまで、またもやつなぎの帝を立てるという方法を取った。立てられたのは、また別の側室との皇子良仁《ながひと》であった。良仁は腹違いの兄が多く、高松宮家の養子となっていたが十八歳で後西帝に据えられた。今から五年前の承応三年のことである。

いわゆる傍系からの一代限りの即位で、世間からは衝撃的で不安定な帝として注目された。

徳川としては、つなぎの帝といえども後西に精いっぱいのまごころを示し、朝廷との関係をここで一気に修復したいとの狙いがあった。その架け橋こそ近江局に頼りたいというのである。

「徳川に今こそ近江局さまが必要です。近江局さま、どうか大奥にお戻りを」

と言い、牧野は重ねて、

「家綱さまも、顕子と仲良く暮らすためにも近江が頼りじゃ、と仰せでございます」

と言う。近江局は、

「徳川や内裏がそれほど私を頼りにしてくださっているのは光栄です。私にとって残された仕事がもういちど両家を繫ぐのにお役に立てるのなら、もう少し頑張ってみましょう」

と退職を思い直した。


ところが、近江局がいない少しの間に、大奥の秩序は変貌していた。

本丸大奥の御局たちが、江戸派と京派に分かれて対立を深めていたのである。

江戸派は、気の強い矢島局を頭に長身の川崎局、梅、岡野たちが勢力を張っていた。

京派は、顕子《あきこ》に付き従ってきた上臈御年寄りの飛鳥井《あすかい》や姉小路の、負けず嫌いたちである。

上臈御年寄りは正室の里方の公家出身の女中で、常に御台所に仕え、終身奉公である。御台所に何かあった時には身代わりに立つほどの重責で、学も誇りも高かった。

矢島がそんな京派の御年寄りに向かって、

「大奥では大奥のしきたりに従ってくださいませ」

と、武家の質素を旨とする暮らしかたを押しつければ、

「何言うたはりますの。こっちは千年も続いてきた古来のしきたりを受け継いでますのえ」

と言い返し、京風の雅《みやび》な暮らしをみせつけ、従う様子はない。

「江戸城大奥では、お化粧は薄々と上品に、でございます」と言えば、

「京は平安の昔からお化粧《しまい》というて、白粉《おしろい》は、はきはきと真っ白に、と決まってますえ」

と取り合わない。

大奥では大火の時、女性たちの長い髪が引っかかったり燃えたりして大惨事となったので、武家の女性と同じように日本髪を結うようになったが、京派は髪を結いあげず、昔からの大垂髪《おすべらかし》を続けた。

「髪形は、江戸風に。京は時代おくれ、やぼったい」

「そっちこそ無骨で田舎臭いわ、京は上品に大きく結いますんえ」

「お武家に入りはったんやから、早うお武家にお慣れくださいませ」

「あら、半分みやこ言葉になってますえ」

「一日も早く武家の御台さまになられませっ」

と、こんな調子であった。

取り巻きの者の対立とはうらはらに、家綱と顕子は仲がよかった。


「もうう〜」

朝六時、小姓が独特の大声で家綱の起床を促す。

将軍は、大奥で泊まるとき以外は、基本的に中奥御座の間の上段で寝起きをする。

大奥と違って、中奥での世話はすべて男性である。「もう〜お目覚め」という意味のお触れで、当番の

子納戸《こなんど》たちが御座の間に入って掃除を始めると、将軍は起きなければならない。

小姓組頭が、

「上さまには健やかなるお目覚め、臣一同慶賀に存じまする」

と代表して口上を述べると、家臣たちはそろって平伏をする。

将軍は、「うむ」とか「よし」とかいいながらお漱《すす》ぎ（洗顔、歯磨き）や厠《かわや》（用便）をすますと、御小座敷で朝食をとりながら月代《さかやき》御髪《おぐし》（頭髪）を整えてもらう。

食後は御典医六人による健康診断である。家綱には脈の診断などが念入りに行われた。

前夜大奥で泊まってもいったんは中奥に戻って支度をし、再び大奥を訪れる決まりである。御台所は大奥で起床し、食事、入浴をして、総触《そうぶ》れお召しに着替えて将軍を待つ。

将軍は朝と夕方一日に二回御台所に会うのだが、これを総触れといった。

今朝も、十時にお鈴廊下を渡り大奥へ向かうと大奥御女中から、

「上さまにはご機嫌麗しく、大奥一同慶賀の至りと存じ上げます」

と挨拶を受け、続いて顕子も家綱のお出ましを心待ちにしていて、さわやかに、

「上さま、本日もご機嫌麗しゅう、つつがなきことお慶び申し上げます」

とうやうやしく挨拶をする。ご挨拶の儀式はこれですぐに終わる。

次は揃って家康以来歴代の位牌に拝礼をする。これは徳川家の大事な日課である。拝礼はむかしから朝食後の将軍の勤めであったが、家綱は顕子とともに勤めたいからと総触れの後に変えた。

拝礼が終わると、それからは昼までが二人の自由時間である。

家綱は、顕子に、読書をしましょうと誘った。

「ありがとう、仲ようしましょうな」

一歳年上の顕子もこう言って、家綱が示した本を手に取った。

「貞観政要? これには何が書いてありますのん」

「唐の太宗李世民《たいそうりせいみん》という人の平和の国のつくり方です」

顕子が興味を持った様子なので、家綱は喜んだ。

「余の愛読書です。家康公も保科正之も学ばれた書です」

「私にも読めますでしょうか」

「北条政子が学ばれたといいますから、読めますよ」

「漢文ですなあ」

「呉兢《ごきょう》という人が問答形式にわかりやすく編集しています」

「お声に出して一緒に読んでくださいませ、意味も教《お》せてくださいませ」

「太宗、魏徴《ぎちょう》に問いて曰《いわ》く。何をか謂《い》いて明君・暗君と為す、と」

「太宗、魏徴に問いて曰く。何をか謂いて明君・暗君と為す、と」

家綱が読み、顕子がその後を復唱すると、次に家綱はその答えのところを解説する。

「明君は多くの民の意見を聞くが、暗君は限られた人の意見だけで判断すとあります」

顕子はそれを聞いて、

「上さまは、お話をよく聞いてくださるおやさしい明君であられますえ」

顕子も、自身の感想を交えて答えた。

「古語に伝う。君は舟なり。人は水なり。水はよく船を乗せ、またよく船を覆《くつがえ》す」

「古語に伝う。君は舟なり。人は水なり。水はよく船を乗せ、またよく船を覆す」

家綱が、

「君主は舟、人民は水に例えられる。水は舟を浮かべるが、舟を転覆させることもある」

と読み解いて示せば、

「私はおだやかなお水となって、お舟の上さまをお守りいたしとうございます」

と返した。家綱は、

「余は、あなたに、ともに舟に乗っていただいたと思っているのですよ」

と心の内を明かせば、顕子もそれに答える。

「うれしゅうございます。では多くの方々の意見をよく聞いて転覆しないようにしましょうな」

二人は、読書を通しても、確かな将軍と御台所になっていった。

また次の日も、

「太宗、侍臣《じしん》に謂《い》いて曰《いわ》く。帝王の業、草創と守文と孰《いず》れか難《かた》き、と」

「太宗、侍臣に謂いて曰く。帝王の業、草創と守文と孰れか難き、と」

「国を創り上げることと、国を維持することはどちらが難しいかと問うています」

顕子は、

「国を創り上げられた家康公は難しいことを成し遂げられました。秀忠公・家光公は、さぞご苦労でありましたでしょう。そして、それを維持なさる家綱さまはさらに難しいと存じます」

と心を寄せれば、家綱は、

「御台所の読み取りの力は優等生ですよ」

とほめ、

「創業の困難は過去のものとなった。一旦完成されたものをしっかり守っていくことの方が難しいと書かれています。余は、維持の難しさを心得ながら政《まつりごと》にあたっていかねばなりません」

と覚悟のほどを伝える。顕子は、

「いさめる者の意見こそよく聞いて臨めば、きっとよい国が続いていくと書かれておりますよ」

と励ますのだった。

二人は、絵画、琵琶や幸若なども好きでよく気が合い、ともに楽しんだ。

家綱はできる限り大奥の顕子のもとに通ったが、二人の間に子どもはできなかった。

紀州徳川光貞の正室になった姉の照子も、同様に子ができなかった。

◉三十二　一華草《いっけそう》と向日葵《ひまわり》

秀吉は、正親町《おおぎまち》帝から「豊臣」の姓を受けると関白太政大臣になり、朝廷の最高権力者に君臨した。

正親町帝は、嫡男が三十五歳で早世すると孫の和仁《かずひと》に位を譲って七十歳で崩御、十六歳の和仁が後陽成帝となった。秀吉は、後陽成帝の聚楽第行幸を五日間にわたって盛大に行い、諸大名に帝の前で臣従を誓わせた。九州や小田原を、「帝の停戦の意思に逆らった」と口実をつけて攻め、後陽成帝には、「朝鮮と明《みん》を征服した暁には後陽成様に明の皇帝になっていただきます」と言って大事にした。民の間にも皇室尊重・王政復古の思想が湧き始めていた。

しかし家康は、征夷大将軍に就いて天下を取ると、帝を大事にする考えを崩しにかかった。まず、関ケ原合戦後、京に所司代を駐在させて都の政治に関与を始めた。朝廷の権威の抑制をすすめ、官位の叙位権や元号の改元も徳川が行うこととした。後陽成帝の不満は高まり、ついに慶長十六年、在位二十六年目で第三皇子の政仁《ことひと》親王（後水尾）に譲位し、六年後、四十七歳で崩御したのである。

病気がちだった後陽成帝は、弟の智仁《としひと》親王か、第一皇子の良仁《かたひと》親王に期待していた。しかし、智仁や良仁は豊臣家との縁が深かったので徳川によって退けられ、やむなく政仁親王（後水尾）を擁立したのだが、その後水尾帝も徳川の制限を次々と受けた。

昔から、後白河上皇・後鳥羽上皇・後醍醐帝など、諱《いみな》に「後」が付く帝や上皇は、政権との関係に一石も二石も投じてきたが、この江戸時代初期の後水尾帝のときも最悪だった。

徳川は「禁中並公家諸法度」を発し、後水尾帝の力を厳しく抑えた。後水尾は徳川に管理され政治的な権限を取り上げられ、儒学や歴史を学び、公家社会の中の君主としての役割を果たすことのみを要求され、約三万石の禁裏御料の領地でさえみずから統括できない状態におかれた。

結局後水尾帝は譲位をし、以後娘の明正《めいしょう》・後光明《ごこうみょう》・後西《ごさい》・霊元《れいげん》の四人の子どもたち四代の帝の後見人となって半世紀にわたり八十五歳まで院政を行っていくのである。

後水尾帝は、徳川の三代にわたる将軍のし烈な圧迫に、日々闘い続けてきたといえる。

その中で後水尾は、常々、朕《われ》は武門源氏の開祖清和帝の諱の「水尾帝《みのお》」を継ぐ「後水尾上皇《ごみのお》」であると言い、すなわち朝廷は、清和源氏の末裔を語る徳川の祖先であると主張した。

徳川もそれを多少は尊重し、朝廷への手紙などに古くからの清和源氏末裔を誇る能勢近江を遣わして帝のご機嫌をとった。近江局が担った贈り物や奉文の交換の積み重ねが、ギクシャクした徳川と朝廷をかろうじて柔らかく繋いでいたといえる。

寛文元年（一六六一）、正月、御所が炎上した。内裏、後水尾院の法皇御所、東福門院の女御御所、明正院御所等がことごとく炎上した。

家綱は、無意味な贈り物の交換には反対をしたが、不幸な出来事には同情的であった。

火事の後、被害にあった公卿、公家、宮家、院家などへ銀を総額二万枚贈り、仙洞（後水尾法皇）、女院（東福門院）、本院（明正上皇）、新院（後西帝）に加え、総女房にも驚くほど多くのお見舞の贈り物をした。

新院の後西帝は「寛文帝」と呼ばれている。学問を好み、和歌の才能を発揮し、連歌も堪能で、多くの著作や絵画にとりくみ、また茶道、華道、香道にも精通・練達《れんたつ》しているという。高松宮家を相続して花町宮と呼ばれた十七歳の時、兄後光明帝の使いで江戸にやってきた。十四歳の家綱と親しく言葉を交わし、近江局もお目にかかった。さわやかな印象の皇子であった。近江局は、傍系から突然の皇位継承をした後西帝が、昔の源定省《みなもとのさだみ》（宇多帝）の境遇とそっくりだと思った。

近江局が、清和ならではの火事見舞いをして寛文帝をお慰めすることになった。修復なった新院の内裏の庭や後水尾上皇の仙洞御所の庭に、能勢から珍しい花を贈るのである。

近江局の故郷摂津能勢西郷《さいごう》の久佐々《くささ》神社は、「日本書紀」雄略天皇十七年に見え、千数百年昔から続く延喜式内の神社である。この境内と向かいの寺には世にも稀な可憐な草花が生育した。

小寒になって初めて葉を生じ、立春の朝、花びら状の白い萼《がく》をもつ梅に似た花を短い茎の先にひとつ咲かせる。能勢では「一華草《いっけそう》」といった。

昔、宇多帝が家臣の菅原道真にこの花を贈って、移植に苦心した話が伝わっている。

＊

一華草

仁明帝の孫で清和帝と従兄弟の宇多帝は、御所ではなく仁和寺で執務をしました。
能勢には、仁和寺の別荘田尻御所と末寺の寛学寺《かんがくじ》がありました。
宇多帝は、関白に任じた藤原基経《ふじわらのもとつね》が出仕を拒み大変苦労をしましたが、
その時、菅原道真に助けられたのです。

この阿衡《あこう》事件が落着して、宇多帝は菅原道真に、

〝あなたは私をよく助けてくれました。おかげで私は帝としての政《まつりごと》を治めることができました。私はあなたにあなたの家紋である梅の花に似ためずらしい花を贈ります〟

こう言って、能勢の寛学寺に咲く一華草を、道真の先祖の贄《にえ》の土師部《はじべ》の子孫に、道真邸に届けさせました。

しかしどんなに工夫しても、この花を道長邸に根付かせることができなかったということです。

＊

久佐々神社や聖草山寛学寺の境内には、可憐なこの花が咲き乱れている。別名をセツブンソウともいい、世の人たちにあまり知られていなかった。他でもない清和の里に咲くこの花を、近江局は、禁裏のお庭に移植しようというのである。

一華草を献上するにあたり、都から後西帝の側室按察使局《あぜちのつぼね》の父上の高辻大納言豊長が能勢にやってきた。高辻家は、雄略期、久佐々村から朝廷に食器を献上していた「贄の土師部」の子孫で、むかし宇多帝の命で菅原道真に花を届けた者の子孫、公卿である。

近江局の依頼を受けて、内裏との橋渡しを引き受けてくれた。

近江局は、目付を七十歳で定年退職した兄の頼之と息子の頼有《よりあり》を伴って帰ってきた。二十歳を過ぎた頼有に、故郷の能勢を見せておきたかった。そして、六十歳間近のわが身にとっても、これが能勢への最後の旅と覚悟していた。

二十五年ぶりの能勢は、立春のキリリとした寒風の中に母の懐のような優しさにあふれ、山や川や留守を預かる家臣たちの話や郷土の料理まで全てが、心身ともに癒される所であった。

名月峠を越え、川を渡り、山すそを登って寛学寺の境内に辿り着くと、奥の茂みの中は、白い小花が咲き乱れて、足元はまるで闇夜に満点の星屑が散らばっているような光景だった。

「大納言さま、こたびの願いをお聞き入れいただき恐縮でございます」

「能勢さま、遠路はるばるよくおいでくださいました。高辻家としても懐かしく誇らしい限り」

高辻大納言は、近江局たちとともに花を根元から掘り、土ごと包むと、都に向かった。

「そおっと、そおっと、生まれたての赤ん坊を抱くようにしてお運びいたしましょう」

土をつけたままの一華草を携えた近江局と高辻大納言一行は、御所に着くと、紫宸殿の東北にある内々の小御所の待合室に通された。大納言が近江局に語りかけた。

「花をご覧に入れてからお庭に移植する手はずですが、うまく根付くでしょうか」

「その名も花町宮《はなまちのみや》さまです。どうか御所でこの花が星のように咲きますように」

と近江は答えたが、大納言は心配をしていた。

「昔、宇多帝が我が先祖の道真にこの花を能勢からお届けくださることがありました。届け役を仰せつかったのも我が先祖だったのですが、花は移植に適さず道真邸に咲かなかったのです」

「それは今から七百年も昔のこととか。此度こそなんとか根付いてほしいものです」

「わが家には移植は無理と伝わります。高辻家としては、今日は寛文帝にご叡覧《えいらん》いただき、その後、花の姿を描いた絵を献上いたす手はずでございます」

「それで、大納言さまは、庭師のほかに花を描いた絵師をもお連れなのですね」

帝へのお目通りは公卿である高辻大納言のみであったが、二家は、帝に一華草を御覧申しあげることができた。帝は、「なんと、珍しい花じゃのう」とお喜びになったというが、やはり花は内裏には根をおろさなかった。

昇殿の資格のない近江局が高辻大納言の計らいによって後西帝に一花を献上できたのは、幸運であった。家綱と帝の親交があったおかげでもあった。

菅原氏の子孫の高辻家は、寛永十一年(一六三四)、後水尾上皇の命により、同族の五条家から高辻遂《かつ》長《なが》を養子として家名が再興された。大納言豊長はその遂長《かつなが》の孫であった。後水尾上皇は、同じく菅原家の子孫の東条坊至長《ゆきなが》を豊長の養子として滋岡主計頭《しげおかかずえのかみ》とし、旧例もあることにより、至長をもって、以後(明治維新まで)、大坂天満宮の神主に召出したのである。

家綱は、贈り物をしたり貰ったりをなるべく避けるようにとの禁令を出すほどの堅実家だった。父の派手な贈答を見て大きくなったからである。元旦や歳暮には贈り物を許してはいたが記録に残る贈答や逸話を残さなかったので、そういうところからも印象の薄い将軍とみなされた。

(家綱が唯一諸大名に贈答を命じたのは、よほど悲しかった東福門院和子《まさこ》の崩御と、よほど嬉しかった自身の側室於満流《おまる》の懐妊がわかった時であった。胎児はまだ男かも女かも分からないのに、家綱は若君だと信じ、献上品として樽魚、刀代、生母への銀、大奥の女房たちへの禄までを決めた。しかし不幸にも、これは家綱自身の死の数か月前の延宝六年(一六七八)のことで、於満流の流産により四代将軍の子は誕生しなかった)

老中首座として公儀を統括してきた松平信綱が、病に倒れた。

寛文二年(一六六二)正月、出仕できなくなったが薬が効いて症状を持ち直したという。

それを聞いて、見舞いの使者がおびただしく一ツ橋にある信綱の神田屋敷を訪れはじめた。

信綱は小水がつかえて排尿できず生死をさまよったが、地黄丸を服して効果を得たという。

信綱が見舞いの者と話ができるまでに回復したというので、近江局は、能勢産の八味地黄丸を持ってお見舞いをした。信綱は、

「能勢摂津守《つのかみ》様よりいただいた地黄丸、その後もご子息たちから度々お届けいただいておりました。こたびは中高年の味方というこの薬が効いて、命拾いをいたしました」

と喜び、近江持参の薬の包みを押し頂いて何度も礼を言った。

そして、あなた様を待っていたのですと言いながら、体を起こした。

「私は、江戸の水不足の解消のため玉川上水や野火止用水を通すことができました。これは安松金右衛門の働きがあったればこそでした。その安松は、能勢四郎右衛門がおればこそだったのです。島原の戦で力が発揮できたのもこの四郎右衛門のおかげでした。さらに数年前には、能勢家縁者の勘兵衛という者

に野毛横浜村の埋め立て許可を申し渡しました。能勢家ご一族の活躍は誠にお見事です。そして何よりも、家綱殿が立派に四代将軍に成長されたのは近江局さま、あなたのおかげだった。私は、能勢家と懇意にしていただいて幸運でした」

と矢継ぎ早に能勢家との縁を打ち明けた。

近江局は信綱の思いが聞けて嬉しかった。これまで色々と疑ったり非難を浴びせたりしてきたが、この老中のもとで働けて自分も幸せであったと思う。重ねて信綱は、

「今しがた、将軍さまから受けた文書の数々をきれいさっぱり処分しろと遺言をしたところです。これも能勢さまから学んできたことでございまして……」

近江局は驚いて、

「父はそのようなことを言っていました。書いたものより評判を残せ、子孫を残せと。しかし、伊豆さま、もう少しお元気で、将軍さま以下の我々をお導きいただかねばなりません」

信綱は、悟ったように笑みを浮かべてこう返した。

「私は、能勢さまの生き方や終《しま》い方を学ばせていただき準備をしながら今日まできたのです」

近江局は、それでも重ねてお願いをした。

「伊豆さま、家綱さまは再び日光に社参の予定でございます。更にご教示を賜りたいのです」

信綱は、ああそのことで伝えておかなければならなかったと言い、

「近江さま、家綱殿の将軍としての力を全国に発揚する大事な行事です。よろしく頼みます。家綱殿には、社参成就のあかつきには日光に並ぶ源氏の廟所《びょうしょ》、摂津多田院の再建《さいこん》を果たされますようにと伝えて

あります。多田銀銅山の採掘量はうなぎ上りで、今こそが好機です」

「まあ、多田院再建は能勢家にとっても宿願です。信綱さま、よくぞ申してくださいました！」

近江局は、膝から飛び跳ねんばかりに喜んだ。

「日光目付や大坂目付を果たされた能勢頼之《よりゆき》さまとも色々と相談をいたしましてな」

「兄は若い頃から多田院再建を父に誓っておりました。夢が叶うとなればきっと大喜びをすることでございましょう」

「徳川の先祖は日光、その先祖は多田です。多田再建は三代さまの日光に続く四代さまの大事業です」

清和源氏の本拠地の摂津多田院は室町幕府の保護を受けていたが、戦国時代に荒木村重や織田信澄の軍勢による兵火によって社殿が消失、以後荒廃を続けているのである。

信綱は、

「私は、春日殿を秀忠殿の御台所と心得てお仕えいたしてまいりました。同様に近江局さまも家光殿の御台所にふさわしいほどのお方と思ってまいりました。そして、春日殿が家光殿のお母上であったように、近江さまも家綱殿のお母上の如くでございました」

と言い出した。

「春日局さまはそうかもしれませんが、私は家綱さまのお母上ではございませんよ」

「承知いたしております。しかしいつもお母上のような慈愛と尊厳に満ち溢れておられました。それで私は、恐れ多くも近江さまにお近づき致すことが叶いませんでした」

「あら〜、何度も御心をお寄せいただいたこと、鮮やかに覚えておりますよ」

「うははは……」

「春日局さまは将軍お世継ぎを誕生させられましたが、私はそれがまだ叶っておりません」

「今までよく頑張られた。そんなことは近江さま、後世を信じて任せておけばいいのです」

近江局は、大奥からも表からも「世継ぎはまだか」の無言の催促を身に受けて辛かったが、信綱が意外な言葉でねぎらってくれて驚いた。続けて、

「近江さまは、春日局殿の辞世の句をご存じかな」

と言い出した。近江局がいいえと首を横に振ると、信綱は紙を広げて読み始めた。

「二首残されておるのです。稲葉家に見せてもらって書き写しました」

きょうまでは　乾くまもなく　恨みわび
　何しに迷う　あけぼのの空

西に入る　月をいざない　法《のり》をえて
　きょうは　火宅《かたく》を　遁《のが》れぬるかな

近江局は、家綱にその意味を問うた。

「〝今日までは涙が乾く間もないほど恨みわびしい日々でしたが、もう何を迷うことがあろう、夜明けの空は明るいです〟と、春日さまは最期にホッとなさっておいでだということでしょうか」

「斎藤福から稲葉福、幾多の苦難を越えられましたからなぁ。それでもこの句は爽やかです」

「次のは、〝西に沈む月とともに悩み多いこの世から逃れていきます〟と？」

「はい、あのお強い春日殿がこの世は火宅だった、やっと遁れられると詠われた」

「春日さまは何に涙し、恨み、迷っておられたのでしょうか。お疲れだったようですね」

「明暦の大火は御存じないのだが、身は火に焼かれるほどの苦しい生涯だったと。今は仏の教えを得て、月を誘って現世から遁れていきますと仰せです。後の句は切ないですな」

「法華経に〝三界は安きことなし猶《なお》火宅のごとし〟とあり、この世は燃え盛る家だといいます」

「私も近江さまもまるでその通りだったじゃありませんか。城も町も大火災に見舞われて……」

信綱は、こう言って横になった。

「でもあなた様は元気で明るく日輪のようなお方でした。中国《もろこし》に日輪のような花が咲くのです」

信綱は、近江の手をとって、用意していた紙包みの中から五六粒のしま模様の粒を手渡した。

「向日葵というそうです。わが国にはまだない花です。春になったら撒いてみてください」

「これは……その花の種ですか」

「私の妻の叔父は井上政重といい江戸一の海外通です。仕事がら外国の珍しいものが色々と手に入るのです。向日葵はお日様の分身のような花だと言いました。どんなのが咲きますすやら」

「その方は、確か太田資宗《すけむね》さまの……」

「はい、政重の妻は太田資宗の姉でございます」

「私の姉の娘は、太田資宗さまのご次男資次《すけつぐ》さまに嫁がせていただいております」

「そのようですな。それがしの妻は政重の姪で、井上正利というのが弟です。この正利は、能勢頼之さまとともに土地制度の書式改革を行ってきました。間もなく、領地判物《はんもつ》の統一が成りますよ。色々とご縁がつながって嬉しいかぎり」

「私は、信綱さまには色々と学ばせていただきました、まだこれからももう少し……」

「近江さま、人も花もこの種のように次の代に美《び》というものを伝えて去っていくのですよ」

「伊豆守さま、美とともに命を伝えていくのが難しいのはなぜでしょう」

近江局は、今一番の苦悩を吐露した。

「人の命は、人が思うとおりにはなりませんからなあ」

「花という美は、正直に伝わっていきますのに？」

「それは……人の命は、この種のように手渡すことができないからでしょうか」

近江局は、信綱が託した小さな種に宿る命というものを愛おしく眺めていた。そして、その種が、以前夫が福にくれたメダイとあまりにも形がそっくりだったので、時も場所も相手もわすれて、信綱の側で、種を握って泣いていた。

松平信綱は、三月十六日、老中在職のまま亡くなった。享年六十七歳であった。

◉三十三　日光と摂津多田院

翌、寛文三年（一六六三）春、家綱は再び日光へ社参の運びとなった。

家綱にとって日光は二度目である。前は九歳大納言の時で父の代参であった。

二十二歳の今回は将軍として。

父の家光は、遺言により亡くなった年に日光大黒山に埋葬された。

今年はその大猷院《だいゆういん》家光の十三回忌である。

近江局は、三月、京の大仏師大膳に頼んでいた金色の新しい仏像が完成したので、それを東金御殿の対岸にある西福寺に祀ると、この寺で家康の五十回忌、家光とお楽の十三回忌の法要を、親戚筋にあたり親しくしていた岡部家、川村家、板倉家、大久保家とともに盛大に執り行った。

四月、いよいよ日光社参の日を迎えた。

諸大名を従えた何万人にもなる物々しい行列は、家綱が立派な将軍に就いたことを全国の武士から庶民にまでまざまざと見せ知らしめるもので、膨大な経費を要する。前回は経費節減に躍起となっていた近江局であったが、今回は晴れがましいのが少し心地よかった。

近江局とともに供奉する身内は、能勢久頼（勘定支配）、娘婿で甥の能勢頼宗（お目付）、近江の養子能勢頼澄（中奥御小姓）、頼之の長男元之（小姓組番士）、そして能勢頼有である。頼有は、夫長右衛門の忘れ形見で二十四歳になった。去年十月、初めて家綱に召され子十人という家綱を警護する親衛隊の一員となった。まだ馬上資格はないが、袴着用で槍持ちと小者の二人を従えるほどの武士に成長した。家綱外出の時が子十人の腕の見せ所であり、日光社参は頼有の大任始めとなった。

十三日、将軍家綱、いよいよ出発である。

奏者番《そうしゃばん》を先頭に、将軍付若年寄板倉重矩《いたくらしげのり》他各大名が、午前零時から二時間の間隔を開けて行列を先行した。夜が明け、槍衆や徒頭《かち》が発って、その次が家綱の駕籠である。大手門から、

「将軍家綱さま、お発ち〜」

と発せられ、そのすぐ後に若年寄から老中になったばかりの久世広之、その次に近江局の駕籠、続くは小姓、御典医、弓衆、子十人に目付、寺社奉行から社参奉行、祭礼奉行まで、家綱は二千人あまりの武士を従えて日光を目指した。

幼少の時に通った千住を行くのではなく、今回は日光御成道へ入る。

万治二年に道中奉行の新設があり、初期には一定しなかった御成道と宿駅は、日光道中の道として整備管轄されるようになっていた。

道筋には、「男はひたすら家の中に、女は家の外に出て見てもいいが随分無作法ならぬよう」と達しが出され、行列が通る間は商売も開店休業のことと命じられた。

荒川の渡船場には御成りのために橋脚のある仮橋が設置された。近江局は、以前はこれを拒んだが今回はありがたく渡らせていただき、駕籠の中で独り身を縮めていた。

一泊目は岩槻城で、次の日、幸手で日光街道に入った。

栗橋宿と中田宿の間にある巨大な利根川渡しには、行列のため前回のように舟橋が架けられた。橋を支えるための綱で括り付けられた五十艘の高瀬船は、やはり圧巻で、若い家綱はよろこびで興奮し、お

気に入りの名馬〝荒波〟にまたがって意気揚々と渡った。

古河城、宇都宮城と宿を重ねて十六日、日光に到着した。

十七日は東照宮本殿の神事、神輿《みこし》渡御《とぎょ》を見学し、大猷院廟に参拝、家光の廟に槙《まき》の木を植えた。

滝尾、新宮二荒山神社、法華堂、寂光寺などを回り、夜には強飯式《ごうはんしき》も行われた。

翌十八日、家綱は警護に守られてお気に入りの紅い神橋を渡り徒歩《かち》で町へ出た。

二十両余りで、土産物の購入を体験した。

家綱は、多くの工芸品を見て回り、その中からお気に入りの日光下駄を買った。


帰路は、日光街道の脇往還の日光壬生通りを行く。

泊を壬生城に定めて、二日目は家綱のお忍びの日になった。

家綱が、母の生まれ故郷下野国都賀郡《しもつけのくにつがぐん》高島村を訪れるのである。

頼宗、頼澄、元之、頼有ほか、十数名の近江の側近に守られて、秘かに城を抜け出した。

何年ぶりであろうか、近江も頼有に手綱を引かれて馬にまたがった。視線がぐんと高くなって馬の背から新緑にむせかえるお楽の村の広々とした山や畑をながめた。

お楽の方は高島御前と言った。病没して宝樹院となり、江戸の寛永寺に眠っているが、故郷の高島村にある大平山の太山寺《たいさんじ》にも祀られた。

今日は、その母の菩提寺に詣りたいと言う家綱の願いを叶えるのである。

高島村は美しい村だった。巴波川《うずまがわ》と永野川の豊かな水に恵まれた田畑が広がり、見渡す限りの穀倉地帯であった。東に筑波山、北に八溝《やみぞ》山脈、那須連山や日光連山が遠く幾重にも重なって見えた。太山寺からは季節によって富士山も見えるという。

お楽は、ふるさとに帰った時は、必ず、幼いころに父や姉と行った太平山に登り、景色を楽しみ、また大平町の神社にも参拝し、我が身よりも病弱の家綱の健康を願う御祈祷を受けていたという。

家綱一行は、静かに、太平山の太山寺に到着した。

境内にはお楽のお手植えという「岩しだれ桜」の花びらが舞っていた。お楽が自分の病気静養中に家綱の武運長久を祈って京から苗木を取り寄せたというエドヒガンである。この春はいちだんと寒かったので、花は、まるで家綱がやってくるのを待っていたようにひらひらとこぼれ落ちていた。

宝樹院の十三回忌法要が村を挙げて営まれ、参列を果たして感激をした家綱は、休憩の一室に入ると、母から聞いたふる里の昔ばなしを思い出したと言った。

幼い時に母から何度も聞いたこの話だけはよく覚えていて、ここで近江に披露したいと言う。

これまで近江が多くの話を聞かせてきたとはいえ、家綱が昔ばなしを語るというのには驚いた。

＊

ぶんぶく茶釜

昔むかし、あるお寺に働き者の小僧がいました。

小僧は、とりわけお湯を沸かすのが上手でした。

和尚さんが、

「小僧や、おいしいお茶が飲みたい」と言えば「はい」

「小僧や、温かい茶づけが食べたい」と言えば「はい」

「小僧や、湯浴《ゆあ》みで汗を流したい」と言えば「はい」。

小僧は、いつでもすぐに丁度いい湯加減に、お湯を沸かしました。

どれだけ汲んでも、もう尽きたということがありません。

ある時、小僧の沸かす茶釜に手足や尻尾《しっぽ》が生えるのを見たという村人が現れました。

「私も見た。湯が沸くと大きな目玉をクリクリさせた」だの、

「私は、湯がたぎるぶんぶくぶんぶくという声を聞いた」だの。

村人は、あれはお寺に棲みついた化け物タヌキだと噂を始めました。

あるおじいさんが、

「ぶんぶく茶釜に綱渡りをさせたらおもしろいぞ」と言いました。

おばあさんも、

「見世物一座に持っていったら高く売れるに違いない」と言いました。

それを聞いた小僧は、とうとう、和尚さんに身の上をうち明けました。

「私はこのお寺に百二十年仕えてきた古タヌキです。そろそろ山に帰る時が来ました」

そう言うと、小僧は静かに姿を消しました。いっしょに茶釜もなくなっていました。

ぶんぶく茶釜は「分福」と言って、お寺に長年、幸福や利益をもたらしてきたのでした。

和尚さんが、「小僧や、帰ってきておいしいお茶をいれておくれ」

とたのんでも、もう返事はありませんでした。　おしまい

＊

家綱は、母への供養のためと思ったか、遠くの山々を眺めながらしみじみと語った。そして、

「近江にはたくさん話を聞かせてもらったが、余が語れるのは、母上から聞いたこの話だけじゃ」

と言った。

家綱の母への思いがこんな形で心に残っていたと知って、近江局は胸が熱くなった。

お忍びの一日を強行したことを、近江局は本当に良かったと思った。

そしてお話は、やはり、母が子どもに託すことができるいちばんの贈りものだと思った。

家綱が日光社参から帰ってきて二か月後、寛文三年（一六六三）六月十日、公儀は、

「多田院は、格別の配慮をもって徳川が再興する」と宣言した。

その一年前、寛文二年、家綱の日光社参準備にとりかかった時のことである。

家光が右手と称した酒井忠勝（雅楽頭《うたのかみ》家川越初代城主）と左手と称した松平信綱が前年に揃って没し、老中は阿部忠秋、酒井忠清（雅樂頭家上野厩橋《うまやばし》四代）、稲葉正則の三人となった。阿部忠秋は、酒井忠勝と松平信綱と共に公儀を盤石に導いた武蔵忍《おし》城主で六十二歳。家綱が幼い時から信頼を寄せている、あの子ども好きでウズラ好きで釣り好きの豊後守《ぶんごのかみ》である。

その忠秋が、四十歳になったばかりの酒井忠清と稲葉正則に伝えた。

「摂津多田院の造営奉行は摂津麻田城主青木重兼、取次は近江局の兄で目付の能勢頼之《よりゆき》といたす」

それを聞いて酒井忠清が疑問を呈した。

「豊後さまは、能勢が隠れキリシタンだと噂されているのをご存じではござらぬか」

相模小田原城主の稲葉正則も続いて反対した。

「能勢頼之の祖父と近江局の夫は、キリシタンだったのですぞ」

阿部忠秋はそれも昔のことと、ひと息おいて、

「織田信長や高山右近の頃は摂津・山城に限らず広くキリシタンがはびこった。しかし能勢は、頼之の父上が深く日蓮宗に帰依され、采地の寺をほぼ日蓮宗に改宗させたほどのご一家だ」

と噂話を打ち消した。実際キリシタンであったとすれば老女や目付の職が務められる筈はなく、とうの昔に取り潰しになっていてもおかしくはない。それでも、小柄な忠清が早口で問うた。

「能勢の家紋はキリシタンの十字架を模《かたど》ったもので、それが隠れの証拠とか」

稲葉も、大きな体を前のめりにして訊ねた。

「隠れであれば疑わしい家紋は廃されて当然だが、何ゆえ未《いま》だに？」

「能勢は、源氏の始祖満仲の多田入村の謂《いわ》れを受け継ぐ弓箭《ゆみや》の家で、切竹矢筈紋《きりたけやはずもん》はむしろ誇り。住吉明神の信託を受け、九頭の大蛇を退治したという蟇目《ひきめ》の鏑矢をいうそうだ」

阿部忠秋の説明で酒井と稲葉は、家紋はキリシタン紋ではなく弦につがえるために切込みを入れた矢筈の形だと分かったようだが、それでも更に問うてきた。

「では、多田院と能勢の信仰はどうなっていますか」

忠秋は、六百有余年の多田院の来歴にも通じている。

「多田院は、比叡山天台系の大寺院を満仲とその一家が創建したのは御存じであろう」

「しかし、平氏の時代に源氏発祥の地は荒廃しました」

「今では天台系ではないのです」と続ける二人に、

「北条氏が源氏遠祖の廟所として鎌倉極楽寺の長老忍性《にんしょう》に全面的な修復を行わせた。以来、多田院は戒律を大事とする真言律宗《りっしゅう》に転じ、足利氏によって歴代将軍の菩提所と定められて武門との関係がいっそう緊密になっている」

と説明した。

「その後も多田は信長配下により焼失しています。改宗といえば能勢もです」

「能勢は真言を日蓮宗に転じました。能勢と多田は一体どうなっているのでしょうか」

「多田と能勢、双方から話を聞くのがよいのではないでしょうか」

酒井忠清と稲葉正則は、多田院と能勢家の関係が解せないのである。

そこで公儀は、多田院の僧を江戸に呼び寄せた。

寺社奉行の井上正利と加賀爪直澄は、多田院絵図の持参を命じた。

やってきた別当の智栄《ちえい》はまだ三十歳そこそこの若僧であった。

忍性の修復以来多田院は奈良西大寺の配下となったので、智栄も西大寺系の僧である。

智栄一行は衰えた窮状を訴える好機とみて、多田院の由緒を示す多数の古文書も携えてきた。

智栄を、老中三人と能勢頼之、姫路城主榊原忠次、青木重兼が取り囲んだ。

智栄は、多田院のようすを聞かれ、心を込めて説明した。

「戦国のころ織田信澄の兵火により、金堂、法華堂、南大門など一山の全てが焼け落ちました。まぬがれたのは、境内の西の隅の小さな六所宮《ろくしょのみや》と厳島神社のみでございました」

「荒廃を極めたというが、これまでよく守り続けてこられたのう」

阿部忠秋がねぎらいの言葉をかけた。

「忍性以来、拙僧たちが先祖を護《まも》りながら村人のお世話を続けております」

「多田院の、非人、貧民、女人らへの救済事業は世間に知れ渡っておるぞ」

「村の方々とともに、病気患者への施薬のほか、殺生禁断の地を守っております」

「忍性の頃より薬学の知識が伝えられており、薬湯が続けられていると聞いておるぞ」

「つばき、たらよう、その他薬木・薬草を育て、釜風呂に仕立てております」

「歴代の将軍を祀り、病人、貧民などへの医療救済、誠にあっぱれである」

「荒れて仏に雨露がかかるようなお堂ではございますが、一心に経をあげれば、その時、浄土では亡くなられた方々の上に花が降るのだと教えられ、祈り続けております」

「多田は薬草園の花々とともに、浄土の花が咲き乱れておる所と承知した」

「お言葉ありがとうございます。多田は宝の山と清流に抱かれた誠に美しい所でございます」

「祭神は、源氏の五公と伝わるが」

「始祖たちでございます。源満仲、長男頼光、三男頼信、頼信の長男頼義、頼義の長男の義家の五柱でございます、持参の古文書に詳しく記してございます」

　智栄の訴えにより、一同は多田院の価値や修興の意義を再確認した。

「能勢との関係はどうなっておるのか」と酒井忠清が問うた。

　ここからは能勢頼之も加わって、智栄と頼之が代わる代わる答えた。智栄が、

「多田を拓いた源満仲とその末子源賢が、天台宗鷲尾《わしお》山法華三昧寺《ほっけさんまいじ》を開山いたしました」と言うと、

「その法華三昧寺の守護神を鎮宅霊符神《ちんたくれいふじん》といい、妙見大士《みょうけんだいし》とも呼ぶのです」

と、能勢頼之がその後を説明する。

「人知を超えた尊王で、妙見大菩薩とも北辰《ほくしん》大菩薩ともいわれ、国を護り敵を退ける神です。満仲の孫頼《より》国《くに》が当方の能勢に移住するにあたり、その妙見大士を能勢野間の山中に移しました。鎮宅霊符神は両家の守り神です。昔から、多田院へ参詣する者は必ず能勢妙見へお参りを、能勢妙見へ参詣する者は必ず多田院へお参りをいただくというほどの関係でございました」

　智栄が続く。

「しかるに多田院の荒廃は進み、北条泰時の承応二年（一二二三）、修復すべきと沙汰が下され、五十年後、

文永十年に鎌倉極楽寺の忍性が多田院の別当職・勧進職を担い、多田院の修造を進めるに至ったのでございます。忍性は、八十七歳で亡くなるまで二十年にわたり修造を続けました。そして、足利、朝廷からも認められ、結束した多田御家人に守られ今に至ります」

「しかし・・・」

智栄と頼之が顔を見合わせ、声を揃えた。

「能勢と多田は、今では信仰する宗派が異なってしまいました」

ここまで聞いて、阿部忠秋は準備していた用紙を取り出して、

「あい分かった。多田院は源家の祖であるから格別の配慮をもって徳川が再興する。再興奉行に摂津麻田城主青木重兼を任じる。これは松平信綱からの申し送りである」

続けて、

「多田院の古文書類は、姫路城主榊原忠次、深溝《ふこうず》松平家丹波福知山城主松平忠房、老中首座小田原城主稲葉正則、寺社奉行加賀爪直澄、および能勢頼之に研究復活の役を命ずる」

と言いわたした。

寛文三年(一六六三)八月二十三日、いよいよ青木重兼による多田院の修復事業が始まった。

頼之は、これは妹近江局の働きのおかげだと言って涙を流して喜んだ。大坂夏の陣の時、広根の銀山攻めに向かう馬上で父に誓ったことが、五十年を経て今、叶うのである。

青木重兼は、豊島《てしま》郡や伊予国を領した摂津麻田一万石の大名青木一重の二代目。一重の弟の子で五十

代半ば。豊島郡や川辺郡に善政を敷き、文武を奨励し、信仰心篤く、京仁和寺の造営奉行を務めた。

重兼の奥方の養父は酒井忠利で、奥方の兄が大老の忠勝である。重兼に子がなく、跡を継いだ可一《よしかず》は忠勝の三男だったが十七歳で早世、そこで忠勝の外孫で朝倉宣親の次男が三代目重正となっている。

酒井忠利は酒井雅楽頭《うたのかみ》家江戸の北の守り武蔵川越の城主であった。松平信綱が島原鎮圧の功によってこの川越城に入封《にゅうほう》したので酒井家は若狭小浜十一万三千石を預かるに至るが、古くから徳川の要職の家柄で、忠利は家光の老中を果たし、その子忠勝は家光の右手役を果たし、家綱の老中から後に大事を議する日のみ登城をする大老職の模範となった者である。

近江局は、家光のもとで松平信綱と酒井忠勝が以前から多田院再建《さいこん》計画を綿密に練り、再興奉行に青木重兼を選んでいたのかと思うと、その周到さに今更ながら圧倒された。

寛文五年、多田院は、家綱から寺領五百石の寄進を受け、多田院村、新田《しんでん》村、東多田村の三か国を支配する領主となった。

寛文七年、本殿、拝殿、隋神門、東門、西門が完成し、世に名を遺す源氏一族を生み出した満仲、頼光、頼信、頼義、義家の五代と、分納されてきた足利将軍歴代の遺骨が祀られた。

家綱と酒井雅楽頭《うたのかみ》の鎧兜《よろいかぶと》が寄進された。赤色縅《おどし》で前立に金龍を乗せた煌びやかなものが家綱の鎧、鬚《ひげ》付きで膝鎧《ひざよろい》が金の笹竜胆《ささりんどう》模様のものが酒井雅樂頭の鎧である。二具は新院に異彩を放った。また、幼い頃に家綱が描いた鶏と小鳥の墨絵も、掛け軸にして届けられた。

信綱が選んだ人物青木重兼のすごいところは、青木が多田院を宗派の勢力に巻き込まず、誠実に修築を成し遂げたことであろう。忍性の時のような改宗はない。

じつは、重兼は黄檗宗隠元《おうばくしゅういんげん》の臨済正宗に傾倒しており、後に端山性正という名で僧に出家した。池田村に佛日寺、川辺郡（三田）に方廣寺、江戸に瑞聖寺《ずいしょうじ》を開いたほどの信心深い者であった。

重兼を通じて隠元禅師が家綱に謁見したのは万治元年（一六五八）で、隠元は酒井忠勝らの勧めで日本に永住を決意、近衛家が提供した後水尾上皇の別荘地山城宇治に黄檗宗大本山萬福寺を開創した。

徳川家はもともと浄土宗で菩提寺は芝増上寺である。それを家康・秀忠・家光の三代が天海大僧正の天台宗に帰依し、上野寛永寺も菩提寺になった。家綱は隠元を庇護したといわれるが、宗派としてまとまりを持っていた天台・真言・禅・浄土など本山、本寺あてに四十六の通達を出し、地位を保証し、宗派末寺の編成と教団組織化の権限を与え、本末組織を整えたのである。家綱は将軍として、各宗教に手厚い配慮をした。遺命は、「我が法要は増上寺にて位牌を立て、霊廟は寛永寺に造営を」であった。

多田院は、青木の再興の後には、どちらかというと神社色に染まっていった。

古文書は、智栄が運んだ以外にも追加され、五百通を数え、家綱傅育《ふいく》係の姫路榊原忠次と丹波福知山城主松平忠房、老中首座で小田原城主の稲葉正則が中心になり、巻子四三巻にまとめられた。

能勢頼之《よりゆき》は、播磨姫路の榊原忠次と懇意だった。今では宿老とか老功と呼ばれる同士である。忠次の別邸は上野忍岡に池を隔てて林羅山と隣接しており、頼之は、羅山の子鵞峰《がほう》、松平忠房、小堀遠州、加賀爪直澄らとともに古典や歌道を学ぶ仲間である。

多田院に伝来した古文書をまとめるにあたって政治手腕のみならず、歴史や文芸に秀でた榊原忠次や松平忠房が中心になったことは、頼之の人脈が叶えられたということで、彼らは、破損甚だしい多田院伝来のお宝を、表装し、巻子仕立てに補修し、新調した箱に納めて寄進したのであった。

多田銀銅山は寛文期に最盛期を迎えていた。

夏の陣で能勢の働きにより徳川方の管理下になると、代官を片桐且元、長谷川忠兵衛藤継が継ぎ、寛永五年（一六二八）には中村杢右衛門之重が継いだ。役人六十五人が着任し代官所などの施設が整備されると、寛文元年（一六六一）には大口間歩から良質な鉱脈が発見され公儀の「直山《じきやま》」となり、周辺の七十余村を「銀山付村」とした。寛文期の算出量は、豊臣時代をはるかに上回っていた。

寛文四年（一六六四）、銅山最高記録七五万五八四六斤八分七厘五毛の記録が残る。

家綱による多田院再建完成は寛文七年である。まさに銅山が栄えたお祝いであった。

多田院の境内に〝薩摩ならではの花を〟と依頼したのも頼之であった。

昔、島津義久が能勢野間神社の再建を援助した縁もあり、孫の光久は多田院の檀家として、頼朝以来の崇敬を唐椿《とうつばき》と、万年青《おもと》の寄進で示したのである。

家綱は将軍就任以来、末期養子禁止の緩和に続き、次々と文治へと転換を果たした。

寛文三年（一六六三）には殉死の禁止を命じた。殉死は人の道にはずれ益もない。優秀な人物が失われてはならない。家臣は主君というよりは主君の家に仕えるべきとした。

寛文四年（一六六四）には、家康の念願で秀忠や家光が果たせなかった土地制度の領地朱印状の発行を行った。永井尚庸・稲葉正則・井上正利らが全国のおよそ七百の旗本家に伝来する所領給付文書を回収研究し、家綱の名義で同一の書式に整えた。それを、領地宛行状《りょうちあてがいじょう》「寛文印知《いんち》」（寛文の朱印改《しゅいんあらため》）として、全国の大名二一九家、一八三〇通を一斉に交付した。

能勢家は、歴代が一貫して武家方を貫き、鎌倉・南北朝・室町時代の将軍家より直接賜った形式と質を揃えた全国的にも極めてまれな中世武家文書を保管してきた。それをもって、頼次の時代から徳川の古文書群の書式研究に寄与してきたのである。

能勢頼之は宿願の大事業をやり遂げて安心をしたか、寛文五年四月に亡くなった。七十三歳だった。近江局は、頼之がきっとあの世で小躍りして喜んでいると思っている。

寛文五年(一六六五)には家綱は大名証人を廃止した。大名とその重臣から人質をとって江戸に住まわせることを「大名証人制度」といい、大名の妻子とともに重臣の身内を江戸に留め置くという人質差し出し制度を改変した。江戸詰めは大名の妻子のみに改め、主君の行動に家老など家臣の身内が人質となって責任を負う必要がないことを示した。

これら「末後養子禁止の緩和」「殉死の禁止」「人質の廃止」三つの改革は、家綱の「三大美事」と伝わっている。

寛文六年(一六六六)には木材伐採過多による治水対策の「諸国山川掟《しょこくさんせんおきて》」を制定した。田地を広げる大開発や建築のための樹木伐採で、洪水が目に見えて増えてきたのである。

山崩れや水害が人々の暮らしを脅かし、山城、大和、伊賀では古くから対策が呼びかけられてきたが、このほど諸国おしなべて掟を発布した。大老酒井忠清を筆頭に老中久世広之、稲葉正則、阿部忠秋とともに命じた自然環境を守る施策は、寛文期に家綱が先見を示したのである。

「開発は民の暮らしに沿うもので安全でなければ意味がないな、近江局」

「はい、未来永劫安心なものでなければなりません」

家綱は、人にも自然にも善政を示した心優しい将軍であった。

「近江の身内にも開発に挑んでいる者がいたな」

「はい、横浜の勘兵衛にございます」

◉三十四　横浜吉田新田

勘兵衛はたいへん信心深い者であった。若い頃に江戸に出てここまで商売が成功したのは、幼いころから信仰してきた山王さんの神さんと日蓮宗の仏さんのおかげだと思っていた。

勘兵衛が住んでいた本材木町の鎮守で故郷能勢倉垣の氏神でもある山王さんは、大山咋神《おおやまくいのかみ》という地主神で、幼い頃から勘兵衛の心のよりどころであった。勘兵衛は日枝山王社の氏子になり、日ごろは半蔵門外（隼町《はやぶさ》）にある社に詣でていた。

ここは、太田道灌が川越山王社を勧請し、家康が江戸城の紅葉山に移して祀ったのを、秀忠が城内の改築で城外の裏鬼門に当たるこの地に移し、庶民が参拝できるようにした所である。

勘兵衛は、「山王さん、日吉《ひえ》の神さん、神のお使い神猿《まさる》さん、どうか新田埋め立てが成功しますように。

新田が成功しましたら私は必ずその新田に山王さんを祀りますよって、どうか安全に新田ができて米が千石実りますように」いつもこう言ってお参りしていたが、明暦の大火でその山王さんの社殿が焼失してしまった。

勘兵衛は日ごろの心のよりどころを失ったのである。

それで、年に一度年詣《としもうで》をしてきた甲斐国身延山へ、更に足しげく通うようになっていた。

明暦の大火があったその年（明暦三年一六五七）の五月である。

苦心して築き上げた干拓地の堤が壊滅した。

野毛横浜に、五月十八日から大雨が毎日毎日降り続き、十三日目の朝、海側に築いた潮除堤がすべて残らず崩壊して流出してしまったのである。

「勘兵衛はん、海側の堤が流されたー」

「え〜、え〜 なんてこと！ 波にやられたかー」

「川の水にやられた、堤は内側からの大水に耐えられんかったー」

堤は干拓範囲をぐるりと囲んで築いたものでおよそ七キロ。その海側の二キロが流された。それは、釣鐘型の頂点にある大岡川と中村川の分かれ目付近の堤防が増水に耐えきれずに崩れ、その水がほぼ干上がっていた堤防の中を一気に流れ、海に面した潮除け堤を内側から崩壊させてしまったのである。想像を超えるほどの大水が流れたわけである。潮除け堤の石垣に使った石は、安房や伊豆から運んできたもので、海からの波を防ぐためにていねいにていねいに積み上げたのに、なんと、堤は反対側からの水にやられてしまったのである。

全身ずぶぬれになった勘兵衛と助兵衛は、大雨の中、波打ち際に呆然と立ちすくんだ。

「一年かけて築いた川や堤が跡形もあれへんようになってしもたー」

「海との境の大水門も、跡形もなくすっからかんに全部壊れたー」

二人はあまりにも大きな被害に打ちのめされて、しょげかえった。

力を合わせて働いてくれた村人たちも、無残な現場にみな落胆した。

「このような大規模な工事は、そもそも無理だったのじゃ」

「もういちどって言われても、もう付いていけないかも」

村人たちはがっかりして意欲を失ってしまった。


しかし、勘兵衛は諦めなかった。

千住から野毛横浜に辿り着いて以来、重ねた苦労はそう簡単に断念できるものではない。

二年後の万治二年（一六五九）正月、元気とお金を貯めた勘兵衛は、甲斐の身延山へ参ると、「やっぱり野毛横浜の干拓を続けます」と報告した。そして久遠寺二十九世日莚《にちえん》上人に、前の千住中村の地に寺を創建し、そこを野毛の新田成功のための祈願所にしたいと申し出た。

日莚の快諾を得て下山すると、勘兵衛はただちに荒川南千住の安藤氏の廣布山真養寺あたりに寺地二二四〇坪を寄付して、日莚上人から遣わされた日身上人を開基として運千山自性寺の創建に着手した。

自性寺の本堂・鬼子母神堂・書院が完成すると、寺に、野毛横浜新田の大願成就を願うとともに、五穀豊穣と諸霊供養の祈願をした。

それを知った古くからの徳川譜代で旗本の山本正吉という者が、稲荷堂と門の寄進をした。

次には、安藤氏の真養寺と勘兵衛の自性寺とを合併させ、さらに大きな寺とした。

安藤氏とは老中をつとめた安藤重信とその子の寺社奉行安藤重長で、重長が江戸城二の丸改築の奉行を勤めた時、石材の搬入を芦衛門（勘兵衛）がうけたまわって以来の付き合いで、以後、その弟である安藤重元とともに懇意になった間柄である。

勘兵衛の必死の願いが仏にとどいたのか、野毛干拓の再度の挑戦が公儀に認められた。

助兵衛は、自分は年老いたので工事請負を砂村新左衛門に交代すると申し出た。

「大丈夫、砂村新左衛門は若い頃から越前や、摂津大坂福島で新田開発をしてきた名人や、あちこちで新田を開いて成功しておる」

「坂本養庵と友野与右衛門という者も協力してくれることになった」

「今度こそ、きっとうまくいく。勘兵衛はん、資金の方をたのんまっせ」と励ました。

万治二年（一六五九）二月十一日、心機一転、再び鍬入れが始まった。

太田村天秤山、石川中村大丸山、横浜村宗閑島の土砂を切り崩して埋め立てていった。

将軍家綱もちょうどこの年の四月、隼町の山王さんが明暦の大火で焼失したままだったので、赤坂の星が岡にあった深溝《ふこうず》松平家の屋敷を官収して、ここに江戸の裏鬼門にあたる山王日枝神社を再建した。

松平家六代丹波福知山城主松平忠房は、その替わりの地として常盤橋屋敷と浅草屋敷と深川屋敷の三か所を拝領した。

勘兵衛は、千住の自性寺と赤坂の山王日枝神社に、以前のように鳥居をくぐって石段を登ってお詣りができるようになった。

そうなれば勘兵衛は、埋め立て中の野毛横浜にこそ山王さんを祀りたいのである。

六年後の寛文五年（一六六五）七月。

ほぼ形を成してきた新田南七つ目に、四〇〇坪の宮地を選んで山王さんを祀る用意をした。

ここは、八年前、大雨のために堤防が決壊した釣鐘型の頂点にあたる大岡川と中村川の分かれ目であった。工事にとっての最重要地点である。大堰《おおぜき》と呼ばれ、ここから取り入れた水が中川となって新田の中央を流れ、中川から枝分かれした水が、用水路を通って新田の田畑全体へゆきわたっていく仕組みである。

用水路を人間の体の血管にたとえるとこの大堰は、心臓にあたる。

新田に鎮守の山王さんを祀るとしたらこの心臓の場所にしか考えられなかった。

寛文七年（一六六七）、九年の歳月を経て難工事が完成した。

総工費八〇三八両を費やした新田は、総面積一一六町四反（三十五万坪）である。

内訳は、水田九十四町一反、畑地二十町三反、寺地宅地は二町歩。

新田と海岸との間には潮除け堤を築き直し、大岡川を両岸に延長して河岸堤をめぐらし、新田中央に引いた用水路は中川。用水の引き入れ口に「しゃくはち樋」、川下に「まねき戸樋」、潮除け堤には二か所の「大水門くるま樋」を設けた。

中川を中心に南北に分け、更に七区画に分けて、川口から順次南一つ目から南七つ目まで、北一つ目から北七つ目までとした。

砂村新左衛門は、新田新堤に松を六千本植えて堤の補強策をとった。

江戸は人口が増える一方で、そして領主の経済基盤は米であったから、新田の開発はまさに積極的奨励が謳われる好機だったのである。中でも野毛横浜の広さは最大であった。

将軍家綱から、「勘兵衛の時宜《じぎ》を得た新田開発、みごとであった」と激賞されて、勘兵衛は、寛文九年(一六六九)、名字帯刀を許された。

地名は、生まれ故郷の吉野の「吉」と、幼い頃から育ててもらった西田家の「田」をとって、「吉田新田」とした。(「吉」は、西田家の本家吉良家の吉でもある)

生誕地能勢にちなむ「吉野町」を造り、自宅を北三つ目八丁縄手通り土橋南詰に定めた。

ここは天神山裾で入海《いりうみ》中最も地盤の固い所で、三千坪の敷地に長男の屋敷を建て、工事関係者の本拠とした。肝心の飲料水を得るために井戸を掘ったところ、湧き出した水はなんと、澄んで冷たかった。だれもがその水の美しさに驚きの声をあげた。

新田は埋め立て地なのでどこを掘っても塩辛い水しか出てこなかったが、不思議なことにこの勘兵衛の屋敷内に湧く水はおいしくて、埋め立てに従事する者たちはもちろん、新田内に住んだ多くの人々に以後長く飲料水として提供されることになった。

二十四歳で江戸に出てきた勘兵衛は、もう五十七歳になっていた。

いつもの相方助兵衛との苦労話も大阪弁で、漫才のように弾む。

「摂津能勢の農民の子が、苗字帯刀もろたとは、ほんま夢みたいやな」

「大坂の城、江戸の城、南千住、野毛横浜、よう乗り越えてきたもんや」

「苦労の連続やったがなあ。産土《うぶすな》の神さんを信じてきたおかげかなあ」

「大勢の民のため、諦めずに頑張らはりました。私も鼻が高こうおます」

「私と一緒にようここまで付き合うてくれた。感謝してまっせ助兵衛さん」

「長いようであっという間でした。私も苗字を名乗らしてもらいたい。黒田助兵衛でどうです」

「またゆうてる、前にもゆうたやろ。そんな簡単に黒田とは名乗れまへんて」

「内緒で。これで憧れの黒田官兵衛さんに、二人で近づけたというわけだす」

「私が吉田勘兵衛、あんたが黒田助兵衛で、二人で黒田官兵衛か」

「へえ、米一粒は二千粒。ほんまに千石実らせるようになりました」

「わてらは、人とつながる力や水をつかむ力に恵まれてましたんやなぁ」

勘兵衛は、新田山王町に山王大権現と稲荷大明神を、長者町に栄玉山常清寺を建て、吉田村や吉野村を作り、横浜にふるさと能勢を再現したのである。

新田の一番肝心の頂点に江戸山王権現日枝神社の分霊を勧進して、そこを「お三の宮」と名付け、新田開発の完成を祝ったのは、寛文十三年（一六七三）であった。

能勢頼之が勘兵衛についてまとめた紙片が出てきた。

妻の律が大姥局の夫川村重忠の孫であり、頼之は先祖に遡って調べていたのである。

『勘兵衛は丹波数掛山《かずけやま》城主波多野秀親の孫である。波多野氏はもとは相模《さがみ》に起こった丹波最大の実力者であった。勘兵衛は摂津能勢の嘉村の代官西田氏に引き取られて成長したが、西田氏の先祖も相模の川村（河村）氏にのぼり、古くは秦氏につながり、藤原秀郷の本流である。また、西田氏は丹波の弓削《ゆげ》氏一族でもあり、丹波波多野氏ともつながっていた。
波多野の良信が西田氏に育てられたのは、運命に導かれたとしか思えない。
これは運命の巡り合わせであった。商才に富んだ勘兵衛が、能勢家の庇護のもとに江戸に出て、豪商にのし上がっていく素地は、生まれながらに備わった才能であったろう』
とあった。

近江局は、勘兵衛から「おさん」という不思議な女の話を聞いて、こんな話を語っている。

＊

「おさん」

勘兵衛は、丹波波多野の殿さまの孫で良信《よしのぶ》といいました。
わけあって摂津能勢の吉野に生まれましたが、父と母が病気で没し、良信は、十一歳で身寄りをなくしてしまいました。
能勢家家臣の一族で農民になった西田家に育てられ、材木商になりました。

私の夫とともに大坂城の石垣積みに携わり、石材の仕事も覚えました。
二十四歳で私の一家とともに江戸に出て、商才が花開きました。
勘兵衛が横浜干拓の成功を願って身延山へ詣でたその帰り道のことです。
「悪い者たちに追われています」と一人の女が助けを求めてきました。
勘兵衛は女を匿い、女は危うく難を免れることができました。
名をおさんといい、行く当てがなさそうなので、
「私の家で働きなさい」と横浜の家に連れて帰りました。
おさんは、勘兵衛の家の奉公人になって元気になり、身の上話をしました。
「私の父は駿河の武士でした。江戸に出て寺子屋を開いていましたが、
大火がもとで両親は亡くなってしまいました。
私には許婚《いいなずけ》がおられたと聞いていて、その方を訪ねていくと、
種田五郎三郎という者に殺されたということがわかりました。
私は、種田五郎三郎を捜して諸国を歩き回りました。
仇討ちができるよう、願かけに身延山にお参りしたのです。
しかし、干拓に励んでおられる勘兵衛さんに助けられて、
私は、これまで仇討のことばかり考えて生きてきましたが、
誰か人のために役に立ちたいと思うようになりました」
と、報復の気持ちを改めたいと言い始めました。

そして、大雨で干拓工事が行き詰ったのを見て、
「重要地点は大岡川の水の取り入れ口です。
私がその淵の人柱になりましょう」
と言いました。
勘兵衛はおさんに、
「人柱というのは迷信です」
と止めましたが、嵐の日、
おさんの姿が見えなくなりました。
「おさんさ〜ん、おさんさ〜ん」
おさんがいなくなると川が静まり、
不思議に雨もやみました。
まもなく新田が完成しました。
勘兵衛は、新田の成功は
おさんのお陰だったと
言っています。

＊

◉三十五　生きる標《しるべ》は心星ひとつ

「上さま、鎌倉殿を初代から順にお挙げくださいませ」

近江局が家綱に問題を出した。近江は時々こういうことをやる。

家綱は幼い時から近江の突然の問いに答えるのが大好きであった。

今日もさっそく答え始めた。

「源頼朝、源頼家、源実朝、次は、あれ？」

「四代目は……摂家将軍藤原頼経《ふじわらのよりつね》さま。鎌倉将軍様は九人で百五十年続きました」

「初めて武士による政権を打ち立てられた頼朝公は、われら源氏のあこがれじゃ」

「いかにも将軍のお手本であられます。では次は室町殿を順にお挙げくださいませ」

「足利尊氏、足利義詮《よしあきら》、足利義満、次は、あれ？」

「……足利義持《よしもち》さま。二人の男児を亡くし、養子も猶子《ゆうし》も迎えられなかったお方」

「そうだった。義持は自分の後継者選びを重臣に任せおいたのであったな」

「はい、四人の弟君からお一人が、くじ引きで決められたそうにございます」

「それでも室町は、かろうじて十六人、二百三十六年も続いた」

「仰せの通りでございます」

「近江は、次に、徳川も順に言えというのだな」

「お察しの通りでございます」

「家康、秀忠、家光、あれ次は？　とならないようにがんばりなさいと」

「まさしく仰せの通り。いつの世も四代目さまが肝心でございます」

「余は体が弱いから子孫が残せないやも知れぬ。将軍の血が四代で絶えたら申し訳ないな」

家綱は弱気な声でつぶやいた。

「まだ二十代半ばではございませんか。上さまは、お父上が三十八歳のお子さまでございます」

近江がはっぱをかける。

「一つ年上の顕子《あきこ》は宮家からやって来てもうすぐ十年、江戸の水が合わないようじゃ」

「お大事になさってあげておられますから、そのうちきっとご懐妊あそばしますよ」

御台一筋の家綱は、最近は顕子以外は側に寄せ付けず、子がまだなかった。

「春日は側室を宛がうのに必死だったというが、そちは無理強いをせぬので余は助かっておる」

「こればかりは上さまのお気持ちが大切でござりますれば」

家綱は体が弱い上に気も弱いところがあり、子を成さねばならない重圧にも弱かった。

「乳母の矢島とお島《しま》は強引で、余はずっと怯えていたのだぞ」

「えっ、そうだったのでございますか、ほゝゝゝ」

「笑いごとではないわ」

「矢島さまは、子を成せなかったお島を大奥から去らせましてございます」

家綱は、ほっとした様子で肩の力を抜いた。お島が苦手だったようだ。

しかし顕子に子ができないので、家綱は焦りを募らせていた。

近江局は、血脈どころではなくなってきたので、

「側室を迎えてみられますか」

と、家綱から視線を外して切り出した。

「……」

「お戯れをなさってみられますか」

自分でも驚くほどの提案だった。

しかし、やはり家綱は、

「秀忠公は側室をお持ちにならなかった。余もかくありたい」

と断った。

家綱は顕子が好きだったし、秀忠を理想としていた。

だから今まで大奥のお局たちの執拗な誘惑を毅然と突っぱねてきたのである。

近江局は家綱のそのような思いを尊重してきたが、今日は意を決して、

「秀忠さまは、お優しくて、お江与さまには大変気を使われまして……」

と前置きをし、

「ご結婚後五、六年たっても跡継ぎの男子がお生まれにならず、側室を持つのをはばかって、内々にです
が男子を三人あげられたのでございます」

と明かした。驚いた家綱が慌てて訊き返した。

「お江与殿の子以外に男子三人とな、誠か、母はみな別人か」

「そのようでございます」

「生まれてすぐに没した長松、保科家に預けられた幸松、もう一人とは」

と身を乗り出した。

　秀忠の男子は、長男長松、次男家光、三男忠長(国松)、四男正之(幸松)である。

「お江与さまが御台さまになられて九年。秀忠さまは、長男の長松さまを亡くし、まだ男子様がおられませなんだ。生まれたての次男さまを、お江与さまの御子となされたのでございます」

「次男とは父家光である、お江与殿の子ではないと申すか!」

「……」

「お江与殿が欲しかった男児、徳川が待ちに待った男児であるぞ」

「はい、将軍さまにお世継ぎが誕生し、天下は大喜びとなりました」

「その子は乳母に預けて育てられた。乳母は春日、母とは春日か!」

「その通りでございます」

「ところが、お江与殿に国松(忠長)が生まれた」

「はい、その二年後のことでございました」

「お江与殿が国松を溺愛されたのはもっともなことだな」

「当然、春日局さまはお父上を可愛がれました」

「父上は、春日の子だったと申すか!」

　家綱はだんだんと怒りが募ってきて、脇息をひっくり返した。

「しかし、これは事実ではないこととなっておりますので」

「大奥ではそんな秘密がまかり通るのか」

「お江与さまと春日さまには、誰も確かめることなどできません」

家綱は、さもあらんと脇息をもどしてもたれかかって、

「承知の上だったとはいえ、お江与殿も春日局も辛かったであろう」とつぶやいた。

「秀忠さまも家光さまも、ご苦労なさいました由」

家綱は、ますます後継問題が身に迫ってきた。

「余が、子を設けないとどうなるか」

「徳川家の子孫で繋いでいかれることでございましょう」

「徳川の血を引く者は、甲府の綱重、館林の綱吉、尾張・紀州・水戸にも居る」

「そうなれば誰をお選びになるかは、今後、むずかしい問題になるやも知れません」

「家康公の定められた長幼の原則に従えばいいのではないのか」

「とはいえ、みなさまを不満無きように納得させねばなりません」

「それには、余の力がまだ不足だと申すか」

「どうでしょうか」

「はっきり申せ！」

飛鳥井《あすかい》は、御台所顕子の秘書のような上臈で、公家派の最上位の女性である。

旗本派矢島局の対抗勢力となり、職務そっちのけで公家派の勢力拡大に躍起だった。

その飛鳥井が、自分の部屋子に神祇官吉田兼起の娘お振《ふり》十七歳を京都から呼び寄せた。

家綱の御台所が十年たっても子を宿すことがないので、側室に据えるためである。

お振は優しくておだやかで、「生きた吉祥天女」とまで噂された抜群の京美人であった。

家綱の好みにぴったりで、どう誘ったか、まもなく家綱の寵愛を受け、めでたく懐妊した。

しかしお振りは熱病に罹り、お腹に子を宿したまま、あっという間に亡くなってしまった。

寛文七年（一六六七）、お振り十九歳であった。


家綱は落胆して、その後さらに女性を寄せ付けなくなった。

もともと病弱の体質の上にイライラが募り、かんしゃくを起こすようにもなった。

「お振はわが子を身ごもったのにかわいそうなことをした。余はもう無理かもしれぬ」

家綱は、かんしゃくを起こしたり弱気になったりを繰り返した。

近江局は、

「大丈夫です。まだまだこれからです。立派に成人された弟さまたちも控えておられます。もし子ができなくても将軍を継ぐのは兄弟親戚など柔軟に考えればいいではありませんか」

と励ました。

家綱は真面目で純粋で責任感が強いので、苦悩が人一倍心に深く刺さるのである。

そして、徳川のやってきたことを振り返って落ち込むこともしばしばであった。

「継ぐ子がなければお家取りつぶしとは、むごいことをしたものだ」

「家綱さまは、末期養子の緩和を早々に発して多くの武家をお救いになりました」

「あれは、今考えれば、徳川家を救うためのものであった」

「長男に限らず兄弟親戚が養子となって、継いでいく道をお広げなされたではありませんか」

「後継者不在や後継ぎが幼少だからといって国替えを命じられた大名家は数知れずだ」

「各地でいろいろなご苦労や事件が起こりましたが、もう大丈夫です」

「およそ半世紀に百三十の大名を改易し、没収した領地は千四百万石だ」

「それはそれで意味がありました。徳川一門が揺るぎなきものになりました」

「家康公は、家光か忠長かのかけ引きで春日の懇願を聞き入れ、長子相続の原則を決められた。あの〝男子の長子〟という取り決めはどうであったろうか」

「徳川のお家安定のための基本方針で、善政でございました」

「徳川は、戦国と同じような数々の〝武威〟を押し通してきた」

「あなたさまは、その〝武威〟から民を守る泰平の〝文治〟にかじ取りを果たされました。末子養子禁止の緩和、殉死の廃止、大名証人制度の廃止、これらは後世に誇れる美事でございます」

「過去三代が残した善いものと善き家臣たちに導かれたおかげである」

「諸国山川掟《しょこくさんせんおきて》は、未来永劫世に誇れるものでございます」

「武士を守りながら、国のもとである民を守るのは、難しいことよのう」

「それは、上さまが柔軟で優しい考えをお示しになったことでずいぶん前に進みました」

「大勢の武士や民が余のやり方を見ていると思うと身が引き締まるわ」

「よくがんばられました。徳川の身内の中でさえ改革は難しいことでございましたのに」

「だが側近たちは、政《まつりごと》は家臣に任せ、大奥に通ってお世継ぎをつくれとの矢の催促」

「ほんに……」

「近江、余の仕事とは何ぞや！」

家綱と近江局はこの話になると迷路にはまる。しかし家綱はまだ二十八歳なのである。

甲府宰相徳川綱重《つなしげ》二十五歳と上野国《こうずけのくに》館林宰相徳川綱吉《つなよし》二十三歳は、家綱の弟である。

二人は二つ違いで、今では二十五万石同士の家綱の後継者である。

両者の仲は良好で互いの屋敷を訪問し合っているというが、母親同士が犬猿の仲だった。

春日局の側室集めの中で栄光をつかんだ生母たちで、なかなかの強者《つわもの》だった。

その母たちが大奥で仲良く過ごされるよう、力を尽くしてきたのが近江局であった。しかし、家光とお楽が亡くなって、お夏の順性院とお玉の桂昌院の競争心がメラメラと燃え上がった。

春日局に鍛えられた二人である。血脈による天下支配の目論見が極端に現れた。

まず、自分に息がかかった女を使って家綱に側室を宛がうことが始められた。

あまり体が丈夫でない家綱は、自分がどの局の女性を側室にするかを見張られているようで、怖くて、だれも側に近づけられなかったというのが実情であった。

順性院と桂昌院は、近江局に、互いに競いあうようにすり寄ってきた。

生まれも身分も似た者同士で、五歳年下の小柄な桂昌院が順性院に意地悪をしてこう言った。

「近江局さま、私のやり方は攻撃ではありません。それをいうなら反撃です。わたくしは若い頃お夏から折檻を受けておりました。いまでも許すことはできません」

お玉がこう訴えたかと思うと、今度は年上のお夏が、

「お玉ごときが何を言ったか知れませんが、私は茶の中に石見銀山（毒）を仕込まれました」

と、自分が被害者だと近江に泣きついた。

近江と老中たちはこの二人を至近距離に置いておくのは危険すぎると策を練り、家綱が将軍になった年には、綱重には甲斐甲府城を、綱吉には上野《こうずけ》館林城を与え、御三家同様に将軍を出すことのできる別格な名門大名とした。そして江戸城内の竹橋にそれぞれの屋敷をあてがったのである。しかし、竹橋辺りは明暦の大火ですべて焼けてしまった。

そこで、綱重には浜の狩場の芦原に浜屋敷を建て移っていただき、綱吉には神田橋の神田館に移っていただいたのである。

城内から追い出された二家は、家綱に子ができないとみて、直接将軍職を狙うようになっていた。

綱重の母順性院は、家光の正室本理院《ほんりいん》（孝子）が関東へ下向するときに京からお供してきた町人弥市郎の娘お夏である。大奥でお湯殿の御末《おすえ》の身分で懐妊した。家光が四十歳の厄年に当たっていて、災厄を避けるという迷信のため、生まれる前から家光の姉の天樹院（千姫）に預けられ、綱重は天樹院を養母として大きくなった。

千姫は豊臣秀頼に嫁いでいたが、大坂夏の陣で燃え盛る大坂城から助け出された後、本多忠刻に嫁い

で姫路で十年を暮らし、夫や長男を亡くしてからは江戸城に戻り、城内屋敷の竹橋邸で綱重を育てたのである。

綱重が万治四年（一六六一）十七歳で甲府宰相二十五万石を賜ると、母の順性院は、

「兄の跡は綱重がいつでも将軍を継ぎますから、みなさまご安心あれ」と言い、

「私の父岡部八左衛門は藤枝摂津守重家五千石、甲府宰相家の家老でございまする。弟の重昌も甲府家の家老を継ぐことになりましょう。綱重とお保良《ほら》の間にはすでに虎松も生まれておりますので、次のお世継ぎも、どうか甲府にお任せくださいませ」と言い放った。

お保良とは、千姫の女中の松坂局に仕えた女性で、十九歳の綱重の七歳年上の側室で、第一子の虎松を生んでいる。

（実際この虎松は後に綱豊となり徳川六代将軍家宣《いえのぶ》となる）

家綱は、近江局には内々に、「余に世継ぎが生まれず何かあるときは綱重をもって継嗣《けいし》とせよ」と伝えていたので、近江はたびたび甲府浜屋敷を訪れて、綱重の様子を伺い世話をやいた。

後に、近江局が世間から綱重の乳母の松阪局と混同されるのはそのようなことからである。

それでも、近江局は家綱に世継ぎが生まれる希望を捨ててはいなかった。だから、

「家綱さま、綱重さまとご一緒に狩りにお出かけなされませ。釣りにお出かけなされませ」

などと、綱重とともに戸外で体を動かすことを勧めた。

また、熱海から運ばせた御汲湯に入浴することも勧めた。

家綱は綱重のことを、

「相変わらず馬での遠乗りや鷹狩りの毎日らしい。学問をする者には理解があるというが、本人はどちらかというと学問より野原を走り回るのがいいらしい、夜は酒に酔うのが楽しみらしい。戦国武将のようなやつだ」といっては、かわいがった。

一方、その兄を罵倒するのが綱吉の母桂昌院である。

「武家には誇りや矜持《きょうじ》というものが長年の学問を通して身についていくものです。あんな野武士のような綱重では、将軍職が務まるはずはありません」

と、江戸城を出て直接家綱や綱重に手出しができなくなった桂昌院は、怪しげな祈祷に凝って、将軍生母をめざして願掛けに没頭する毎日であった。

桂昌院は、家光正室の実家である鷹司家の補佐役本庄宗利の後妻の連れ子で、実際は京の八百屋仁左衛門の娘であったという。名をお玉といい面長で一重まぶたの京美人だった。家光側室のお万の方の部屋子だったが、あまりにも美人で春日局の目にとまり、家光の御側近くに仕えていて十八歳で家光の側室に加えられた。正保二年に亀松を、正保三年には徳松を生み、亀松は早世したが、徳松が無事成長した。徳松は承応二年に元服し、家綱から綱吉と名を賜り、寛文元年（一六六一）、上野国館林二十五万石を拝領、館林宰相と呼ばれている。

館林城主も参勤交代をせず江戸に定住する藩主で、綱吉は神田御殿に居住した。

家綱は綱吉のことを、

「儒学は師範級で、誠実を旨とする学者だが、思いつめれば一直線、まるで融通が利かぬ奴じゃ」と評し

ては、かわいがった。桂昌院は、
「もし家綱に男子跡継ぎが生まれたら、その子に嫁ぐ女の子が綱吉に生まれますように」
「もし家綱に女子が生まれたら、その子を綱吉の妻にして、私が将軍の外祖母になれますように」
「もし家綱に嗣子ができなかったら、綱吉が将軍になって、私が将軍生母になれますように」
などと、二重三重の願掛けに邁進の日々であるという。

近頃近江の住まう長局《ながつぼね》は、家綱公お側付き老女さま宛の、甲府と館林からのお届け献上品であふれかえるようになった。

これまで近江局に届く品は能勢からの産物が主であった。栗、まったけ、木炭に多田銀山の青色顔料など山の幸、野毛湾の埋め立てをしている勘兵衛からは海の幸だった。なかでも絶品の牡蠣がきた。そして、何にもまして嬉しかったのは、初めて横浜の吉田新田で実った米が送られてきた時で、勘兵衛の夢の千石米であった。いよいよ米が千石取れるようになったのである。

能勢の米は、宿野《しゅくの》の天神米、岐尼田《きねんだ》の岐尼米《きねまい》、倉垣山裾《くらがきやますそ》の千石米が有名だが、勘兵衛から送られてくる横浜の千石米は、その苦労の年月を思い出すだけで涙が出るほどの味がした。

しかし甲府や館林からの贈り物が日に日に増して、それがいくら名産品といわれても、素直に喜ぶことができなかった。

順性院の桜田御用屋敷からはブドウ、そば、宝石水晶などが届き、桂昌院の神田館林屋敷からは麦落雁、果物、酒、綿織物などが届いた。包みを開けきれないほどの量であった。

しかし両家の財政はひっ迫しているとの噂で、お金の無心で泣きついてきて、公儀が何万両となく援助しているというのが実情らしかった。

近江局は、それでも懲りずに賄賂を重ねる両家の家老を呼び出し、忠告に踏み切った。

芙蓉の間に、それぞれを別々に呼び寄せた。

桜田甲府の付け家老は新見但馬守正信である。

近江は毅然としてこう言った。

「綱重さまをお育てになった千姫さまがお亡くなりになり、宰相さまはじめ甲府浜屋敷の方々はさぞかしお気を落としでございましょう。だからといって二十代半ばの宰相さまの酒量を抑える者がいなくてどうしますか。しっかりなされませ！　最近では、家綱さまにお世継ぎが生まれたら甲府は百万石を領し副将軍に命じられる。お世継ぎが生まれなかったら次の将軍は綱重に決まりであろうと世間に言いふらされているそうではありませんか。それはどういうおつもりでしょう。じっとなさっておられないと、将軍五代の座は、綱吉さまはもとより、尾張光友さま、紀州光貞さまに譲られますよ。私にお届けいただいた品々、全てお持ち帰りくださいませ」

新見正信はおびえた様子で、

「とんでもございません。綱重さまは、将軍さまの学問奨励の勧めを忠実に守られて、甲府勘定吟味役の関孝和をはじめ多くの学者を輩出するに至っておりますこと、ご報告申し上げます」

と言って帰っていった。

神田館林の付け家老は室賀下野守正俊である。

近江局は、

「将軍の器は綱重よりも綱吉が優《まさ》ると世間に言いふらされているそうではありませんか。それはどういうおつもりでしょう。家康公の決められた長子相続の原則に異論をお唱えとあれば、例え将軍さまの御舎弟といえどもお家がつぶれますぞ。贈り物全てお引き取りくださいませ」

と脅かした。室賀正俊は、

「綱吉さまは大変優秀な学者でございます。徳川将軍家推奨の儒学を重んじる姿勢は兄上様たちには負けません。家来衆はもとより広く武家衆を集めて講義をなさる日々です。仁心涵養《じんしんかんよう》のお気持ちは一直線で、牧野成貞という若い側衆を得て、ますます学問に磨きをかけておられること、ご報告いたします」

と言うと、そそくさと出ていった。

将軍は、文武に秀で国の中心で特別な力を発揮しなければならない人格が必要である。

家綱は、「武威」で鎮めた先代三方の助走を受け、これからは、人々が日々命を大切に安心して暮らせる「文治」の世を目指すと示し、学問を奨励した。

弟の家老たちは、儒学をもって、次期に備えていることを主張した。

近江局は、弟君の家老たちの学問普及の一生懸命さから、一縷の安心を得た。

「近江、余が子を儲けないとどうなるのか」

「徳川家につながるお方が繋いでいかれることでしょう」

「徳川の血を引く者たちの間に混乱が起こる可能性があるよのう」

「私は、家綱さまにお子様がお生まれになる可能性にかけております」

「それでも、余に子ができなかったら？」

「徳川家のどなたかが将軍位を受け継がれることでしょう」

「後継争いはお家の乱れだ。混乱を招くことは、余の本意ではない」

「家綱さまの血を引いたお方が跡を継がれるのがいちばん混乱をきたしません」

「それが無理なのだ。近江、助けてくれ」

「大丈夫でございます。ご心配は身の毒、お仕えする者たちの知恵を信じてくださいませ」

「世の中に、血脈をしのぐほどの深き縁はあるかのう」

「夫婦であったり主従であったり、絆は血脈をも凌ぐものでございます」

「余は、良き伴侶と家臣たちに恵まれたと思うておるぞ」

近江局は、大奥を預かる自分が将軍の跡取りを誕生させられなかったのは致命的であったが、今では、その時代時代によい判断ができる者が先頭に立てばいいのではないかと思うようになった。

しかし、一番の頼りの保科正之が七十歳で定年を迎え会津に帰るというので残念である。

世の中に永遠に続くものなどほぼない。近江局は、将軍に限らず人々の先頭に立つ者が、平和と幸せを目指して混乱なく善政が進められるよう、側近たちの成長を願うばかりである。

寛文十年（一六七〇）正月十日、紀州徳川光貞の正室が、嫡男とともに江戸城に新年の挨拶にやって来た。光貞の正室とは、家綱の御台所顕子の姉照子である。姉も子ができなかった。嫡男とは光貞と側室の間に生まれた子どもである。紀伊家の跡取りとして改名をした報告で、照子は初めて登城を果たした。顕子が姉と会うのは結婚以来十四年ぶりである。

顕子は、姉が幼い息子の姿勢を直しているのをじっと見ていた。母になった姉は、幸せそうであった。

家綱が訊いた。

「おいくつになられたかな」

「寛文五年の生まれで六歳になり、正月に、長光丸改め長福丸となりました」

長福丸は、将軍の前でも物おじせず、はきはきと答えた。顕子が、

「おめでとうございます。お爺さまもお父さまも名乗られた由緒あるお名前ですね」

と祝福した。お爺さまとは徳川頼宣《よりのぶ》である。家綱が、

「お爺さまのお体の調子はいかがかな。お若い頃は将軍になりたいと仰せであったが」

と、幼い子どもに冗談とも思えない話を向けた。

側にいた顕子も照子も、近江局も、えっ！と驚いた。さらに家綱は、

「長福丸さま、予の子どもになられませんか、将軍になれますよ」

と続けたので、みな固まってしまった。これは家綱の本心であったかもしれない。

長福丸は、即座に、明るく無邪気にこう答えた。

「わたくしは、紀州の殿さまになるのでございます」

場が和らいで、照子が頼宣の病状を告げている側で、実年齢はまだ五歳にも満たない長福丸は、手に

小さな人形を握って独りごとを言いながら遊び始めた。顕子がそれは何ですかと訊いた。

「あら、瓦猿《かわらざる》を持ってきていたの」

照子が長福丸のかわいい掌《てのひら》をほどくと、銀色をした瓦の肌の猿の人形が出てきた。猿は大事そうに桃を抱えており、猿の顔と桃には紅柄《べんがら》の赤が塗られていた。

「紀州の日吉《ひえ》山王神社に奉納する安産祈願のお守りですよ」

時を得たお守りに、顕子も家綱も近江局も、身を乗り出して瓦猿を見つめた。

興味を示した顕子を見て、家綱はできるだけたくさん部屋に並べたいと言った。家綱の言葉を聞いて、照子は、長福丸の耳元に何やらささやいた。

長福丸は、母の言葉に分別したように頷くと、立って顕子の前に進み、

「どうぞ」と言って、その猿を顕子の手に握らせたのである。

顕子は、

「長福丸さま、ありがとうございます。あ、このお猿、笑っています。そして温かいです」

と言って喜んだ。照子は、

「上屋敷にまだあるか、捜してみましょう、紀州の国元からもお届けいたしましょう」

と約束をして帰って行った。

翌日、近江局は、家綱と顕子の使者として紀州徳川邸に出向き、進物を贈り、もう一つ見つかった瓦猿をいただいて来たのであった。

近江局は、家綱と顕子が、照子と長福丸の仲睦まじい様子を目の当たりにして、さぞかし羨ましかっ

ただろうと思うと、涙があふれた。

（二年後、長福丸は家綱の綱をいただいて綱教《つなのり》となり、四十六年後、綱教の年の離れた弟で紀伊家の吉宗が八代将軍となった）


その夜のことである。

近江は突然発病し、次の日から大奥の自分の部屋で起き上がれなくなった。熱がある。動悸もする。近江の身は限界に達した。

六十七歳の近江は急に弱気になってしまった。


振り返れば、近江局の後半生は、多くのお局たちの思惑に振り回された二十九年間であった。病弱の若さまを将軍に育てあげ、影が薄いと言われる将軍を名君に押し上げ、灼熱というほどの徳川三代の武威の世を、ほんのりと月光が照らすような文治の世に導くことができた。

奇しくも後西帝の登場と時を同じくして禁裏とも仲良くできた。

後西帝は、寛文期、伊勢神宮・大坂城・内裏が火災に見舞われ、江戸大火や地震や水害などもたて続きに起きて、帝としての自信を無くしたが、上皇と徳川の圧力の間でその仲を好転させたまじめな帝であった。

家綱との交流が進んで、やわらかい可憐な花を贈り合うような、優しい時代を創り出した。影が薄いと揶揄《やゆ》された二人だが、将軍と王権の安定を導いたといえる。

近江局は、東福門院に助けられてその橋渡しを担えたのではないか。

七百年前と同じように、白い花を咲かすことはできなかったけれど……

微力だったが、江戸と都とを繋ぐことに携わってこれたのではないかと思う。

それが、徳川家綱が創った新しい平和の国につながっていると思う。


寛文十年一月二十一日、近江局は、東照宮御影の礼拝を終えると、宿下がりを申し出た。

大奥の女中には、親の死に目であろうと、宿下がりは認められていない。

大奥を出るというのは、自分が死ぬ時である。

「下がりおろう、下がりおろう」

「上さまお通りでござる」

家綱は、御広敷番頭や小坊主たちを引き連れて近江局の長局にやってきた。

身分が高い局の部屋は、七つ口や御錠口からは遠い。

長い廊下を上さまが駆けているとあって、大奥の女たちが、

「何事か～」

「なんと、将軍さまの御渡りとは」

「このようなことは、初めてではないか」とざわついた。

家綱が、近江局の部屋に飛び込んできたのである。

「近江！　いかがした！」

「上さま、もったいのうございます」

「奥医師を呼ぼうか、漢方に診させようか」

「めっそうもございません」

「和蘭陀《おらんだ》流医の薬は即効というぞ、近江は和漢しか知らぬであろう」

「もう、どうにもならぬ病でござります」

「毒を盛られたのではあるまいの」

「医者の見立ては老衰でござります。もはや何も効きますまい」

「余は、近江に命を救われた。それを忘れてはおらぬぞ」

「もう三十年も昔のこと、私は忘れましてございます」

「何を言うか、しっかりしろ」

近江局は、身も心も逞しくなられた家綱を、床の中からまぶしく見上げていた。

「もう、私の仕事はこの辺りで終わりでございます」

「余には、近江がまだしばらく必要じゃ」

力強く握ってくれる家綱の手のぬくもりが、近江局の全身に熱く沁み渡った。

「あなたさまは、命を大切にするという価値観を将軍としてお示しになられました。これは御国が始まって以来の大変革でございます。念願である朝廷とも良好な関係を築かれました。自然を守るための掟《おきて》を発布なさいました」

「近江や、正之や、伊豆や豊後など、側近に恵まれた故じゃ」

「これからも私利私欲に溺れず、国のため民のための政をして、徳川をお守り致されますように。そしてよい評判をお残しいただきますように。よい評判は必ずや後の世に立派な将軍であったと伝わります。悪い評判は、たった一つで身を滅ぼすのでございます」

「子が無くてもか」

「子が有るとか無いとかは別問題。将軍さまとして、誇りを持って生きてくださいませ。後の人々に四代さまの時の世がよかったと言っていただけるのが、近江の最期の願いです」

「近江、それを生きて見届けてくれ」

「どこにいても、必ず見ておりますよ……」


夜になって、近江は大奥から弟の頼永に付き添われて愛宕下の能勢家に向かった。通用の平川口御門からは、中奥御小姓で養子の頼澄と医者二人も同行した。

松と頼宗が開門して出迎えると、公儀近習たちは丁寧な挨拶をして引き上げた。

近江は大勢の子どもたち孫たちに囲まれると、二年前に島原に赴任した頼宗を見つけて、

「よくぞご無事で帰ってきてくれました」

と、その手を取ってよろこんだ。

「母上さま、兄上は公儀お目付けのお役が済みましたの。戦に行っていたのではありませんよ」

松平清直の妻の梅は、母が夫と息子を混同していると思って説明を繰り返した。

「分かっていますよ。私の夫は長右衛門。娘は松と梅。息子は頼宗、頼澄、頼有、家綱」

「えっ……。母上さま、長らくのお勤めご苦労さまでございました。もうごゆっくりなされませ」

「母上さま、それがしは、小姓組に昇進いたしてございます」

余野家を継いだ頼有は、母の手を取り、耳元に顔を近づけて報告した。

隣の小堀家からかけつけて来たナナは、天満の子守唄を唄ってくれた。

「ねんねころいち　天満の市で　大根そろえて　船に積む～」

「舟に積んだら　どこまで行きゃる～」

松と梅も声をそろえて唄った。

「大坂城の櫓《やぐら》に、将軍さまの白い腕が見えた～　と大騒ぎいたしました～」


松平信綱から受け継いだ向日葵《ひまわり》を、近江局はこの国で初めてお城の長局の庭で咲かせた。

両手一杯に採れた種を、福は、春が来たら蒔いておくれと松に託して病の床についた。

そして、いまわの際に夫からもらったメダイをこっそり飲み込む予定であった。

夫が島原で大勢の仲間に取り囲まれたとき、飲み込んだというあのメダイである。

長い間、三十年間、着物の襟《えり》を替えるたびに襟の中に縫い込んできた金の塊である。

そのたびにそっと祈って語りかけ、胸に抱き続けたマリアさまである。

マリアの頬《ほお》が白く色あせた。ひょっとしたらこれは金ではなくメッキかもしれない。

死後にこのようなものが出てきたら、後に残された者が処理に困るにちがいない。

もし見つかれば、打ち首であろう。

近江は、自分の死とともにあの世に持っていく手はずだった。

ところが、我が身にはもう飲み込む力が残っていなかった。

福は、やさしく含んで舌の下に入れ口を閉じてほほえんだ。

ずっと計画してきた最期の儀式ができなかったのは残念であった。

「長右衛門さま、あなたと同じようにはいきませんでした～ふふふ」

「父上、能勢の名に恥じぬよう私、〝名こそ惜しけれ〟と生きぬきました」

六十七歳、福は、笑いながら永遠の眠りについた。

寛文十年（一六七〇）一月二十七日、凍てつくような寒い夜だった。

心星、北辰星がまたたいた。

完

おわりに

『能勢物語』は、私の故郷に遺された唯一の軍記物語です。

源満仲の孫の頼国から江戸初期までの、能勢家の様子が描かれています。

現代語訳にとりくみ、能勢頼次《よりつぐ》の娘「福・近江局」の生涯に興味をもちました。

近江局はいかにして将軍家綱の養育にあたったかを『続・能勢物語』に著わしました。

家綱の健やかな成長は、徳川の揺るぎなき繁栄で、それは清和源氏の誇りです。

能勢家は、源氏武者としての深い哲学、「名こそ惜しけれ」が心の支えでした。お家存続を第一とし、決して恥ずかしいことをしない清廉潔白な生き方をめざしました。

徳川将軍家は、源頼朝が朝廷から受けた勅許や将軍宣下の特権を背景に、江戸時代、多くの源氏一門の中でも特に清和源氏の嫡流を大切にしました。とりわけ、源満仲の長男頼光の流れを汲む摂津源氏代表の能勢家と、満仲の三男頼信に始まる河内源氏の頼朝につながる足利家でした。畿内出身の能勢家は、綱吉の時代に四千石となり、古くからの旗本交代寄合として、子孫たちが幕末まで手厚く取り立てられました。関東には初代鎌倉公方で下総・古河に居城した喜連川《きつれがわ》家が足利氏の後裔として優遇され、もとは四千五百石の旗本交代寄合でしたが、享保の時代には参勤交代や諸役を免除した上、十万石の大名としての格式を与えられたと伝わっています。

近江局は、夫が島原に従軍して戦病死したり、兄を明暦の大火で失ったりと悲劇にみまわれながらも家綱を支える将軍付き御年寄《おとしより》として、六十七歳で亡くなるまで、約二十九年間を筆頭老女として大奥を

牽引してきました。（長女は綱吉の時代、御中﨟《おちゅうろう》の尾上局になっています）

注目は、後水尾天皇に嫁いだ東福門院和子《まさこ》や後継の後西天皇（寛文帝）と良好な関係をもち、朝廷と徳川の双方から信頼され、朝廷と幕府の関係改善に力を添えたことです。そのころ将軍の意思を承って発給する奉文は筆頭老女の近江局が一人で担当し、朝廷に送られた書状は近江局の署名ばかりであったようです。近江局が出した奉文で記録が残っているのは、老中で後の大老の阿部忠秋宛てでした。忠秋は近江局から将軍付きの文を七十九回、御台付きの文を八十七回受けたと伝えています。

明暦から寛文期は、幕府直轄の多田銀銅山の銀や銅の採掘量が最盛期となりました。

同じく寛文七年は、近江局の大叔父で能勢吉野生まれの勘兵衛による横浜の中心部の吉田新田の干拓が九年の歳月をかけて完成した時でもありました。

二六〇年に及ぶ徳川の平和を支える根幹になったのは、三代の助走期間を経て、命を大切にするという価値観を見出した家綱の時代だったのです。

私は、前回に続き今回も、能勢家の底力、縁故の華やかさに驚かされどおしで書きました。ほぼ実在の人物で出来事を追うことができました。架空は乳母のイセ、子守のナナ、侍女のヤエ、頼久を慕うみどり一家で、それ以外は、全て実在の人物です。

物語ではありますが、史実に迫ろうと一生懸命調べて書きました。

表紙地黄草は片山治之様、挿絵は奥畑司様におせわになりました。

平尾悦子

平尾悦子プロフィール

兵庫県川西市在住
1948年　大阪府能勢町生まれ　武庫川女子短期大学卒業
1969～01年　大阪府豊能町・能勢町小学校教諭
2001～07年　学校図書館司書教諭
2008～23年　「広報のせ・文化財への道」に能勢の昔話を連載
浄瑠璃「能勢三番叟」作詞「能勢ささゆり学園校歌」作詞
著書「能勢物語・現代語解釈」（2015）

続・能勢物語　近江局

2024年1月22日

著者・発行者――平尾悦子
製作――神戸新聞総合出版センター
〒650-0044　神戸市中央区東川崎町1-5-7
TEL 078-362-7140／FAX 078-361-7552
https://kobe-yomitai.jp/
印刷／神戸新聞総合印刷

ISBN978-4-343-01207-4 C0093